편력의 조서

지은이

장혁주 張赫宙, Chang, Heok-joo

1905~1998. 대구 출생. 1932년 일본 잡지 『개조(改造)』에 일본어로 쓴 소설 「아귀도(餓鬼道)」로 일본 문단에 등단하며 주목받았다. 「아귀도」는 식민지 조선 농민들의 비참한 생활상을 그려 조선과 일본 문단 양쪽에서 좋은 평가를 받았다. 이후 서울과 도쿄를 오가며 조선어와 일본어로 창작했다. 그러나 조선어 작품에 대한 조선 문단의 반응에 만족하지 못한 데다 개인적인 사건까지 겹쳐 1936년경 일본으로 건너간 것으로 알려져 있다. 도쿄에서 '해방'을 맞이한 뒤 1952년에는 일본으로 귀화, 일본어 글쓰기를 지속했다. 식민지 시기 발표된 대표적인 한국어 작품으로는 「무지개」(1933~1934) 외에 『삼곡선(三曲線)』(1934)과 같은 장편소설이 있다. 한국전쟁을 취재해서 쓴 『아, 조선(嗚呼朝鮮)』(1952)으로 일본에서 성공적으로 재기했으며, 노구치 가쿠츄(野口赫宙)라는 필명으로 평생 꾸준히 작품 활동을 했다.

옮긴이

장세진 張世眞, Chang, Sei-jin

한림대학교 한림과학원 교수. 연세대학교 국문과 대학원에서 공부했다. 1945년 이후 미국이 개입해서 형성된 동아시아의 냉전 문화에 관해 논문과 책을 써왔다. 저서로는 『상상된 아메리카』(푸른역사, 2012), 『슬픈 아시아』(푸른역사, 2012), 『숨겨진 미래-탈냉전 상상의 계보 1945~1972』(푸른역사, 2019), 역서로는 『냉전문화론-1945년 이후 일본의 영화와 문학은 냉전을 어떻게 기억하는가』(너머북스, 2010) 등이 있다.

편력의 조서

초판인쇄 2023년 11월 10일 초판발행 2023년 11월 20일

지은이 장혁주 옮긴이 장세진 펴낸이 박성모 펴낸곳 소명출판 출판등록 제1998-000017호

주소 서울시 서초구 사임당로14길 15 서광빌딩 2층

전화 02-585-7840 팩스 02-585-7848

전자우편 somyungbooks@daum.net 홈페이지 www.somyong.co.kr

값 17,000원 ⓒ 장세진, 2023

ISBN 979-11-5905-841-7 04810
　　　979-11-5905-331-3 (세트)

• 이 저서는 2018년 대한민국 교육부와 한국연구재단의 지원을 받아 수행된 연구임 (NRF-2018S1A6A3A01022568).

遍歷の調書

장세진 옮김

장혁주
소설 선집
3

편력의 조서

A NOVEL COLLECTION OF CHANG, HEOK-JOO
A REPORT OF WANDERINGS

일러두기
1. 이 책은 신쵸샤(新潮社)에서 1954년 간행된 『遍歷の調書』을 완역한 것이다.
2. 본문의 표기는 현행 한글맞춤법을 따랐다.

차례

책머리에

'일본인 되기'의 기록 혹은
허구와 사실의 경계에서

장세진

'귀화'라는 선택, '고백'이라는 형식

『편력의 조서遍歷の調書』新潮社는 1954년 일본어로 발표된 장혁주의 장편 소설이다. 아니, 좀 더 정확히 말하면, 장혁주가 일본 국적을 취득한 지 2년째 된 시점에서 노구치 가쿠츄野口赫宙라는 필명으로 출간한 소설이다. 『편력의 조서』를 쓸 무렵, 장혁주는 패전 이후 부진했던 일본에서의 집필 활동에 완전히 자신감을 되찾았던 것으로 보인다. 일본의 전쟁 수행을 적극적으로 옹호하는 글을 써왔던 그에게 원고 청탁은 뜸해졌고, 장혁주 역시 갑작스레 달라진 일본의 전후戰後에 적응하기 어려웠을 터였다. 그러나 한국전쟁으로 상황은 다시 급변한다. 특파원 신분으로 파견되어, 실시간으로 전쟁을 취재하여 쓴 일본어 소설『아, 조선嗚呼朝鮮』1952의 성공 이후, 그는 의욕적으로 단편과 장편을 잇달아 발표하게 된다. 그의 나이 49세에 쓴『편력의 조서』는 작가로서 안정을 찾은 그가 스스로의 삶을 반추할 여유를 가지고, 마치 작가 인생의 중간 결산과도 같은 느낌으로 쓴 자전적 소설인 셈이다.

실제로, 대구에서의 유년 시절부터 조선 사회에 적지 않은 파문을 일으켰던 일본 문단 데뷔, 도일渡日과 패전 이후 일본 귀화에 이르기까지 자연인 장혁주의 삶과 일본어 글쓰기를 선택한 작가로서의 내면이 이 소설에는 매우 상세하게 그려져 있다. '사실을 적은 기록이라는 조서調書'의 사전적 의미도 그러하지만, 한편으로 이 작품은 작가 자신의 윤리적 과오나 어두운 내면을 고백하는 일본 근대 문학 특유의 전통을 의식적으로 계승하려는 시도이기도 하다. 예컨대, 『파계』로 문명을 떨친 작가 시마자키 도손島崎藤村은 「신생」1918이라는 작품을 신문에 연재하면서, 어린 여조카와의 사랑과 근친상간의 사실을 고백해 일본 사회를 큰 충격에 빠뜨린 바 있다. '인생과 작품의 일치'라는 모토 아래 형성된, 낭만주의적 고백 문학의 계보를 장혁주 역시 숙지하고 있었으며 필경 적지 않은 영향을 받았을 것으로 짐작된다.

그렇다면, 장혁주는 이 소설에서 어떤 '과오'를 고백하고 있는 것일까. '편력'이라는 단어의 일상적 쓰임새에서 예측할 수 있듯이, 일차적으로 그것은 그의 여성 편력을 가리킨다. 실제로 이 소설에는 그가 다양한 여인들과 나눈, 설레는 사랑의 시작과 환멸로 변해버린 초라한 애정의 결말이 끊임없이 교차하며 등장한다. 장혁주의 그녀들은 과연 누구일까. 어린 시절 조혼早婚으로 맺어진 본처를 위시하여 한때 그의 넋을 잃게 했던 화류계의 기생이 있는가 하면, 다른 한편에는 조선 문단의 촉망받는 신진 작가였던 여성 문인들이 있다. 문인인 그녀들은 이 소설에서 실명으로 거론되는데, "최정원작가 최정희의 동생"이나 장혁주와의 불륜으로 인해 법정 소송 직전까지 갔던 "백신애"와의 연애1936는 당시 조선 문단의 떠들썩한 화제가 된 사건이었다.

소설에 따르면, 애정의 모험은 조선이 끝이 아니어서 그가 일본으로 건너간 이후에도 계속된다. 단신으로 도일한 작가를 일본 사회에 뿌리내리게 해준 헌신적 여성 "게이코"와의 결혼, 그리고 그런 게이코의 눈을 피해 몰래 만난 "유키에"라는 젊은 여성에 이르기까지 이 소설은 여성들과의 연애 사건을 추진력으로 삼아 작가 본인의 삶을 관통하는 핵심적인 서사를 재구성해낸다. 말하자면, 일본으로 건너갈 수밖에 없었고, 일본어로 글쓰기를 하며, 일본인 아내의 성姓으로 귀화한 조선인 작가의 내면적 고투와 번민이라는 서사가 여성들과의 만남과 결별, 애착과 환멸의 반복되는 과정 속에서 서서히 완결되는 구조인 셈이다.

어머니로부터 벗어나 "일본의 마음"을 얻다

한국에서 『편력의 조서』는 이제까지 주로 작가 백신애와 관련하여 언급되어 온 텍스트라고 해도 과언은 아니다. 실제로, 장혁주는 『편력의 조서』 이전에도 백신애와의 연애 사건과 그 여파를 다양한 형태의 글쓰기로 여러 차례 재현해왔다. 「월희와 나月姬と僕」1936, 「어떤 고백담ある打明話」 1941은 일본어로 쓰여졌고, 그녀와의 밀회를 소재로 한 「팔공산 바위 우에서」1936는 잡지 『조광』에 실린 바 있다. 백신애와의 관계가 도일渡日 사유의 전부는 아니었겠지만, 장혁주로서도 쫓기다시피 일본으로 건너가는 계기가 되었던 만큼 그의 삶에서 이 연애담은 빼놓기 어려운 이정표였던 듯하다. 이 사건은 1958년 작 「이민족 남편異俗の夫」1958에서도 다시 한번 소환된다. 그래서일까. 『편력의 조서』는 장혁주가 백신애와의 관계를 자기식으로 유리하게 해석하고 자신의 도일이나 친일 경위를 그녀에게 전가하기 위해 쓰인, 말하자면 '자기변명'의 텍스트로 알려졌다.

물론, '고백'의 형식을 취한 소설답게 『편력의 조서』가 과거 사건을 취사선택하는 가운데, 통절한 자기반성과 구구한 변명 사이를 수시로 오가고 있는 것은 틀림없는 사실이다. 그럼에도 불구하고, 소설 전체를 놓고 보면 백신애와의 연애 사건은 이 텍스트에서 오히려 부차적인 편이다. 이 책에서 실은 가장 많은 비중으로, 가장 공들여 묘사된 여성은 두 명으로 좁혀지는데, 두 여인은 단연 장혁주의 어머니생모, 그리고 일본인 아내 "게이코"라 할 수 있다. 기생 출신인 장혁주의 생모는 교양이나 품위와는 거리가 먼 여성으로, 그녀는 물질적인 욕망과 애욕을 드러내는데 거리낌이 없으며, 자식에 대한 애정과 소유욕 또한 주체할 수 없이 강렬했던 인물로 묘사된다. 어머니의 존재가 모든 열등감과 사회적 인정투쟁의 원천이었던 만큼, 작가는 평생 그녀로부터 벗어나고자 몸부림치면서도 육친인 그녀와의 친밀한 유대를 그리워하는 모순 속에서 괴로워한다. 더욱이, 생모의 강요로 조혼한 구식 아내는 그에게 안타까운 연민의 대상이었을 뿐 사랑의 감정을 일으키지 못한다.

그렇다면, 일본인 아내 게이코는 어떤 여성이었을까. 어머니 / 아내로부터 끝없이 도망치는 가운데, 도일渡日 이후 만나게 된 "게이코"는 장혁주에게 그야말로 구원의 여인이었던 듯하다. 그녀와의 연애를 통해 그는 일본이라는 나라를 추상 명사가 아니라 구체적 실감으로 비로소 마주하게 된다. 야심찬 조선 출신의 젊은 작가에게, 일본 사회는 친절하지만 어딘가 곁을 내주지 않는 느낌이었다면, 이제 그녀를 통해 그는 '일본의 마음'을 비로소 얻게 되었다고 느낀다. 하나의 언어를 습득하기 위해서는 그것을 낳은 지역을 알아야 하고, 그 지역이 낳은 사람을 알지 않으면 안 된다는 것. 단지 아는 것만이 아니라 사랑하지 않으면 안 된다는 것. 그는 작가로서 인생을 걸었던 '일본어 글쓰기'와 '귀화'라는 자신의 결단이 옳았음을, 더구나 그것이 행복한 선택이었음을 아내 게이코를 통해 거듭 확인하며 마침내 안도한다.

나는 게이코로부터 한 발짝도 떨어지고 싶지 않았다. 우거진 수풀에서 행복이 솟아나 내 마음으로 이어져 하나가 되었다. 흐르는 물도 나무도 풀도 모두 나와 마음을 딱 맞추고 있었다. 반딧불이가 그 마음에 불을 켰다. 그것이 게이코의

마음처럼 읽혔다. 나는 내 작품의 고향을 이 나라에서 찾은 것이 옳았다는 생각에 마음이 떨렸다.[42쪽]

이 논리대로라면 그의 애정 편력은 게이코에게서 마침표를 찍어 마땅했겠지만, 실은 그렇지 않았다는 데서 '조서調書'라는 이 소설의 표제어가 탄생한 것이 아닐까. '조서'라는 단어가 흔히 '신문訊問'이나 '피의자'와 같은 법률 용어를 연상시키는 것처럼, 그는 구원의 여인 "게이코"를 배반한 자신의 과오가 대체 어디서부터 비롯되었는지, 왜 그런 용서 받기 어려운(!) 일을 저지를 수밖에 없었는지 자신을 추궁한다. 그리고 스스로 만든 고백의 가상 법정에 삶의 특정 부분들을 강조하여 내세운다. 『편력의 조서』가 그려내는 서사에 따르면, 과오의 기원에는 다름 아닌 그의 어머니가 존재한다. 결코 다스려지지 않는 애욕과 욕망을, 피의 유전을 통해 고스란히 물려준 굴레로서의 운명. 혹은 그립지만 동시에 너무도 부끄러운 그 이름 어머니. 자의 반 타의 반, 일본 땅을 밟으며 매일 다짐했을 그의 각오 즉, 완전히 "이 나라일본의 시인이 되어 보이기 위해서"라면, 결코 뒤돌아보아선 안 될 '그녀-어머니'의 존재란 실은 장혁주에게 떠나온 애증의 고향 '조선'의 다른 이름이 아니었을까.

전후 일본어 글쓰기와 불가능한 순수

소설은 그가 밀회하던 젊은 여성 "유키에"와의 관계를 정리하고 다시 "게이코"의 집으로 돌아오면서 끝이 난다. 미군의 폭격으로 허물어졌던 집터에 그녀가 남편의 부재를 견디며 새로 지어올린 집이다. 그녀의 지혜는 또한 놀라운 것이어서, 전후 처음으로 열리는 마을 축제 때 지역에 거주하는 "유일한 문화인" 자격으로 그가 축사 연단에 설 수 있도록 미리 계획해 둔다. 얼떨결에 불려나간 그는 "패전 후 일본이 너무 비참했지만, 마침내 악몽에서 깨어나 자의식을 되찾는 것은 정말 기쁜 일"이라 연설해 마을 사람들의 열렬한 박수를 받는다. "내게 제1의 고향은 없는 것이나 마찬가지였다. 나는 자신이 이 나라 국민이라는 것을 인식했다"로 이어지는 작가의 독백이야말로 이 소설의 핵심 문장이 아닐까. 일본어 글쓰기를 수행했다는 점에서는 동질적이지만, 전후 일본에 계속 거주하되 '조선인'이라는 마이너리티로서의 정체성을 여전히 유지하려 했던 재일 작가들과 장혁주가 확연히 구별되는 지점이기도 하다. 실제로, 재일 조선인 사회와 그의 갈등은 골이 깊었던 것으로 알려져 있다.

신화에서부터 현대 소설에 이르기까지 서사의 원형적 꿈이 주인공의 무사 귀환으로 종결되는 것이라면, 『편력의 조서』의 결말 또한 여러 층위에서 귀환을 재현하는 것으로 보인다. "게이코"와 아이들이 있는 가정으로의 귀환, 일본 작가라는 사실을 기꺼이 인정해주는 이웃 일본인들 속으로의 귀환, 무엇보다 폐허로부터 점차 깨어나고 있는 전후 일본 그 자체로의 귀환. 일본 독자들을 상대로 쓰여진 『편력의 조서』는 따라서 조선이라는 과거를 '청산'하고 일본의 '보통 작가'로서 전후 일본 사회와 함께 새롭게 출발하려는 장혁주, 아니 노구치 가쿠츄野口赫宙의 오랜 소망의 기록인 셈이다.

그러나 아이러니하게도, 이후 그의 글쓰기 행보를 보면 그 자신의 희원처럼 조선적인 것의 흔적으로부터 말끔히 벗어날 수는 없었던 것으로 보인다. 그렇다면, 그의 글쓰기는 지금·여기의 우리에게 어떤 의미일까. 제국-식민지의 역사가 낳은 일본어 글쓰기가 '패전/해방'이라는 전후 시간의 한쪽 편에서 빠르게 망각되어 갔다면, 장혁주의 사례는 마치 거울상처럼 반대편에 놓여 있는 것이 아닐까. 그 자신의 기원이기도 한 혼종

성을 삭제하려는, 역시나 불가능한 또 다른 극단의 지점에 장혁주의 전후 일본어 글쓰기가 놓여 있다.

편력의 조서

먼 하늘에서 종다리가 울고 있었다.

나는 귀를 기울였다. 종다리가 있는 곳을 찾으려고 하늘을 올려다보았다. 해가 눈이 부셔 구름 외에는 아무것도 보이지 않았다.

'나는 잘못하고 있다.'

그때 나는 이렇게 생각했다. 하지만 옆에서 따라오고 있는 게이코圭子의 존재를 무시하려고 했다.

"어쨌든 한 번은 돌아와 주세요."

게이코가 내 손에 매달리듯이 말했다.

나는 대답하지 않았다. 어젯밤의 이야기로 모두 매듭을 지었다 — 나는 고집을 부리고 있었다.

뽕나무 가지가 뻗어 나와 골목이 좁아져 있었다.

그곳을 빠져나와 말했다.

"일단 거기 가서 생각해볼게."

이렇게 말해놓고 슬며시 게이코의 얼굴을 봤다. 하룻밤 내내 울어서 부석부석해진 얼굴에는 초췌한 구석이 생생히 드러나 있었다.

"당신은 저와 아이를 버리고 가서 행복하게 살겠다는 건가요?"

"먼저 헤어지자고 한 건 당신이야."

짐짓 냉혹하게 말했지만 게이코의 눈에 눈물이 흐르는 것을 보고 자신의 잔혹함에 어이가 없었다.

"12년 동안 당신을 철석같이 믿고 있었으니까, 깜짝 놀라서 제정신이 아니었어요. 정신이 없어서 무슨 말을 했는지 기억도 안 난다고요."

"……"

그건 그럴 거라고 생각하면서도 나는 입을 꾹 다물고 있었다.

"제발, 부탁이에요. 이대로 가서 안 돌아오거나 하지는 말아요."

동정을 구걸하듯이 게이코는 내 손에 매달렸다. 나는 그 손을 따뜻하게 맞잡아주고 싶은 마음을 애써 무시하고 응하지 않았다. 여기서 타협해서는 안 된다고 자신에게 경고하면서.

현기증이 났다. 나는 어젯밤 게이코가 내 면전에서 했던 비난을 떠올렸다. '당신은 정말 무서운 사람이네요. 이렇게 오랫동안 사람을 속이다니. 새빨간 거짓말쟁이예요. 증거가 이렇게 많은데도 그게 아니라고 잘라 말할 수 있어요?' 나는 현장에서 연행된 범죄자처럼 몸 둘 바를 몰라 풀이 죽어 있었다. 두려워서 끝까지 감추려고 했던 비밀이 들통나 눈앞이 캄캄했다. 게이코는 내가 서랍 밑바닥 쪽에 묶어서 넣어둔 유키에雪枝의 편지를 찾아냈다. 그럴듯하게 평계를 댄 나를 완전히 믿은 것처럼 보였지만 그녀는 언제부터인가 나를 의심하기 시작했을 것이다.

'이 편지는 뭐예요? 꼭 소녀 취향이잖아요. 백합꽃 향기가 납니다, 달이 아름답습니다, 개구리가 울고 있습니다, 당신이란 사람은 정말 악취미네요. "당신에게 처녀를 바친 날 밤, 저는 어린 참새처럼 떨고만 있었습니다." 흥! 나잇살이나 먹어가지고 이런 아프레…….'[1]

나는 몹시 부끄러워지는 그 수치심을 견딜 수 없을 것 같아 아아 하고 소리치고 싶었다. 나잇살이나 먹어가지고 — 이 말이 예리한 칼날이 되어 내 심장을 후벼 파는 것 같았다.

'이 편지를 읽고 또 다른 당신을 알고 깜짝 놀랐어요. 당신은 치한이에요. 이런 추태를 넉살 좋게 써서 보내는 여자가 아프레라면, 당신이라는 사람은 변태성 치한이에요. 저하고 결혼하고 나서 한 번도 한 방에서 잔

---

1   전후의 혼란기에 종래의 가치관, 도덕, 습관 등이 붕괴하고 그것들에 얽매이지 않고 행동하는 반체제적이고 반도덕적인 젊은이들이 나타나게 되었다. 프랑스어 아프레게르(전후파)의 생략형인 '아프레'는 당시 한국에서 그런 젊은이들을 가리키는 말로 쓰였다.

적이 없는 주제에, 제가 그렇게 싫었던 거예요! 분해 죽겠어요…….'

원통하다는 듯이 입술을 깨물고 신음소리를 내며 만지작거리고 있던 블라우스의 단추를 잡아떼고, 그곳을 쫙쫙 찢고 장렬하게 이를 갈기 시작했다. 혀를 깨물어 입술 사이로 선혈이 뿜어져 나오는 게 아닐까, 하고 나는 공포에 와들와들 떨면서 그녀의 손을 잡고 무릎걸음으로 다가가 어떻게든 달래려고 필사적이었다.

'싫어. 놔요. 당신 같은 이중인격자는 보는 것도 싫어요. 싫어, 싫어, 싫어요!'

게이코는 날뛰었다. 내게 잡힌 손으로 나를 밀쳐냈다.

'헤어져요. 당장 나갈게요. 아프레 여자를 데려와 같이 사세요.'

지금 당장 나간다는 몸짓의 그녀를 말리며 나는 소리쳤다.

'나갈 거면 내가 나가.'

하룻밤 고민하고 동틀 녘이 되어 그렇게 하는 편이 좋겠다며 단념하고는 깜빡 잠이 들었다가 깨어보니 아침이 되어 있었다. 나는 게이코에게 알리지 않고 집을 나가려고 했지만 부엌에 있던 그녀에게 들켜 어쩔 수 없이 아침을 먹게 되었다.

"이봐요, 다시 한 번 생각해봐요"

어젯밤과는 딴판으로 게이코는 내게 매달렸다. 하지만 이제 내가 고집을 부렸다.

게이코가 내게 뭐라고 말했다. 하지만 우리가 뽕나무 사이로 나왔고, 보리를 베고 있던 여자가 낫을 든 채 허리를 펴고 일어나는 바람에 우리와 얼굴이 마주쳤다. 안면이 있는 사람이라 싹싹하게 "날씨가 좋아졌네요" 하고 그 지방의 인사하는 방식으로 말을 건네 왔다. 게이코는 내게서 떨어지며 순식간에 격식 차린 표정을 짓고는 "날씨가 좋아져서 정말 도움이 되겠어요" 하고 응했다. 게이코의 얼굴이 묘하게 일그러지며 슬픈 기색이 떠올랐다.

나는 그것을 보고 마음이 아팠다. 서둘러 눈을 떼고 멀리 평원의 북쪽 끝에 희미하게 보이는 아카기산[2] 쪽을 보았다. 그 주위 하늘은 맑게 개어 있어 씻은 듯이 새파랬다. 문득 그 하늘 밑의 다카사키[3]역에서 나를 기다리고 있는 유키에를 마음에 그렸다. 그런 줄도 모르고 게이코는 나를 따라와서는 조금 전의 얼굴로 돌아가 자꾸만 말을 걸고 싶어 했다. 나는 그것을 딱 잘라 거절하는 듯이 뿌리치며 발길을 재촉했다. 게이코는 비참한 마음에 풀이 죽어 잠자코 나를 따라왔다.

우리는 한길로 나가 오른쪽으로 돌고는 그곳 사람들에게 들키지 않도록 조심하며 바구니 가게나 자전거포, 양품점 앞을 걸었다. 겉으로 보기에는 의가 좋은 부부가 평범하게 같이 가는 모습으로, 두 사람 사이에 추한 싸움이 벌어지고 있는 것으로는 보이지 않았을 것이다. 체면을 지키려는 우리의 의식이 예기치 않게 일치한 것을 보고 게이코가 가엾게 느껴졌다. 하지만 나는 그것을 거부했다. 사람들의 발자국이 흩어진 채 질척거리는 로터리 옆을 피해 자갈을 골라 걸으며 역으로 다가갔다.

대합실에서는 나란히 앉아 여행을 떠나는 남편과 전송하는 아내의 모습을 유지하도록 주의하며 시간이 가는 것을 기다렸다. 서로 한마디도 하지 않았다.

---

2   赤城山. 관동(関東)지방 북부, 군마현(群馬県)의 한가운데에 위치하는 화산.
3   高崎. 관동지방의 북서부, 군마현 중남부에 위치하는 도시.

기차가 움직이기 시작했다. 나는 역시 얼굴을 창으로 향하지 않을 수 없었다. 기차표를 펀치로 뚫어주는 사람 뒤쪽에서 게이코가 가만히 나를 보고 있었다. 나와 눈이 마주쳤을 때 잘 다녀오세요, 하며 손을 흔들고 싶어 하는 기색을 보였다. 나는 그것에 응해 손을 흔들 자신이 없었다. 눈을 피했다. 잔혹한 짓을 하는 자신이 미웠다. 게이코의 눈이 완전히 멀어질 때까지 나는 자신을 주체하지 못했다. 하지만 기차가 들판으로 나가 철교를 건너 산골짜기로 들어가도 그 눈은 따라왔다. 괴로움을 마음속 깊이 가라앉힐 때면 늘 검푸르고 풀죽은 그 얼굴에는 먼 옛날의 추억이 있었다.

그날 나는 편지로 약속한 기차를 놓쳐 세 편 뒤의 열차로 신주쿠를 출발했다. 게이코는 전보를 치기에 형편이 여의치 않은 숙소에 묵고 있었다. 게이코는 아침부터 플랫폼에 나가 있다가 로컬선을 포함한 여러 편의 열차를 맞이하고 보내며 내 마음이 변해 오지 않은 게 아닐까 걱정했다고 나중에 이야기했다. 기차가 가미스와역上諏訪駅으로 미끄러져 들어갈 때 나는 창에 얼굴을 바짝 붙이고 플랫폼에 서 있는 그녀를 발견했다. 스쳐 지나가는 창을, 거기에 있는 하나하나의 얼굴을 놓치지 않으려고 열심히 보고 있는 그녀의 얼굴에는 피곤함이 묻어 있었다. 이 열차로도 오지 않을지 모른다는 불안에 가라앉아 풀이 죽은듯이 초췌한 표정이었다. 나는 아프게 감격했다. 나는 그녀가 서 있는 곳을 지날 때 그녀에게 다급한 마음으로 손을 흔들어보였다. 게이코는 나를 알아봤다. 기쁨이 확 퍼지며 두 량쯤 앞쪽에 가서 멈춘 객차를 쫓아왔다. 그녀 앞에 내려선 나는 그녀의 조금 전 얼굴을 소중히 마음에 담았다.

게이코는 물풀에 반딧불이가 곁들여 그려진 모슬린 기모노를 입고 있었다. 오비[4]는 하얀 바탕의 얇은 비단에 커다란 양귀비꽃이 수놓아졌다. 하지만 나와는 여덟 살 차이가 나는 스물한 살의 젊음치고는 다소 수수한 것 같았다. 대형 트렁크 하나를 들어준 그녀는 육교를 올라가며, 밤기차로 신주쿠를 출발한다는 편지를 어제 받았기 때문에 오늘은 이른 아침부터 숙모에게 도쿄로 돌아간다고 말해두고 역으로 나온 거라고 했다. 그런 그녀에게는 일편단심의 애정과 신뢰가 있었다. 나는 어딘가 주춤하곤 하던 마음을 버렸다.

"피곤하죠?"

건너편 플랫폼으로 내려가 출구 쪽으로 걸으며 게이코가 물었다. 나는 별로 피곤하지 않다고 대답했다.

"그럼, 바로 집 보러 갈래요? 두 곳을 봐뒀거든요. 하나는 집세가 싼 대신에 주위의 집들이 빽빽이 들어차서 시끄러울지도 몰라요. 또 한 집은 한적해서 좋은 집이고요."

벌써 그런 것까지 준비를 잘해두었구나 해서 나는 허를 찔린 느낌이었다. 이미 그녀에게 털어놓은 일이지만, 이혼한 것으로 되어 있어도 아직 호적에서 빠져 있지 않은 전처와의 사이에 옥신각신하는 일이 일어나서는 오히려 불행해질 것이다. 이 나라에 와 있는 외국인에게 자주 있는 일로, 특히 나와 동향인에게 많이 발생하는 이중 결혼을 나도 범하게 되기 때문에 역시 두 사람이 맺어지는 것은 법률상 깨끗한 몸이 되고 나서가 좋지 않을까. 오는 기차 안에서 나는 이런 이야기를 다시 한 번 해볼까 생각했다.

"어떻게 할까요?"

---

4   기모노를 입을 때 허리 부분을 감고 조여 묶는 좁고 긴 천.

대답을 주저하는 나를 걱정스럽다는 듯이 쳐다보는 그녀에게 물었다.

"여기서 멀어?"

나는 마음을 정했다.

"걸어서 5분쯤일 거예요."

두 사람은 역 안으로 들어가 짐을 잠시 맡겼다.

광장에는 버스와 콜택시가 드나들고 있었다. 한길 건너편에는 호텔이나 식당, 토산품점이 줄줄이 늘어서 있었다. 그쪽으로 따라 가자 여관이나 잡화점, 청과물점이 빽빽이 들어차 있었다. 한쪽에는 불에 그은 말뚝에 철조망이 쳐져 있었다. 바로 거기까지 레일이 깔려 있어 화물칸을 단기관차가 선로 전환 작업을 하고 있고, 배출하는 증기나 기적이 주위의 공기를 휘젓고 있었다. 건널목에는 차단기가 내려가고 붉은 깃발을 든 건널목지기는 잔뜩 대기하고 있는 자전거나 짐수레, 트럭 쪽을 느긋하게 보고 있었다.

게이코는 그 건널목 쪽으로 가지 않고 오른쪽의 좁은 골목으로 안내했다. 도랑에는 맑은 물이 졸졸 흐르고 하얀 김이 나고 있었다. 공동 수도에서 물을 긷고 있는 아낙네, 저울을 짊어진 채소 장수, 온천의 공동 목욕탕에서 나온 할멈, 수건을 이마에 질끈 동여매고 한창 일을 하고 있는 통장수 등 그곳에서는 서민의 생활이 배어나오고 있었다. 이 근처에서 나도 이런 생활에 가세하는구나 하는 친근감 같은 기분이 내 마음을 따뜻하게 했다. 숨바꼭질을 하고 있다가 나와 부딪칠 뻔하며 달려간 아이에게 퍼뜩 정신을 차린 듯한 시선을 보내고, 머지않아 내 아이도 저런 모습으로 나타나 이 동네의 이 공기를 똑같이 마실 거라는 생각도 했다. 이것이 단순한 여행이었다면 이런 뒷동네는 들여다볼 마음도 들지 않았을 거라고 생각했다. 게이코는 한눈도 팔지 않고 걸었다. 나는 그런 그녀에게 시선을

주었다. 150센티미터가 좀 넘은 아담한 몸집의 그녀는 조금 전까지 근심하던 흔적도 없이 행복하게 마음이 들떠 있는 것 같았다. 조금 전의 공동 목욕탕을 다이라湯 온천이라고 하고 앞으로 매일 목욕하러 오게 될 거라고 했다. 그리고 이 주변을 유노와키湯の脇라고 하는데 이 안쪽에 집세가 싼 집이 있다는 이야기를 했다.

판자 울타리로 둘러싸인 그 집은 두 세대가 나란한 이층짜리 연립주택이다. 방 하나 뿐인 듯한 이층은 난간도 달려 있지 않은 빈약한 만듦새이고 꼭 닫힌 덧문은 아주 낡았다. 무엇보다 두 세대가 나란한 연립주택인 점이 마음에 들지 않았다. 마당을 판자 울타리로 칸막이를 했고 아래층은 세 칸짜리 집이어서 둘이서 살기에는 너무 넓을 정도라며 게이코는 집세가 싼 것을 변명처럼 말했다. 하지만 나는 안을 살펴볼 것까지도 없이 싫다고 했다. 산 쪽의 한길로 나갔다.

울창하고 무성한 나무숲 안에 신사가 있고 그 앞을 지날 때 게이코가 잠깐 멈춰 서더니 고개를 숙였다. 나는 아! 하고 깜짝 놀랐다. 지금은 믿지 않지만 나는 어렸을 때부터 다녔던 그리스도교의 여러 가지 습관으로 인해 일본의 신사에 모셔진 것을 신이라고 생각할 수는 없었다. 게이코에게는 그것이 습관이 되어 있는데 내 습관에는 그게 없다는 사실이 신경 쓰였다.

한길의 오른쪽은 산으로, 밭이 일구어져 있었다. 왼쪽에는 만듦새가 훌륭한 집 몇 채가 있었다. 이층 복도에는 유리문이 있어 등나무 의자를 내놓고 느긋하게 신문을 읽고 있거나 했다. 작은 시내가 한길에서 벗어나 언덕 쪽으로 졸졸 흐르는 곳을 따라 좁은 길을 내려간 곳에 세 채 있는 집 중 한가운데 이층집이 그것이었다. 기둥이나 창호로 보아 셋집으로 지은 것이 아니라는 사실을 알 수 있었다. 현관 옆 복도의 유리문에 커튼이 쳐져 있어 빈집으로는 보이지 않았다. 역 앞에 있는 여관의 영감이 일을 그만두고 살 집으로 지었는데 1년만 살고 작년에 세상을 떠났고, 부인인 할멈이 가끔 청소를 하러 올 뿐이라고 했다. 할멈은 집을 더럽히지 않는 것을 조건으로 세를 줘도 좋다고 했다. 게이코가 나를 기다리는 일주일 동안 셋집을 구하러 다니다가 찾아낸 것이다.

문에서 현관까지는 가깝고, 산울타리 밑이나 마당에는 잡초가 무성하여 거주자를 애타게 기다리고 있는 듯했다.

"처음 온 것 같지가 않은데."

나는 어쩐지 그런 기분이 들었다.

"정말 그러네요. 어쩐지 지금까지 쭉 살아온 느낌이에요."

게이코도 이렇게 말했다.

역 앞의 혼잡한 거리로 돌아가 도토칸東都館이라는 이름의 이류나 삼류쯤의 여관에는 게이코가 혼자 들러 교섭을 마치고 나왔다.

"오늘부터도 괜찮대요. 하지만 내일로 해요. 지금부터 함께 갔으면 하는 곳이 있거든요."

"어딘데?"

"가미샤上社!"[5]

"가미샤?"

"스와 신사의 가미샤에요."

"신사에? 뭐 하러?"

나는 그것이 무척 뜻밖으로 들렸으므로 당황해서 물었다.

"이유는 나중에 얘기할게요. 그 전에 점심이나 먹을까요? 시장하죠?"

---

5 나가노현의 스와(諏訪)호수 주변에 있는 신사다. 경내 네 군데의 신사를 합쳐 스와타이샤(諏訪大社)라고 하는데 그중 하나가 가미샤다.

우리는 관광객을 상대로 하는 식당으로 들어갔다.

가미샤행 버스를 타고 종점에서 내리자 바로 앞에 큰 도리이鳥居[6]가 있었다. 확실치는 않지만 굵은 자갈을 밟으며 긴 참배로를 지나 몇 번 방향을 바꾼 후에 배전[7] 앞으로 간 것으로 기억하고 있다.

엷은 남색의 하카마[8]를 입은 젊은 신관이 이쪽으로 왔다. 게이코가 다가가 뭔가 부탁했다. 얼굴을 살짝 붉히며 부탁하자 신관은 건너편에 있는 건물 쪽으로 돌아갔다.

"뭘 하는 거야?"

"우리 결혼식을 하는 거예요."

"뭐?"

나는 앗 하고 소리를 지를 뻔했다. 내 마음속에 숨어 있던 것이 갑자기 날뛰며 튀어나왔다. 그것은 지긋지긋한 나의 과거였다. 나는 믿지 않았으나 삼엄한 배전의 내부를 살펴보고 그 꺼림칙한 과거에 더럽혀진 신의 분노를 상상했다. 나는 게이코를 쳐다봤다. 그녀도 우리 사이를 허락해주지 않는 부모 곁을 도망쳐온 것이 아닌가. 이는 모독이었다. '그만둬.' 이렇게 말하려고 했으나 게이코를 보고 마음이 꺾였다. 그녀는 입을 꾹 다물고 눈동자를 고정한 채 서 있었다. 그녀는 자신을 확신하고 있었다. 그 눈에는 의혹이 없었다. 신을 속인다는 자책도 없었다. 자연스럽고 당연한 일을 하고 있다는 자신이 있을 뿐이었다. 나는 자신을 돌아보았다. 내 배후에 연

---

6   신사 입구에 세우는 기둥 문으로, 신의 영역을 나타낸다.
7   일반적으로 신사는 본전(本殿), 폐전(幣殿), 배전(拜殿)의 세 부분으로 이루어져 있다. 본전은 신령을 모시는 곳으로 보통 신관(神官)만이 들어갈 수 있다. 폐전은 신관에 의해 종교의식이 행해지고 기도를 올리는 곳이다. 그리고 배전은 경배하고 기도하는 곳이다. 신사의 신성한 영역은 도리이라고 하는 출입문으로 구별되어 있다.
8   기모노 위에 덧입는 주름 폭이 넓은 하의로 허리에서 발목까지 덮으며 끈으로 묶는다.

결되어 있는 이러저러한 사람이 내게 저주의 말을 퍼부으려고 하 있었다. 하지만 내게는 내 생명을 지속하고 싶은 강렬한 의지가 있었다. 나는 다시 한 번 게이코를 쳐다봤다. 그녀는 나의 그런 과거도 자신의 사정도 전혀 염두에 두지 않는 것 같았다. 신경 쓰는 기색마저 보이지 않았다. 지금 여기서 자신의 신념을 누군가에게 선언하지 않고는 견딜 수 없었다. 그것을 이곳의 신을 빌려 해치우고자 하기라도 하는 것처럼 보였다.

이것으로 됐어, 하고 나는 마음이 진정되기 시작했다.

신관이 두건을 쓰고 예복을 입은 채 나타났다. 나는 마음속의 세계에서 나와 세속적인 의혹과 체면을 신경 썼다. 모슬린 기모노에 포랄 신사복으로, 시중드는 사람 하나 없는 결혼이라니, 우습잖아, 하고 말하려고 했다. 무언중에 그것을 눈치 챈 게이코가 말했다.

"저 사람한테는 그냥 기도만 해달라고 부탁했어요."

"그래!"

나는 한숨을 돌렸다.

"가내 안전이든 뭐든 저 사람이 축문을 외는 동안 우리는 마음의 서약을 해요. 서로에게가 아니라 자기 자신에게요. 우리 두 사람은 세상 사람들보다 두 배는 강하지 않으면 백년해로할 수 없으니까요."

게이코의 마음에 안기듯이 신관의 뒤를 따라 신전으로 들어가 노랗게 빛나 보이는 노송나무 마루 위에 나란히 무릎을 꿇고 앉았다. 몸도 마음도 싸하게 어는 듯한 기분에 낯선 불안감이 겹쳤다. 나는 신기하다는 듯이 신관의 거동을 지켜봤다. 그는 목소리를 길게 끄는 듯이 하며 신 앞에 넙죽 엎드리고 혼을 담은 힘이 손가락 끝에 가서 응결하는 듯이 숨을 돌리고는 손바닥을 마주쳐서 소리를 내고 깊이 고개를 숙였다. 그리고 품에서 서서히 꺼낸 축문을 펼치고 신격화한 목소리로 낭랑하게 읽었다.

나는 게이코가 그 신관에게 눈길을 주고 있는 것을 보았다. 짙고 모양 좋은 눈썹이 약간 빳빳하고 굳게 다문 입술 언저리에서 강한 마음이 보였다. 거기에 담긴 힘이 내게 전해와 멀리 타향에서 다시 태어난 자끼리 여기서 생명을 함께 하자는 것의 의의를 절실히 생각하게 되었다.

아무 생각 없이 있는 내 앞으로 신관이 무릎걸음으로 다가와 손에 든, 신전에 바치는 비쭈기나무 가지를 내밀었다. 나는 무슨 일인지 영문을 모르고 허를 찔린 채 허둥지둥했다. 그러자 옆에서 게이코가 조그맣게 말했다.

"제가 대신할게요."

신관이 힐끗 나를 보았다. 의아해하는 듯한 그 표정에서 나는 자신의 이교도적인 특성을 비춰보지 않을 수 없었다. 하지만 그는 무릎을 돌리고 신안神案으로 다가가 나를 대신하여 비쭈기나무 가지를 바쳤다.

다 끝나고 밖으로 나오자,

"이걸로 다 끝났어요."

하고 게이코가 말했다. 얼굴에 기쁨을 드러내고 그 목소리에는 낭랑한 울림이 있었다.

나는 잠자코 있었다.

"신사에 와서 그런 걸 한 것은 저도 처음이에요. 당신한테는 이상했어요? 하지만 역시 형식이 아니라, 해두고 싶었거든요."

게이코는 다소 신경이 쓰인 듯이 이런 변명을 했다.

"아주 나중에, 해둬서 좋았다고 생각할지도 모르니까, 뭐 괜찮아. 단 하루라도 빨리 신을 속이지 않는 상태가 되었으면 좋을 텐데."

나는 큰 도리이가 보이는 부근까지 와서 말했다.

"그건 그래요. 하지만 지금도 신을 속이는 건 아니에요. 두 사람의 마음에 거짓이 없으니까요."

세상의 관습을 안중에 두지 않는 그 마음에 나는 두 손을 모으고 싶은 생각이 들었다. 그런 마음을 가졌으니 나 같은 놈과…… 여기까지 생각하자 나는 눈물이 나올 것 같았다.

도리이 밖으로 나가자 버스가 시내에서 들어와 승객이 내리고 있는 참이었다. 다점茶店과 토산품점 앞은 참배객으로 북적이고 있었다. 멀리 호수가 있는 하늘에 황혼이 찾아오고 있었다.

뎃코센てっこうせん, 鉄甲船이라고 히라가나로 쓴 간판이 있는 여관에서 우리는 지친 몸을 달래며 쉬기로 했다. 역 바로 앞이어서 상당히 시끄러울 거라고 생각했지만 안쪽 3층으로 안내된 곳은 비교적 조용했다. 하녀가 안내해준 욕탕에는 바위산이 있기도 하고 작은 폭포가 있기도 해서 흥취를 자아냈다. 나는 게이코 쪽을 보지 않으려고 했다. 그렇게 하지 않을 수 없었던 것은 수치심 때문이었는데 서로의 나체를 본다는 것이 어쩐지 음란하고 부도덕하다는 사고에서 온 것이었다. 남녀가 욕탕에 같이 들어가는 습관이 없는 나의 민족적 특성에도 원인이 있겠지만, 우리의 애정이 육체에 치우치는 것을 미연에 방지하려는 의식이 내 마음에 잠재해 있었던 것이다. 그것은 꺼림칙한 그 기억과도 관계가 있었다. 나는 마치 소녀 같은 수줍음으로 잽싸게 탕 쪽으로 가서 몸을 씻고 물에 담갔다. 섬을 본뜬 바위 아래에 있으니 뒤를 따르듯이 게이코가 다가왔다. 나는 모양 좋은 유방과 두 손바닥에 들어갈 것 같은 가는 허리를 힐끗 쳐다봤다. 내 옆으로 와서 김 속에서 나를 보는 그녀의 얼굴에 살짝 교태가 드러났다. 그것은 이제 뭐든지 나에게 바치겠다는 안도감에서 온 것이지만 나는 어쩐지 불안한 기분이 들었다. 나는 다시금 자신의 마음속에 틀어박혀 있는 꺼림칙한 추억의 방해로 순수해질 수 없었다. 추잡한 과거를 불식시키기 위해 게이코의 웃는 얼굴까지 두려워했다.

그때 젊은 남녀가 사이좋게 함께 들어왔다. 둘 다 스물서너 살 정도인 한 쌍이었는데 여자는 눈가를 발그레 붉히고 입에도 눈에도 교태를 잔뜩 드러내고 있었다. 남자는 얼마간 굳어지고 약간 부끄러운 기색을 드러내고 있었지만 탕 안에 있는 우리를 보고는 당혹해하는 표정을 지었다. 하지만 여자 쪽은 무슨 상관이냐는 듯한 얼굴로 이쪽으로 다가왔다.

나는 놀라고 있는 자신을 깨달았다. 함께 온 사람의 몸에 욕탕의 물을 부어주거나 등을 밀어주거나 하는 여자의 배에서 맹장 수술을 한 흉터를 발견했을 때 게이코가 타인 앞에서 아무렇지 않게 벗은 몸으로 있어서는 안 된다고 절실하게 생각했다. 꺼림칙한 기억이 그 불안을 부른 것이다. 꺼림칙한 그 기억이라는 것은 하나만 독립해 있는 산 같은 것이 아니라 여러 개의 봉우리가 늘어서 있는 산맥 같은 것이다. 그중의 하나만이 내 마음에 비친 것이 아니라 전체가 한꺼번에 내게 닥쳐왔다. 나는 불쑥 탕에서 나와 서둘러 탈의장 쪽으로 갔다. 허를 찔려 나를 쫓아온 게이코가 왜 그래요?, 하고 걱정스럽다는 듯이 물었다. 나는 그녀를 놀라게 한 것을 미안하게 생각했지만 뜻밖의 행동에 대한 설명을 할 길이 없어 잠자코 있었다. 그녀는 숙소의 유카타[9]로 알몸을 가렸다. 나는 그것을 보고 한숨을 돌렸다. 그리고 나는 이런 인간이었구나, 하고 생각했다. 이것이 게이코에게 어떤 식으로 작용할 것까지는 생각하지 않았다. 다만 그것에 사로잡혀 있을 뿐이었다.

이튿날은 아침 일찍부터 세를 들기로 한 집으로 이사했다. 두 사람이 가져온 트렁크나 고리짝을 넣고, 내가 하숙에서 쓰던 책상이나 이불 등의 짐이 정오가 지나 도착하여 그것까지 넣어도 방은 휑뎅그렁한 빈집이었

---

9   가운 같은 모양의 무명 홑옷으로 주로 잠잘 때나 목욕한 뒤에 입는다.

던 때와 거의 달라지지 않았다. 현관께의 다다미 두 장 크기의 공간에서 왼쪽에 다다미 여섯 장짜리 방, 오른쪽에 마루가 깔린 널찍한 부엌, 똑바로 건너편으로 빠져 복도로 나갈 수 있었다. 그 복도는 다다미 여섯 장짜리 방 옆의 다다미 여덟 장짜리 객실을 에워싸듯이 이어져 있었다. 복도가 끝나는 곳이 계단이었다. 이층의 다다미 여덟 장짜리 방도 옆에 복도가 붙어 있고, 아래층의 객실과 마찬가지로 근사한 도코노마[10]가 있으며 장식 선반도 느티나무인데 붉게 빛나고 있었다. 계단 아래의 오른쪽에 두 건물을 잇는 복도가 있어 별채로 지은 변소로 갈 수 있었다. 그 너머가 마당이고 하얀 벽의 창고까지 있었다. 복도의 유리문도, 덧문도 정성껏 만든 것으로 보아 훌륭한 만듦새였다. 좁고 삐거덕거리는 하숙집에서 어두운 생각을 해온 마음이 확 밝아졌다.

게이코는 스커트와 블라우스 차림으로 청소를 하기 시작했다. 집주인이 이틀에 한 번 꼴로 와서 청소를 했다고 하니 그다지 더러워지지는 않았을 테지만 그녀는 도코노마에서 복도의 기둥에 이르기까지 뽀드득뽀드득 소리를 내며 계속해서 닦았다. 유리문의 살이나 상인방까지 공들여 닦았다. 나는 할 일이 없어 따분하게 멍하니 있는 것이 부끄러워 빗자루를 들고 다다미 여섯 장짜리 방과 그 복도를 쓸었다. 하지만 그것을 보고 어머나, 먼지가 일잖아요, 빗자루를 그렇게 드는 게 우스워요, 하며 게이코가 웃었다. 나는 둔한 손놀림으로 쑥스럽다는 듯이 손에 들고 있던 빗자루를 내려놓았다. 그러자 게이코가 그 빗자루를 응달로 가져가 걸면서 도와주지 않아도 돼요, 이층에 가서 쉬세요, 하고 말했다. 나는 지금까지 빗자루를 든 적도, 하물며 걸레를 들어본 적도 없었다. 나는 이층으로 올

---

10 일본식 다다미방 한쪽 바닥을 한 층 높게 만들어 벽에는 족자를 걸고 바닥에는 꽃이나 장식물을 꾸며놓는다.

라가 복도에 서서 호수 쪽을 바라보았다. 지붕 위에 떠 있는 듯한 모양으로 호수가 둔하게 빛나고 있었다. 나는 문득 고향 집을 떠올렸다. 여관 풍으로 지어진 일곱 칸쯤의 집에도 복도가 많았다. 내가 썼던 두 칸짜리 온돌방과 양관 사이에 끼인 복도의 마루를 닦고 있던 하녀의 손이 보였다. 그 훨씬 전에 어머니와 살았던 집에는 요리사, 하녀, 기생이 많이 있었다. 기생집이었다. 여주인의 아들인 내가 걸레질을 하는 것은 이상한 일이었다. 내가 친부의 집에 맡겨지고 나서는 양반이라는 신분 높은 큰 도련님이어서 항상 아랫사람들이 시중을 들었다. 생모는 나를 그런 환경에서 키운 것을 자랑스럽게 생각했다. 하지만 지금 나는 뽀드득뽀드득 걸레질을 하고 있는 게이코에게 미안한 기분이 들었다. 앞으로 저녁때까지 해야 할 일이 산더미처럼 쌓여 있었다. 그런 식으로 있어서는 청소만으로 하루가 다 지나갈 것 같기도 했다. 뭐가 하나라도 도와주는 것이 좋을 거라고 줄곧 자신에게 말하면서도 나는 도울 일이 없었다. 하지만 게이코를 위로하지 않을 수 없는 나는 아래층으로 내려가, 다다미 여덟 장짜리 방을 끝내고 여섯 장짜리 방을 청소하기 시작한 게이코에게 그릇 정도는 사러 가도 좋다고 말했다. 하지만 게이코는, 당신은 당장 뭐가 필요한지 모를 테니까 나중에 제가 갈게요, 라고 대답했다.

　게이코는 나를 고생 모르고 자란 사람이라 보고 있는 모양이지만, 나는 자신 안에서 난봉꾼을 발견하고 깜짝 놀랐다. 게이코는 점심으로 먹을 메밀국수를 배달시키러 갔고, 역에 도착한 짐을 짐꾼에게 부탁하러 갔다. 쌀집에 가서 쌀을 배달시키고 풍로, 그릇, 냄비, 솥을 사오기도 했다. 그녀가 이렇게 大和라고 쓰고 오와라고 읽는 이곳 변두리 주택지와 시가지 사이를 왔다 갔다 하는 바람에 녹초가 된 저물녘까지 나는 아무 일도 하지 않고 지켜보고만 있었다. 이것도 내 마음을 좀먹고 있는 뭔가 때문이었다. 하지만 내 마음에 그런 나태함이 있었다는 것을 나는 이날 이때까지 알지 못하고 있었다. 나는 게이코에게 응석을 부리고 있을 수밖에 없었다.

게이코가 중요한 숯을 잊어 먹었다며 시내로 나간 것은 완전히 날이 저물어 주변에 어스름이 깔린 시각이었다. 나는 다다미 여섯 장짜리 방 쪽의 복도에서 바로 앞의 논에 눈을 주며 개구리 울음소리에 귀를 기울이고 있었다. 모내기를 막 끝낸 무렵이어서 반딧불이 한두 마리가 당황한 듯이 파란 꼬리를 끌며 날아갔다. 그림자놀이를 할 때의 그림자 같은 지붕을 보며 나는 차츰 안정을 찾아갔다. 왠지 모르게 초조함을 느끼며 미래에 대한 불안에 사로잡혀 있던 도쿄에서의 4년이 남 일처럼 생각되었다. 시단詩壇에 받아들여지고 나서 도쿄로 나왔지만 나는 이방인의 고독에서 완전히 벗어날 수가 없었다. 그러던 것이 지금 이렇게 있는 것만으로 아련하게 마음이 따뜻해지고 차분해졌다. 밭이나 호수나 산으로 둘러싸인 이 주택지가 휴식을 줄 뿐만 아니라 이렇게 나 자신의 생활이 뿌리를 내리기 시작한다는 의식에 안도하기 시작한 것이다. 게이코의 숨결이 집 안 구석구석까지 스며들어 있었다.

시간이 지났다. 귀가가 너무 늦다. 나는 살짝 가슴이 두근거렸다. 문 밖으로 나가 좁은 길을 따라 왼쪽의 확장 도로 쪽으로 슬슬 걸어갔다. 군데군데 있는 집들에서 새어나오는 불빛만으로 사람의 모습을 구별할 수가 없었다. 인적도 거의 없었다. 나는 도로를 오르락내리락하며 망설이다 우리 집을 잃어버리지 않도록 돌아보았다. 그러자 거기에는 거의 같은 모양의 집 서너 채가 바싹 붙은 주택들이 세 군데에 있었는데, 도로에서 나뉘어 들어가는 골목까지 비슷했다. 게이코가 그중 한 곳으로 잘못 들어간 게 분명하다고 생각하고 거리낌 없이 한 골목으로 들어가 봤다. 비슷한 집들

뿐이어서 모양을 구분하는 데 애를 먹었지만, 대문이나 정원의 손질이 잘 되어 있어 우리 집보다는 얼마간 고급이었다. 눈이 어둠에 익숙해졌다.

그 안쪽에서 검은 그림자가 어른거렸다. 길을 잃고 당황한 발걸음으로 안쪽으로 갔다가 다시 돌아왔다가 다시 저쪽으로 갔다. 나는 말을 걸었다. 그러자 그쪽에서는 아! 하고 소리치며 그 자리에 털썩 주저앉았다. 나는 흠칫 신경이 곤두서서 달려갔다. 게이코가 큰 짐 사이에 쭈그리고 앉아 울고 있었다. 하루 종일 아무것도 도와주지 못했던 회한이 내 마음을 가시처럼 찔렀다. 하지만 게이코는 그런 마음은 하나도 없이 숯장수가 배달해주는 것을 기다리고 있다가는 저녁식사가 늦어질 것 같고 음식점 음식을 배달시키는 것도 맛이 없으니 자신이 손수 요리를 해서 첫날 저녁을 축하하고 싶은 마음에 숯을 절반쯤 자루에 넣어달라고 했다. 그리고 돌아오는 길에 식용유를 한 되를 사고 그 밖에 튀길 거리인 채소를 사서 두 손에 들고 서둘러 돌아왔다. 그런데 어디서 어떻게 길을 잘못 들었는지 도무지 집이 보이지 않아 여기로 왔다. 하지만 여기도 아니었고 이제 힘이 다 빠져 움직일 수 없게 되었다. 여우에게 홀린 것 같기도 해서 울음을 터뜨릴 뻔했는데 그때 내가 온 거라며,

"다행이에요. 오늘 밤에는 노숙을 하나 싶었어요. 당신이 얼마나 걱정할까 싶어 제정신이 아니었거든요"

하고 말하며 내 가슴에 얼굴을 묻고 울었다. 나는 그녀의 어깨에 손을 얹었다. 땀이 난 어깨가 떨리고 있었다. 그 떨림에서 피로가 보였다. 이 마지막 장보기까지 같이 가주지 못한 나를 손톱만큼도 원망하지 않는 그녀에게 감동했다. 큰 쪽의 짐을 들려는 내게,

"숯을 들어주세요. 그건 덜커덩거려서 들기 힘들거든요"

하며 게이코는 마음에 등불을 켜고 환한 목소리로 말했다. 그리고 내 짐

과 바꿨다. 그런 행위를 말로 표현하면 나에 대한 위로가 된다. 하지만 그녀는 그렇게 하려고 일부러 의도해서 하는 것이 아니라 거의 본능적으로 눈 깜짝할 사이에 행동했다.

이튿날 나는 그녀가 큰 보자기에 갓 딴 매실을 사와 소금에 절이는 것을 보고 아니? 하고 생각했다. 나는 매실장아찌를 필요할 때만 조금씩 사오는 거라고 생각하고 있었다. 소금에 절인 매실이 매실장아찌가 될 때까지 귀찮은 품이 드는 것을 보고 게이코가 왜 그런 수고를 마다하지 않는지 이상하게 생각했다. 하나하나 꺼내 말리거나 사흘 밤 계속해서 밤에 말리거나 하는 것이 너무나도 행복해보였다. 그것은 또 막 시작한 우리의 생활에 윤택함을 주었다. 영원히 이어질 거라고 확신한 모습이고, 미래에 대한 걱정이나 두려움 같은 건 전혀 없었다. 내게는 무언의 채찍질이었다.

게이코는 시모스와^{下諏訪}로 연결되는 옛 가도 일대의 농가에서 염소젖을 발견하고 매일 아침 직접 가서 받아와 끓여서는 내게 마시게 했다. 나는 오랜 하숙 생활로 영양부족 상태에 있었다. 진찰한 결과 폐문 림프샘 결핵이라는 것을 알았던 것이다. 나는 또 위궤양 기미도 있어서 매년 장마철에는 딱딱한 쌀밥을 먹을 수 없었다. 하숙에서는 나 혼자를 위해 죽을 쒀줄 수도 없었기 때문에 늦봄에서 여름에 걸친 식생활은 비참했다. 게이코는 계란 노른자를 솜씨 좋게 섞은 죽을 만들어주었다. 새로 나온 위장약을 모두 먹어봐도 낫지 않아서 게이코는 문득 자신의 아버지가 오랜 위장병을 이질풀[11]과 망강남^{望江南}[12]으로 고쳤다는 사실을 떠올리고 민

---

11 쥐손이풀과의 여러해살이풀. 3~5월에 홍자색 또는 흰 꽃이 피고 열매는 삭과(蒴果)를 맺는다. 타닌이 많이 포함되어 있으며 소염·지혈·살균 작용 등이 있어 이질·설사 따위의 약재로 쓰인다. 한국, 일본, 대만 등지에 분포한다.

12 석결명이라고도 한다. 콩과의 한해살이풀. 높이는 50~150cm이며 잎은 어긋나고 우상복엽이다. 6~8월에 누런색 꽃이 줄기 끝의 잎겨드랑이에서 피고, 꽃이 진 뒤에 협과(莢

간요법도 미신만 있는 건 아니니까 먹어보면 어떻겠느냐고 말했다.

"당신만 좋다면 나도 차 대신 마실게요."

낮의 일이 끝나자 저녁 산책이나 가자며 우리는 바로 뒷산으로 올라갔다. 계곡 옆에서 그 약초를 발견했다. 그것을 따서 지장보살상이 서 있는 시내에서 씻었다. 나는 도회지에서 자라 농부의 일을 자세히 본 적도 없었다. 뜰에서 키우는 화초와 잡초도 구별할 수 없었다. 하물며 이질풀 같은 이름을 듣는 것도 처음이라서 그것을 무성한 풀숲에서 찾아내 따는 것은 생각할 수도 없는 일이었다. 게이코는 둘이서 다 들 수 없을 만큼 많이 채취한 풀을 하나하나 정성껏 씻었다. 나는 지장보살상 옆에 쭈그리고 앉아 보고 있었는데, 역시 딱해 보여 도와주겠다고 말했다.

"당신이 씻을 수 있어요?"

게이코의 말에는 사양의 뜻이 있었다.

"씻을 수 있지."

나도 씻기 시작했다.

하지만 그날 밤 나는 열이 났다. 정강이와 팔에 수포가 무수히 생겼고 터뜨리면 짙은 농이 줄줄 흘러나왔다.

"어머, 진디등에[13]예요. 그러고 보니 씻고 있을 때 진디등에가 많이 있었어요. 똑같이 물렸는데도 나는 아무렇지 않은데 당신 몸은 꽤나 약한가 보네요."

그녀는 딱하게 여기며 미안한 듯한 몸짓으로 처치를 했다.

果)를 맺는데 열매는 윤하, 강장제, 뱀이나 독충에 물렸을 때 해독제와 차 대용으로 사용한다. 멕시코가 원산지다.

13 흡혈성 등에와 진디등에과의 곤충을 통틀어 이르는 말. 모기와 비슷하며 눈에 띄지 않을 정도로 매우 작다. 떼를 지어 사람이나 짐승의 몸에 들러붙어 피를 빨아 먹는다.

며칠 지나도 완전히 낫지는 않았다. 아침에 일어나자마자 세수를 겸해서 다이라 온천에 가고, 저녁에 다시 탕에 몸을 담그러 가는 것이 일과였지만 점차 낯익은 사이가 된 이웃이 그것을 보고 진디등에 물린 정도로 그렇게까지 되느냐며 놀라더니 처치 방법을 알려주었다. 수포를 터뜨리고 뭐라고 하는 약초를 붙인다고 했다.

게이코는 혼자 약초를 뜯으러 갔다.

나는 나날이 건강해지고 혈색도 좋아졌다.

나는 몇 종의 잡지에 시를 발표하고, 아동잡지에는 조선으로 이주한 일본인 2세 아이를 주인공으로 한 아동 이야기를 연재하고 있었다. 그러므로 그 일을 정오가 지날 때까지 했다. 게이코는 나를 위해 유카타를 짓고 이불 손질 등을 하며 분주한 나날을 보내고 있었다. 나는 일의 피로를 산책으로 풀기 때문에 가까운 시골길을 정처 없이 거닐었다. 시가지로 가는 것보다 옛 가도를 걷는 것이 마음이 편했다. 거기에는 격자가 있는 색다른 오래된 집이 있고 돌담 위로 차분한 초가집이 있었다. 구시대 일본의 모습이 남아 있었다. 큰 길의 싸구려 근대풍 건물에서는 볼 수 없는 친밀함이 있었다. 교과서에 채택된 표준어와 같은 감각의 큰 길에서는 얻을 수 없는 깊이 있는 언어가 옛 가도 부근을 걸음으로써 홀연히 나타났고, 지금까지 표면적인 것만 알았던 말의 속뜻을 절실히 맛볼 수 있기도 했다.

집들이 끊기고 산자락을 돌아가자 다카기高木 마을이 보였다. 가인歌人 아카히코[14]를 낳은 마을이라는 의의도 있었는데 게이코 어머니의 친정이 그곳에 있다는 사실이 마음에 끌렸다. 만석의 쇼묘小名[15]이지만 이곳 다카시마조高島城의 옛 번사藩士 다케치武智가의 외동딸로 태어나 소학교에 다

---

14   島木赤彦(1876~1926). 메이지, 다이쇼시대의 가인.
15   에도(江戸)시대의 만석 이하의 제후.

닐 때도 인력거로 데려다주고 데려왔다고 한다. 그리고 오빠들 중에는 아카히코의 영향으로 지방의 가인으로 유명해진 사람도 있다고 한다. 평민 사상에 철저하다고 생각한다고 해도 내게는 핏줄이라는 것을 존중하는 의식이 마음 한구석에 숨어 있다는 것을 부정할 수 없었다. 이는 나의 성장 과정에서 온 것이다. 나의 생모는 기생 출신의 첩이었다. 생모의 친정도 이름 없는 평민 계급으로, 첩의 자식이라는 의식이 있는 동안 나는 열등감에 빠져 있었다. 그 반발로 나는 무정부주의로 내달렸다. 하지만 나의 아버지는 7백 년의 오래된 혈통을 자랑하는 대단한 양반 출신이고, 조부는 유자儒者로서 이름이 높았다. 오랜 인내 끝에 나는 아버지의 호적에 올라 호적상의 정식 아들로서 아버지 일족의 승인을 얻어 족보에 등록되었다. 그날 나는 드디어 그 열등감에서 벗어났다. 그런 집착에서 게이코가 이 나라 사족士族의 피를 절반이라도 물려받았다는 것을 마음에 담아 두었다. 게이코의 아버지가 조슈上州의 농가 출신이고 다카사키高崎에 있는 옛 포병 공창工廠의 직공장에 지나지 않았다는 사실을 일부러 잊으려고 했다. 사족의 외동딸이 직공장과 결혼한 것에 대해서는 사정이 있었지만 나는 그 이야기에 귀를 기울이지 않았다.

"두 사람의 좋은 쪽 핏줄을 이어받은 아이가 태어나면 좋겠네요."

어느 날 게이코가 말했다.

나는 이 말을 의미심장하게 받아들였다. 다카기마을을 멀리 바라보며 나는 그것을 떠올리고 있었다.

이층을 서재 겸 침실로 하여 게이코와는 아래층과 위층에서 따로 자기로 했다. 내가 그 말을 꺼냈을 때 게이코는 내 몸을 생각해 그렇게 하는 것이 좋겠다고 찬성하며 아무런 불만도 표시하지 않았다.

밤이 되자 아래층은 실제보다 넓어 보였고, 혼자 자는 쓸쓸함이 그녀의 마음에 스며들었다. 나 역시 모기장 안에서 고독을 느꼈다.

밤이 깊어 계단이 삐걱삐걱 울렸다. 살며시 올라와 내 숨결을 살피고 있는 게이코의 마음이 타는 듯이 전해졌다.

"무슨 일이지?"

나는 부드럽게 말을 걸었다.

"어머, 깨워서 미안해요."

게이코는 미안한 듯이 말했지만 물러가지 않았다.

"들어와."

나는 자신의 심장을 태우기 시작했다.

"괜찮아요. 너무 조용해서 왠지 무서웠거든요. 하지만 이제 괜찮아요. 잘게요. 잘 자요."

이렇게 말했지만 머뭇머뭇하고 있었다.

나는 일어나 그녀의 손을 잡아당겼다.

"하지만 내일 또 당신이 멍해지는 건 싫어요."

그녀는 이불 속으로 미끄러져 들어오며 말했다.

나는 그녀를 가엾게 생각했다.

하지만 아침이 되자 나는 그녀가 아직 자고 있는 옆에서 빠져나와 다이라 온천으로 갔다. 둘로 나눠진 욕조 중에서 좀 더 뜨거운 쪽에 몸을 담갔다. 단골조차 뜨거워 들어가지 않는 탕이었다. 찌는 듯한 열기에 내 육체의 세포가 되살아나는 것 같았다. 삶은 낙지처럼 되어 나온 나를 보고 옆에 있던 사람이 저런, 하며 놀라고는 몸에 해로우니 그만두라고 했다.

다 씻어냈다고 생각하고 나는 호숫가로 가서 깊이 숨을 들이마셨다. 원숭이 우리 앞의 벤치에 앉아 심야의 일이 내 기억에서 말끔히 지워지기를 기다리기로 했다. 그 기억이 있는 동안은 오늘 하루 일이 손에 잡히지 않을 거라는 걸 알고 있었던 것이다. 호수의 수면이 햇빛을 받아 반짝반짝 빛났다. 물결에 부서지는 햇빛이 망상을 흩어지게 해주었다. 하지만 문득 나는 자신에게 이런 습벽이 있다는 게 슬퍼졌다. 나는 게이코를 사랑하고 있고, 게이코도 내게 헌신하고 있다. 그것은 기쁜 일이고 신성하며 청정한 일이었다. 조금도 추잡한 구석이 없었다. 하지만 나는 역시 그 기억에서 벗어나려고 노력하지 않을 수 없었다. 나는 언제부터 이렇게 되었는지를 생각했다. 나는 혼고本鄕의 하숙집에서 그것을 목적으로 밤이 되는 것을 애타게 기다렸다가 요시와라吉原 유곽으로 갔다. 네즈根津 신사 앞으로 가서 시영 전차를 타고 네온사인이 빛나는 우에노히로코지上野広小路로 나갔다. 도로에는 사람들이 흘러넘치고 젊은 여성이 눈에 띄었다. 어떤 여성도 얌전을 빼고 성性과는 아무런 관계도 없는 듯한 얼굴을 하고 있었다. 그 얼굴은 청정하게 보이기조차 했다. 나는 마음 구석구석까지 무엇을 하러 어디로 가는가 하는 생각으로 가득 차 있었다. 이 여성들이 내 행위를 알아챈다면 어떤 얼굴을 할까 생각하니 자신이 추잡스러워졌다. 나는 그 여성들에게 미안하다고 생각하며 조금 떨어진 곳에 서서 버스를 기다렸다. 버스 안의 사람들이 모두 나를 쳐다보는 것 같았다. 유곽 출입을 하는 나를 비웃으며 힐끗힐끗 곁눈질을 하고 있을지도 모른다고 생각했다. 드디어 나는 요시와라로 들어갔다. 크고 근사한 집들 안으로 들어섰을 때부터 가슴이 뛰기 시작했다. 그것은 기대가 아니라 죄책감이었다. 나는 가볍게 즐기는 기분이 들지 않고 항상 종교적인 죄의식에 사로잡혔다. 나는 큼직한 한 집으로 숨어들어 큰길에서 보이지 않게 된 것에 안도했다. 거기에 모여 있는 여자들 중에서 한 여자가 슬쩍 나를 맞이하러 나왔다. 두툼하고 큼직한 실내 조리를 끌며 잘 닦인 넓은 계단을 올라가 한 방으로 안내했다. 나는 큰 방으로 하기에는 돈이 부족하고 작은 방은 견딜 수 없어서 중간으로 했다. 좁지만 1인실이었다. 여자는 단골손님이라 다소 인간다운 마음을 보였다. 하지만 소상인 같은 손놀림으로 돈을 받아들고 얇은 이불을 깔고 나가서는 좀처럼 오지 않았다. 심야가 되어서야 나타나 피로에 찌든 몸에 괴로운 빛을 숨기려고 하지 않았다. 나는 그녀와 관계를 가졌다. 그녀는 눈을 감고 생각을 멀리 딴 곳으로 보내고 육체의 작은 한 부분만을 주고 있었다. 모래를 씹는 듯한 기분이라는 것은 매번 맛보아 알고 있으면서도 역시 실망한다. 이뿐인 일인데도 나는 또 조르르 오고야 말았구나, 하고 생각한다. 소독실로 갔다. 연달아서 여자들이 드나들었다. 쭈그리고 앉아 씻고 있는 여자의 뒷모습이 문틈으로 보이는 일이 있었다. 파르께하고 야윈 피부. 지친 피부에서 썩은 냄새가 날 것 같아 구역질을 했다. 나는 자신의 육체도 썩고 있는 듯한 착각에 빠졌다. 날이 새는 것이 몹시 기다려졌다. 성급하게, 규칙적으로 울리러 오는 딱따기 소리에 도저히 잠을 잘 수가 없었다. 날이 밝았다. 나는 유곽 밖으로 완전히 나올 때까지 마수에서 도망치듯이 숨도 쉬지 않았다. 큰길로 나와 공중목욕탕을 발견하고 들어가 탕에 몸을 담그고 심신을 깨끗이 씻었다. 두 번 다시 그곳에 가지 않겠다고 다짐했다. 나는 평생 독신으로 살겠다고 자신에게 명해둔 터였다.

나는 선찰禪刹이나 수도원의 승려가 되고 싶다고 생각하며 청결한 탕에 몸을 담갔다. 그곳으로 갈 때의 나는 수컷인 것 같았다.

내게 이런 습벽이 붙은 것은 좀 더 먼 옛날의 일이다. 애초에 내 생모가 기생이었다. 생모는 열여섯 살 때 기생이 되었기에 그 몸은 한 남자에게서 다른 남자로의 방랑으로 더럽혀졌다. 내가 태어나기 전의 그런 비밀을 내게 말할 리도 없었기 때문에 무슨 이야기가 나올 때마다 우연히 흘러나온 말을 짜깁기하고 자유롭게 상상하여 생모의 모습을 만들어냈다. 내가 태어나고 나서 생모는 양녀를 들여 기생으로 양성했기 때문에 그녀들의 행실 나쁜 남자관계에서도 생모의 젊은 시절을 쉽게 상상할 수 있었다. 아무튼 내가 태어났을 때 생모는 서른 가까운 나이였다. 어머니는 그때 구舊 한 국군 사단장의 첩이면서 그의 부하인 회계 담당 대위의 아이를 가졌다. 그것이 나였다. 생모는 사단장의 분노를 사면 죽음을 당한다는 사실을 알고 있었다. 당시 사단장의 권한은 독재자와 같았다. 그 사단장에게는 아이가 없어서 그녀가 임신한 사실을 알면 일족이 모두 기뻐했을 거라고 한다. 그렇게 되자 오히려 더 무서워졌다. 태어난 아이의 얼굴을 보면 비밀은 곧바로 폭로될 것이기 때문에 사전에 손을 쓰지 않으면 안 되었다. 생모는 나를 낙태하려고 별짓을 다한 모양이었다. 나를 임신하기 전에도 나와 같은 아이를 임신한 생모는 긴 승마 여행으로 유산에 성공했기 때문에 그것을 흉내 냈지만 이번에는 소용없었다. 그런 가운데서도 산달이 다가왔다. 여러 가지로 궁리한 끝에 행방을 감추기로 결심하고 사단장의 권한이 미치지 않는 호남 지방으로 도망쳤다. 남해에 면한 한적한 어촌에서 나를 낳고 사단장의 추적을 두려워하고 있었다. 그런데 한일병합으로 한국군은 해산되고 사단장은 은퇴하여 고향으로 돌아갔다. 신정부의 세상에서 자유의 몸이 되어도 생모는 아주 조심스럽게 사단장이 사망할 때까지 나를 친부에게 알리지 않았다. 내가 친부의 손에 넘겨진 것은 내가 열네 살 때였다. 친부는 아이가 없었기 때문에 기꺼이 나를 받아들였다.

나는 생모가 여러 명의 남자를 갈아치우는 것을 지켜봤다. 나를 낳고 몸을 숨기고 있던 어촌에서는 근골이 늠름한 거무스름한 남자에게 빠져 있었다. 그는 어장을 근거지로 막일을 하고 있던 노름꾼 대장으로, 지금까지 양반을 상대로 살아온 생모에게는 그런 야성의 남자에게 신선한 매력을 느꼈을 것이다. 생모는 그 남자에게 금전을 물 쓰듯이 써서 갖고 있던 귀금속 장신구를 모두 팔아치웠다. 내가 생모의 남자를 본 것은 그때가 처음이었다. 더 이상 어린아이가 아니게 된 나는 그가 어머니의 정부이고 나와는 아무런 관계도 없다는 사실을 알고 있었다. 생모는 내게 그 남자를 아버지라고 부르도록 강요했으나 나는 부르지 않았다. 생모는 나를 아주 심하게 꾸짖었지만 나는 저항했다. 그 이후의 남자에게는 아버지라고 부르게 하지 않았다. 생모는 그 도박꾼에게 질려서 가재도구를 배에 싣고 야반도주를 했다. 신라 천 년의 도읍인 고도故都 경주로 가서, 일진회一進會[16]에 있다가 영락한 남자를 후원자로 두고 식당 겸 여관을 열어 돈을 벌었다. 한일병합의 숨은 공로자였던 그 남자는 머리를 서양식으로 깎았다. 중산모자를 쓴 하이칼라[17]로 오만한 풍모를 무너뜨리지 않았다. 요리사나 부엌일을 하는 하녀, 데리고 있는 기생들로 집 안은 아침부터 밤까지 몹시 북적거려 독자인 내가 있을 곳도 없을 정도였다. 나는 생모가 그 남자와 내실로 들어갔기 때문에 제일 위 하녀의 방에서 잤다. 밤중에 소변을 보러 일어나 잠에 취한 나머지 생모의 방으로 들어가 알몸의 생모가 역시 알몸인 남자에게 안겨 있는 것을 보고 깜짝 놀랐다. 생모는 무척화난 얼굴로 나를 나무라며 맞아 죽기 전에 저쪽으로 가라고 소리쳤다. 나는 돌아와 하녀에게 안겼다. 하지만 자려고 했으나 잠이 오지 않았다.

---

16 1904년에서 1910년 사이 송병준의 유신회를 개칭한 일진회에 이용구의 진보회를 흡수 통합한 친일단체를 가리킨다. 일진회가 추구한 애초의 근대적 문명지상주의는 러일전쟁을 기점으로 그 성격이 점차 변질되었다. 일본의 한국에 대한 보호국화 추진과 다각적인 매수공작, 한국주차군사령부를 적극 지지하고 일본 우익 정치인들의 후원 등을 배경으로 자신들의 정치적 기득권을 확보했다. 러일전쟁 이후의 일진회는 1910년 한국이 일제에 강제 병합될 때까지 일제의 조선침략정책에 적극 협력한 것으로 평가된다.
17 문명개화의 시대인 메이지시대에 유행한 말로, 서양에서 귀국한 사람 또는 서양풍의 문화를 좋아하는 사람이 주로 옷깃(high collar)을 높이 세운 셔츠를 입은 데서 유래했다. 서양식의 머리 모양이나 복장, 사고방식을 의미했다가 나중에는 새롭고 세련된 것이라는 일반적인 의미로도 쓰였다.

어머니의 추태가 언제까지고 눈에 어른거려 구역질이 났다. 그 구역질은 며칠이 지나도 가시지 않았다. 나에게 남녀의 성애를 혐오하는 습벽이 생긴 것은 그때부터였다.

그리고 또 어머니가 데리고 있던 기생들의 추태를 본 것도 생리적인 불쾌함의 원인이 되었다. 동기童妓에서부터 가르쳐 어엿한 기생으로 키워 처음으로 남자를 맞이할 때 성대한 피로연을 열어 그 남자로부터 고가의 장신구와 다액의 금품을 우려낸다. 하지만 동기가 처녀였던 것은 드물고 손님을 맞기 전에 대체로 정부가 생겼다. 어머니의 눈을 피해 정부에게 돈을 탕진했던 한 기생은 나의 생모에게 심한 꾸중을 들은 후 잘렸다. 그 기생은 우리 집에서 그다지 멀지 않은 곳에 방을 빌려 독립해서 영업을 시작했는데 요정에는 들어가지 못하고 점차 매음으로 영락해갔다. 내가 근처를 지나자 그 기생은 무척 반가워하며 내게 엿 같은 것을 주었다. 하지만 화장을 하지 않았을 때의 그녀는 눈가가 검푸르고 눈동자는 개개풀렸으며 눈썹은 빠지고 볼은 홀쭉해져 반점투성이의 얼굴이 되어 있었다. 지저분한 온돌방 문틈으로 살짝 얼굴을 내밀고 도련님, 이리 와봐, 하고 손짓을 하자 나는 오싹해서 도망쳤다. 귀신이라도 본 것 같은 두려움에 손발이 굳어지고 말았다. 그 기생이 화장을 하면 전혀 딴 사람, 즉 그림으로 그린 듯한 미인으로 변신한다는 것을 알고 있었다. 그리고 그런 미인이 그렇게 변한 것에 대해서는 그녀가 남자에게 안겨 있을 때의 무시무시한 성애가 원인이라는 것을 나는 점차 깨달았다. 여자가 왜 성 때문에 육체를 연소해버리고 그것이 그렇게나 육체를 해롭게 하는가, 하는 것들을 생각했다. 친부의 집으로 보내진 내가 크리스천이고 근엄함 그 자체인 큰어머니嫡母의 교육에 안심하고 몸을 맡긴 것도 그렇게 썩어문드러진 유년 시절의 기억에서 도망치고 싶었기 때문이다. 나의 친부가 젊었을 때의 잘못을 이따금 신에게 기도할 때 말로 표현하고 참회한 적이 있었는데 그 죄의 자식이 나였다는 것을 생각하고 나는 불쾌한 기분이 들었다. 큰어머니는 나의 그런 마음을 위로하며, 그러니 너도 신에게 자신의 죄를 용서해달라고 기도하라고 말했다. 나는 그런 표현에 반발을 느끼고 입을 다물고 있었다. 남자든 여자든 정사情事에 빠진 자는 신의 나라에 갈 수 없다, 그것은 육체의 더러움만이 아니라 정신까지 썩게 하기 때문이다. 게다가 현세에도 그 육체는 부패하여 악취를 풍긴다. 큰어머니는 빈정거리듯이 내게 이런 설교를 했다. 교회에서도 목사가 십자가를 새긴 연단 위에서 고기를 탐하고 고기를 즐기는 자는 고기로 망한다고 엄숙히 말하며 코안경 테 위로 힐끗 신자를 내려다보았다. 그렇게 생각해서 그런지 목사가 일부러 나 쪽을 노려보는 것처럼 보였다. 그때마다 내 마음에는 생모가 정부와 끌어안고 있는 그 추잡한 모습이나 담배 한 갑에도 몸을 파는 지경까지 전락한 그 기생의 얼굴이 보였다. 대낮부터 비곗살이 오른 남자가 뒤에서 끌어안고 가슴을 주물럭거리는 모습이 생생하게 떠올랐다. 나는 구역질이 날 것 같았다. 자신의 마음을 도려내고 싶었다. 그러한 기억이 내 마음에 낙인이 찍혀 있다는 것이 바로 죄라고 생각했다. 내 또래의 학생들은 성에 무관심한 것 같았다. 그것이 너무나도 청정하게 보였고, 이미 그것을 알고 있는 자신은 썩은 고기처럼 느껴졌다.

그런 일은 내 육체와 직접적으로 아무런 관계도 없는 것이었다. 하지만 그때 내 운명을 뒤흔드는 이변이 일어났다. 그것은 내가 중학교 4학년 겨울 방학에 180리쯤의 여행을 해서 생모를 만나러 갔을 때의 일이다. 생모는 지난번 남자와 헤어져 오십 줄 홀아비의 후처로 들어가 지금까지의 더럽혀진 생활을 청산할 생각이라고 말했다. 나는 생모의 영혼이 그것으로 구원받을지도 모른다고 생각하여 그리스도교에 귀의할 것을 권했다.

하지만 담배와 술을 끊을 수 없으니까 그것은 못하겠지만, 네가 색시를 맞이해준다면 예수교 신자가 되는 것도 고려해볼 수 있다고 말했다. 이제 마흔이 넘은 생모는 하나뿐인 자식인 나를 친아버지에게 넘겨준 것이 점차 쓸쓸하게 느껴져 어떻게든 나를 자신과 연결시켜둘 수단으로 자신이 골라 둔 아가씨와 결혼시키려는 계획을 꾸미고 있었다. 그 고장은 신분과 가문을 의외로 까다롭게 따지는 곳으로, 매춘부의 일종으로밖에 보이지 않는 기생 출신의 내 생모에게 아무도 딸을 내주려고 하지 않았다. 그런데 생모의 배우자가 된 사람이 어시장의 중개인이었기 때문에 그 동료 중 한 사람을 설복하여 딸을 맞아들이기로 하고 나를 불러들인 것이었다. 나는 아버지가 허락하지 않을 것이라고 주장하며 도망쳐 아버지 집으로 돌아가려고 했지만 이미 약혼 예물도 교환하고 날짜까지 받아놓은 것이었다. 그래서 힘센 사내에게 나를 감시하게 하여 끌고 돌아오게 했다. 조혼의 폐습이 아직 남아 있었지만 내가 들어간 고등중학교는 관립의 우수한 학교로, 교사는 모두 일본에서 선발해온 수재들이었다. 교사들은 우리 생도들에게, 자네들의 두뇌는 명민하지만 어쩐지 퇴영적이고 활기가 없다, 젊었을 때는 학문의 성과가 좋아도 나이를 먹으면 제 구실을 못하게 된다는데, 그것은 조숙함 탓이고 또 다른 원인은 아무래도 조혼에 있는 것 같다, 자네들 자신을 위해서도, 민족 갱생을 위해서도 이 조혼이라는 폐습은 하루라도 빨리 그만두는 것이 좋다, 성에 눈뜬 사람도 가능한 그것을 잊고 체육에 힘쓰고 스포츠에 전념하는 것이 좋다, 하고 마음을 담아 충고해주었다. 나는 생모 등의 문란한 성생활을 알고 있었기 때문에 교사들의 충고를 고맙게 생각했다. 나는 그 충고를 떠올리고 반발했지만 생모의 강경함을 당해낼 수 없었다. 그 집에 있는 모든 사람들이 감시하고 있었기 때문에 꼼짝을 할 수 없었고, 당일에는 꽃가마에 태워져

식장으로 끌려갔다. 연회는 밤이 이슥할 때까지 이어졌고, 내 방으로 신부가 들어왔을 때 나는 수마의 포로가 되어 있었다. 신부는 나보다 네 살연상으로, 스무 살의 성숙한 몸을 색채가 선명한 비단 옷으로 감싸고 내옆에서 밤을 새고 물러났다. 얼굴도 보지 않고 말도 건네지 않고 그저 예식에 따라 나는 불을 껐을 뿐이었다. 나보다 큰 여자의 육체가 가까이 있다는 사실을 의식했을 때 나는 몹시 무서웠다. 그런데 그녀는 그 근방에서 소문난 미인으로 이미 정부情夫가 있었다. 며칠 지나 그녀는 동침하고 있던 내게 덤벼들어 성애를 가르쳐주었다. 나는 불안이 사라졌고, 생각지도 못한 육체의 비밀을 알게 되었다. 적어도 밤에는 혐오가 뇌리에서 사라졌다. 하지만 날이 새면 회한이 나의 육체 구석구석으로 기어들어 세포가 당장이라도 썩는 게 아닐까 해서 두려웠다. 방학이 끝나고 등교하자 스에노부末延라는 생리과 교사가 학생들의 얼굴을 죽 둘러보고는 이중에서 아내를 얻은 사람은 손을 들라고 했다. 교실 안에서는 키득거리는 웃음소리가 퍼졌다. 조혼을 하지 않은 학생들은 득의양양하게, 이봐 손들어, 하고 이미 결혼한 무리를 놀려댔다. 삼분의 일 정도는 이미 결혼한 무리로 거의 시골에서 유학을 온 양반 출신이 많았다. 신분이 좋고 부자일수록 조혼을 했다. 덜컥 해서 고개를 숙인 학생들을 빤히 쳐다보며 스에노부 선생은 독설을 퍼부었다. 방학이라도 되면 우리 내지內地[18] 학생들은 등산이다 해수욕이다 하며 신체 단련에 전념하여 다음 학기의 학문 수업에 대비한다. 중학생도 고학년이 되면 하루를 48시간으로 연장해서 공부해도 부족할 지경이다, 하물며 내지로 유학해 고등학교에서 대학 진학을 희망하는 사람은 내지 학생들과의 심한 경쟁에서 이기지 않으면 안 된

---

18 일본을 가리킨다.

다, 한쪽은 스포츠로 몸을 단련하고 다른 한쪽인 너희들은 성욕에 낭비하여 신체의 에너지를 소모한다, 이 무슨 비극이란 말인가, 하고 나는 말하고 싶다, 자아, 자, 거기 이李 군, 자네 얼굴은 꼭 끝물에 나온 호박 같군. 그 옆의 김金 군, 자네는 종잇장처럼 얼굴이 하얗잖아, 성행위 한 번에 체내 3백 그램의 백혈구가 소비되는 거야, 나는 입이 닳도록 말해두었을 거다, 그 유명한 가이바라 에키켄貝原益軒[19] 선생은 성숙한 성인조차도 성행위는 한 달에 네 번이 좋다고 썼다, 자네들 조혼한 학생들의 핏기 없는 얼굴을 보고 있으면, 자네들이 밤마다 여체 위에서 난잡한 행동을 하는 모습이 생생하게 떠올라 — 나는 고개를 숙이고 참회하지 않을 수 없었다. 자네도 그렇지? 하고 지적당할 것 같아 심장이 쪼그라들었다. 그보다 한 번에 3백 그램이라면 나의 체내에는 백혈구가 남아 있지 않을 것 같은 생각이 들어 당장이라도 죽을 것만 같았다. 규슈九州 사나이인 이 교사의 독설에 이어 체육 담당이었던 고가古賀 선생은 방학 중에 들여온 게으른 버릇을 쫓아내는 거다, 하며 아직 추위가 심하고 찬바람이 휘몰아치는 운동장을 5000미터나 달리게 했다. 도중에 픽픽 쓰러지는 학생들은 모두 조혼한 학생들뿐이어서 그 학생들만 따로 한 줄로 세워놓고, 뭐야, 그 얼굴은? 에게게! 자네들, 방학 중에 마누라만 예뻐한 거지? 안 되지, 그런 몸으로는. 숨이 차서 몸을 땅바닥에 내던지며 꾸지람을 듣고 있는 학생들이 쑥스러운 듯이, 치욕을 견디지 못한 듯이 있는 것을 보고 나는 남의 일이 아니라고 생각하며 위축되어 있었다.

마라톤이니 테니스니 축구니 하는 몇 종목의 스포츠 선수였던 나의 심장은 기진맥진하여 당장이라도 터져버릴 것 같았다. 나는 이미 낙오한 거

---

19 貝原益軒(1630~1714). 에도시대의 본초학자(本草學者), 유학자. 건강에 대한 지침서인 『양생훈(養生訓)』 등의 저서가 있다.

라고 두려워하며, 무슨 일이 있어도 육체를 원래 상태로 돌려놓자고 결심했다. 나는 다음 날부터 새벽에 일어나 우물가에서 냉수마찰을 하고 1킬로미터쯤 시외로 달렸다. 걸핏하면 내 육체의 피부에 성애의 감각이 남아 있는 듯했다. 그러면 나는 내 살의 그 부분을 도려내고 싶은 충동에 시달렸다. 그리하여 내게는 성性의 조숙이 성애에 대한 공포가 되고 혐오가 되었던 것이다.

내가 어젯밤의 일을 후회하며 호숫가에서 이렇게 하고 있는 것을 게이코는 눈곱만큼도 알아차리지 못했다. 하물며 내 마음에 이런 과거의 잔재와 음울한 영상이 각인되어 있다는 사실을 알 리 없었다. 나는 그것을 털어놓을 방법도 없고, 말할 필요도 없을 것이다.

호수 건너편 둔덕이 빛나기 시작했다. 호수를 등지고 있는 오카야岡谷[20] 시가지가 나뭇조각으로 만든 장난감 거리처럼 보였다. 바로 맞은편의 산들은 다쓰노辰野[21]나 이나伊那[22]로부터 쭉 이어진 것인지, 녹음이 가루 안료로 물들인 것처럼 짙었다. 남녀가 활기차게 이야기하면서 작은 잔교를 걸어 보트 쪽으로 가는 것을 보고 나는 자리에서 일어섰다. 작은 원숭이가 야윈 손을 내밀어 철망 곁을 지나는 나의 옷깃을 붙잡으려고 했다. 나는 꺼림칙한 기억을 떨쳐버리려는 듯이 심호흡을 한 번 했다.

현관도 유리문도 미닫이문도 완전히 열려 있었다. 다다미가 씻은 듯이 산뜻했다. 게이코는 다다미 여섯 장 크기의 방 한 가운데로 밥상을 내오며 말했다.

"아주 느긋하게 다녀오셨네요. 지금 거기까지 나가볼까 하던 참이었어요."

---

20 나가노현에 있는 시(市).
21 나가노현 가미이나군(上伊那)에 있는 읍내.
22 나가노현의 이나시(伊那市).

신록과 같은 목소리가 내 마음의 앙금을 씻어냈다. 문득 어젯밤의 달콤한 꿈을 다시 불러오고 싶었다.

다쓰노로 반딧불이를 보러 가지 않겠느냐고 게이코가 물었다. 어렸을 때 딱 한 번 본 기억이지만, 무리지은 반딧불 덩어리가 제등처럼 보였다는 등의 이야기를 했다. 게이코의 마음속에 잠자고 있는 소녀의 모습을 좇는 듯하여 나는 들뜬 기분이었다. 그녀가 추억의 실을 더듬어 찾는 것에 내 마음을 실어 지저분한 기억을 깨끗이 씻고 왔으면 싶었다.

게이코가 먼 기억을 더듬어, 저녁 어스름에 흐릿해진 다쓰노 외곽으로 이끌어주었다. 저 집이 아닐까 싶다며 흰 벽의 창고가 있는 집을 가리켰다. 그녀에게는 외삼촌 세 분이 계셨다. 상속인이었던 첫째 외삼촌을 제외한 나머지 외삼촌 중 한 사람은 잉어 도매상인 저 집으로, 또 한 사람은 이나시의 전당포로 각각 양자로 들어갔다. 저 고사카_{小坂} 집안은 그 외삼촌이 들어가 기울어간 집안을 일으켰다든가 하는 대강의 이야기를 해주었다.

"외삼촌은 좋은 분이셨어요. 언제 가도 싫은 내색 한 번 안 하시고 어머니의 청을 들어주셨대요. 우리한테도 용돈을 많이 주셨고요. 잠깐 들러서 향이라도 올릴까요. 하지만 부부가 양자인 지금 사람들은 딱 한 번 만났을 뿐이어서 이제 남남이나 마찬가지예요."

그 외삼촌이 살아계신다고 해도 나는 문득 그분 앞에 감히 나서지 못할 사람이라는 생각이 들어 쓸쓸해졌다. 나는 그 생각을 말할까 싶었으나 속으로 삼키고 말았다.

"이 길이었던 것 같은데……."

꽤 걸었는데도 목표로 한 작은 시내는 아직 먼 모양이었다. 승용차가 뒤에서 밝은 빛을 던졌다. 길가의 풀숲으로 겨우 비켜 서서 차 안을 보니 다소 큼직한 시마다[23] 머리를 한 여자가 약간 엉거주춤한 자세로 앉아 있었다. 지나가는 여자의 목덜미 연백분이 하얗게 눈에 스며들었다. 오카야에서 부른 걸까요, 하고 게이코가 중얼거렸다. 반딧불이 잡기 놀이를 하러 모여든 사람들의 떠들썩한 모습을 떠올리며 역시 이 길이 틀림없어요, 하고 말을 덧붙였다. 나는 문득 기생과 멀리 놀러 다녔던 갖가지 추억이 마음 한 구석에서 꿈틀거리는 것을 화난 듯한 손놀림으로 떨쳐냈다. 잠시 갔더니 이번에는 회사원 같아 보이는 무리를 실은 자동차 한 대가 우리를 지나쳐갔다. 그 헤드라이트에 삼삼오오 먼지를 날리며 걸어가고 있는 남녀 무리가 보였다. 두 사람 세 사람씩 어깨를 나란히 한 아가씨들, 길 폭 가득 옆으로 늘어서서 기왓장이 무너지도록 웃고 떠드는 젊은이들 뒤로 작은 시내 부근이 나왔다. 돌다리를 건너 냇가를 따라 왼쪽으로 돌자 물결이 세찬 기세로 물가를 씻어내고 있었다. 맞은편의 관목이 무성한 작은 벼랑에 반딧불이 서너 마리가 어지러이 날고 있었다. 어머, 이렇게 적었나, 하고 게이코는 실망한 모양이었다. 하지만 거기서부터 반딧불이는 조금씩 늘어나 물결이 높은 산기슭으로 돌아간 언저리에서는 까맣게 숲이 우거진 곳에 반딧불이가 쏟아지듯이 날고 있었다. 쫓는 듯이 흩어지는 듯이 서로 싸우기라도 하는 듯이 기세 좋게 뒤섞인 채 날아다니고 있었다. 작은 빛을 깜박거리며 전류를 세게 한 것처럼 빛의 테를 크게 하며 한 군데로 모이기도 했다. 나는 걷는 것을 잊었다. 우거진 숲에서 바람이 일어 수백 개나 되는 빛의 난무를 부추겼다. 게이코의 어깨에 손을 얹었다. 이슬에 젖은 유카타 아래로 체온이 살짝 내 손으로 전해왔다. 나는 게이코로부터 한 발짝도 떨어지고 싶지 않았다. 우거진 수풀에서 행복이 솟아

---

23 전통적인 여자 머리모양의 하나로, 주로 처녀가 틀어 올렸다.

나 내 마음으로 이어져 하나가 되었다. 흐르는 물도 나무도 풀도 모두 나와 마음을 딱 맞추고 있었다. 반딧불이가 그 마음에 불을 켰다. 그것이 게이코의 마음처럼 읽혔다. 나는 내 작품의 고향을 이 나라에서 찾은 것이 옳았다는 생각에 마음이 떨렸다.

반딧불이 안쪽으로 흘러갔다. 우리는 흘러가는 별에 이끌려 산속으로 들어갔다. 비탈길이었다. 흐름이 끊어지고 언덕이 우리를 맞이했다. 번쩍, 하고 전등이 눈을 가리고 인공의 빛이 더러운 것으로 보였다. 샤미센三味線[24] 소리가 울리고 탁한 목소리가 뒤섞였고, 산 쪽에서 내려온 자동차가 먼지를 일으켰다. 반딧불이가 당황하여 수풀 속으로 달아났다. 기생과 게이샤를 뒤섞어 아무런 정취도 없는 바보 같은 유흥에 빠져 있던 그 무렵, 고향의 강이며 산이며 요정이며 유원지에서의 다양한 내 모습이 그곳 가건물 요정 안의 발 너머로 떠올랐다. 나는 서둘러 그곳을 빠져나와 어두운 수풀 속에 안기어서야 마음이 놓였다. 나는 게이코의 손을 잡았다. 더러움에 휩쓸리지 않도록 그 손이 지켜줄 것만 같았다.

시냇물이 그 주변을 흐르고 있을 거라고 짐작했지만 졸졸 흐르는 물소리는 들리지 않게 되었고, 삼나무 숲이 우리 앞을 막아섰다. 아가씨 두 명이 그 숲속으로 사라졌다. 그 뒤를 따라가면 시냇물을 만날 수 있을까 싶어 서둘렀다. 그러자 게이코가 내 손을 꽉 잡아당겼다. 내 직감은 틀렸다. 안돼요, 돌아가요, 하며 게이코가 내 손을 잡고 돌아섰다. 발길을 돌릴 때 어둠 속에서 젊은 남자와 아가씨들의 속삭임이 들려왔다. 요정 앞을 서둘러 지나쳐 다시 시냇가로 돌아왔다. 반딧불이 더 많아져 군무를 추고 있었다. 나는 조금 전 어둠 속에서 들려온 속삭임을 다시 생각했다. 거기서

---

24 일본 고유의 악기로, 줄이 세 개인 현악기다.

로맨틱하고 행복한 감각이 솟아났다. 청아하기까지 했다. 나는 문득 눈앞의 반딧불이가 모두 암컷을 불러들이기 위해 빛을 발하는 것이라고 생각했다. 사람도 반딧불이도 행복해 보였다. 나는 자연스럽게 먼 옛날로 돌아가 더러운 것에 몸을 두었던 일을 떠올리고 몸서리를 쳤다. 나는 게이코 덕분에 깨끗해졌다고 생각했다. 마음이 편안해졌다. 벼랑 위에서 갑자기 야유하는 소리가 날아들었다. 젊은 사람들이 우리를 발견하고 놀려대고 있었다. 그들은 놀려댄 후 유쾌한 듯이 웃었다. 그 웃음은 자연스럽고 아름다웠다. 나는 그들과 함께 웃었다. 나보다 네다섯 살 젊을 뿐인 그들과 같은 기분으로, 자연스러운 모습으로 이어져 있는 우리 두 사람을 축복했다. 돌다리가 있는 곳에 아가씨들이 여럿 있었다. 그곳을 지나치는 우리들을 보는 그녀들의 눈에는 선망이 있었다. 우리는 만족스럽고 행복했다. 기차를 타고 집으로 돌아왔다.

어느 날,

"당신은 밝아졌어요."

하고 게이코가 말했다.

"응, 나도 그렇게 생각해."

나는 부드럽게 대답했다.

"오늘 K지에 실린 당신 시가 그래요. 예전의 그 어둠이 나쁘다고 말하는 것은 아니지만요."

"그게 좋다면 곤란하지."

"좋다는 게 아니에요. 그래도 매력적이었어요. 뭐랄까, 동정 받는 듯한……. 어째서일까 하는, 당신의 그런 모습을 봐왔으니까 더더욱. 딱하게 생각한 건지도 모르겠어요."

"……"

나는 놀랐다. 놀랐다는 사실이 얼굴에 드러나지 않도록 했다.

그 시절의 자신을 타인의 사진을 보듯이 돌아보았다. 나는 잠자코 그 시절의 자신을 떠올렸다.

나는 혼고의 하숙집 옥상에 있었다. 3층 옥상에 설치된 빨래 건조대가 내 고독을 달래는 장소였다. 빽빽이 들어찬 갖가지 모양의 지붕이 눈 아래에 있었다. 네즈^{根津} 신사의 기와지붕만이 쓰레기통 같은 민가의 지붕들 사이로 빈틈을 만들며 느긋하게 있었다. 늘어선 지붕을 좌우로 밀어 젖히듯이 전차가 달리고 있었다. 함석과 기와, 슬레이트 지붕이 우에노의 산 쪽으로 서로 밀어내며 이어져 있었다. 어디나 온통 인간이 밀치락달치락하고 있다는 사실이 그 지붕들의 바다에 비쳐 보였다. 모두가 살기 위해서 필사적으로 버둥거리고 있었다. 그 가운데로 비집고 들어온 듯한 자신이 내게는 미덥지 못하다고 느껴졌다. 타관 사람이 무엇을 하러 낯선 땅으로 비집고 들어온 거냐고 누군가에게 꾸짖음을 당할 것 같은 열등감에 사로잡혔다. 문단에 나갈 수 없어 뼈를 깎으며 괴로워하고 있는 사람들을 볼 때마다 전율을 느꼈다. 내가 자신의 모국어를 사용하지 않고 이 나라의 말로 시를 쓰게 된 것에는 어떤 인연이 있었다. 내가 태어난 지 얼마 되지 않았을 때 야마다^{山田}라고 하는 사람이 친어머니의 집에 식객으로 지낸 적이 있었다. 친어머니의 이야기를 이것저것 끼워 맞춰보면, 야마다라는 사람은 대륙낭인^{大陸浪人25}의 한 사람이고, 한일병합을 추진하는 세력이었던 일진회의 막후 인물이었던 것 같다. 어쩌면 친어머니의 남자 중 하나가 아니었을까 싶다. 어쨌든 그는 나를 돌보는 일을 맡아 아기인

---

25 메이지(明治)시대부터 쇼와(昭和) 전반기까지 중국 대륙 각지에 거주하거나 방랑하며 각종 획책을 꾸민 일본의 민간인을 가리킨다. 정치적 이상을 품은 자도 있었지만 불평 사족(士族)이나 국가주의자가 많았다. 지나(支那) 낭인이라고도 한다.

내게 일본어를 가르쳐주었다. 말도 할 수 없을 때 일본 말을 배운 것은 이 아이가 처음일 거라고 말하며 그는 껄껄 웃었다고 한다. 근처에 살던 일본 이민자가 콜레라로 급사했기 때문에 남겨진 두 아이를 친어머니가 데려다 돌봐준 적도 있었다. 그 자매는 외동이인 내게는 좋은 누님이 되고 누이가 되었다. 우리는 한일의 두 가지 언어를 섞어 쓰며 소꿉놀이를 했다. 소학교에 들어가자 나는 조선어朝鮮語 작문보다 일본어 작문을 더 잘했다. 일본은 내게 향수 같은 것이 되었다. 내가 일본 시단詩壇에 나갈 수 있었던 것은 그런 영향도 있었던 것이다. 하지만 나는 모두가 내게 타관 사람이라며 차가운 눈길을 주지 않을까 하고 곡해했다. 시인 모임에 나가도 자신은 타관 사람이니까 조심스러운 태도를 취하지 않으면 안 된다는 뒤틀린 심사가 늘 따라다녔다. 그런 집착을 없애려고 애를 쓰면서 오히려 집착을 만들었다. 나는 마음을 털어놓을 수 있는 친구가 없었다. 독학자인 내게는 대학의 동창 같은 사람도 없었다. 일찍부터 일본으로 건너와 출세한 지인도 없었다.

친어머니로부터 종종 편지가 왔다. 어느 편지에서든 돌아오라, 돌아오라고 재촉했다. 그 편지는 내게 독 같은 것을 뿜어댔다. 구렁이와 두꺼비가 독을 뿜어내 상대를 쓰러뜨렸다는 옛날이야기 같은 독이 친어머니의 편지에 따라다니고 있었다. 나는 친어머니와 아내인 귀향貴香을 피해 온 것이다. 친어머니의 말대로 한다면 나는 또 다시 그 더럽고 음탕한 지옥으로 빠져들 것이다.

나는 빨래 건조대에서 자신을 실로 딱하게 생각했다. 뒤틀리고 비뚤어진 친어머니는 그 이상 비참할 수 없을 정도로 내게 독기를 내뿜었다.

그 독에서 나는 향수를 느꼈다. 이치에 반하는 견인력이 내 마음을 끌어당겼다. 그것은 마력이기도 했다.

순수의 언어를 익힐 작정이었던 나는 오히려 저열한 문장밖에 쓸 수 없게 되어 벽에 부딪혀 있었다. 그것도 이 땅에 유대가 없기 때문이었다.

눈에 비치는 지붕도, 사람도 내게는 서먹서먹했다. 고독이 내 마음에 병을 주었고 의지는 마비되었다.

우에노의 숲에 있는 오층탑이 보였다. 그 탑은 바다를 이룬 지붕에서 멀리 떨어진 숲 위로 꿈처럼 우뚝 솟아 있었다. 단정하고 우아한 그 자태는 더러워진 내 마음에 안정을 주었다. 부드러운 손길이 내게 뻗어와 주눅 든 마음을 가만히 어루만져 주었다. 고뇌의 진창에 빠져 있던 마음이 자기도 모르는 사이에 떠올라 아름다운 빛으로 이끌렸다. 저절로 기운이 솟아나 시혼이 잠을 깼다.

나는 그 탑을 보는 것이 유쾌하고 기뻤다. 드넓은 도쿄 어느 곳을 헤매고 다녀도 조바심만 났는데 이 빨래 건조대에서 탑을 바라볼 때면 모든 고뇌가 사라졌다. 내 마음이 파문을 일으키려 하면 서둘러 이곳으로 올라왔다. 빨래를 말리러 온 하녀들도 내게 익숙해져 아무도 불평하지 않게 되었다.

어느 날 나는 무심히 그 탑을 보고 있었다. 점차 따뜻해져 미풍이 내 얼굴을 어루만지고 지나갔다. 꿈을 꾸는 듯한 기분인 내게 시혼이 자꾸 샘솟아 작업을 북돋아주었다. 하지만 역시 뭔가가 부족했다. 한 발자국만 더 가면 되는 데서 작업을 할 힘이 사라졌다.

계단이 삐걱거렸다. 하녀일 거라고 생각하여 신경 쓰지 않고 조금 전의 자세 그대로 있었다. 하녀 쪽에서도 나를 신경 쓰지 않고 전혀 상관하지 않았다. 빨래를 다 널면 내려갈 거라 생각하고 기다렸다. 그런데 올라 온 그 사람은 숨을 죽이고 있었다. 계단에 우뚝 서 있는 듯했다. 나는 평소와 다르다고 생각했다. 돌아보는 것도 귀찮아서 가만히 탑 쪽으로 눈길을 주고 있었다. 뒤에 와 있는 사람은 일을 시작할 기미도 없었다. 나는 좀 짜증이 났다. 무슨 일이지? 나는 앞을 본 채 뒤에 있는 사람에게 말했다. 대답이 없었다. 나는 뒤를 돌아보고,

"아!"

하고 눈을 크게 떴다. 본 적이 없는 여자가 깜짝 놀라 난감해하며 이상하다는 듯한 얼굴로 세탁물을 넣은 세숫대야를 겨드랑이에 끼고 있었다. 약간 젖은 하얀 앞치마 차림으로 머뭇머뭇하고 있었다. 눈썹이 아주 짙고 길쭉한 눈이 나를 빤히 쳐다보고 있었다. 이상한 사람! 그 눈이 이렇게 말하며 경멸의 빛을 띠고 있었다. 입술을 꼭 다문 채 양동이를 들고 있는 하얀 팔이 튼튼해 보였다. 나도 그녀를 노려보았다. 나는 자주 여기서 이렇게 저 탑을 보고 있소, 저 탑은 내 마음을 진정시켜 준단 말이오, 내가 여기에 있는 건 이 하숙집 사람들에겐 익숙한 일이오, 당신은 신참이라 그런 얼굴을 하고 있지만, 이제 알겠지요. 나는 이런 식의 마음을 얼굴에 표현했다고 생각했다. 하지만 그녀에게는 전혀 통하지 않은 듯했다. 완강한 얼굴로 내가 여기서 움직이기 전에는 양동이를 들고 세숫대야를 겨드랑이에 낀 채 언제까지고 거기에 서 있을 기세였다. 나는 진 것 같은 기분으로 일어났다. 내가 옆을 지나가자 그녀는 내려가는 계단 입구를 열어주며 재빨리 나를 피했다.

나는 내 방으로 돌아왔지만, 방의 공기는 괴어 있고 곰팡이 냄새가 났다. 계속된 장마로 습기가 벽장과 벽에 앙금을 남기고 있는 듯했다. 창가에 서서 좁은 뜰을 보고 있었는데, 습기에 젖어 검게 변한 지면이 언짢을 뿐이어서 책상으로 향할 기분이 들지 않았다. 이제 적당한 때이거니 싶어 나는 다시 빨래 건조대로 올라갔다. 청결한 세탁물이 크기 순으로 규칙바르게 장대에 널려 있었다. 나는 그 세탁물이 하녀들의 그것과는 어딘지

다르다는 사실을 알아차렸다. 속치마와 속곳 등을 남자에게 보이는 것이 어쩐지 쑥스럽다고 했던 하녀들의 비난이 처음으로 이해되는 듯한 기분이었다. 하녀들이 여기에는 단 한 번도 말린 적이 없는 것들이 거기에 있었다. 그것을 보자 하녀들이 나 때문에 얼마나 성가셨을까 하는 생각이 들었다. 하녀들은 그것들만 따로 안에서 말렸던 것이다. 나는 그것을 보려고 다가갔다. 같은 모양의 것들이 여러 개 줄지어 있었다. 예의 바르게 줄지어 선 소학생처럼 귀여운 모양으로 보이기도 했다. 같은 모양의 블루머[26]만 있는 것 같았지만 그중의 하나는 가랑이가 갈라진 것이었다. 한참 후에야 그것이 일본 전통옷 전용의 속옷이라는 사실을 알게 되었다. 하지만 그것을 처음 보았을 때 나는 얼굴이 후끈 달아올랐다. 차가운 눈으로 경멸의 빛을 띠고 그곳에 우뚝 서 있던 조금 전 그녀의 모습이 떠올랐다. 그런 그녀의 눈에는 내가 완전히 변태로 비쳤을 것이기에 나는 가슴이 철렁했다. 오해받은 일이 치욕스러웠고, 한순간 그녀에게 항의하고 싶은 충동을 느꼈다. 그것은 지나간 어떤 시기에 내가 했던 그 무렵의 비밀이 떠올랐기 때문이다. 귀향이가 성에 차지 않아 기생놀음을 했던 그 시절이 지금 확실히 엽색꾼으로 보였기 때문이기도 했다. 그 일을 떠올리는 것은 복잡한 고통을 동반했다. 그리고 그 무렵 내가 이대로 엽색 행각을 계속한다면 감당하기 힘든 변태가 될지도 모른다는 공포에 줄곧 떨고 있었던 것이다. 그것은 꺼림칙한 기억의 하나였다. 나는 그것을 망각하고 떠나왔는데도 지금 여기서 이렇게 이 세탁물을 본 순간 그 모든 것이 되살아나 나에게 욕을 해대기 시작했다. 아래쪽에서 무슨 소리가 났다. 나는 등골이 오싹하여 그곳에서 물러나 거의 넘어지듯이 계단을 내려왔다. 3층 복

---

26 여성, 아동용의 느슨한 바지. 양 무릎 위 옷자락을 고무로 조인 것. 또는 같은 모양의 여학생이 입는 스포츠용 바지나 아이들의 놀이 옷.

도로 왔을 때 나는 그녀와 딱 마주쳤다. 나는 얼굴이 달아올랐고 욕이라도 들은 듯한 착각에 빠져 도둑고양이처럼 그녀로부터 멀어졌다. 나는 두 번 다시 빨래 건조대에 올라가지 않았다.

나는 우에노까지 걸어서 탑을 보러 갔다. 가까이서 보는 그 탑은 멀리서 볼 때만큼 친근한 맛이 없었다. 하지만 더러워진 마음을 정화하는 힘은 충분히 갖고 있었다. 나는 수많은 석등을 바라보기도 하고 인기척 없는 나무 그늘에 잠시 멈춰 서 있기도 하며 마음을 가라앉혔다. 그것은 내 마음속에 꿈틀거리고 있는 어떤 마음을 억제하려는 노력이었다. 그것은 음탕한 것으로 혐오스러웠다. 나는 스스로가 성애를 몹시 싫어했던 한 시기를 떠올리려고 했다. 지금은 그때의 자신이 그리웠다. 나는 지금도 그것을 은폐하지 않으면 안 되었다. 하지만 현재의 내 고독이 사실은 그 안에서 나오고 있는 것이라고 나는 생각했다. 이 땅에 피붙이가 없는 것이 고독의 원인이었다. 나는 누군가의 마음에 뛰어들고 싶은 것이다.

어느 날 나는 우에노의 산을 걷다 지쳐 시노바즈노이케不忍池[27] 부근에서 세이요켄精養軒[28]에서 흘러나오는 레코드 소리에 귀를 기울이고 있었다. 황혼이었다. 광선에 연무가 끼어 보라색으로 흐릿해 있었다. 나는 벤치에 소리 없이 앉아 있었다. 보트가 다가오기도 하고 남녀의 속삭임이 새어나오기도 했다. 나는 다시 고독에 빠져들었다. 탑 그림자가 내 마음속으로 숨어들었다. 온화해진 마음에 어쩐 일인지 빨래 건조대에서 만난 그녀가 보였다. 경멸하는 듯한 차가운 눈빛에 내 마음은 기가 꺾였다. 그녀의 숭고한 정신에 기댄다면 구원받을지도 모를 텐데, 하며 그 눈빛을

---

27 우에노공원 안에 있는 연못.
28 메이지 5년(1872)에 창업한 일본 최초의 서양식 레스토랑(1876년 현재의 시노바즈노이케 근처로 이전했다). 현재까지도 프랑스 요리 전문점으로 유명하다.

달리 생각했다. 그녀에게 다가가는 자신을 공상했다. 하지만 그런 식으로 대조했기 때문에 오히려 더욱 자신이 이민족이라는 사실이 분명해졌다. 동향의 유학생이 이 나라 여성을 데리고 귀국했던 몇몇 실례를 마음속에 그렸다. 그중 대부분은 자신에게 본처가 있다는 사실을 속이고 여자를 얻었던 것이고, 그렇지 않고 정식으로 결혼을 한 자들도 상대는 대개 환락가에서 알게 된 여급이나 하숙집 딸이었다. 양갓집의 제대로 된 신분의 여자는 만 명 중 하나도 안 되었다. 그리고 그 대부분이 불행한 국제결혼으로 끝났다. 피통치자는 종주국 여성을 반려자로 삼는 일을 동경하기 쉽지만, 그 여성을 그녀 자신의 전통 있는 배경에 놓고 볼 때는 빛이 난다 하더라도 다른 풍습 아래로 옮겼을 때는 일시에 광택이 사라져버리기 때문이다. 이런 생각을 하고 있는 자신을 깨닫고 나는 처음으로 돌아가, 고독이야말로 나의 가장 좋은 반려자라고 생각하게 되었다. 그 고독을 사랑하는 자세로 나는 벤치에 계속 앉아 있었다.

그때 문득 누군가가 내게 말을 걸었다.

"어머, 이런 데서 뭘 그렇게 골똘히 생각하고 계세요?"

그것은 친한 사람끼리 상대를 나무랄 때의 어조였다.

나는 허를 찔린 것처럼 그 사람을 돌아보았다. 조금 전 나의 공상 속에 있던 그녀였다. 빨래 건조대에서 보았던 그 경멸과 비난의 빛이 아니라 뭔가 마음을 쓰는 듯한 눈빛을 하고 있었다. 나는 일어나 그녀를 마주보았다. 그녀는 내가 무슨 성급한 일이라도 저지르는 것이 아닐까 해서 놀랐다가 자신의 오해였다는 것을 깨닫고 당황하며,

"죄송합니다. 제가 경솔했네요."

하고 말하며 얼굴이 새빨개졌다. 갸름한 얼굴에 부끄러움이 가득한 것 같았다.

나는 자신이 상대방에게 그만큼이나 음침하게 보인 것일까 하고 생각했다. 나는 그녀가 무안하게 생각해서는 안 된다 싶어,

"아니, 아무것도 아닙니다. 말을 걸어주셔서 고마웠습니다. 요즘 내내 우울했거든요"

하고 자신이 왜 빨래 건조대에 있었는지 해명하지 않고는 견딜 수 없었던 그 기분을 교묘하게 짜 넣었다. 그런 자신이 교활하여 약간 자기혐오를 느꼈다.

"아, 네. 기분이 좋지 않으신 것 같네요. 게다가……."

하고 그녀는 머뭇거렸다. 쓸데없는 말을 해서는 안 된다고 자신을 타이르는 모양이었다. 하지만 말이 나온 김에 말하지 않고는 배길 수 없다는 마음의 충동대로,

"그 날은 무척 이상한 분이라고 생각했어요. 옥상의 광인이 아닐까 해서요"

하고 말하고는 앗, 하고 입을 다물었다. 내가 화를 낼까 싶어 깜짝 놀란 것 같았다.

"옥상의 광인이요?"

나는 사실 다소 화가 났다. 모욕당했다고 생각했다. 만약 그녀의 다음 말이 없었다면 언쟁을 벌였을지도 몰랐다.

"네에, 제가 기쿠치 간菊池寬[29]의 「옥상의 광인」을 막 읽은 참이었거든요.

---

29 菊池寬(1888~1948). 다이쇼시대와 쇼와시대의 소설가이자 극작가. 메이지 대학 법학부를 중퇴하고 교토제국대학 영문과를 졸업했다. 1918년 「무명작가의 일기(無名作家の日記)」, 「다다나오경 행장기(忠直卿行狀記)」 등을 『중앙공론(中央公論)』에 발표하여 촉망받는 신진작가가 되었다. 1920년에 연재한 『진주부인(眞珠夫人)』을 비롯한 50여 편에 이르는 장편 통속소설을 썼다. 1923년 종합지 『문예춘추(文藝春秋)』를 창간하였고, 일본의 권위 있는 문학상인 아쿠타가와상(芥川賞), 나오키상(直木賞)을 제정한 장본인이기도 하다.

이런 표현도 하면 안 되는 거였어요. 왜 그랬을까요? 죄송해요."

"……"

나는 대꾸할 수도 없어 가만히 그녀를 쳐다보며 우두커니 서 있었다.

그녀는 왜 그런 말을 했는지 해명했다.

"하녀가 당신이 시인이라는 걸 알려줬어요. 이름은 알고 있었기 때문에 곧바로 당신의 시를 읽어봤어요. 저는 좀 어두운 시라고 생각했어요. 그 중 몇몇은 전혀 다른 밝은 시였어요. 그 시들은 당신 인상과는 전혀 달랐어요. 그게 아무래도 납득이 되지 않았지요. 그때부터예요, 줄곧 당신이 마음에 걸렸어요."

"가시처럼, 말인가요?"

나는 불쑥 말했다.

"네에."

뜻밖에도 고개를 끄덕이고는 풋 하고 웃음을 터뜨렸다.

그 웃음이 내 마음을 한결 밝게 했기 때문에 나는 소리를 내서 웃었다. 얼굴의 어둠이 가셨다.

"늘 그렇게 밝은 기분으로 계시면 좋을 텐데……."

이렇게 말하며 의아하다는 듯이 나를 보았다.

나는 그 사정을 설명해보고 싶었으나 너무 복잡해서 도저히 할 수가 없다고 생각하여 단념했다.

그러나 전찻길을 따라 하숙으로 걸어 돌아오며 나는 긴 시간에 걸쳐 그 이야기를 해볼까, 하고 마음을 고쳐먹었다. 그렇게 하면 그녀가 나라는 인간을 이해할 수 있을 것이고, 그녀의 마음에 박힌 의문도 풀릴 거라고 생각했다. 나는 마음속으로 그 이야기를 조금만 해보았다. 하지만 줄거리가 뒤죽박죽이 되는 것은 그렇다 치더라도 뭔가 음침하고 음울해서 스스로 입을 다물고 말았다. 그리고 자신의 마음속에 가둬둬야 할 음란한 일까지 입에 담는 일은 도저히 할 수 없을 것 같았다. 나는 나 자신에게조차 너무나 더럽게 보인다는 사실을 깨닫고 깜짝 놀랐다. 전차가 지나기만 해도 가득 차는 좁은 길이었기 때문에 우리는 가게 쪽으로 치우쳐서 걸을 수밖에 없었다. 나는 연인 사이처럼 어깨와 어깨가 스치게 해주고 있는 그녀를 시종 마음으로 느끼며 걸었다. 까만 스커트에 크림색 스웨터라는 수수한 차림이지만 밤의 장막이 내리고 가로등이 켜진 거리에서 그녀가 내 옆에 있는 것만으로 뭔가 따뜻하고 화려해 보이기까지 했다.

하숙집으로 들어서는 길 입구에서 그녀는 갑자기 내 옆에서 떨어져 다소 급한 걸음으로 걷기 시작했다. 나는 그런 그녀를 쓸쓸하게 바라보았지만 일부러 걸음을 늦춰 50미터쯤 뒤에서 걸었다. 빠른 걸음으로 멀어져 간 그녀가 다시 생판 남이 되었을 때 나는 쓸쓸한 기분이 되었다. 그것이 내게는 추하게 보였다.

나는 그녀를 잊으라고 자신에게 말했지만 그녀의 말소리나 숨결이나 얼굴 모양이 내내 떠올랐다. 그런 생각에 빠져 있을 때 나는 어슴푸레 마음이 따뜻해졌다. 거기서 깨어나면 고독이 그때까지보다 몇 배나 강해졌다.

나는 하녀에게 그녀에 대해 넌지시 물어봤다. 하숙집 여주인의 먼 친척이고 시타야下谷의 소학교 교사라는 것이었다. 나는 원고지에 그녀의 이름을 써보았다. 야마사키 게이코山崎圭子. 야마사키라는 성이 친숙하지 않다는 느낌이 들었다. 이 성이 장래 내 호적상의 성이 되고 나를 일본 국민으로 만들 만큼 흡인력을 가질 수 있을 거라고는 생각하지 않았다. 그런데도 게이코圭子라는 두 글자가 내 마음에 파고들었다.

나는 그녀와 이야기를 나눌 기회가 오기를 기다렸다. 당장이라도 그녀의 방으로 달려가고 싶은 충동이 일었지만 그것을 억눌렀다. 손이 전율이라도 하는 듯이 떨렸다. 아침에 늦게 일어나는 나는 늘 그녀가 출근하고 나서 일어나기 때문에 두 사람이 얼굴을 마주할 일이 없었던 것이다. 일요일에 그 빨래 건조대에서라면 만날 수 있을지도 모르지만 그녀의 속옷이 눈에 보이면 마음이 위축되었다.

나는 그녀가 읽어주기를 바라는 속셈이 있어 짧은 시를 잡지사에 보냈다. 그것이 발표되는 날 목욕을 마치고 멍하니 책상 앞에 앉아 있으니 생각지도 않게 그녀가 방으로 찾아왔다. 복도에 잠깐 서서 머뭇거렸지만 하녀들에게 들킬까 염려한 건지, 그렇다면 잠깐만, 하고 양해를 얻은 후 방으로 들어왔다. 하지만 꼭 닫힌 방의 공기를 맡아보고 견딜 수 없다는 얼굴로 실례지만 창문 좀 열겠어요, 하고는 살짝 화난 듯한 얼굴로 창문을 열러 갔다. 창문을 활짝 열었다. 어쩐 일인지 나는 창이 활짝 열리면 마음이 안정되지 않는다. 늦봄의 밤바람이 우르르 들어왔다. 나는 실내복의 옷깃을 여몄다.

"이번 작품을 봤어요."

그녀는 창문 아래로 다가가 앉았다.

"……"

나는 그녀의 감상이 기다려졌다. 적어도 어둡지 않다는 말이 기대되었지만,

"당신은 불행한 분이네요"

하고 그녀가 분명히 말했다.

나는 의외였다. 그 작품은 내 내력이나 생활환경과 아무 관련도 없는데, 하고 생각하며,

"왜 그렇죠?"

하고 되물었다. 아주 강렬한 표정을 지었다는 사실을 나는 알아차리지 못

했다.

"왜 그러느냐면······, 당신한테는 제대로 설명할 순 없지만······."

그녀는 허둥지둥 더듬거리며 여기에 온 것을 후회하기 시작한 모습이었다. 그것을 본 나는 반성하며,

"예를 들면 어떤 건가요?"

하고 애써 표정을 누그러뜨리고는 부드럽고 고분고분한 목소리로 말했다.

"뭐라 말해야 좋을까요!"

준비해온 말을 완전히 접어두었기 때문에 새로 적당한 말을 찾을 수 없어서 굉장히 곤란해 하며 말을 덧붙였다.

"뭐랄까 좀 더 느긋한 구석이 있으면 좋겠다고 생각했어요. 이래도야, 이래도야 하는 듯한······. 명암의 대조가 없고 한 방향뿐인······."

생각한 대로 거침없이 말할 수 없는 답답함이 내게 전해왔다. 나는 그녀가 하려는 말을 충분히 알 수 있었다. 그런데도 왜 그렇게 할 수 없는지, 그리고 그것이 어떤 데서 나오는 것인지 잘 알 수 없었다.

나는 생각에 잠겼다. 그녀는 입을 꾹 다물었다. 나는 입을 다물어버린 그녀를 잊고 진지하게 그것을 생각했다. 골똘히 생각하여 험악해진 자신의 얼굴을 알아채지 못했다. 그녀가 슬쩍 나를 봤다. 불쾌한 얼굴로 다시 한 번 나를 찾아온 것을 후회하며 말했다.

"실례되는 말만 하고 정말 죄송해요."

무척 격식을 차려 이렇게 말하고는 손을 짚으며 고개를 숙여 인사하고 일어섰다. 나는 그녀를 붙잡고 싶어 애가 탔다. 하지만 그녀가 있어주어도 나는 역시 자신에 대해서만 골똘히 생각할 거라는 마음에 어떻게 손을 쓸 수가 없었다. 내가 그렇게 있는 중에 그녀는 바람처럼 방에서 나가

버렸다. 고독이 방에 가득 찼다.

며칠이나 그녀가 남기고 간 말을 생각했지만 생각이 지나쳐 오히려 아무것도 알 수 없게 되었다. 그녀는 그림자 없는 물체 같은 작품이라고 말하려고 했는데 그것이 내게 이해되었다고 해도 내게는 그 결점을 도저히 고칠 수 있을 것 같은 기분이 들지 않았을 것이다.

어느 날 나는 문득 자신이 얼마나 융통성이 없는 사람인지 깨닫기 시작했다. 내가 도쿄로 온 이래의 비뚤어진 마음을 나 자신이 만들어낸 것이라는 사실을 알아채기 시작했다. 시단에서는 오히려 내게 점수가 후했다. 위로하는 거라고 생각했다. 이방인의 비뚤어짐과 집착을 가졌다는 사실이 미안했다. 그래서 나는 그녀가 내게 남긴 말을 이해했다. 나는 당장이라도 그녀에게 그것을 말하여 안심시키고 싶었다. 그리고 내친김에 나의 그 결점이 모두 나의 성장 과정과 관계있다는 것, 가능하면 그 성장 과정이나 가족 관계까지 모두 고백하고 싶었다. 그것에 자극받아 잠들지 못하는 밤이 이어졌다.

'이 격렬함이 좋지 않다. 이 격정이 나의 민족성이고 결함이다.'

고민한 끝에 나는 자신에게 이렇게 말했다. 나는 자신이라는 것과 민족이라는 것, 그 민족성이 내게도 농후하다는 것, 그것이 장점이 된 경우와 단점이 된 경우를 스크린에 비춰보듯이 바라봤다. 차분하고 내성적이었던 그녀의 모습이 무엇에도 비길 수 없이 그리웠다. 다소 차가울 정도의 냉정함이나 조심스러운 비판, 다 말하지 못한 듯한 말투, 그런 그녀의 특징은 모두 내 성격과는 대조적인 것이었다. 그녀는 말로 내게 이해시켰던 것이 아니라 몸으로 내 마음에 전한 것처럼 느껴졌다. 특별히 내세워 말하지 않는 이 나라의 고유한 정신이 그녀의 마음을 통해 내게 흘러온 것이었다.

어느 날 산책에서 돌아오자 책상 위에 작은 꽃병에 꽂혀 있는 흰 백합 한 송이가 꿈처럼 피어 있었다. 달콤한 향기가 방 안의 공기를 향긋하게 물들이고 있었다. 활짝 열어 놓은 창문으로 신선한 공기가 흘러들고 있었다. 원고지 위에 글이 휘갈겨 쓰여 있었다.

"지난번에는 정말 실례했어요. 그리고 뭔가 실례된 말을 해서는 안 된다고 생각하여 당신을 잊으려고 했지만 어쩐지 마음에 걸려서……. 당신은 아기처럼 위태위태한 구석이 있어요."

나는 그것을 되풀이하여 읽었다. 그녀의 마음에 어떤 걱정이 있었는지 이해하지 않고 꽃을 두고 간 그 동정을 생각하려고 했다. 그래서 나는 좀 더 밝아지자, 단지 그렇게 하는 것 외에는 방법이 없다고 생각했다.

하지만 그렇게 하기에는 내게 이어진 생모의 인연이 너무나 강했다. 그것을 끊어내지 않고서는 그것이 불가능했다. 그리고 그것을 끊어내기 위해서는 내 마음의 힘만으로는 부족하고 누군가의 조력이 필요한 것이다. 그것이 그녀에게 있는데 — 하고 나는 굉장히 답답해졌다.

나는 감사하는 편지를 썼다. 다섯 장이나 되는 그 문장은 시인인 내게는 완전히 틀려먹은 악문이고 무엇보다 장황했다. 죄다 말하려고 하다가 오히려 아무 말도 하지 않은 것임을 알고 나는 자기혐오에 빠졌다. 이것도 민족성의 나쁜 일면이 드러난 것이라고 생각하자 더욱 자신이 싫어졌다. 간단하고도 요령이 있는 그녀의 문장이 대선배처럼 보여 나는 그것을 본떠 간단한 감사 편지를 썼다. 하지만 잠시 후 그 편지를 뭉쳐서 휴지통에 던졌다. 나는 3층에 있는 그녀의 방을 모르고, 하녀에게 부탁하는 것도 안 될 것 같았다. 무엇보다 그런 일을 하는 것이 칠칠치 못한 것 같았기 때문이다. 언젠가 만날 기회가 올 때까지 기다릴 작정이었다.

흰 백합이 시들었을 무렵 새로운 꽃으로 바뀌었다. 카네이션이거나 프리지어이거나 했는데 그때마다 그녀의 마음이 그 꽃에 담겨 뭐가 의미심장한 속삭임으로 보였다. 그 속삭임에 가만히 귀를 기울이고 있는 내게 연정이 붉은 정열의 불꽃이 되었다. 그것이 나를 괴롭혔다. 가족 관계가 언뜻 머리에 번쩍이면 그 불꽃은 단번에 꺼져버렸다. 그때마다 나는 친어머니를 저주했다.

나는 다시 우울증에 사로잡혀 망연한 듯이 하숙집 근처를 돌아다녔다. 어느 날 신사 경내에서 아이들이 캐치볼을 하고 있는 모습을 멍하니 바라보고 있다가 지친 듯한 모습의 그녀를 만났다. 우리는 문 옆으로 돌아와 이야기를 나눴다. 나는 꽃에 대한 감사를 표했다. 하지만 다음에 만나면 이야기하려고 준비해둔 말은 깡그리 잊어버렸다.

"제가 당신한테 관심을 가져서는 안 된다고 숙모님이 말씀하셨어요."

문득 그녀가 말했다. 나는 눈을 크게 떴지만 입을 다물었다. 이유는 묻지 않아도 알고 있었다. 민족 차별에 치욕감을 느끼고 현기증이 일었다. 하지만 그것은 그녀 탓이 아니니까, 하고 차츰 자제할 수 있었다. 나는 그 마음을 알고 다소 기가 꺾였지만 그녀는 개의치 않고 말을 꺼냈다.

"자세히 들어보니까 숙모님이 그렇게 생각하는 것도 무리는 아니라고 생각해요. 하숙집에 동향의 학생이 있었대요. 하녀와 사이가 좋아져 결혼할 거라며 고국으로 데려갔는데 그곳에 이미 아내가 있었나 봐요. 그 하녀는 울며불며 돌아왔대요. 게다가……"

"게다가?"

그 이야기는 그 밖에도 많은 예가 있었다. 내 친구 중에도 그런 경우가 있어서 나는 뭔가 민족적인 연대 책임 같은 것을 느끼고 있었다. 그래서 나만은 결코 그렇게 신의 없는 짓은 하지 않겠다고 생각했다.

"당신도 고국에서 오는 편지에……"

"맞습니다. 그래서 저는 당신한테 구혼하지 않았지요."

말이 술술 나와 나는 깜짝 놀랐다. 그리고 이 사람과도 이것으로 끝이라고 생각했다. 그런데 그럴 듯한 일조차 없었던 게 아닌가 해서 약간 우스꽝스럽게 보였다.

"구혼이요? 어머, 당신은 저한테 구혼할 생각이었나요?"

그녀는 놀란 듯이 되물었다. 나는 그 표정을 어떻게 이해해야 좋을지 알 수 없었다. 그녀는 내게 모욕을 당했다고 생각했는지도 모른다. 그때 나는 지인인 청년 김을 떠올리고 있었다. 김은 작가인 류탄지 유[30]의 제자로, 비정상적인 소설을 쓰고 있고, 행위도 소설을 그대로 생활에 옮기는 듯한 구석이 있었다. 그런 김에게 타향 사람이라는 동정이나 연민에서 각별한 호의를 보이고 있던 모 화가의 누이가 있었다. 그는 그 여성이 자신에게 마음이 있다고 믿고 그 여성에게 구혼했다. 깜짝 놀란 그 여성이 단순한 동정으로 한 일이라고 털어놓자 그는 자신의 마음을 뒤흔들어 놓고 이제 와서 무슨 말을 하는가, 하며 그 여성에게 칼을 들이대며 큰 소동을 벌였다고 한다.

"실례했습니다. 마음속으로 그런 생각을 하고 있었습니다. 하지만 저한테는 그런 자격이 없으니까 단념하고 있습니다. 이 이야기는 없었던 것으로 합시다. 다만 하숙집의 아주머님께 제가 그렇게 불량스럽게 보였다는 것은 실망이군요. 이래 봬도 자신의 일에는 긍지를 갖고 있고, 자신이 하는 일에는 항상 책임을 질 생각을 하고 있습니다. 그럼 이것으로……."

나는 그녀로부터 떨어졌다. 오늘 즉각 하숙을 바꾸려고 결심했다.

"잠깐만요! 잠깐 기다리세요."

---

30   龍胆寺雄(1901~1992). 이바라키현(茨城県) 출신의 소설가.

그녀가 퍼뜩 숨을 삼킨 듯한 얼굴로 나를 쫓아왔다. 나는 걸음을 멈추고 기다렸다. 싸움을 한 것도 아니었기 때문에 그녀를 이렇게 내버려두고 가는 것은 온당하지 못하다는 것을 깨달았기 때문이다.

"당신은 뭔가 오해를 하고 계세요. 저는 숙모님의 말을 그대로 믿지 않거든요. 그런 이야기가 된 것이 우스울 정도지요. 저는 당신이 다른 나라 사람이라고 생각하지 않아요. 당신은 이 나라의 시인 아닌가요? 당신을 이민족이라 생각하고 있는 숙모님의 마음이 훨씬 더 인종주의적이지요. 좁아요, 세상물정이 어두운 거예요."

"고맙습니다. 하지만 저를 그런 식으로 위로해주지 않아도 됩니다. 저도 그렇게 생각하니까요. 조금만 더 기다려주었으면 합니다. 저는 누가 뭐라고 해도, 아무리 차별을 당해도, 또 반대로 우리나라 사람들이 뭐라고 비난해도 저는 완전히 이 나라 시인이 되어 보이겠습니다. 마음도 형상도……. 그렇게 하기 위해서는 우선 말을 극복해야 합니다. 그것을 하러 도쿄로 온 것이고요. 그런데 그 말이 뜻대로 되지 않습니다. 말만으로는 안 되지요. 말을 낳은 그 지역을 알지 않으면 안 됩니다. 지역이 낳은 사람을 알지 않으면 안 됩니다. 아는 것만이 아니라 사랑하지 않으면 안 됩니다. 이런 고생을 하지 않고도, 이민족의 마음 그대로도 남의 나라 말을 능숙하게 하는 사람도 있습니다. 하지만 저는 그것만으로 만족할 수 없습니다. 끝까지 철저하게 하고 싶습니다. 다만 그 실마리가 없습니다. 제 마음에 깊은 애정을 쏟아줄 사람이 있으면 좋겠습니다. 제 마음에서 사랑을 이끌어낼 힘이 필요합니다. 당신한테서 그걸 느낀 겁니다."

"어머……!"

"그것도 저 혼자만의 생각이었습니다. 그럼 안녕히 계세요."

나는 날이 저물기 전에 이사를 가고 싶어 초조하게 굴며 그녀에게 이

별을 고했다. 그러자 또,

"잠깐 기다려주세요"

하고 그녀가 언덕길로 쫓아왔다. 나는 그녀를 향해 돌아섰다.

"저도 헤어지는 마당에 한마디만 해둘게요. 당신의 그 결심에는 감동했어요. 당신이 하시려는 일은 1년이나 2년에 성공하지는 못하겠지요. 반드시 성취하시길 빌게요. 하지만 당신은 뭔가 애처로워 보여요. 옆에서 보지 않으면 뭘 할지 알 수가 없는, 위태위태해서 조마조마한 그런 구석이 있어요."

"자살이라도 할 것 같습니까?"

나는 진지한 얼굴로 묻고 덜컥했다.

"사실을 말하자면 그래요."

그녀는 아주 조심스럽게 말했다.

"실은 살아 있다는 게 성가셔졌습니다."

"왜 그럴까요? 조금 전에 말한 당신의 결심이나 포부와는……."

"다르다는 거죠? 그런 포부로 살고자 하는 마음과 그것을 방해하는 힘에 질 것 같아서 절망하는 마음, 이 두 가지가 다 있습니다."

"잘 모르겠어요. 그 절망이라는 것이……."

"한마디로 설명할 수 없지만 꼭 들어보고 싶다면 언젠가 말해도 좋습니다."

"오늘 저녁에 말해줄 수 없나요?"

"오늘 저녁에요? 저는 지금부터 이사를 갈 겁니다. 당신 숙모님께 쓸데없는 걱정을 끼쳐드리는 것은 죄송하니까요. 안타깝기도 합니다."

"그렇게 비뚤어지지 않아도 좋다고 생각해요."

"뭐요? 비뚤어져요?"

"네, 비뚤어져 있어요. 숙모님 편을 드는 건 아니지만 숙모님이 그렇게 생각하는 것은 결코 무리한 일은 아니니까요. 원인은 당신한테 있는 거 아닌가요? 저녁에 이사를 가다니, 이상해요. 내일 가도 되는 거 아닌가요?"

설교를 듣는 것 같아 불쾌했지만 그녀의 말에는 모난 구석이 없었고 나를 납득시키기에 충분한 뭔가가 있었다.

"그렇긴 합니다. 그럼 그렇게 하지요."

나는 고분고분해진 자신에게 놀랐다.

우리는 시노바즈노이케로 가서 연못가를 걸으며 이야기했다. 대부분 나의 성장 과정에 대한 설명이었다. 나는 그 이야기를 하며 그녀가 그것을 이해하려고 노력하는 것을 밤의 불빛 속에 비친 그녀의 얼굴에서 보았다. 하지만 그녀가 두 지역의 풍습이 조금도 같은 데가 없고 지구 끝에서의 사건인 것처럼 생각하는 게 아닐까 하고 다소 소바심이 났다. 하지만 나는 친어머니가 기생이고 아버지의 첩이었다는 것, 나중에 큰어머니가 죽고 나서는 아버지의 본처가 된 것을 하나도 숨기지 않고 이야기했다. 그리고 내가 이혼을 요구했고 본인도 승낙했는데도 친어머니가 그것을 인정하지 않기 때문에 법률상 내가 자유로워지지 못한 이야기를 하고 나는 숨이 막혔다. 사랑과 증오와 원망이 혼재해 있는 그 이야기는 내게 너무나도 고통스러웠다.

"당신은 불행한 분이네요."

이야기가 일단 끝났을 때 그녀는 이렇게 말하며 한숨을 내쉬었다.

"저만큼 불행한 사람은 없다고 생각하고 있습니다."

나는 탄식하듯이 말했다.

연못 부근에는 사람의 왕래도 줄고 택시와 전차만이 그 정적을 깰 뿐이었다. 몹시 괴로운 이야기를 괴로운 마음으로 이야기했는데도 한편으로는 이렇게 행복한 밤은 없었던 것 같았다. 자신의 마음속 고통을 타인에게 이야기한 적도 없었고, 이렇게 마음을 담아 들어주는 여성도 없었던 것이다. 나는 기쁨에 떨고 있었다.

"아직 다 말하지는 못했습니다. 이건 저의 작은 일면일 뿐이지요. 저라는 인간의 일면만 보여주었습니다. 하지만 대체적인 것은 아시겠지요. 그럼 여기서 헤어지기로 하지요. 오늘 밤의 당신은 언제까지고 잊지 못할 겁니다."

나는 악수를 하고 싶어 손을 내밀었다.

"아뇨, 헤어지지 않을 거예요."

그녀가 말했다.

"예?"

나는 허를 찔린 듯한 기분이었다.

"제게 구혼하고 싶다고 말했었죠?"

"그랬지요."

"지금도 하고 싶어요?"

"……"

나는 고개를 끄덕였다.

"그럼 구혼해주세요."

"예……? 하지만 당신 가족이, 아버님이나 어머님이…… 숙모님도 그런 식인데……."

나는 더듬거리며 말했다.

"저의 아버지나 어머니와 결혼하는 게 아니잖아요. 숙모님과도 아무 관계 없는 일이에요."

"알겠습니다. 하지만 법률상 두 사람이 결혼할 수 있는 것은 10년 후일지 20년 후일지 모릅니다. 친어머니가 살아 계시는 동안은 안 되니까요."

"상관없어요."

"당신이 상관없다고 말한 거 맞죠?"

"네, 언제까지고 기다리겠어요."

"그때까지 제가 변심이라도 하면 당신은 숙모님이 말한 대로의 결과가 됩니다."

"저는 당신을 믿고 싶어요."

"고맙습니다."

다 말하지 못하고 나는 울음을 터뜨렸다. 29년이라는 평생의 불행이 이 순간에 떠내려갔다는 감격이 전율처럼 내 마음과 육체를 뒤흔들었다.

우리의 일은 금세 하숙집 아주머니에게 들켰고 그녀는 부모에게 호출되었다. 나는 그녀가 처음의 뜻을 잃어버렸는지 어떤지 지켜보고 있었다. 하지만 그녀는 사표를 내고 학교를 그만두었다. 여러 가지 절차가 끝난 날,

"당신은 시골로 가서 살고 싶다고는 생각하지 않아요?"

하고 그녀가 물었다. 여러 가지 면에서 내게는 도쿄에서 벗어날 필요가 있었다. 옛 일본의 모습 속에 자신을 두고 싶은 마음이 욕망처럼 되어 있었다. 나는 그 의견에 찬성했다.

"그럼 제가 스와로 가서 집을 찾아볼게요. 연락이 되면 곧장 와주세요."

그녀는 그날 밤 길을 나섰다. 자신이 한 말을 곧바로 실행에 옮긴 그녀의 굳센 의지에 감명을 받았다. 이렇게나 나를 신뢰하는 것인가, 하고 절실히 느꼈다. 재봉을 하거나 부엌일을 하는 게이코에게는 그날의 그 신뢰가 아무런 생각 없이 나타난다.

"다음에 산책할 때는 성터를 보는 게 좋겠네요. 무슨 참고가 되겠지요."

게이코가 말했다. 그러고는 다시,

"8월 1일인 것 같은데, 시모샤下社의 오후나 마쓰리ぉ舟祭り[31]를 보러 가요. 저도 어렸을 때 딱 한 번 봐서 어슴푸레하게 기억하고 있는데 관동지방에서는 좀처럼 볼 수 없는 축제예요."

라고도 말했다. 자연스럽게 말을 꺼내며 거리낌 없이 나를 유도했다. 만약 그 말에 이방인을 느끼게 했다면 나는 곡해했을지도 몰랐다. 그녀는 어렴풋이, 예컨대 도쿄 출신의 여성이 규슈 출신의 남편에게 가르쳐준다는 정도로 이방의 울림을 갖게 했을 뿐이었다.

나는 그녀에게 유도되면 반드시 그렇게 하고 싶은 마음이 되었다. 역의 목책을 따라 난 좁은 길을 빠져나가 건널목을 건너고 카페나 여관 등이 있는 가로수 길로 나갔다. 다카시마성高島城 터로 가는 동안 나는 끊임없이 게이코의 말을 마음속에 떠올렸다 ─ "아버지가 성으로 올라갈 때의 모습은, 키가 큰 탓인지 아주 멋졌다고 어머니가 자주 말했어요". 나는 키가 큰 그 사무라이를 마음속에 떠올렸다. 성주나 다른 사무라이는 나와 아무런 관계가 없었다. 성은 생각보다 작고 해자의 물은 흐르지 않았으며 당장이라도 말라버릴 것 같았다. 하지만 그곳 다리를 건너고 있는 게이코의 아버지를 마음속에 떠올리고 있으니 돌담 위로 홀연히 천수각天守閣이 나타나 성으로 올라가는 발길을 서두르고 있는 사무라이들이 보였다. 나는 그 사람들 뒤를 따라 다리를 건넜고, 넓은 방에 많은 사람들이 모여 성주가 나오기를 기다리고 있었다. 영화에서 얻은 빈곤한 지식이었지만 그런 공상을 하고 있는 나는 유쾌했다. 봉건군주는 증오할 만한 것이라는, 혁명가를 꿈꾸었던 시절의 내 생각 같은 건 까맣게 잊고 그저 온화한 분위기에 빠져 있기만 했다.

---

31 스와다이샤(스와시에 있는 신사)의 시모샤에서 행해지는 마쓰리다.

시모샤의 오후나 마쓰리가 열리는 날에는 게이코와 둘이서 보러 갔다. 제례 의식 때 연주하는 무악이 시작되고 있었다. 춤을 추는 사람이 유장한 피리 소리에 따라 느긋하게 춤을 추고 있었다. 가구라덴神楽殿[32]에는 구석구석에 참배객이 몰려들어 보고 있었다. 언제 끝날 줄도 모르고 계속될 듯한 신무神舞를, 태곳적부터 거기서 그렇게 하고 있는 듯한 얼굴로 그 사람들을 보고 있었다. 즐거운 것인지 감동하고 있는 것인지 전혀 반응이 없는 표정을 한 사람들 사이에서 하얀 조선옷을 입은 할머니를 발견하고 어머, 조선 할머니가 있어요, 하고 게이코가 내 소매를 당겼다. 나는 그 할머니를 봤다. 몽골리안 계통의 얼굴 모양으로, 무심히 신무를 보고 있었다. 다른 사람들과 마찬가지로 표정 없는 얼굴이었다. 그 얼굴에는 특별히 구별될 만한 것이 없었다. 문득 나는 그 할머니가 매년 이 신무를 보고 있었을지도 모른다고 생각했다. 노파의 얼굴에는 낯익은 침착함이 있었다. 나는 춤을 추는 사람에게 마음을 향했다. 처음에 춤을 봤을 때부터 조금도 진기하지 않았던 것이 신기했다. 복장도 동작도 어딘가에서 본 것 같은 기분이 들었다. 춤추는 사람이 다리를 들어 올려 거의 직각이 되었을 때 약간 힘을 주어 아래로 내릴 때 나는 퍼뜩 떠올랐다. 그것은 물에 빠져 죽은 아이의 영혼을 강 속에서 불러내 떠오르게 하기 위해 열린 무녀의 제의와 비슷했다. 어렸을 때의 기억이었다. 관도 하카마[33]도 겉옷도 비슷했다. 춤이나 무용극도 어딘가 비슷했다. 나는 마음이 흔들리는 기분이었다. 공통의 것을 발견한 기쁨이었다. 나는 생각했다. 게이코는 어렸을 때 이 춤을 봤다, 나도 이걸 알고 있다, 두 사람의 마음에는 수많은 공통의 것들이 잠들어 있는 것이다, 우리는 단순한 이방인끼리가 아니다.

---

32 신사 경내에 설치한, 신악(神楽)을 연주하기 위한 건물.
33 일본 옷의 겉에 입는 주름 잡힌 하의.

영감 상과 노파 인형을 태우고 배처럼 보이게 한 수레를 끌며 시내로 나오는 것을 보러 갔다. 모두 머리띠를 두르고 거의 알몸이 된 수많은 젊은이들이 발을 맞춰 오고 있었다. 수레 위에 선 젊은이가 깨끗한 목소리로 노래했다. 그 목소리는 맑고 너무나도 청결하게 들렸다. 길거리에 잔뜩 쏟아져 나온 사람들, 도시 사람도 시골에서 온 사람도 어딘가 행복해 보이며 아무런 걱정도 없이 축제 기분에 빠져 있었다. 가게 앞에서 보고 있는 우리 앞으로 수레가 다가왔다. 선창을 한 사람이 소리를 질렀다. 왓쇼이, 왓쇼이 하며 젊은이들의 다리가 빨라졌다. 그러자 전봇대에 수레가 쿵 부딪쳤고 그 기세로 전선이 어지러이 아래로 드리워지며 전봇대가 기울어졌다. 사람들이 소리치며 도망쳤다. 게이코가 내게 말했다. 언젠가는 이보다 더 난폭하게 했어요, 올해는 점잖은 편이에요.

비가 내리기 시작했다. 사람들은 가게 앞에서 비를 그었다. 그곳 잡화점 여주인이 친절하게 맞아주었다. 마룻귀틀에 앉아 소나기가 지나가기를 기다렸다. 비는 억수같이 쏟아져 어느 가게 앞에도 사람으로 가득했다. 옷자락을 걷어 올린 아가씨들이 달려 지나갔다. 그중 한 사람이 버선을 벗고 샌들을 손에 들고 맨발로 철벅철벅 물보라를 일으키며 서둘러 지나갔다. 그 모든 것이 아주 친밀감 있게 보였다. 나는 이 친밀감이 어디서 온 것인지 알고 있었다. 내가 아직 고향에 있었을 무렵 그곳에 와 있던 이 나라 사람들과 우리는 같은 지역에 살고 있을 뿐 전혀 마음이 융합되지 않았다. 그것은 서로 상대의 생활과 담을 쌓고 멀리하고 있었기 때문이다. 하지만 지금 나는 이 지역의 생활 속에 몰입해 있었다. 나는 바깥에서 이를 보고 있는 것이 아니라 이 지역 사람과 한마음이 되어 보고 있는, 적어도 보려 하고 있는 것이다.

"여보, 차를 주셨어요. 드세요."

게이코가 내 손을 건드렸다. 나는 생각에서 깨어나 정신을 차렸다. 나는 자신이 그런 식의 생각에 잠기는 것이 이방인이어서라는 데에 생각이 미쳤다. 그리고 그런 격식을 차린 마음이 아니라 순진한 마음으로 축제를 보며, 내가 그녀와 한마음이 되어 있는 것처럼 여기고 있는 게이코에게 미안한 마음이 들었다.

어딘가 낯선 젊은 부부 정도로 가볍게 생각하며 팥밥이나 조림 요리 등을 내와 드시라고 말하는 싹싹한 여주인에게조차 내 마음은 녹아드는 것 같았다. 친목이 싹튼 것이다.

이 지역의 사투리에도 익숙해지기 시작했다. 어느 날 얼마 전에 찍은 사진을 찾으러 사진관에 갔더니 주인이 없어서 현관 앞에서 사방치기를 하고 있는 다섯 살 정도의 남자아이에게 아버지는 어디 가셨니? 하고 물었더니 그 아이는 사방치기를 계속하며 "시보스와지라"라고 대답했다. 그 목소리가 깨끗하고 맑으며 천진난만한 탓도 있었지만 작은 입에서 나온 그 '지라'가 마치 방울이 굴러가는 듯이 상쾌하게 들렸다. 뭐라 말할 수 없이 상쾌한 울림을 귀로 되풀이하며 나는 몇 번이고 뒤를 돌아봤다. 그 아이에게서 멀어지는 것이 아쉬웠다. 그날부터 '지라'가 내 마음에 살아 있게 되었다. 어느 날 채소를 팔러 온 농부가 "길게 있지라?"라고 말해서 나는 곧바로 대답하지 못하고 무척 당황했다. 친근한 마음으로 내게 웃어주는 농부를 겸연쩍게 해서는 안 된다는 생각, 내가 말을 알아듣지 못한다고 느끼게 해서는 안 된다는 생각에 집착하며 당황하고 있으니 옆에서 게이코가 거들고 나와 "네, 한동안 있을 거예요"라고 대답해주었다. 나는 안도했다. 농부가 돌아간 후 그것을 화제로 삼았다.

"저도 확실히는 몰라요. 이미 오랫동안 여기에 있었느냐? 아니면 앞으로도 계속 있을 거냐? 그 어느 쪽으로 받아들일 수 있어요."

게이코가 깊이 생각하며 대답했다.

"아니, 문제는 그 '길게'야." 나는 어학연구자의 태도로 물었다.

"길게라는 건 오랫동안이 아닐까요?"

"그렇군! 그렇다면 오랫동안 있느냐, 이렇게 물은 거로군. 알았어. 길게를 그런 식으로도 쓰는 거로군."

나는 흥미롭다고 생각했다. 표준어만으로는 기계적이고 약동하는 생명이 느껴지지 않았다. 이렇게 사투리를 배워감에 따라 말의 근거가 생겨 살아난다. 단어 하나하나를 이렇게 배워가는 것은 내게 절대로 필요한 일이다. 그것은 10년, 20년, 오랜 시간에 걸쳐 성취할 수 있는 일이다. 하지만 그 실마리를 발견하는 것은 역시 게이코이고, 그녀의 마음을 빌려서 하지 않으면 안 된다. 이렇게 생각하고 나는 앞으로 해야 하는 공부가 심해를 더듬는 듯한 무진장한 비밀 앞에 직면했다고 각오했다. 게이코의 마음에 내 마음이 녹아들지 않았다면 이런 실마리조차 발견할 수 없었을 거라고 생각했다. 그녀에게 쏟아지는 눈에는 저절로 빛이 솟아났다.

우리는 가타쿠라칸片倉館[34] 뒤쪽의 호숫가를 즐겨 산책했다. 큼직한 서양풍 건물은 돈을 들인 흔적이 보여 근사했다. 그 건물을 왼쪽으로 보며 물가를 따라 걸었다. 호수 주위를 둘러싼 산들이 멀리 희미하게 보였다. 게이코는 가미샤上社가 있는 방향에서 시모스와 시내를 향해 손가락으로 일직선을 그으며 이 호수에 얼음이 얼었을 때 일어나는 한 가지 현상을 설명했다. 정확히 그 방향으로 직선을 그은 것처럼 얼음에 금이 간다고 한다. 겨울에 호수 표면이 얼어 빙판이 크게 갈라지는 현상의 전설에는 달콤함 속에서도 뭔가 긴박한 구석이 있었다. 얼음에 금을 그으며 휙 달

---

34 나가노현 스와시 가미스와온천의 온천 시설이다. 1928년에 준공했다.

리는 신의 모습을 상상했기 때문이다. 기세 좋게 달리는 그 소리까지 들려오는 듯한 기분이 들었다. 하지만 문득 게이코는 그 이야기에 전혀 다른 느낌을 담은 게 아닐까 하는 생각이 들었다. 그것이 알고 싶어졌다. 같은 전설을 다른 식으로 이해하는 것에 피의 차이가 있는 것이고, 그것이 좋지 않은 것 같아서 불안해졌다.

이곳으로 오고 나서 첫 원고료가 들어온 날 우리는 우체국 옆의 포목전에서 쇼핑을 했다. 이 거리에서는 노포인 모양인 듯 비교적 좋은 물건이 진열되어 있었다. 게이코를 위해 오비도메帶止,[35] 한에리半衿,[36] 유카타 등을, 내 것으로는 유카타와 띠를 샀다. 게이코는 무늬나 색을 일일이 내게 의논하며 의견이 일치해야만 샀지만, 나는 여자가 입는 것에 대해 아무런 지식도 없는 데다 일본 전통 의상의 경우에는 소경이나 다름없었다. 나는 당황하며 색채와 무늬의 취향을 말하는 것이 고작이었다.

"당신이 사준 거니까 언제까지고 소중히 간수할게요."

그 목소리가 한 음파마다 환희로 부풀어 새가 지저귀듯이 들려왔다.

한여름이 지날 무렵 그 지역의 청년들 중 친구가 생겼다. 니카이카이二科會 계열[37]의 화가나 시인, 소설가 지망생이라는, 모두 예술에 뜻을 품고 있는 사람들이었다. 내가 이곳에 왔다는 사실이 도쿄의 신문에 실렸기 때문에 그것을 전해 듣고 찾아온 것이다. 그들은 아직 서른도 안 된 나를 선생님이라는 경칭으로 불러주었고, 아무런 민족적 편견을 갖고 있지 않았다. 화제는 중앙 문단의 시인이나 작가로 모아졌고 예술의 현실에 대해

---

35   오비가 흘러내리지 않게 띠 위에 두르는 끈인 오비지메(帶締め)에 다는 장신구.
36   기모노 위에 덧대는 장식용 깃.
37   미술단체. 1913년 문전(文展, 문부성미술전람회)의 서양화부를 신구 2과제(科制)로 할 것을 당국에 건의하였으나 받아들여지지 않자 문전을 탈퇴한 화가들이 조직한 단체. 매년 가을에 니카텐(二科展)이라는 미술전을 개최한다.

이야기하고 서로 작품을 보여주었다. 니카텐二科展에서 두 번쯤 입선한 작품을 볼 겸 놀러 오라고 해서 지노茅野에 있는 화가의 집으로 버스를 타고 가기도 하고 작가 지망생인 청년의 집에 초대받아 가기도 했다.

나는 조용히 생활에 뿌리를 내리기로 했다. 나는 눈을 감고 꽃을 피우기 시작한 꽃밭을 가만히 바라보며,

'이대로 있어 줘.'

하고 간절히 빌었다.

다다미 여섯 장 크기의 뜰에 난 풀을 뽑았다. 난생처음인 것 같지는 않았다. 깨끗해진 뜰의 흙을 상쾌하게 돌아보았다. 호랑가시나무도 시원한 듯이 서 있었다. 게이코가 차를 내왔다. 땀을 흘린 후에 마시는 차가 몸에 스며드는 것 같았다. 역시 차가 맛있군, 하고 나는 다시 새로운 발견을 했다.

호수 쪽에서 소나기가 다가왔다. 그 순간 지붕에 시끄러운 물보라를 일으키고 그 빗발이 이쪽으로 다가오는 것이 보였다.

게이코가 유리문을 닫은 것과 비가 오는 것은 거의 동시였다. 뜰에 물보라가 흩어지고 거품이 생겼다.

소나기가 지나가자 호수 위에 구름이 열리고, 씻은 듯한 하늘이 보였다. 바람이 피부를 깨끗이 해주는 것처럼 불어왔다.

하지만 찾아오지 않아도 되는 방문자가 나타났다. 알파카 털로 만든 윗옷에 하얀 바지를 입고 있었으며 색 바란 파나마모자를 쓰고 있었다. 검은 구두는 먼지로 더럽혀져 있었다. 햇볕에 탄 얼굴은 뼈가 앙상했다. 미간이나 콧수염에 험악함이 있고 눈은 권력을 믿고 우쭐거리고 있었다. 그는 좁은 골목에 나타났을 때 나를 힐끗 보고 확신한 듯이 총총걸음으로 걸어왔다. 현관으로 들어오지 않고 뜰을 가로질러 복도에 있는 내 앞에 섰다. 이런 종류의 인간은 판에 박은 듯한 얼굴이다. 무슨 일일까? 나는

전형적인 표현을 싫어하기 때문에 지금까지 만난 어떤 형사보다 조금 촌티가 나고 빈틈을 보이는 구석이 색다르다고 말해두겠다. 내가 혼고에 있었을 때는 모토후지本富士 경찰서의 특고特高[38]가 내 담당이었는데 낯익은 사이가 되고 나서 그는 나를 선생님이라고 불렀다. 나는 그에게 연락을 하지 않고 이곳으로 왔기 때문에 그는 후다닥 부산을 떨며 나의 행선지를 찾았을 것이다. 지금 눈앞에 나타난 형사의 눈이 조바심을 띠고 있었고, 그들의 진지한 동향이 문서로 보기라도 하는 듯이 확실히 나타나 있었다. 그런 그들의 이면을 읽어낸 것을 형사는 알아채지 못했다. 내가 그보다 몇 수 위라고 자부하며 그가 어떻게 나오는지를 기다렸다.

"당신이 안광성安光星이지?"

그가 느닷없이 물었다.

게이코가 서둘러 자리에서 일어났다. 붉은 방석이 살짝 꺼져 사라진 주인을 보고 있었다. 부부용 찻종 중 그녀의 찻종이 마시다 만 채 거기에 놓여 있었다.

한 쌍 중 큰 것을 나는 거기에 나란히 놓았다. 두 개의 사기잔은 같은 무늬의 같은 모양으로 사이좋게 나란히 있었다. 하지만 방금 자리에서 일어난 그녀와 여기에 있는 나는 갈라져 멀리 떨어졌다. 나는 관부연락선[39]에 한 발을 들여놓았을 때부터 그들의 감시하에 놓여 있었다. 나를 미행하는 그들은 시모노세키下關에서 교대하고 오고리小郡에서 이어받아 도쿄에 도착할 때까지 각 경찰의 관할 구역이 바뀔 때마다 다른 형사에게 넘겨졌다. 릴레이되는 물건처럼 나는 손에서 손으로 건네졌다. 그런 일을

---

38 특별고등경찰의 준말. 일본 구 경찰 제도에서 정치, 사상 관계를 담당했다.
39 부산과 일본의 시모노세키 사이를 연결하던 일본의 철도성 연락선. 1905년에 개업하여 제2차 세계대전이 끝남과 동시에 영업이 중단되었다.

당하는 동안 나는 민족을 실로 역겹게, 그리고 농후하게 느꼈다. 나는 일본 시단의 시인이다, 하고 아무리 허세를 부려도 이길 수 없었다. 하지만 도쿄에 살고 있는 동안에는 그의 정기 방문을 받을 때만 나는 민족이 되었다.

도쿄에 있을 때는 체념하고 있었다.

하지만 이곳에서는 그 민족이 얼굴을 드러내지 않기를 바랐다. 내 마음에 싹튼 일본의 마음이 짓밟히는 것 같았다. 흙 묻은 더러운 발의 남자가 거기에 있었다. 나는 마음속으로 꽃밭을 슬쩍 봤다. 망쳐지는 것이 분하다고 생각했다. 게이코를 보는 것이 두려운 마음이 들었다.

나는 형사에게 대답을 하고 싶지 않았다.

그는 약간 불끈해서,

"자네지? 시를 쓰는 사람이라는 게?"

하고 거칠게 물었다.

나는 슬픈 눈으로 그를 보며,

"접니다만, 무슨 일로 —"

하고 마음속에 부글부글 끓어오르는 열을 가만히 억누르며 대답했다.

그는 잠깐 생각하고는,

"내일이라도 좋으니까 잠깐 서까지 와주지 않겠나? 특별히 호출은 아니네. 여기서 물으면 난처할 테니까 말이야"

하고 말했다.

나중의 말이 마음에 걸렸다. 그의 말에는 게이코가 있었다.

"알겠습니다."

내가 대답했다.

"그럼 부탁하네."

올 때의 험한 기세를 떨어뜨리고 얼굴이 풀어졌다. 인간이 드러났다. 나는 마음을 풀었다.

그가 나가자 게이코가 찻종 하나를 손에 들고 나왔다.

나는 그것을 보고 마음의 응어리가 풀렸다. 아무것도 아니었구나, 하고 나는 생각했다.

"차를 내오려고 했는데 말투가 불쾌해서 내오지 않았어요."

"우리나라 사람은 모두 요시찰 인물이지."

나는 다시 그것에 얽매였다.

"다카기의 사촌남동생한테도 있었어요."

게이코는 가볍게 말했다.

"그 집에?"

그것은 처음 듣는 이야기였다.

"네! 오라버니 쪽은 완전한 농사꾼이고 다소 제쳐놓은 듯한 사람이지만 웬걸 동생 쪽은 뭔가를 저지르는 편이지요. 그래서 황족이 올 때는 늘 유치장 신세예요."

"그렇군."

나는 예전에 비밀결사인 친구들이 그런 일을 당했던 것을 떠올리며 말을 이었다.

"나는 그런 정도가 아니니까 아직 거물 자격은 없어."

"그 사람들의 장사예요. 당신 같은 사람이 있으니까 그 사람들도 일자리를 얻게 된 거네요. 동정하자고요."

게이코는 농담을 할 생각이었다.

나는 그것에 이끌려 웃었다. 얽매여 있던 일이 해결되었다고 생각하여 기뻤지만,

"그럼 그런 것으로 해두지. 그렇다 치더라도 앞으로 뻔질나게 찾아올지도 몰라."

하고 재차 확인하듯이 말했다.

"친해지면 반대로 우리 편으로 만드는 거예요. 사촌동생도 한 순사를 동료로 만들었어요."

"그 사촌동생은 어떻게 지내?"

"작년에 옥사했어요."

나는 그렇게 해서 죽은 많은 친구들을 떠올렸다.

이튿날 나는 경찰서로 갔다. 2층 복도의 막다른 곳에 있는 좁은 방에는 변변찮은 책상이 창 쪽을 향해 드문드문 놓여 있었다. 그 방의 안쪽에 문이 있어 수갑을 찬 사내가 나왔고 곧 누군가가 데려갔다. 보이지 않는 그곳에 유치장이 있는 듯했다. 그들은 버릇없는 자세로 책상을 향하고 있거나 다리를 아무렇게나 뻗고 담배를 피우고 있었다. 주임인 듯한 사람의 책상에는 두꺼운 유리판이 놓여 있고 인주나 서류함이 있었다. 그것뿐이었는데도 나는 신경에 거슬려 균형을 잃을 것 같았다. 삭막한 기분이 들어 견딜 수 없었지만 어제 본 그 사람 옆으로 갔다. 그는 뭔가 서류를 읽고 있었는데 힐끗 나를 보고도 계속 읽었다. 창으로 바람이 들어왔다. 더위가 바람에 실려 흘러들었고 회반죽을 칠한 벽이 바래서 희읍스름했다. 여분의 의자 하나가 있었지만 그는 내게 앉으라고 말할 것 같지 않았기 때문에 나는 그 사람 옆에 서 있었다. 옆얼굴의 광대뼈가 약간 튀어나와 못생겼다. 인간의 정애가 그 뼈 밑에 숨은 듯한 느낌이 들었다. 나는 오랫동안 거기에 서 있어야 했다. 그는 다 읽은 서류를 다시 한 번 넘기기 시작했다. 나를 거기에 세워두는 것으로 위엄을 보이려는 것 같았다.

잊어버렸을 때쯤 그가 나를 보았다. 서류를 펼치고 빗자루처럼 된 지펜G-pen을 잉크병에 꽂았다. 판에 박은 듯한 신문이 시작되었다. 성명, 본적, 나이 등. 이런 것은 무익한 신문이라고 생각하며 나는 대답했다. 지금까지 몇 번이나 물었는지 모르는 사항들이었다. 그들은 연락 문서로 왜서로 알리지 않는 것일까. 나는 그가 나와 게이코에 대해 언급하는 게 아닐까 싶어 불쾌한 기분이 들었다. 하지만 그는 내가 상상도 하지 못한 일을 묻기 시작했다. 그것은 나와 친해지기 시작한 화가나 문학청년들에 관한 것이었다. 그 청년들은 좌익 독서그룹의 일원이고 나를 가입시켜 그룹을 확대하려 하고 있다, 그 중심이 나이고 불온한 행동을 계획하고 있다고 의심하고 있으니 자백하라는 것이었다. 나는 머리에서 핏기가 가시는 것 같았다. 공포로 내 손발은 떨리기 시작했다. 나는 겁이 많은 성격이라 그런 혐의가 씌워지면 무서워 떠는 것이다. 하지만 이때의 공포는 과거의 두 사건이 겹쳐서 떠올랐기 때문에 질이 좋지 않았다. 10년쯤 전, 내가 중학교를 졸업했을 때의 일이다. 진우연맹眞友聯盟[40]이라 불리는 소수의 아나키스트 독서그룹이 있었고 나는 그 연맹의 동조자 중 한 명이었다. 연맹원은 대체로 가난했기 때문에 나는 쌀이나 금전으로 그들의 활동을 돕고 있었고, 대개는 회합에 초대받았다. 크로포트킨이나 바쿠닌의 저서를 읽고 볼셰비키와의 합동 운동을 논의하거나 그것이 끝나면 막걸리를 마시고 혁명 기생을 자임하는 예쁜 기생의 집으로 가서 술에 취해 노래를 부르거나 춤을 추거나 울거나 했다. 그들은 민족의 비분을 배출하는 것과 성애의 발산을 동시에 찾고 있었기 때문에 혁명 사업과 성애를 함께 하

---

40 1925년 9월에 서동성, 방한상 등이 대구에서 조직한 무정부주의 단체. 흑색청년 연맹과 제휴하는 한편 부호에게서 자금을 조달하여 대구의 주요 관공서를 파괴하고 요인 암살을 위한 파괴단을 조직하였으며 선언과 강령을 만들었다. 1926년 대구고등보통학교를 졸업한 장혁주도 회원으로 활동했다.

는 젊은 그들에게 불만을 품거나 동감하거나 하면서 언제 성취하지 모르는 혁명의 날을 꿈꾸고 있었다. 그 시절에 폭력 혁명의 한 수단으로 상하이에서 폭탄을 밀수입하고 그것을 일본인 동지에게도 분배하여 도쿄와 경성에서 동시에 정부 기관을 파괴해보면 어떨까. 제국 군대가 엄존하고 있기 때문에 우리의 하찮은 폭력으로는 도저히 이룰 수 없을 게 뻔하지만 뭔가에 보탬은 되겠지, 하는 정도의 하잘것없는 이야기를 하기도 했다. 그것은 어디까지나 공상에 불과했고 실행에 옮기려고 생각지도 않았던 것이다. 그런데 어느 날 연맹원이 일제히 검거되어 정부 기관을 파괴하려는 큰 음모 사건으로 기소되었다. 재판관은 경찰 측의 조작 사건이라며 눈살을 찌푸렸지만 특고 주임은 연맹원 중의 한 사람을 고문하여 자기편으로 만들고 증인으로 법정에 세웠다. 도쿄에서 구리하라 가즈오栗原一夫 외에 몇 명의 아나키스트들을 부르기도 하고 후세布瀬 변호사가 응원 변호를 해주러 오는 등 큰 소동이 벌어졌다. 1년의 미결 구류 끝에 일동은 5년형을 선고받았다. 동조자인 나는 이따금 증인으로 불려나갔다. 나는 반대 증언을 해서 특고의 미움을 샀고 주임인 고가古賀에게 협박을 당했다. 협박을 받고 있는 중에 그 조작 사건이 고가 개인이 자신의 영달을 위해 꾸며낸 한 방법이었음을 간파한 것이다.

또 한 가지 사건은 내가 도쿄로 와서 세타가야에 살고 있었을 때 같은 연립주택에 이李라는 학생이 있었는데, 이 사람이 절도와 사기죄로 세타가야 경찰서에 체포되었다. 하지만 이 사람은 사기꾼에게 공통된 겁이 많고 나약한 심리에서 도쿄 조선인 예술가의 좌익 비밀결사를 조작해내 자신의 죄를 가볍게 하고 조선 송환을 피하려고 했다. 시인 김용제 외에 스물 몇 명의 예술가가 검거되어 오랜 기간 구류되어 고생을 했다. 결국 이李의 허위 밀고가 드러나 석방되었다. 이李는 같은 연립주택에 사는 나를 신병 보증인으로 삼기 위해 나만은 그 무리에 들이지 않았던 것이라고 형사가 말해주었다. 나는 세타가야를 떠나 혼고로 이사했다.

형사는 굳은 얼굴로,

"어떤가, 순순히 그렇다고 얘기해주면 자네한테도 도움이 될 텐데 말이야."

하며 눈을 흘겼다.

나는 앞의 두 사건 중 어느 것에 해당할지를 생각하고 전자일 거라고 판단했다. 그 경우 나는 이 형사가 있는 경찰서의 관할 밖으로 이사하면 대체로 무사히 끝날 일이라는 걸 알고 있었다. 그래서,

"솔직히 말하겠습니다만 그런 일은 결코 없습니다. 저는 전에도 이와 비슷한 경험을 했습니다. 억지로 만들어낼 생각은 하지 않는 게 좋을 겁니다."

하고 온화하게 대답했다.

"뭐라고! 조작이라고."

그는 얼굴이 새빨개졌다.

"저는 도쿄로 돌아가겠습니다. 그렇게 하면 당신의 손에서 벗어날 수 있습니다."

나는 결사적으로 대답했다.

형사의 눈이 흔들렸다. 그럴 줄 알았지, 하고 나는 생각했다.

"무례한 말을 하면 자네한테 도움이 안 될 거야. 자네를 부녀자 유괴죄로 송환할 테니까."

나는 눈앞이 깜깜해졌다. 형사의 얼굴이 보이지 않았다. 내 마음에 게이코의 모습이 떠올랐다. 평소라면 이런 일을 겪을 때마다 즉각 민족정신이 불타올라 반항의 봉화가 타오른다. 하지만 나는 이 형사와 일본의 마

음을 혼동하고 싶지 않았다. 일본의 선의는 이제 내 마음에 엄존하고 있는 것이다.

'게이코! 나는 결코 일본을 미워하지 않을 거야. 이 형사는 형사, 일본은 일본이니까 말이야.'

하고 생각하며 마음에 여유를 가지며,

"당신의 미움을 받아서는 스와에 살 수 없겠지요. 저는 이 동네가 무척 좋습니다. 여기에 온 이후 짧은 시간 동안 완전히 일본의 선함, 아름다움을 알게 되었는데 말이지요. 그럼 좋을 대로 하십시오. 저는 역시 도쿄로 돌아가겠습니다. 같은 취조를 받는다면 그래도 도쿄가 더 나을 테니까요"

하고 슬픈 듯이 말했다.

형사의 얼굴에 망설임이 드러났다. 의외로 소심한 남자라고 나는 생각했다.

"뭐 그렇게까지 안 해도 될 거야. 스와가 좋다면 살아도 좋아."

그는 뜻을 굽힌 듯이 이렇게 말하고는 담배에 불을 붙였다. 얼굴에 험악함이 걷히고 인간다운 빛이 드러났다.

경찰서를 나오자 그곳 길에 게이코가 있었다. 그녀의 얼굴에 꽤 오랫동안 기다린 듯한 피로가 새겨져 있었다. 나는 조금 전의 형사와 대결하고 있었을 때 민족의 반항심이 끓어오르고 민족적 증오를 품은 자신을 돌아보았다. 그것이 어리석게 여겨졌다. 길을 왔다 갔다 하며 늦더위의 햇볕을 피하려고도 하지 않고 나를 기다리고 있던 게이코의 마음에 민족 따위는 편린도 없었는데 내게는 가장 추한 형태로 민족이 제멋대로 날뛰고 있었던 게 아닐까. 나는 그녀에게 추악한 자신을 보이는 것이 부끄러웠다. 나는 그녀를 몹시 사랑스럽게 느끼며 옆으로 다가갔다.

"오래 기다렸지?"

"아뇨. 이제 끝났어요?"

"끝났어."

게이코는 안심한 듯한 모습을 보였다. 하지만 근심거리에 언제까지고 얽매여 있을 수 없는 그녀는 곧바로,

"여보, 좋은 게 있었어요. 빙어가 많이 나왔거든요."

"빙어?"

"얼마 전에 튀겨서 먹었잖아요. 당신이 맛있다, 맛있다 하며 기뻐해서 생선가게에 부탁해두었어요. 풍어여서 375그램에 20전이래요. 싸지요? 보러 가지 않을래요?"

"그거 싸군그래."

"오늘 저녁은 많이 튀길 수 있어요."

빨리 가서 사지 않을 수 없다는 듯이 그녀는 걷기 시작했다. 앞치마에 장바구니를 든 모습으로 부지런하고 살림이 몸에 밴 살뜰한 아내 같은 그녀의 모습을 힐끗 보며,

'머리가 가벼워졌군.'

하고 나는 자신에게 말했다. 조금 전의 심적 고통이나 격정이 흔적도 없이 사라진 것이 신기했다.

"아, 맞다. 이야기하는 걸 깜박했네요. 아주 좋은 이야기예요. 맞춰보세요."

"좋은 이야기? 글쎄, 뭐지?"

"모르겠어요?"

"……"

나는 생각했다. 하지만 알 수 없었다.

"감이 안 좋은 사람이라니까. 원고료가 또 왔어요."

"난 또 뭐라고, 원고료야?"

최근 들어 다 쓸 수 없을 정도로 연속해서 원고료가 들어왔기 때문에 기대하지도 않고 있었던 것이다.

"어머, 불경스럽게, 난 또 뭐라고 원고료라뇨! 아주 많이 왔어요. 얼마인지 맞춰보세요."

"글쎄."

"2백 엔이에요."

"흐음."

"흐음이라뇨. 환어음을 바꾸러 갔더니 우체국 사람이 댁에는 환어음이 자주 오네요, 하더라고요! 그리고 그 사람이 당신 애독자래요. 언젠가 사인을 받으러 갈 생각인데 해줄 수 있느냐고요. 그래서 종이를 받아왔어요. 당신 독자가 의외로 있더라니까요. 전 아주 기뻤어요."

생선가게 앞에 와 있었다.

"보세요, 빙어가 저렇게 산처럼 많이 쌓여 있어요."

"정말 그렇군."

색깔이 희고 귀여운 작은 물고기가 높이 쌓여 있었다. 은비늘이 둔하게 빛나고 있었다. 너무 많아서 식욕이 다소 떨어지는 기분이 들었지만 그것을 사는 게이코의 얼굴에는 이미 요리하는 기쁨이 드러나 있었다.

역 앞 길에는 그 무늬로 어느 여관의 손님인지 알 수 있는 유카타 차림의 사람들이 토산물 가게에서 가격을 물어보고 있었다. 유카타 위에 붉은 속띠를 맨 여자들이나 연인들, 늘 보는 온천장 풍경이 펼쳐져 있었다. 술한 잔 걸치고 얼큰하게 취해서 불쾌한 얼굴로 큰 소리로 이야기하며 지나치는 단체손님도 그 지역 사람들의 눈으로 바라볼 수 있는 내게는 재미있고, 술에 취해서 갈지자걸음으로 걸으며 일부러 게이코에게 부딪칠 것처럼 하는 것조차 유쾌했다.

"아이, 싫어."

게이코는 술에 취한 사람을 피해 보도에서 내려갔다. 맥주나 토마토나 숙주나물 꾸러미를 든 나는 술 취한 그 사람과 시선이 마주쳤고 그의 껄껄거리는 웃음에 이끌려 웃게 되었다. 눈에 닿는 것이 모두 내게는 친근감 있게 다가왔다. 나는 언뜻 특고 형사의 완고한 얼굴을 떠올렸다. 그곳에 있는 동안 내 마음은 민족감정으로 응어리져 있었다. 이 나라의 언어와 민족의 마음을 내 것으로 하려고 결심한 나로서는 더욱 그랬다.

하행 열차가 도착한 듯 여객이 물밀듯이 쏟아져 나왔다. 호텔 깃발을 든 호객꾼들이 광장 가득히 반원을 만들어 손님을 찾아다니고 있었다.

'저 사람들도 단속당하는 쪽에 있는 것이다.'

나는 문득 이런 생각을 했다. 이렇게 스스로 위로하려고 할 때 조금 전에 집착했던 일의 여파가 이어지고 있었다.

"어머, 벌써 사과가 나왔네요."

게이코가 과일가게 앞에 섰다. 막 따서 껍질이 싱싱한 사과가 살짝 볼을 물들이고 있었다.

"살까요?"

게이코가 물었다.

나는 고향의 사과를 떠올리고 있었다. 홍옥의 불타는 듯한 붉은 껍질이 눈에 선했다.

"그래, 사지."

나는 한층 밝아진 자신의 마음을 발견했다. 마음의 응어리가 완전히 가시고, 게이코가 사과 하나를 하얀 이로 베어 먹는 것이 우스웠다. 소녀 같은 천진난만한 모습이었다. 그것이 거울처럼 나의 비뚤어진 마음을 비추는 것이 약간 두려울 뿐이었다.

껍질이 벗겨지듯이 늦더위가 엷어져갔다. 상쾌한 공기가 마음까지 씻어주는 듯했다. 이질풀이나 석결명 덕분에 내 위는 평상시와 같은 상태로 돌아왔다. 그리고 류머티즘에 좋다는 작은 물고기 요리를 많이 먹었기 때문에 이것도 가벼워졌다. 육체의 허약함과 마찬가지로 마음의 때도 벗겨져갔다.

매일의 산책으로 뒷골목의 어떤 길도 다 외우게 되었다. 산의 품에 안긴 듯한 작은 사당이나 고찰을 발견하는 기쁨이 다음 날의 산책을 기다리고 있었다. 그것은 이제 이국의 진기함이 아니라 사소한 타향의 여정이었다.

이렇게 무심히 행복에 빠져 있을 때 나는 문득 행복하구나, 하고 감탄하는 일이 있었다. 그러면 그 반대가 마음에 어른거리는 것이 좋지 않았다. 갑자기 불행이 그림자처럼 숨어들지 않을까 하는 불안이었다. 그런 불안이 내게 뿌리를 남기고 있는 것이 원망스러웠다. 뒤틀린 성장 과정이 미워졌다. 하지만 게이코는 천진난만하게 명랑하고 얽매임이나 억측이나 의심조차 없었다. 불안 따위는 애초부터 갖고 있지 않았던 것이다.

어느 날 나는 2층에 있었다. 연재물에 매달려 있었다. 화장실에 가려고 내려가는데 계단 중간쯤에서 낯선 남자의 말소리가 들렸고 어쩐 일인지 나는 거기에 잠시 멈춰 섰다. 객실의 교창을 통해 다다미 여섯 장 크기의 방 쪽을 들여다보자 복도에 상체를 옆으로 누인 중년의 남자가 센베이를 오독오독 씹으며 빠른 말투로 이야기하고 있었다. 원피스 차림의 게이코가 찻쟁반을 앞에 두고 무릎을 가지런히 하고 있었다. 손에 든 부채로 간헐적으로 파리를 쫓았다. 남자는 쉴 새 없이 지껄여대고 게이코가 그 틈을 찾아 이야기에 끼어들었다. 그것은 농담 같은, 놀리는 듯한 가벼운 말이었지만 묵직한 울림이 느껴졌다. 손님은 빠른 말투에다 스와 사투리가 좀 더 표준어에서 벗어난 듯한 방언이어서 나는 거의 알아들을 수 없었다. 그러므로 중간에 끼어드는 게이코의 말도 이해하기 어려웠다. 답답한 공기가 내 마음을 흐리게 했다. 나는 화장실에 가는 것을 그만두고 2층으로 돌아와 복도의 난간에 기대어 호수를 바라보며 손님이 가기를 기다렸다. 빠른 말투가 지칠 줄 모르고 언제까지고 계속될 것 같았다.

저녁매미가 창고 옆의 단풍나무로 와서 울기 시작했다.

짜증이 날 것 같은 마음을 저녁매미가 완전히 없앴다.

계단 쪽에서 게이코의 발소리가 들렸다. 나는 책상으로 돌아갔다.

"차 드실래요?"

게이코가 복도 쪽으로 와서 이쪽으로 오세요, 하며 차를 따랐다. 간장 맛이 나는 센베이가 과자 접시에 담겨 있었다. 그것에 시신을 준 내게,

"손님이 왔어요. 말이 많은 사람이라서 시끄러웠지요?"

하고 그녀가 말했다.

아무 일도 없었다고 생각하며 게이코 옆으로 갔다. 서늘한 바람이 얼굴을 어루만졌다.

"사촌인 기주喜重 오라버니였어요. 그, 다카기의 집⋯⋯."

"⋯⋯"

"할아버지의 대를 이은 사람으로서는 좀 떨어져요. 사람들 앞에서도 드러누워 뭔가를 먹기도 하고 버릇이 없을 뿐 아니라 품위도 없어요. 공부를 싫어해서 중학교도 나오지 않았거든요."

"엄청 말이 빨라서 잘 알아들을 수가 없었어."

"어머! 봤어요?"

"저기 교창으로."

나는 계단을 가리켰다.

"소문을 듣고 왔대요. 도쿄로 돌아간다고 했으면서 이런 곳에 있었느냐고요."

"소문이 어떤 식으로 난 거지?"

나는 신경이 날카로워졌다.

"그런 건 묻지 않았어요. 어차피 대단찮은 걸 테니까요."

"하지만 물어봤으면 좋았을 텐데."

나는 그녀의 마음을 이해할 수 없었다.

"듣고 불쾌해지는 거라면 묻지 않는 게 낫겠지요."

게이코는 차를 한 모금 홀짝였다.

그건 그렇다, 일리 있는 말이다, 라고 생각했지만 마음이 쓰여 견딜 수가 없었다.

"그래서 뭐라고 대답했어?"

"전 결혼을 했으니까 여기에 있는 거라고 했어요."

"……"

나는 아! 하고 그녀를 쳐다봤다. 대단한 배짱이라고 생각했지만 나 자신은 굉장히 기분이 환해졌다.

"그렇게 말했더니, 이야, 요즘 젊은 사람은 그런 식으로 결혼하는 거야, 그게 그러니까 자유결혼이라는 거냐, 하며 놀랐어요."

"그걸로 끝난 거야?"

"끝났어요. 끝나든 안 끝나든 그 사람한테는 참견할 이유가 없잖아요. 저의 어머니 이야기나 자기 여동생 욕을 늘어놓고는 돌아갔어요."

"어머님!"

"네. 어머니는 한 번 결혼했지만, 아무튼 곱게 자라서 며느리로서는 쓸모가 없었나 봐요. 시어머니의 미움을 받고 집에 돌아와 있다가 가출한 모양이에요. 그래서 조슈^{上州}의 친척집에 있을 때 아버지와 결혼했어요."

나는 인연이라고 생각하여 조금 우스워졌다.

"그렇다면 모녀 2대가 그런 거네."

"뭐, 그렇게 말할 수 있겠지요. 하지만 어머니는 큰아버지의 허락을 받고 했다고 하니까 제가 더 나쁜 거죠."

"나쁜 건가? 아니, 나쁜 일이 되는 건가?"

나는 그녀의 말에 집착했다.

"나쁘다고 말하겠죠. 하지만 나쁘게 될 리는 없어요. 당신만 나빠지지 않아 준다면요."

"나는 절대로 나빠지지 않을거야."

나는 자신의 어머니를 떠올리며 괴로워하면서도 그것에 거스르는 듯이 대답했다. 한숨 같은 뜨거운 숨을 내뱉었다.

"그렇다면 안심이에요."

게이코는 얼굴을 돌리고 눈물지었다.

나는 앗 하고 깜짝 놀랐다. 역시 그녀에게도 불안이 있었구나. 눈물이 흘러내렸다.

"왜 그래?"

"……"

게이코가 와악 하고 쓰러져 울며 내 손을 잡고 어깨를 들썩였다.

"자, 울지 마……."

나는 이렇게만 말하고 울음이 터질 것 같아 우물거렸다.

그녀는 사촌 오라버니에게 그 밖에도 무슨 이야기를 들은 것 같았다. 참고 있던 분노나 슬픔이 울며 떨고 있는 어깨에 있었다. 사촌 오라버니의 입에서 나온 말이 날개가 돋쳐 내 눈앞을 날고 있었다. 나는 다시 민족에 집착했다. 하지만 몸서리를 치며 그것을 뿌리쳤다.

게이코는 손수건으로 눈물을 훔쳤다. 차를 한 모금 마시고 기분을 바꾼 듯이,

"당신이 좋아하는 김이 들어간 간사이關西 센베이를……."

하며 나를 보았다. 눈가가 빨갰다.

"어! 김 센베이가 있었어?"

"그걸 주문했는데 점원이 착각해서 이걸 가져왔어요. 자세히 물어봤더니 역시 그 센베이가 아니라 다른 것인 모양이에요."

"이것도 괜찮아. 짠 것이 질리지 않고 좋을지도 모르니까."

"하지만 언젠가는 당신이 좋아하는 걸 찾아낼 거예요."

"나는 어렸을 때부터 그걸 먹어서 익숙한 거지."

간사이나 규슈 출신의 이민이 빨랐던 탓인지 내 고향에서는 일찌감치 서일본의 과자가 퍼져 있었다.

게이코에게 그 무렵 내가 먹던 쑥떡이나 생과자 이야기를 해주었더니 간토關東 지방에 없는 것이었거나 진기하게 만드는 방식이었던 듯 감탄하며 마음에 담아두었던 모양이었다. 이야기가 더욱 진전되어 신라시대부터 있었다는 조선 고래의 떡이나 엿이나 과자, 구정에 준비하는 여러 가지 먹을거리에 이르렀다. 먹을 것은 뭐든지 자신이 직접 만들고 싶어 하는 게이코는 눈을 빛내며 열심히 그 이야기를 듣고 만드는 방법을 좀 더 자세히 이야기해달라고 졸랐다. 남자가 주방에 출입하는 것을 천하다고 여기는 그쪽 습관 탓에 만드는 걸 직접 본 적이 없기 때문에 모른다고 대답했더니 그녀는 실망한 것 같았다.

우리는 어느새 사촌 오라버니가 온 일을 잊고 있었다. 과자가 그 방문

객이 가져온 불쾌한 감정을 먹어버린 것이다.

그러고는 얼마 후 뜰 앞에서 울고 있는 벌레소리가 더욱 서늘하게 들려올 무렵 우리는 갑자기 카이젤 수염을 기른 노인의 내방을 받았다. 다소 색 바랜 검은색 서지 양복을 입고 대강 쉰하나나 쉰둘쯤의 퇴역한 육군 대위 같은 느낌이었다. 그가 산울타리 밖에 나타났을 때 힐끗 그쪽을 본 게이코가,

"어머!"

하며 깜짝 놀란 얼굴로 맞으러 나갔다.

그 목소리에 집을 찾는 데 정신이 팔려 있던 노인은 이쪽을 알아채고,

"뭐야, 여기야?"

하고 완고해 보이는 큰 얼굴을 향하고 성큼성큼 뜰로 들어왔다.

나는 차를 마시고 있던 위치에 못 박힌 채 어떻게 해야 좋을지 알 수가 없었다.

"여보, 2층으로 가세요."

게이코가 손을 뒤로 돌려 나를 쫓아 보내려고 했다.

"응."

작은 목소리가 내 목에 걸려 뒤엉켰다. 하지만 나는 재빨리 일어나 다다미 여섯 장이 깔린 방을 가로질러 계단으로 갔다. 등짝이 살짝 춥고 다다미를 밟는 발이 둔하게 느껴졌다. 계단을 다 올라갔지만 게이코가 가냘파 보여 걱정되었다. 나는 2층 객실의 한가운데로 가서 신경 쓰지 않으려고 노력했다.

고함치거나 울거나 하는 소리가 섞이는 게 아닐까 해서 문득 숨을 죽이고 있었지만 그런 모습은 전혀 없었다.

나는 발소리를 들었다. 부엌과 다다미 여섯 장 크기의 방을 왔다 갔다

하는 게이코의 발소리였다. 차를 끓이는군, 하고 나는 약간 긴장이 풀렸다. 그것은 그랬지만, 그렇다 하더라도 부엌에 너무 뻔질나게 드나들었다. 점심 준비라도 하고 있을 것이다, 라고 생각했더니 웬일인지 맥주 뚜껑을 따는 소리가 또렷이 들려왔다.

게이코, 꽤 하는군, 하고 생각하며 미소를 지었다. 안도하려고 하는 약함이 마음에 걸렸지만 초조해하는 것보다는 나았다.

뭔가 조그만 소리가 시작되었다. 노인의 쉰 목소리도 들렸다. 일부러 작은 목소리로 이야기하는 것은 아니었지만 아우성치는 소리를 예상하고 있었던 탓이었다.

온화한 목소리에서 일이 원만하게 진행되고 있는 듯하다고 생각하며 나는 책상 옆에 드러누워 방석을 베개 삼고 천장을 올려다보고 있었다. 앞가슴이 벌어진 유카타의 옷자락을 여미며 슬슬 평상복인 겹옷이 필요한 시기라고 생각했다. 하지만 그 생각과 함께 그것을 지어줄 게이코가 내 옆을 떠날 것 같은 기분이 들었다. 나는 약간 추워 오슬오슬 무릎이 떨렸다. 나는 일이 되어가는 형편을 가만히 기다릴 수 없게 되어 일어났다 걸었다 하고 있었다.

그중에는 게이코가 뭔가의 보고를 가져올 거라는 희망을 품고 있었다. 좁은 방을 걸어 다니는 데도 질렸고 시내를 보는 것도, 호수를 바라보는 것도 흥미가 없었다. 나는 다시 드러누워 팔베개를 하고 괴로운 듯이 있었지만 어느새 깜박 잠이 들었다.

"당신도 참……."

골똘히 생각하는 게이코의 얼굴이 보였다.

나는 벌떡 일어났다. 거기에 좋지 않은 예감이 있었다.

"아버지예요……."

게이코가 문득 눈을 내리떴다.

"어떻게 된 거야?"

나는 목이 바싹 말랐다.

"좋지 않아요."

"뭐……?"

나는 숨을 멈췄다.

"여러 가지로 이야기해봤지만 이해를 못해요."

"……"

현기증이 났다. 이것으로 끝나는가 하는 생각이 들었다.

"이야기해서 이해할 수 있을 정도라면 여기에 오시기 전에 이해해주었을 거예요."

"……"

나는 말을 할 수가 없었다. 목에 뭐가 박힌 것 같았다.

"당신을 부르래요."

"그래?"

"하지만 이런 데서 고함을 질러서는 꼴사납잖아요."

"……"

"단단히 벼르고 오신 거예요. 이대로는 끝나지 않을 거라고 생각해요. 한 번은 아버지 말대로 하지 않으면 안 될 거예요."

"뭐……?"

나는 게이코를 봤다. 게이코가 내 눈을 응시했다. 입술이 움직이고, 그것을 신호로 눈물이 흘러내렸다. 마중물이 부어진 듯이 눈물이 뚝뚝 떨어졌다. 볼이 눈물로 흠뻑 젖어 빛나기 시작했다. 내 손에 매달리며,

"……"

뭐라고 말하려고 해도 말이 나오지 않아 다시 울었다.

나는 정신이 아찔해졌다. 조용히 그녀를 보고 있었다. 신사가 있는 숲 쪽에서 산비둘기가 울고 있는 소리가 또렷하게 들려왔다. 산비둘기의 얼빠진 듯한 울음소리가 부러웠고 밉살스러웠다.

계단에서 낮은 목소리로 고함을 쳤다.

"뭘 하고 있는 거야. 시간 없어."

게이코가 움찔 고개를 들었다. 손수건으로 코를 풀고 말했다.

"밥은 많이 있어요. 반찬도 내일 아침 것까지는 있을 거예요. 식어서 맛이 없으면 가게에서 시켜 드세요! 전 내일 저녁까지는 돌아올게요. 여보, 기다려줄 거죠?"

"그럼 가는 거야?"

나는 물어볼 수 있었다.

"같이 갈 거예요. 그렇지 않으면 경찰서에 신고한다니까요. 집까지 모셔다드리고 곧 돌아올게요. 그러면 오늘 밤 막차를 탈 수 있을지도 몰라요."

너무나도 괴로운 듯한 그녀를 보고,

"당신을 믿고 기다릴게. 꼭 돌아오는 거지?"

하고 약간 마음을 다잡고 말했다.

"물론이에요. 당신이야말로 어디 가면 안 돼요."

"어딜 가겠어. 돌아오지 않으면 난 여기서 죽을 거야."

"기뻐요. 안심하고 갈 수 있겠어요."

아래층에서 다시 재촉하는 듯한 목소리가 들려왔다.

"어쩔 수가 없는 노인네라니까요. 그럼 당신, 괜찮겠죠!"

"응."

나는 고개를 끄덕이고 울었다. 눈물을 보고 일어서려고 했던 게이코가

갑자기 무릎걸음으로 다가와,

"울지 마요, 네! 걱정돼서 안 돼요"

하며 내 손을 잡고 다시 울기 시작했다.

"괜찮아. 기다리고 있을게."

"정말이죠?"

"응."

"화가 나면 무슨 짓을 할지 모르니까……. 그럼,……."

초조한 듯이 게이코는 계단을 내려갔다.

나는 천장을 보고 드러누웠다. 문득 나 자신의 괴로움보다 그녀야말로 고생이 만만치 않을 거라고 생각하며 게이코가 무척 불쌍해졌다.

복도로 나가면 뒷모습이 보였겠지만 그렇게 하는 것이 두려운 마음이 들어 가만히 자신을 억누르며 견디고 있었다.

좀처럼 떠나는 기색이 보이지 않았다. 드디어 골목 쪽에서 발소리가 들렸다. 나는 그 발소리에서 게이코의 발소리를 구별해내고 헤아리듯이 귀를 기울이고 있었다. 발소리가 완전히 멀어졌다. 그 후 쓸쓸한 적막감이 솟아났다. 나는 눈을 감았다.

고독이 집 안 구석구석으로 기어드는 것 같았다. 단 한 명의 여성이 있는 것과 없는 것으로 집의 느낌이 이렇게나 다른 것일까, 하고 생각했다. 저녁 어스름이 밀려들 무렵 나는 아래층으로 내려갔다. 그곳은 평소와 조금도 다르지 않았다. 바늘겨레나 반짇고리가 주인이 손을 댄 채의 모습 그대로 거기에 있었다. 옷장 위의 작은 경대에는 빗이 바쁜 듯한 손놀림으로 던져둔 흔적이 보였다. 나는 스위치를 올려 그것들을 비쳐보았다. 어디도 그녀가 떠난 뒤처럼 느껴지지 않았다.

다다미 여섯 장이 깔린 방에는 밥상 위에 덮개가 덮여 있었다. 나는 덮개를 치우고, 덮인 그릇과 나란히 놓인 젓가락을 보았다. 나무밥통도 얌전히 놓여 있었다. 화로에는 숯이 피워져 있고 주전자가 김을 내뿜고 있었다. 나는 끓고 있는 뜨거운 물에 귀를 기울이고 게이코의 숨결을 헤아렸다.

나는 안심하려고 했다. 하루나 하루 반만 기다리면 된다고 생각해도, 상황의 변화가 이런 식으로 찾아온 것이 불만이고 곧 슬퍼졌다.

나는 그 슬픔을 생각해보고 싶은 마음에 복도로 나가 어두운 뜰을 응시했다. 벌레가 기세 좋게 울어 나의 슬픈 운명을 돋우고 있는 것 같았다.

아마도 그 벌레들의 합창에서 온 연상일 것이다! 내 뇌리에서 한 가지 추억이 요란한 장면을 전개했다.

넓은 집회장이었다. 천 명이 훨씬 넘은 신도들이 돗자리에 엎드려 기도를 올리고 있었다. 정면의 연단 위에는 십자가의 그리스도상을 배경으로 북선北鮮 길주에서 초빙된 길吉 목사가 두 손을 벌리고 기도를 올리고 있었다. 나는 살짝 눈을 뜨고 길 목사를 훔쳐보았다. 길 목사는 백발이고 길쭉한 얼굴에 수염을 길게 기르고 있었다. 길고 넉넉한 두루마기를 입었다. 눈은 감고 목소리는 점차 신들려갔다. 10촉 전등이 이 넓은 교회에 단세 개밖에 켜 있지 않았다. 일부러 어둡게 하려고 나머지 전등은 꺼두었다. 이 교회의 전임 이李 목사도 검정 양복 차림으로 여섯 명의 장로와 수많은 집사들과 함께 제단 아래에 엎드려 있었다. 시내외의 여섯 교회로부터 이 심야 기도회에 참석한 독신자들로, 며칠 전에 시작된 부활절 특별 기도회의 기도에 충분히 도취되어 있었다. 연일 이어진 이른 아침의 기도, 낮의 강도講道, 야간의 설교와 기도로 길 목사의 목소리는 완전히 말라붙어 쥐어짜듯이 간신히 나오고 있었다. 나는 그 목소리가 착 가라앉아 있어서 더욱 효과가 높다고 생각했다. 한창 기도하는 중에 살짝 눈을 뜨고 회중이 어떻게 하고 있는지를 관찰하고 있는 것에서 봐도 내가 이단 자라는 것은 분명했다. 하지만 나는 진정한 이단자가 아니었다. 친어머니의 슬하에서 벗어나 친아버지 집으로 들어간 나는 큰어머니 밑에서 자라게 되고 나서 그리스도교에 귀의하여 신에게 매달림으로써 자신의 몸에 붙은 더러움과 죄를 정화하려고 진심으로 염원했다. 하지만 나는 아무리 해도 죄의식을 가질 수 없었기 때문에 신을 비판하게 되었던 것이다.

너희는 부모를 공경하여라. 그래야 너희는 너희 하느님 야훼께서 주신 땅에서 오래 살 것이다.

살인하지 못한다.

간음하지 못한다.

도둑질하지 못한다.

네 이웃에게 거짓 증언을 못한다……[41]

큰어머니는 매일 아침저녁으로 모세의 율법을 암송하게 하고 인간은 누구든지 이 계율을 어겼을 테니 회개하라고 가르쳤다.

하지만 나는 부모를 존경하려고 생각하고 살인한 적도 없으며 간음 같은 것은 그 의미도 알지 못하고 도둑질한 적도 없다. 그래서 나는 회개하고 참회할 것이 아무것도 없다고 했더니 너는 그런 잘못이 없다고 해도

---

41 공동번역 『성서』(개정판), 대한성서공회, 2001, 출애굽기 20장 12~16절.
    너희는 부모를 공경하여라. 그래야 너희는 너희 하느님 야훼께서 주신 땅에서 오래 살 것이다.
    살인하지 못한다.
    간음하지 못한다.
    도둑질하지 못한다.
    이웃에게 불리한 거짓 증언을 못한다.

네 부모 중 누군가가 그것을 어겼을 것이다, 그 죄는 7대에 이른다고 하니 너는 참회하지 않으면 안 된다고 가르쳤다. 그중에서도 간음 항목이 되면 그녀는 그 죄가 얼마나 용서받기 힘든지를 되풀이해서 설명했다. 그것을 들을 때마다 나는 친어머니가 나를 낳은 간통죄를 짊어지게 되었다.

그래서 나는 이 심야 기도에 끌려와 있었다.

나는 친아버지가 기도회를 주관하는 목사 뒤에서 열심히 기도하고 있는 모습을 봤다. 가운데 통로 너머에 여성석이 있고, 거기에서는 남자보다 훨씬 많은 여성들이 흐느껴 울고 있었다. 간음이나 도둑질은 남자 쪽이 많이 할 텐데 왜 여성 쪽이 열심히 참회하는 걸까, 하고 소년의 마음에는 이해가 되지 않았다. 하지만 아무튼 길 목사의 차분하게 가라앉은 목소리는 한층 떨렸다.

"……오오, 우리의 아버지이자 전지전능한 신 야훼여, 아브라함, 이사악, 야곱에게 주겠다고 맹세하고 가나안의 땅으로 그들을 데려간 것처럼 우리 민족에게 구원의 손길을 뻗으소서, 이집트의 노예가 되어 자자손손 그 고통에 신음하는 이스라엘 사람들의 호소를 들어주고 팔을 뻗어 큰 죄를 사하시고 그들을 대속한 후 그들을 받아들여 당신의 백성으로 삼으시고 그들의 신이 되신 것처럼 우리 민족에게도 내려오소서, 우리 이스라엘 백성처럼 벌을 받은 지 오래니…… 죄 많은 자여, 회개하라……."

엎드린 참회자의 마음에는 이스라엘이며 가나안이라는 말이 마술처럼 들렸다. 이스라엘 백성이 이집트의 노예가 된 것과 같은 상태에 있는 백의민족은 자국이 식민지가 된 것의 원망이나 저주가 이 출애굽기를 읽을 때마다 드러났다. 길 목사는 그 마음을 기도에 포함시키고 있었다. 기도의 본뜻인 인간의 죄의식에 대한 각성은 두 번째가 되고 민족감정이 그에 앞서 소리를 떨며 통곡하기 시작했다. 중학교 1학년인 나에게도 이 민족의 슬픔이 이유를 따질 필요도 없이 사람들의 마음을 제압하고 있다는 것을 이해하고 있었다. 바로 옆에서 사십 줄의 남자가 아이고, 아이고, 하고 소리 내어 울며 손바닥으로 바닥을 치기 시작했다. 그리고 "신이여, 우리 민족을 구하소서, 하늘에 계신 아버지시여, 우리 민족에게 해방의 길을 열어주소서" 하고 소리쳤다. 그에게는 그 개인의 속죄 의식은 없었다. 민족의 비운에 그 자신의 죄를 전가하고 있다는 것을 알아채지 못했다.

하지만 이는 오히려 내게 공감이 갔다. 민족의 슬픔은 소년의 가슴을 장마처럼 적시고 있었기 때문이다.

길 목사는 신자의 흥분을 속죄의 엑스타시까지 끌어올리는 기술을 터득하고 있었다.

"너희들, 회개하라, 천국이 다가왔다, 살상한 자, 하려고 한 자, 훔친 적이 있는 자, 그렇게 하려고 계획한 적이 있는 자, 사람을 증오한 자, 빠져들게 하려고 한 적이 있는 자, 너희들은 너의 마음에 물어라, 남의 여자에게 마음이 끌려 뱀처럼 유혹하고 간음을 한 자, 너희들……."

너희들…… 하며 한층 목소리를 높이고 펼치고 있던 두 팔을 내리고 주먹으로 책상을 내리쳤다. 거기에는 이상한 엄격함이 담겨 있고 곧 천벌이 내려질 것 같은 긴박감이 있었다. 그 기백에 나는 가슴이 철렁했다. 방관하고 있던 내 자세가 비난을 당한 것 같아 깜짝 놀라 넙죽 엎드렸다. 하지만 그보다 한 순간 빨리 높아지는 통곡 소리에 회당의 천장이 무너져 내릴 것 같은 착각이 들었다. 이번에는 여성석 쪽에서 애절한 통곡 소리가 잔물결처럼 일고, 흐느껴 우는 소리가 비통한 바람이 되어 내게 울려왔다. 그 여성 쪽은 어떤 죄를 범한 것일까, 하고 나는 다시 고개를 들었다. 어둠 속이지만 고개를 바짝 숙인 그녀들은 나들이옷 차림으로, 모두 다 귀부인처럼 고상해 보였다. 머리는 기름으로 빛나고 금비녀나 은비녀를 꽂았으며 비단이나 모직 숄을 어깨에 걸치는 등 아주 흔한 모습이었기 때문에 울며 회개하지 않고는 배길 수 없을 만큼 죄의식이 있는 것처럼 보이지는 않았다.

상층의 양반 계급 출신의 신자는 드물었다. 그들은 조상 전래의 유교에 집착하여 야소耶蘇 같은 홍모인紅毛人 전래의 종교 같은 것은 안중에 없었다. 그들은 불교조차 천민이 배우는 가르침이라고 하며 승려를 비천한 천민 취급을 해왔다. 무녀나 내림굿을 하는 무당 등 일련의 샤머니즘은 중산층 이하 계급의 무학인 여성들 사이에 퍼져 있었다. 그러므로 그리스도교에 귀의하는 자 중에는 그 이하의 천민 계급 출신이 많았다. 기생이나 술집 여자나 첩 같은 음란한 경력을 가진 여자로, 그리스도교의 가르침을 받아 깨닫게 되면 곧 광신자가 되는 경우가 있었다. 그들은 예수 그리스도가 바리새인의 집에서 죄를 범한 여자를 용서하고 자신의 제자로 삼았다는 이야기에 감읍하는 것이었다.

나는 열심히 울고 있는 여성들 속에 그런 경력의 여자가 있는 게 아닐까 생각했다. 그리고 그 여성들이 그렇게 회개하면 더럽혀진 영혼이 언젠가 정화되는 게 틀림없다고 생각하게 되었다. 신심이 없는 내게도 이 회개는 옳은 일이고 참회하는 것 자체가 청정한 일처럼 보였다. 이렇게 생각하는 나의 마음 속에 떠들썩하게 웃고 많은 남자들에게 술을 권하고 아양을 떨고 음란한 말로 농담을 주고받는, 그런 세계밖에 모르는 내 생모의 요염한 모습이 비쳤다.

지금 눈앞에서 울고 있는 여성과 내 생모를 비교해보고 있는 사이, 영원히 구원받을 일 없는 생모의 영혼이 불행한 것으로 보였다. 이 회당에서 빠져나간 내 마음은 180리 동쪽으로 달려 고도의 한복판에 있는 기생집이며 요릿집이며 여관이며 갈보집인 생모의 집으로 갔다. 이 나라 5대

색향色鄕 중 하나라는 그 고도의 시내는 음란한 풍습과 빈둥거림, 게으름, 향락으로 노랗게 물들어 있었다. 음란한 도시의 중심에 있어 밤마다 죄를 거듭하면서 조금도 그것을 깨닫고 있지 못하는 내 생모야말로 가련하구나, 나는 그 생모를 생각하는 동안 점차 슬퍼졌다. 그때 한층 힘이 들어가고 피가 밴 차분한 길 목사의 목소리가 비통하게 내 가슴을 쳤다.

"너희들, 지금 당장 참회하라, 자신의 마음을 되돌아보라, 음행을 한 자, 도둑질을 한 자, 살인을 한 자, 간음을 한 자, 탐욕을 부린 자, 부정한 짓을 한 자, 속임수를 쓴 자, 호색, 질투, 비방, 오만, 불평, 너희의 마음으로부터 남을 더럽히는 자, 추파를 던지는 자는 그 눈을 도려내고 질투하는 자는 그 마음을 눌러라……."

음행, 간음, 호색—추파를 던진 자는 그 눈을 도려내라. 이런 말에 나는 감동했다. 여태껏 나와 아무런 관계도 없다며 천연덕스럽게 보고 있던 내가 자신의 생모를 떠올린 순간 죄의식이 싹텄다. 나는 생모에게 이런 가르침이 있다는 것을 알려주지 않을 수 없다는 다급한 마음이 들었다. 그와 동시에 슬퍼져서 나도 울며 용서를 빌어야지, 하고 생각했다. 그렇게 생각하자 신기하게 눈물이 나왔고 천 수백 명의 울음소리와 조화를 이뤄 나도 쓰러져 울기 위해 고개부터 숙였다. 그 순간 누군가가 내 어깨를 두드렸다.

나는 깜짝 놀라 그쪽을 쳐다봤다.

큰어머니가 거기에 와 있었다. 나는 여성 좌석과 남성 좌석의 경계에 있었는데 한가운데 자리의 끝에 있던 큰어머니가 언제 내 옆으로 왔는지 알지 못했다. 그녀는 좁은 틈을 발견하고 거기에 앉아 있었다. 나는 기선을 제압당해 당황했다. 그리고 지금까지 기도도 회개도 하지 않았던 것이 들켰다고 생각하여 무척 겸연쩍었다.

큰어머니는 내 등을 탁 쳤다. 나는 어리둥절했다.

"넌 왜 기도하지 않니?"

큰어머니는 정숙한 여성이었기 때문에 난폭한 행동을 하지 않는다. 그 사람이 눈에 각을 세웠다.

나는 지금 울고 싶은 참입니다, 하고 대답하려고 했지만 할 수 없었다. 통곡의 폭풍에 휩싸인 회당의 분위기가 그것을 허락하지 않았다.

"고개 숙여."

큰어머니가 엄하게 명령했다.

"예."

나는 다소 불만스럽다는 듯이 대답했다. 나도 지금 그렇게 하려고 생각한 참입니다, 이렇게 변명하고 싶은 것을 억지로 참았다.

"기도를 올려야지."

큰어머니가 다시 말했다.

"예."

대답만은 어디까지나 순순히 했지만 나는 이제 스스로 기도의 문구를 생각할 힘을 잃어버렸다.

"목사님의 기도를 따라하면 되는 거야. 방금 한 말은 하나님의 말씀이니까 잘 기억해둬. 특히 너 같은 사람한테 딱 맞는 말이니까."

나는 신자들이 하는 것처럼 상체를 깊숙이 숙이고 두 손을 모았다. 그 위에 이마를 올린 채 목사가 리드하는 기도에 귀를 기울이려고 했다.

큰어머니는 직성이 풀렸는지 자기 자리로 돌아갔다. 나는 큰어머니가 내게 남기고 간 말을 음미하기 시작했다. ―특히 너 같은 사람한테 딱 맞는 말이니까. 그래서 음행, 간음, 호색의 계율을 조각처럼 확실히 떠올렸다. 생모는 지금 이 순간에도 어떤 남자와 자고 있을까 하고 문득 생각했다. 내가 친부의 집에 맡겨질 때는 예전에 일진회에 있었다는 서양머리를 한 남자가 후원자였기 때문에 아마 그 남자와 함께 자고 있을지도 모른다. 그 남자는 본처와 본댁이 있었기 때문에 생모는 그 남자의 첩인 셈이다. 그러나 나는 생모가 한 남자에게만 속해 있다는 자신감을 가질 수 없었다. 어쨌든 생모는 음행을 하고 있는 것이다. 나는 자신이 더럽혀져 있는 듯한 기분이 들었다.

'큰어머니가 그렇게 말한 것은 이것을 말한다.'

나는 드디어 짐작이 갔다.

'나는 더럽혀진 인간이었다는 말인가.'

나는 죄의 자식인 자신에게도 생각이 미쳤다.

큰어머니의 이야기에 따르면 나의 할아버지는 유자儒者에 어울리는 훌륭한 분이었지만 나의 아버지는 젊을 때부터 주색잡기에 빠져 재산을 탕진했다. 그것을 큰어머니가 목숨을 걸고 간언하여 일자리를 잡았다. 문관의 길은 문이 좁았지만 군대에는 문이 열려 있었다. 유자 집안의 사람이 군대에 들어가는 것은 천민으로 몸을 떨어뜨리는 것처럼 천한 일이었다. 하지만 대장 이상은 신분이 좋은 사람이 아니면 채용되지 않았고 문서를 다루는 자리가 적임자를 기다리고 있었다. 아버지는 드디어 결심하고 그 자리에 앉아 성적을 올렸기 때문에 1년도 되지 않아 회계 담당 대위에 임명되었다. 사단의 재정을 장악한 아버지는 사단장과 좋은 콤비가 되도록 운명 지어졌다. 사법권과 감독권이 사단장에게 있었기 때문에 사형수 등이 나타나면 그 목숨을 구걸하는 뇌물이 회계 담당 대위에게 모였다. 회계 담당 대위는 그 일부를 가로채 사단장에게 전했다.

'그렇지만 큰어머니는 이 일에 대해 늘 말끝을 흐렸다.'

아버지는 몇 년 되지 않아 재산가가 되어 군에서 발을 뺐다. 그 무렵 사단장의 첩이었던 내 생모는 아이를 원하고 있던 사단장의 핏줄이 아니라 회계 담당 대위의 아이를 가졌다. 한 번은 낙태에 성공했지만 두 번째는 아무리 해도 지워지지 않아 아이를 낳았다. 그것이 나였다. 이렇게 큰어머니는 거침없이 내게 이야기해주었다. 나의 생모가 그것을 은폐하기 위해 사단장 밑에서 도망쳐 사단장이 죽을 때까지 먼 지방에 숨어 있었기 때문에 퇴역한 회계 담당 대위는 죽임을 당하지 않을 수 있었다.

"네 아버지도 하나님의 계율을 어긴 사람이야. 계집질하고 술에 절어 있는 생활은 그 후에도 그치지 않아서 나는 괴로웠지. 하지만 이웃 중에 크리스천이 있어서 그 사람의 권유로 신자가 되었어. 아버지는 처음에 야소교 신자가 되면 조상님께 면목이 없다며 반대했지만 지금은 교회의 장로야. 유자 출신이라 교회에서도 존경을 받고 있지. 너도 우리 가문에 어울리는 훌륭한 신자가 되지 않으면 안 돼. 네 생모에 대해서는 다 잊어야 하고. 나 외에는 네 어머니는 없는 거야. 알겠어?"

이런 것이 내 머리를 뒤덮어 나는 죄의 자식인 자신의 더러움을 강하게 의식하지 않으면 안 되었다. 제단에서는 길 목사가 차분한 음성으로, 너희들 죄의 자식이여, 회개하라, 하고 외쳤다. 군중의 통곡은 고조되고 정신은 흥분되어 신들린 분위기가 불처럼 타올랐다. 나는 견딜 수 없어 소리쳤다. 하나님, 하나님, 저의 죄를 용서해주세요. 그러자 죄의식이 용솟음쳤다. 나는 그 중압감을 견딜 수 없었다. 그것은 공포이자 외경畏敬이고 속죄할 수 없는 고뇌가 되었다. 나는 호적상 안씨 집안의 대를 이을 아들이고 명문가의 자제다. 그런데도 나의 피는 태어나기 전부터 신이 가장 싫어하는 죄로 더럽혀져 있었다. 이브를 유혹한 사탄이 모습을 바꿔 내 핏속에 섞여 있다. 이 사탄을 내쫓고 더러움을 씻어내지 않으면 구원받을 수 없다고 생각하여 나는 절망에 빠져 신음했다. 나는 울었다.

하지만 많은 사람들의 통곡이 수마가 되어 울다 지친 나를 잠으로 이끌었다. 나는 엎드린 채 코를 골기 시작했다.

누가 거칠게 흔들어서 나는 잠에서 깨어났다. 무슨 일인가 하고 퍼뜩 눈을 떴다.

큰어머니가 내 눈앞에 있었다.

날이 새서 훤했다. 철야 기도를 마친 신자들이 제단 주위를 10중, 20중으로 둘러싸고 있었다.

나는 착각을 일으켰다. 창으로 쏟아져 들어오는 새벽 무렵의 희붐한 빛을 비스듬히 받고 있는 사람들의 필사적인 꿈틀거림이 마치 지옥에 북적거리는 망자들로 보였던 것이다. 그들이 손을 뻗어 구원을 빌고 있는 장자長者는 누구일까. 나의 뇌리에는 내가 아직 어렸을 때 생모에게 이끌려 가 본 적이 있는 고찰의 극락지옥 벽화가 있었다. 그 절은 깊은 산속에 있어 인왕문을 지날 때 잘못하여 그곳의 문지방을 밟으면 험상궂은 표정의 인왕상이 튀어나오는 장치가 되어 있었다. 그곳이 곧 삼도천으로, 종루에서 안뜰까지가 염라대왕의 심판을 받는 뜰이라는 것이었다. 본전 안에는 커다란 벽화가 있는데 여래의 본존과는 별도로 염라대왕이 망자의 백배쯤 되는 크기로 그려져 있었다. 그 발밑에 꿇어앉아 있는 망자가 자비를 구걸하고 있었다. 심판받은 망자는 여덟 곳의 대지옥과 열여섯 곳의 소지옥으로 고난의 여행을 계속하게 된다.

나는 지금 분명히 그리스도교 회당 안에 있을 것인데, 불교 쪽의 지옥을 본 것의 모순을 깨달았다. 눈앞에서 꿈틀거리고 있는 망자는 그 불화와 같은 양상이었지만 사람들로 둘러싸인 장자는 염라대왕의 공포스러운 모습이 아니었다. 나는 잠시 후 불화를 뿌리치고 성화로 돌아왔다.

"너, 잔 거지?"

큰어머니가 불쾌해하는 이유를 나는 인정하지 않을 수 없었다.

"너의 영혼이 정화될 모처럼의 기회였는데."

큰어머니는 분하다는 듯이 말했다.

나는 고개를 숙이고 잠자코 있었다. 아직 잠이 덜 깨어 어리둥절했고 잠이 부족했다.

"자, 길 목사님의 손길을 받으러 가자. 이렇게 사람들이 많아서 바람이 이루어질지 모르겠지만. 목사님께는 어제 너에 대해 어지간히 부탁해두었으니까 다른 사람을 제치고서라도 너를 위해 특별히 기도해주실 거야."

큰어머니는 멍하니 있는 내 손을 잡고 떼를 지어 몰려 있는 사람들 사이로 비집고 들어갔다. 제단 주위에는 더욱 많은 신도들이 밀치락달치락 북적거리며 길 목사의 외투 자락이나 소매, 끈, 다리에 닿으려고 손을 뻗어 더듬고 있었다. 길 목사는 자기 앞으로 온 신자의 정수리에 손바닥을 올려놓고 낮고 차분한 목소리로 기도를 했다.

나는 길 목사가 그가 태어난 지역의 자신이 주관하는 교회가 있는 길주의 산속에서 40일의 단식기도가 끝나는 날 갑자기 신의 목소리를 듣고 기적을 행하는 힘을 받았다는 이야기를 큰어머니에게서 들었다. 길 목사는 예수 그리스도가 행한 것과 마찬가지로 "너의 죄는 용서받았다, 일어나서 너의 집으로 돌아가라"라고 말하자마자 중풍 환자가 자리에서 일어나고, 앉은뱅이는 걷고, 미친 사람은 제정신으로 돌아왔다는 것이었다. 그것이 진짜라는 말이 전해져 길 목사가 가는 곳마다 불행한 사람들이 운집했다. 이곳 공산시☆山市의 모든 교회가 연합 부흥회를 열어 그를 초청한 것도 그 진기한 기적을 접하기 위해서였다. 7일간의 기도가 오늘 새벽으로 끝나고, 이 마지막 날에 그의 손을 닿기 위해 7일 밤낮을 계속해서 기도를 한 신자들의 광신적인 모습은 처절했다.

나는 약한 체질이기는 했지만 특별한 병은 없었다. 다만 편식 탓에 오늘날 말하는 비타민 B 결핍으로 비라도 내릴 것 같으면 관절의 마디마디에서 불쾌한 동통을 느꼈다. 전부터 그것을 치료하기 위해 큰어머니는 아버지와 의논하여 한약을 달이고 소뼈를 푹 고는 등 여러 가지 손을 써주었다. 하지만 뚜렷한 효험이 없어 학교에서 격렬한 운동이라도 한 날에는 무릎뼈가 아팠고, 큰어머니는 또야, 하며 미간을 찌푸렸다.

그것에 길 목사의 손이 닿기만 하면 말끔히 나을 거라고 큰어머니는 말했다. 하지만 그것은 그것대로 하나의 이유가 되었지만 사실은 내 영혼의 더러움을 목사의 손으로 정화하고 싶었던 것이다.

"목사님의 손이 네 머리에 닿으면 하나님께 열심히 기도를 드려야 한다."

내 손을 세차게 당긴 큰어머니는 군중을 헤치고 들어가며 몇 번이나 말했다. 큰어머니는 유연한 몸매를 지녔고, 입고 있는 비단 의상과 마찬가지로 나긋나긋한 여성이었다. 하지만 한 가지 일에 마음을 집중하는 모습은 무시무시했다. 필사적인 다른 신도들을 제치고 쭉쭉 앞으로 나아갔다. 이렇게까지 하지 않아도 될 텐데, 하며 체면을 차리거나 부끄러움만 앞섰다. 그런 주제에 상당히 이기적인 데가 있는 지겨운 성격인 나는 그 한복판에서 그렇게 앞으로 돌진하는 것을 무척 쑥스럽게 생각했다. 어찌 되었든 나는 드디어 목사 바로 앞에 도달했다. 거기에는 진짜 앉은뱅이, 맹인, 중풍을 앓고 있는 사람, 광인이 차례를 기다리고 있었다. 아무리 길 목사라고 해도 거기에 있는 환자들을 한마디로 일으켜 세우고 눈을 뜨게 하는 일은 불가능할 거라는 걸 나는 알고 있었다. 난생처음 그리스도교 교회에 온 신앙심이 없는 이 사람들은 신이 어떤 것인 줄도 모르고 기적이 일어났다는 것조차 믿지 못하는 얼굴을 하고 있었다. 다만 고치고 싶은 일념으로 고쳐주기만 한다면 신자가 되어도 좋다는 식으로 신의 가호를 바라고 있다는 것만은 각자의 얼굴에 쓰여 있었다. 무학에다 미개인풍의 멍청한 얼굴을 봤을 때 나는 길 목사의 기적이 효험을 드러내지 않는 사실을 이 눈으로 보는 것이 가엾어서 그것을 보기 전에 내가 먼저 끝내고 싶은 마음이 들었다.

"목사님, 이 아이가 말씀드린 그 아이입니다. 부디 이 아이의 영혼에서 사탄을 쫓아내주세요."

큰어머니는 목사의 손에 나를 맡기고 눈에 눈물을 글썽였다. 나는 큰어머니가 이렇게까지 나를 생각해주고 있다는 걸 알고 어쩐지 눈물이 날 것 같았기 때문에 얌전한 태도로 목사 앞에 고개를 숙였다. 두꺼운 무명 직물 학생복에 마르고 궁상스러운 모습의 나를 힐끗 본 목사는 자아—하는 식으로 오른손을 들었다. 멀리서 본 연단 위의 그는 엄숙한 모습이었고 하얀 수염도 근사해서 어디선가 본 신의 모습을 방불케 한다고 생각했다. 하지만 옆에서 흘끗 보니 견직물 같은 잔주름이나 지쳐서 부어오른 뺨, 커다란 두 눈이 어딘지 모르게 인간답게 보여 아! 이렇다면 효험이 없을 것 같구나, 하는 생각이 들었다. 그리고 아뿔싸, 하고 생각했다. 믿지 못하면 구원받지 못한다고 들은 기억이 뇌리에 번뜩였기 때문이다.

목사의 손바닥이 내 정수리에 놓였다. 집게손가락과 가운데손가락이 생물처럼 움직여 머리의 피부를 단단히 압박했다. 거기에서 체온인 듯한 온기가 전해져 수마에 사로잡힌 듯이 졸려왔다. 목사는 소리 내어 기도하기 시작했다. 낮지만 힘이 들어갔고 착 가라앉았지만 위엄이 있어 그 기백이 나의 비뚤어진 마음을 질타하는 것 같았다. 나는 약간 흥분하여 그가 무슨 말을 하는지 몰랐지만 문득 "……즉 하나님은 부모를 공경하라고 말씀하시고, 아버지나 어머니를 매도하는 자는 반드시 죽임을 당할 거라고 말씀하시……"라는 구절이 귀로 날아들었다. 나는 흘려들을 수 없는 말을 들었다고 생각하여 신경이 곤두섰다. 그러자 내 마음은 속세로 돌아가 목사를 의심하기 시작했다. 나는 현재 충분히 부모를 존경하려고 노력하고 있다, 뭐가 부족해서 큰어머니는 목사에게 이런 기도의 말을 하게 한 걸까, 하고 의혹과 반감이 일었던 것이다. 하지만 그것은 순간적으로 지나가고 목사의 다음 말이 마음에 울렸다.

"옛날 유다는 며느리 다말이 창녀 짓을 하여 아이까지 가졌다는 말을 전해 듣게 되었습니다. 유다는 그를 끌어내어 화형에 처하라고 명령하였지요. 요셉은 주인의 아내가 눈짓을 하며 자기 침실로 가자고 꾀었으나 거부하며 내가 어떻게 이렇게 엄청난 짓을 저지를 수 있겠는가, 이것은 하느님께 죄가 된다고 하며 벗어났습니다. 이렇게 음행을 저지르느냐 거부하느냐에 따라 영혼이 구원을 받을지 못 받을지 그 길이 갈립니다. 오오, 하느님, 이 어린 양은 신에게 죄를 범하고 얻은 아이이니 그 영혼은 신앙 없이는 영원히 구원받지 못합니다. 우리 주 예수 그리스도께서는 말씀하셨습니다. 나는 분명히 말한다. 세리와 창녀들이 너희보다 먼저 하느님의 나라에 들어갈 것이다. 사실 요한이 너희를 찾아와서 올바른 길을 가르쳐줄 때 너희는 그의 말을 믿지 않았지만 세리와 창녀들은 믿었다. 이렇게 말입니다. 주여! 이 어린 양에게 믿음을 주시옵소서……."

목사는 내 정수리에 올려놓은 손바닥을 부르르 떨며 시잇시잇 하고 혀를 차며 악마를 쫓아내려고 하며 사탄아, 물러가라! 당장 물러가라! 하고 힘을 주어 엄숙하게 말했다.

큰어머니가 아멘 하고 말했다. 나는 목사의 기도가 거기서 끝났음을 알고 아멘 하고 말했다.

큰어머니는 비단 손수건으로 눈물을 닦고 코를 훌쩍였다. 손으로 내 몸을 껴안듯이 하며 어두침침한 군중 속에서 데리고 나갔다. 나는 큰어머니의 그 열정에 감동하여 좀 더 신앙을 가지지 않으면 안 되겠다고 생각했다.

교회당 밖으로 나갔다. 뜰에는 신도들이 삼삼오오 바싹 달라붙어 서로 마주보거나 감동한 얼굴로 무슨 말을 나누고 있었다. 다들 말을 줄이고 얌전한 태도를 무너뜨리지 않고 있었다. 7일간 신의 은혜를 단단히 마음에 안고 세속으로 돌아가도 잊지 않으려는 훈계를 자신에게 주고 있는 것 같았다. 상인도 지주도 날품팔이도 한결같이 그 분수에 맞게 교회의 규칙을 지키고 있는 사람들뿐이었다. 안식일에 남몰래 장사를 하거나 십일조를 게을리 하는 사람은 없는 것처럼 보였다. 총독부의 관리라든가 그 관리에게 환심을 사는 것이 일신의 안태가 될 거라고 생각하는 대지주라든가 하는 특정한 신분의 사람은 교회에 출입하지 않았다. (교회에서 민족의 독립과 식민 정책으로부터의 해방을 기원하는 모임이 남몰래 이루어져 특고가 의혹의 눈으로 볼 염려가 있었기 때문이다.) 여기에 모이는 신자는 직접 총독부 경찰의 주시를 받는 일이 적은 중소 상인이 많았다. 이 사람들은 소박하게 자신을 지키고 싶은 편으로, 터무니없는 야망도 없이 신의 가르침에 순종하는 데서 인생의 기쁨을 찾고 있었던 것이다. 그런 겸양의 정신이 교회의 뜰에 들어차 내게도 미치고 있었다. 자신의 내력이 보통 사람과 다르다는 것을 비관하곤 하던 내 마음에 큰 위안이 되었다. 이를테면 우리는 현실 사회의 밑바닥 사람이라는 공통된 의식을 갖고 있었던 것이다.

큰어머니와 함께 뜰로 내려간 내게 그곳에 있는 여성들이 말을 걸어왔다. 훌륭한 학생이라거나 많이 컸다거나 교회에 자주 와주는 것이 고맙다고 했다. 그것은 모두 특별한 호의와 위로의 마음을 담은 칭찬이고, 나와 큰어머니의 특수한 관계를 되도록 드러내지 않으려고 주의하며 말했는데도 나는 부끄러운 마음이 들어 고개를 숙이지 않을 수 없었다. 내가 큰

어머니의 친자가 아니라 첩이 낳은 자식인데 그런 아이를 떠맡았다는 이
야기가 한때 여성들 사이의 화제가 되었을 거라는 것이 내게 발림소리를
하는 그녀들의 새삼스러운 칭찬의 말에서 느껴졌기 때문이다. 나는 그런
집착을 갖고 비뚤어지고 뒤틀린 마음을 다 버리지 못하고 있었다.

"이제 곧 세례를 받게 하면 좋겠네요."

백 부인이 말했다. 이 부인은 북에서 온 사람이다. 평양 출신의 살갗이 흰
미인이고, 부인들 중에서 영어를 할 수 있는 유일한 사람이었다. 큰어머니
보다는 스무 살쯤 나이가 어린데도 교회 부인회의 회장을 맡고 있었다.

"그렇지요, 예수님의 일대기나 모세의 율법 같은 것을 암기하도록 하고
있지만 그게 좀처럼……."

큰어머니는 다소 비굴한 모습으로 대답했다.

"학교 공부도 힘들 테니까요. 천천히 해야겠지요."

백 부인은 미소를 지으며 말했다. 오뚝한 코에 희고 갸름한 얼굴이 한
층 지적으로 보였고 나는 부끄러워 얼굴이 빨개졌다. 언뜻 생모를 떠올렸
기 때문이다.

"길 목사님께서 이 아이를 위해 특별 기도를 해주셨어요. 전 정말 고마
워서……."

큰어머니는 손수건을 꺼내 눈물을 훔치기 시작했다. 그것이 너무나도
과장되게 보여 더욱 부끄러워졌다.

나는 큰어머니가 빨리 여기서 떠나주었으면 좋겠다며 초조해하고 있
었다. 몇몇 시선이 내게 집중되었기 때문에 견딜 수가 없었던 것이다.

큰어머니는 그 눈물에 나나 아버지에 대한 불만을 쏟아내고 있는 것
같기도 하고 아이가 없는 자신의 불운을 탄식하고 있는 것 같기도 했다.
나는 그런 식으로 감수성이 예민한 소년이 되어 있었다. 생모의 곁을 떠

나 큰어머니에게 온 지 1년이 될까 말까 한 시점에 그런 식으로 마음을 쓰고 있었던 것이다.

백 부인은 큰어머니를 약간 주체하지 못하는 기미였다. 나를 딱하다는 듯이 보며 말했다.

"열심히 공부해야 해. 너처럼 기억력이 좋은 아이한테는 쉬운 일이야. 무학인 사람도 세례 기초 시험에 붙으니까."

"세례 문답보다는 신앙이 문제예요. 이 아이는 참회 기도를 하는 중에도 코를 골며 쿨쿨 자니까요."

큰어머니가 무심코 이렇게 말하고 자신도 약간 후회하는 듯했다.

여기저기서 웃음소리가 일었다. 엷은 웃음이나 조소나 우스꽝스러움 등 여러 가지였다. 내 얼굴은 새빨개졌다.

"사모님, 그거야 한창 잠이 많을 때니까요. 저도 한밤중에는 졸렸어요. 집에 가서 푹 자고 싶을 정도였으니까요."

백 부인이 더욱 나를 감싸주었다.

"그야 뭐 그렇지만요."

큰어머니는 후회하고는 살짝 겸연쩍어하면서,

"자, 가자."

하고 내 손을 잡은 채 부인들과 인사말을 나누고 걷기 시작했다. 한길로 나왔을 때야 비로소 나는 마음이 놓였다. 하지만 아직 멀리서 내게 시선을 보내고 있을 부인들의 눈을 등 뒤로 느끼며 등줄기가 오싹했다.

큰어머니는 내가 심야 기도가 한창일 때 잠을 자거나 두리번두리번 둘러본 것이 어지간히 불만이었던 듯 어떤 계기로 그 일을 그만 아버지에게 누설하고 말았다. 그러자 그때 대단히 자신의 양심에 가책을 느껴 불쾌해져 있던 아버지는 불끈 화가 치밀어 나를 부르더니 설교를 늘어놓기 시작했다. 나는 아버지 앞에 무릎 꿇고 앉아 그 에두른 꾸중을 들으며 깊이 고개를 숙이고 반성하는 체하지 않으면 안 되었다.

그와 내가 부자 대면을 하고 난 지 아직 만 2년이 되지 않았다. 그는 상속인이 없는 것을 비관하여 그것을 신에게 기도했다고 한다. 이미 초로에 들어선 부부였기 때문에 아이가 생길 가망은 없고, 그렇다고 해서 새로 첩을 들일 수도 없었다. 그가 아내의 권고를 받아들여 그리스도교에 귀의하기를 주저했던 것은 첩을 두어 아이를 낳게 하고 싶은 욕망이 있었기 때문이다. 하지만 일단 교회에 적을 두고 나서는 그런 파계 행위를 할 수 없기 때문에 이전에 자신과 관계가 있었던 여인들 중에서 어쩌면 자신의 아이를 낳아준 이가 있는 듯했고, 그것을 헛되이 믿어 그 아이를 찾을 수 있도록 신에게 기도했던 것이라고 하니 우스꽝스러운 기도라고 하지 않을 수 없다.

그래서 내 생모가 나에 대해 털어놓았을 때는 신의 은총이 있었다고 무척 기뻐하며 신심도 한층 깊어졌다고 한다.

그에게는 그런 기쁨이 있었지만 내게는 성가시기 그지없는 이야기였다. 나는 모두에게 비웃음을 당했고, 일면식도 없는 사람을 아버지라고 믿기까지는 이루 말할 수 없는 괴로움을 겪었다.

'아버지란 뭘까? 아버지라는 게 왜 있는 걸까?' 하는 의문이 어린 마음에는 도저히 짊어질 수 없는 무거운 짐이었다. 나는 강기슭의 풀숲에 숨어 흘러가는 강물을 바라보며 죽어버릴까 하는 생각을 하고 있었다. 아버지가 나를 직접 확인하러 오기 며칠 전의 일이었다. 나는 수치심을 견딜 수 없었다. 읍내 사람이 나를 보고 소곤소곤 수군거리고 손가락질하며 비웃었다. 학교에 가면 동급생들로부터 반대로 아비 없는 자식이라는 괴롭힘을 당했다. 그것을 견디는 것은 힘들었지만, 왜 아버지가 존재하지 않으면 안 되는 걸까, 하는 괴상한 착란에 빠졌다. 나는 죽지 않을 수 없었다. 그리고 아버지와 큰어머니가 드디어 경편철도로 도착한다는 날, 그들 앞에 나가게 되는 일이 알몸으로 햇볕에 나가는 것처럼 부끄러웠다. 드디어 그들이 찾아왔다. 대문으로 들어오는 그들을 보고 나는 맨발로 뛰쳐나가 강 쪽으로 도망쳤다. 풀숲 안에서 죽자, 죽자, 하고 생각했다. 그때 나는 확실히 자신의 몸이 성행위로 더럽혀진 것 같은 느낌을 받았다. 그것은 나의 생모가 외간 남자와 껴안고 있는 것을 봤을 때의 느낌과 비슷한데, 좀 더 복잡하고 기괴한 마음이었다. 그 마음이 오랫동안 나를 괴롭혔다.

공산시의 아버지의 집에 맡겨지고 나서 나는 집의 구조나 음식, 조미료의 맛에 익숙해지기까지 계속 살이 빠졌다.

아버지 쪽에서는 자신과 선조의 제사(사실 그리스도 교도는 불교식의 제사는 지내지 않았지만 묘지 손질이나 묘지림 관리 등을 하는)를 지내줄 후계자가 생겨 안심했지만 서로 애정은 없었다.

나는 그와 얼굴을 마주하는 것이 두렵고 어쩐지 싫었다. 애정을 갖지 않으면 안 된다는 의무감 같은 것이 때때로 내 양심에 호소하기 때문에 애정을 가지려고 노력하는 일은 있었다.

그런 서로의 마음이 지금 여기서 폭발하기 시작한 것이다.

"아무리 가르쳐도 넌 틀려먹은 놈이야. 비천한 태생은 교육으로도 고쳐지지 않아, 이런 괘씸한 놈."

그는 이런 말로 꾸짖었는데 나는 그가 좀 더 노골적인 말로, 그러니까 서민의 아버지들이 자기 자식을 꾸짖을 때처럼 걸쩍지근하게 욕을 해주는 편이 낫다고 생각할 정도였다. 따귀도 한 대 때려주고 앞으로 그렇게 하면 안 된다고 말해주는 것이 간단명료하고 애정이 있는 것이다. 그는 체면이 있고 윤리가 있고 도리가 있어서 품위를 유지하는 것에 부심하고 있었다. 그것은 무딘 물건으로 얻어맞은 듯한 불쾌한 느낌이었고, 은근히 골탕 먹이는 듯 집요했다.

하지만 그는 이윽고 자신의 노기에 흥분하여 고함을 지르기 시작했다. 그리고 옆에 있던 벼룻집을 내던질 것 같은 기미가 보일 무렵, 이제야 적당한 때라는 듯이 자아, 자, 그 정도로 하고 용서해주세요, 아무튼 아직 어린애니까요, 하며 큰어머니가 그를 달래는 한편 내 손을 잡고 거기서 데리고 나갔다. 나는 책상에 팔꿈치를 괴고 마음을 진정시키려고 했다. 공포가 지나가고 혐오가 남았다. 나는 아버지가 안식일에는 체면을 차리고 장로 얼굴을 하고 있지만 일주일에 한두 번 계율을 어기고 있는 것을 스스로 알고 있는 거라고 생각했다. 청교도 계통을 잇는 장로교회에서는 금주와 금연에 힘쓰고 일부일처제를 주장하며 홍등가에서 노는 것을 엄금하고 있었다. 아버지는 신자들 중에서 친구를 찾지 못하고 있었다. 주일의 교회 모임 같은 데서 신자를 이끄는 일은 했지만 교제는 하지 않았다. 평일에는 신앙심이 없는 예전 친구의 방문을 물리치지 못하고 있었다. 그 사람들과 한시를 짓고 가락을 붙여 읊는 일의 매력을 이기지 못하고 친구들이 권하면 그만 그런 자리에 나가고 말았다. 시를 짓거나 가락을 붙여 읊는 일이나 즉흥적으로 사군자를 그리거나 하는 자리에는 반드시 술이 따라 나오고, 술이 있으면 으레 작부가 붙었다. 늙은 유림들 사이에는 시가를 잘하고 회화에 뛰어난 기생이 앉아 있었다. 그런 유의 기생이야말로 기생 본연의 모습이고 매음은 기생도의 타락이긴 했다. 하지만 요즘엔 그런 풍류 있는 기생이 없고 청춘을 다 팔아버린 노기가 여생을 비관하며 무료한 채 그림 하나라도 배워 노시인들의 상대를 해주는 것이었다.

아버지는 시 읊는 것을 대단히 좋아해서 성인聖人의 말을 읽는 것이 싫증나면 그만 무릎을 치고 박수를 치며 시를 읊다가 그것을 큰어머니에게 들켜 불쾌한 표정을 지었다. 그는 그런 모임에 나간 날은 으레 술에 취해 돌아왔다. 대낮이라면 신자에게 들킬 가능성이 있기 때문에 날이 저물고 나서 귀가했다. 그것도 신자가 가게를 보고 있는 한길을 피해 좁은 골목을 택했다. 어떤 때는 술에 취해 비틀거리며 걷다가 어둑한 도랑에 빠져 입고 있는 옷을 흙투성이로 만들어 돌아온 적도 있었다.

그런 행위가 늘 그의 양심에 걸려 안식일에 주 앞에 나서는 일이 겸연쩍어 그 반동으로 평소의 배나 예배에 정성을 기울였다.

하지만 얼마 전에 온 길 목사의 지도는 의외로 엄했다. 마음에 허위가 있는 자는 참회하라. 너의 양심을 속여도 신은 속일 수 없다. 이렇게 가차 없이 공격했기 때문에 아버지는 그 모든 것이 오로지 자기 한 사람에게만 향해진 독설처럼 느껴졌던 것이다.

그리고 또 하나, 음행이라든가 간음이라는 말을 들을 때마다 그는 마음을 쥐어뜯기는 것 같았다. 그것은 견딜 수 없는 불쾌감으로 남아 부활절 기도회가 완전히 끝난 지금 그는 다소 신경쇠약 기미를 보이고 있었다.

그러므로 아버지는 나를 보는 것이 싫었던 것이다. 나는 그것을 잘 알고 있었다. 아버지야말로 죄의식을 가져야 하는데 왜 내가 가지지 않으면 안 되는 걸까. 나는 거기에 승복할 수 없다고도 생각했다.

나는 아버지에게만이 아니라 신에게 강한 반발을 느꼈다. 그리고 내게 자애로운 정을 쏟으면서도 뒤에서 조종한 큰어머니의 마음이 불결하게 보였다.

나는 신을 믿는 것에 대한 불만과 반발심이 있었다. 하지만 그 감정은 신 탓이 아니라 인간적인 울분에서 나온 것이었다. 그 한밤중에 쉰 듯한 목소리로 차분하게 계속해서 외친 길 목사의 모습이 내 마음에 들러붙어 있었다. 내 정수리에 올린 목사의 손에서 느껴진 온기가 언제까지고 사라지지 않았다. 한창 기도하는 중에 검지와 중지에 교대로 힘을 주고 누른 그 감촉이 뭔가 신의 의식 같은 느낌이 들어 부모에 대한 반발이 옅어짐에 따라 신앙으로 피와 정신을 정화하고 영원한 구원의 세계에 들어가고자 하는 마음이 들었다. 안식일의 기도회, 매주 수요일 밤의 집회, 성서공부회나 교회의 호소가 있다면 거의 다 출석했다.

가을 세례식에 맞춰 세례문답을 받아 한 번에 통과하고 세례식에 임했다. 수반을 들고 내 옆으로 온 목사가 물을 떠서 내 머리에 적시고, 내가 포도액을 마실 때 부인석 쪽에 와 있던 큰어머니가 오오, 주여, 하며 감격하여 울었다.

그날 밤에는 큰어머니가 정성껏 요리한 음식으로 내 세례식 축하를 했다. 아버지도 흡족해하고 하녀들까지 광영을 나누었다.

"세례를 받고 난 전후가 어떻게 다른지 아느냐?"

아버지가 팔자수염을 어루만지며 물었다.

나는 생각했으나 알지 못해서,

"잘 모르겠습니다"

하고 대답했다.

"그걸 모르면 진정한 세례자라고 말할 수 없다. 자, 잘 들어라. 세례를 받기 전에 혹시 죄를 지었다고 치자. 그건 모르고 저지른 일이니까 신도 용서해주는 일이 있지. 하지만 말이야, 세례를 받고 나서는 죄를 알고 저지른 거니까 결코 용서받지 못하는 거야. 그만큼 다른 거니까 잘 기억해둬."

아버지가 엄하게 말했다.

"예."

나는 순순히 대답하고, 결코 잊어버리지 않도록 명심하려고 했다. 그의 말을 마음속에서 되풀이했다.

그러고 나서 얼마 지나지 않아 나는 성가대에 뽑혔다. 테너가 네 명 있었는데 거기에 가세했다. 안식일 예배 때는 성단 옆의 성가대석에 앉아 있었다. 큰어머니가 그것을 멀리서 바라보며 얼굴을 빛내고 있었다. 나는 축복받은 자신에게 충분히 만족했다. 하지만 신도들 사이로 즐거워하는 듯한 큰어머니의 얼굴을 볼 때마다 자신의 생모가 생각나 슬퍼졌다. 구원받을 일 없는 생모의 영혼이 걱정되어 견딜 수가 없었던 것이다.

'내 생모는 죄의 도가니 안에 있습니다. 독사의 소굴에 있으면서도 그것을 모르고 있습니다. 우리 주 예수 그리스도여……'

나는 자신의 마음에 비치는 생모를 그런 식으로 표현했지만 사실은 이렇게 말하고 싶었다. 음행에 빠진 내 생모에게 그 죄를 깨닫게 하소서.

나는 생모에게 편지로 내가 세례를 받았다는 것, 세례를 받기까지의 감동을 되도록 자세히 써서 알렸다. 생모가 그 편지를 읽으면 단번에 음란한 현재의 생활에서 손을 씻고 당장 그리스도교에 귀의할 것으로 믿고 답장을 기다렸다. 하지만 생모는 답장을 보내지 않았다. 내 편지를 받았다는 사실조차 잊은 것 같았다. 그녀는 언문밖에 쓸 수 없으므로 봉투의 한자를 누군가에게 대필해야 하는 것이 귀찮았을 것이다. 나는 얼마 후 다시 한 번 저번과 같은 내용의 편지를 썼다. 이번에는 저번만큼 감동이 없고 이치로만 생모의 생활 태도를 비난하는 글이 되었다. 생모는 걸핏하면 화를 내는 성격이라 분명히 화를 내며 호통을 치는 답장을 보내올 거라고 조금 두려워하고 있었지만 역시 감감무소식이었다.

나는 편지로는 해결되지 않을 것 같아 생모를 만나러 고도까지 다녀오기로 결심했다. 학년말 시험도 끝났고 일주일의 봄방학을 이용하면 가능했다. 하지만 큰어머니에게 그 말을 하는 게 꺼려져 결국 말을 꺼내지도 못한 채 봄방학이 지나고 말았다. 신학기가 시작되어 나는 2학년이 되었다. 새로운 학년의 여러 가지 행사나 교회 일로 마음을 빼앗겼지만 다가올 여름방학에는 무슨 일이 있어도 생모에게 다녀오려고 생각하지 않을 수 없었다.

그 여름방학이 왔다. 나는 큰어머니 앞에 앉아 정색한 태도로 그 말을 꺼냈다.

"뭐어! 네 생모한테 말이야?"

큰어머니는 깜짝 놀라 나를 쳐다봤다. 당연히 그럴 줄은 예상했지만 큰어머니가 낙담하는 것을 보는 것은 견디기 힘들었다. 아무리 소중히 대해 줘도 이 아이는 역시 생모를 더 좋아하는구나. 이런 표정을 짓는 것이 괴로웠다. 나는 그런 게 아니라고 역설했지만 그것이 오히려 변명처럼 들릴 것 같아 그만두었다. 그리고 생모라는 말의 울림에 모멸이 담겨 있는 것이 확실히 느껴져 그것에 반발했다. 그 반발이 서서히 내 마음에 스며들어 내 쪽에서 생모를 경멸하는 마음으로 변했다. 거기에는 음행과 매음으로 문란한 죄가 그 추한 주검을 드러내고 있었다. 나는 견딜 수 없어서,

"어머니를 하느님께 이끌고 싶어섰니다"

하고 큰어머니에게 말했다.

"뭐? 네 어머니한테 하느님을?"

큰어머니는 다시 깜짝 놀라며 나를 응시했다. 나는 눈꺼풀에 작은 주름이 진 그녀의 눈을 되받아 보았다. 눈을 내리깐 큰어머니의 얼굴에 의혹과 망설임이 지나가고 양심과 이성이 자리를 되찾아,

"생각해보자꾸나! 아버지한테 물어보지 않고 나 혼자 결정할 수는 없으니까"

하며 뜻을 굽혔다.

나는 생모를 찾아갈 수 있다고 생각하지 않았다. 큰어머니가 아버지에

게 어떤 식으로 말하는지에 따라 아버지가 받아들이는 방식이 달라질 것이다. 언젠가처럼 아버지는 또다시 격노하지 않을까 두렵고 걱정되어 큰어머니에게 말하지 않는 게 좋았을 거라고 생각했다.

하지만 아버지는 온화하게,

"어머니한테 가고 싶다고?"

하고 내게 말했다. 팔자수염에 엷은 웃음 같은 표정이 있고 눈에 호기심이 드러나 있었다.

뭔가 기대가 있었다.

"예. 어머니한테 나쁜 생활 태도를 그만두도록 충고해보고 싶습니다."

나는 이렇게 대답하는 것이 고작이었다.

"허어? 그건 나쁜 생각이 아닌 것 같구나. 하지만 그 여자가 하느님의 길을 이해할 수 있을까?"

그 여자인가! 나는 화가 나서 눈물이 나왔다. 약간 흥분하여,

"아무튼 해볼게요. 종자를 뿌리는 정도는 해야 한다고 생각했어요."

"종자를 뿌려? 음, 거 참 좋은 말을 했다. 황무지라고 내버려두면 싹은 나오지 않으니까 말이야. 좋아, 해봐."

성서의 문구를 빌린 것이 주효했다. 나는 여비를 받아 대충 여행 준비를 하고 정거장으로 달려갔다.

성냥갑에 바퀴를 단 것 같은 작은 객차는 서른여섯 명이 정원이고, 양쪽에는 열두 명이 앉는 좌석밖에 없었다. 전 세기의 유물 같은 경편철도라도 내게는 뭐라 말할 수 없이 반가웠다. 내 마음은 180리의 하늘 저편으로 날아가고 있었다. 반야월이라든가 청천이라든가, 꿈을 꾸는 듯한 역 이름이 하나하나 내 앞에 나타났다가 뒤로 멀어졌다. 불과 10리의 거리를 장난감 같은 기관차는 20분에서 30분이나 걸렸다. 피스톤은 부산하

게 움직이고 바퀴 소리는 시끄러웠다. 당장이라도 레일에서 벗어날 것처럼 날뛰었다. 승객은 난폭한 말에 흔들리는 것처럼 덜커덩덜커덩 흔들렸다. 여섯 역이나 지났을 무렵에는 온몸이 안마를 받은 것처럼 아주 녹초가 되었다. 급한 내리막길에 궤도를 일직선으로 깔았기 때문에 기관차의 브레이크가 말을 안 듣게 되어 골짜기 밑으로 거꾸로 떨어지듯이 미끄러져 내렸다. 기관사는 삐이삐이 기적을 울리고 차장이 객차와 객차의 연결부로 나와 그곳의 브레이크를 미친 듯이 돌리며 핸들에 매달렸다. 하지만 듣지 않았다. 열차는 전복을 피할 수 없게 되었다. 양복을 입은 신사는 타고 있지 않았다. 시골 지주나 소상인, 귀성하는 여성들이 새파래져서 좌석 밑으로 숨어들었다. 나는 신에게 기도를 올리며 그래도 좌석 위에서 버텼다. 골짜기 밑에서 기차가 멈췄다. 아이고, 아이고, 하며 울고 있던 여성이 눈물에 젖은 얼굴을 차창으로 가져가 바깥을 살폈다. 차장이 아래로 뛰어내려 기관차 쪽으로 달려갔다. 기관사들이 기관차 밑으로 기어들어가 작은 바퀴를 두드렸다.

이런 소동이 있었지만 내게는 동경하던 여행이었다. 나는 자신의 교복을 훑어보았다. 희끗희끗한 양쪽 소매에는 흰 선 세 줄이 둘러져 있다. 모자에도 새하얀 선이 세 개, 휘장은 고高자가 모양 좋게 금색으로 빛나고 있었다. 겨울이었다면 희끗희끗한 무늬가 아니라 흰 선 세 줄이 한층 선명하게 눈에 띄었을 것이다. 모자에 달린 흰 챙을 떼면 흰 선이 좀 더 뚜렷해질까 생각했지만 착실한 나는 역시 챙은 떼지 않았다. 신발은 발끝이 에나멜 소재인 검정색. 꽤나 근사한걸, 나는 자신에게 말했다. 읍내 사람이 경이의 눈을 크게 뜨고 볼 게 틀림없다. 아무튼 전 조선에서 세 개밖에 없는 관립고등중학교의 학생이니까 말이야. 집안이나 재산이 없는 사람은 들어갈 수 없는 학교다. 신분을 내세우고 재산을 자랑하고, 그리고 나를 기생집 아들, 첩의 자식이라고 욕하고 놀렸던 놈들은 모두 우리 학교에 들어가지 못하고 경성의 보잘것없는 사립학교에 간신히 들어간 거 아닌가. 나는 그자들의 배나 되는 학력이 있고 장래를 축복받고 있지. 박사 학위를 딸 때까지 나는 계속 공부를 할 거다. 나는 이런 생각으로 득의양양해져 복수와 원망의 추함을 알지 못했다.

얼마 후 차는 고도의 외곽을 달렸다. 그곳 산을 돌아가면 읍내가 보일 거라고 생각하자 견딜 수 없어져 창으로 고개를 내밀었다. 산기슭을 빠져나가자 왼쪽에 서악西岳[42]이 보였다. 그 기슭의 고분들과 무열왕릉이 눈에 들어왔다. 형산강의 철교를 지나자 고도의 역은 바로 앞이었다. 봉황의 알을 본뜬 서른 몇 개의 왕릉이 거대한 산이 되어 분지에 배치되어 있다. 아카시아 가로수로 단장한 읍내가 내 앞을 지나쳤다.

전보를 칠 새도 없이 왔기 때문에 생모는 아무것도 모르고 있었다. 나를 보면 생모는 얼마나 놀라고 기뻐할까.

스웨덴의 황태자가 일본에 왔을 때 그 지역에 들러 오래된 무덤에서 금관을 발굴하고 나서 서봉총瑞鳳塚이라고 명명했던 고분 터가 있는 중앙로로 들어가 왼쪽으로 돌자 그곳 도랑가에 큰 건물이 있었다. 여관 겸 요릿집인 새 건물이다.

나는 대문으로 들어갔다. 바로 왼쪽의 유리창이 달린 사무실에 남자가 있었다. 그의 대서업代書業 사무실이다. 아직 그 남자와 함께 산다고 생각하니 혐오감이 들었다.

그런데 나이가 제일 많은 하녀가 안뜰로 향한 주방에서 나오다가 나를 보고 괴상한 비명을 지르고는 트렁크를 들어주기 위해 눈빛을 바꿔 달려

---

42 경주 서쪽에 있는 선도산을 가리킨다.

왔다. 안채의 마루방에 있던 생모가 그것을 보고 복도 앞으로 나왔다. 발너머로 손님이나 기생이 희미하게 비쳐 보였다. 어디 학생일까 하고 의아해하고 있던 생모가 앗 하며 나를 알아보았다. 그러자 그녀는 새하얀 버선발로 섬돌로, 그리고 조금 젖어 있던 뜰로 뛰어내리며 내게 달려들었다. 나는 생모의 품에 안겼다.

"어머! 웬일이야! 내 아들이 왔어. 내 아들이야. 아니, 이거, 꿈이야? 생시야? 꿈이라면 깨지 말아줘! 어머, 광성光星이, 너지? 너구나, 내 아들 광성이야……"

과장되고 호들갑스러웠다. 화류계 여자가 아니면 도저히 할 수 없는, 아주 연극조의 표현이어서 듣고 있기에 조금 부끄러웠다. 하지만 생모의 눈에서 눈물이 뚝뚝 떨어지는 것과 함께 나도 구슬프게 울고 말았다. 그녀에게서는 젖 냄새가 났고 그녀의 따뜻한 품도 어렸을 때의 추억이었다. 탯줄로 모체와 이어진 이래의 그리움과 애정이 내 마음의 모든 이성을 마비시키고 말았다. 아기로 돌아가 어머니의 가슴에 매달리듯이 나는 마룻방 앞으로 이끌려갔다. 기생 세 명이 나와 내게 반갑다는 말을 했지만 그중 두 사람은 모르는 얼굴이었다. 부엌 쪽에서 하녀들과 요리사들이 인사하러 나왔다. 한창 술잔치를 벌이고 있던 손님들이 신기한 듯이 나를 쳐다봤다. 그 눈에는 호기심과 오만함이 있었다. 나의 학생복에 대한 존경은 눈곱만큼도 없었다. 그들은 여전히 내가 기생의 아들로밖에 보이지 않았던 것이다. 나는 혐오감을 느꼈다. 고용인들이 도련님이라고 말하는 것조차 모멸스러웠다.

벌꿀처럼 달콤한 모자의 애정은 불과 하루밖에 지속되지 않았다. 나는 하룻밤을 묵는 손님에게 내주는 객실에서 숙박하며 이 집의 모든 것을 방관하고 있었다.

생모는 아침 느지막하게 일어나 툇마루로 가져오게 한 물로 세수를 했다. 징 비슷한 크기의 놋쇠 대야 가득 길어온 물로 얼굴을 적셨다. 따로 놋쇠 사발에 담긴 물로 입을 헹궜다. 소금으로 이를 닦고 그 물로 입을 가셨다. 양치질이 끝나자 매화가 그려진 붉은 도자기 뚜껑을 닫고 팥가루를 집어 손바닥에 올리고 물로 갰다. 그것을 안면에 문질러 발랐다. 구석구석 마찰했다. 팥가루는 하얀 액체가 되어 얼굴에서 목으로 방울져 떨어졌다. 얇은 속옷이 젖고 여자의 속살이 두둥실 떠올랐다. 이미 마흔에 가까운 중년 여성인데도 불과 서른 안팎으로 보이는 젊은 피부였다. 얼굴에도 아직 주름이 없었다. 팥가루 다음은 화장비누였다. 거품을 내서 피부에 문질러 바르고 싫증내지 않고 계속해서 씻었다.

드디어 세안이 끝나자 경대 앞으로 갔다. 크림을 바르고 백분을 손바닥에 올려 얼굴을 문지르듯이 발랐다. 손바닥으로 안면을 탁탁 두드렸다. 언제까지고 두드렸다. 그러자 뺨에 붉은 기가 돌고 희미하게 분홍빛이 떠올랐다.

예전에 나는 넋을 잃고 그 얼굴을 보며 자랑스러워했다 — 야, 우리 엄마는 네 엄마보다 예뻐.

하지만 지금 그녀의 그 긴 아침 준비를 바라보고,

'오, 주여, 그녀의 마음에 하느님을 주소서.'

하며 한숨을 내쉬었다.

얼굴이 끝나자 머리 순서였다. 기름을 바르고 빗질을 했다. 뒤로 묶는 차례가 되었다. 마음에 들게 되지 않아 짜증을 냈다. 몇 번이고 다시 하며 짜증이 심해졌다. 제일 나이 많은 하녀를 불렀다. 하지만 하녀는 오히려 더 서툴렀다. 하녀의 손을 매정하게 뿌리치며 저리 가, 하고 소리쳤다. 하녀는 풀이 죽은 채 물러났다.

금비녀에 귀이개가 뒤로 묶은 머리에 꽂혔다.

옷을 갈아입었다. 여름이라 저고리는 견마絹麻, 치마는 사紗였다. 저고리 고름에는 금 고리 한 쌍이 묶여 있었다. 손가락에는 보석 반지. 이것으로 드디어 준비가 끝났다.

그때 안방에서 남자가 헛기침을 했다. 캭 하고 가래를 모아 발을 들고는 마당에 뱉었다.

나는 깜짝 놀라 그곳을 물러났다. 구역질이 나고 위가 이상해졌다. 한기가 들었다.

핏기가 가신 누런 얼굴의 남자가 나타나 생모가 썼던 대야에 다시 물을 담아 세수를 했다. 나는 객실이 있는 쪽으로 피해서 뒤뜰로 갔다.

하지만 그곳 방의 섬돌에는 남녀 한 쌍씩의 신발이 나란히 놓여 있었다. 기생이 각자의 남자와 자고 있었다. 여기는 아직 날이 새지 않은 것이다.

나는 거기에도 죄로 더럽혀진 공기가 괴어 있는 것 같았다. 돈으로 매매한 남녀가 아무 애정도 없이 그저 육체의 향락을 즐긴다. 어떻게 그런 짓이 하고 싶은 걸까. 왜 그런 걸 하지 않고는 배길 수 없는 걸까. 내게는 미지의 세계이고 불결하기 그지없는 행위인 것이다.

가장 나이 많은 기생의 방 미닫이가 열렸다. 나는 그녀가 보기 전에 뒷문을 통해 밖으로 피하려고 했지만 그곳 건물의 모퉁이를 돌 때 그녀와 얼굴이 마주치고 말았다. 뒷간에서 나온 그녀가 내 뒤를 따라오듯이 복도를 따라 이쪽으로 왔기 때문이다.

"도련님, 잘 주무셨어요?"

그녀가 정중하게 말을 걸어왔다.

나는 그녀에게 대답을 하지 않을 수 없어 그녀의 얼굴이나 옷차림에 눈을 주지 않을 수 없었다. 그녀의 얼굴은 둥근 모양이지만 백분이 벗겨져 얼룩덜룩 맨살이 들여다보였는데 검푸르게 분독이 올라 지저분한 것 같았다. 납 성분이 많은 백분을 덕지덕지 바르기 때문에 이런 유의 여자들 피부는 대체로 보랏빛이었다. 나의 생모처럼 끊임없이 인삼을 끓여 마시고 녹각이나 사향을 사용하면 모르겠지만 제대로 영양을 섭취하지 않고 매일 밤 정력이 센 남자의 상대를 하기 때문에 피부가 아주 거칠어지는 것이다. 나는 그녀의 눈가에 다크서클이 생기고 부어서 원형이 된 것을 보자 구역질이 날 것 같았다. 얇은 마로 지은 잠옷이 깔끔하지 못하게 앞가슴이 벌어져 가슴도 가랑이 사이도 거의 드러나 있었다. 넓적다리 부근이 홀쭉하게 깎인 듯이 가늘고 노래서 옷을 입었을 때의 그녀와 전혀 닮지 않은 여자로 보였다.

이 얼마나 던적스러운 여자인가, 하고 나는 생각했다. 그녀는 뒷간으로 들어가 소나기 같은 소리를 냈다. 불결한 고깃덩어리였다.

하지만 이 여자가 두 시간이나 들여 얼굴을 꾸미고 옷을 차려입고 술자리로 나오면 사람을 잘못 본 듯한 미인이 되기에 신기할 따름이었다. 그녀는 노래를 잘하고 가야금도 탈 줄 알았다. 춤이나 검무 등도 얼추 할 수 있어 읍내의 기생조합 70명의 기생 중에서도 일류로 여겨지고 있었다.

죄를 모르는 불행한 여자들!

나는 생모를 포함하여 이 집에 있는 모두가 죄인으로 보였다.

어떻게든 기회를 엿보아 생모에게 신의 가르침을 전도하고 싶었지만 생모와 단 둘이 이야기할 시간을 갖지 못한 채 며칠이 지났다.

어느 날 생모가 동기童妓에게 옷을 입혀주고 있었다. 생모와 동기 둘뿐이어서 좋은 기회다 싶어 그 옆으로 다가갔다.

동기는 생모 앞에서 주뼛주뼛하고 있었다. 옥빛 항라 치마 입는 것을 도와주고 있었는데 치맛자락이 오른쪽으로 치우치거나 돌거나 해서 생모의 마음에 들지 않았다. 그래서 몇 번이나 고쳐 입게 하고 있었다.

"뭐야, 이 끈은!"

생모는 끈을 묶고 있던 동기의 손을 찰싹 때렸다. 동기는 아픈 듯이 얼굴을 찡그리며 손을 놓았다. 끈이 풀리고 치마가 주르륵 밑으로 떨어졌다. 치마 속에는 사로 지은 넓은 옷자락의 속옷이 있고 갈라진 곳으로 툭 불거진 배꼽이 들여다보였다. 나는 눈을 돌렸다. 불거진 배꼽의 모양이 너무나도 촌뜨기 같아서 우스웠다. 보통의 여성은 제일 안쪽에 잠방이를 입는다. 하지만 동기는 바로 그 속옷을 입고 있었다. 고구마를 많이 먹어 뚱뚱한 동기童妓여서 옷을 껴입어 살이 쪄 보이지 않도록 하라는 생모의 말을 들었던 것이다.

생모는 처음부터 다시 입히는 것이 귀찮아서 매정하게 꾸짖었다. 동기는 어찌할 바를 몰라 당황하며 배운 것까지 잊어먹고 말았다. 치마가 흘러내리지 않도록 끈을 붙들고 늘어지며 서투른 손놀림으로 묶으려고 했다.

"이 손을 놔. 끈 하나 제대로 묶지 못하다니, 너 같은 돼지는 처음이야."

생모는 짜증을 내며 동기의 뺨을 찰싹 때렸다. 동기는 고개를 숙이고 울음을 터뜨렸다. 생모는 자신의 흥분을 이기지 못하고 욕설을 퍼부었다. 썩어빠진 년, 망자의 딸, 매음부. 동기는 새빨개져서 당장이라도 죽을 것 같았다. 공포에 이성을 잃고 기겁한 것이었다. 열여섯이나 일곱, 동안인 귀여운 아가씨였다. 생모는 시골로 굿을 보러 갔다가 많은 돈을 주고 이 아이를 데려온 것이다. 처녀 사냥꾼이라는 별명을 가진 마흔 줄의 남자가 첫 손님이 되어주기로 되어 있었다. 당일의 피로연이나 손님을 처음으로 맞이할 때 쓸 이불이나 옷 같은 것으로 생모는 그 남자로부터 뜯어낼 돈이 막대하기 때문에 동기는 생모에게 돈줄이나 마찬가지일 것이다. 하지만 생모는 자신의 짜증에 스스로 흥분하여 어떻게 해볼 도리가 없었다.

그때 가장 나이가 많은 기생이 들어와,

"어머님, 저한테 맡겨주시지요. 요리사가 뭔가 물어보고 싶어 하는 것
같던데요……."

하고 생모를 위로했다.

생모는 거기에 있던 손거울을 획 던지며,

"이런 돌대가리는 본 적이 없어. 노래 하나 외우지 못하고 자기가 입는
옷 하나 제대로 입지 못하니, 원, 질렸다니까"

하고 내뱉고는 나갔다.

말투나 그것을 내뱉는 숨이 무서웠다. 화약처럼 파열하는 듯한 그 노기
가 아무런 관계도 없는 내 심장을 도려내는 것만 같았다.

"너도 요령 좋게 해야지. 언제까지고 꾸물거리지만 말고 말이야. 네네,
하고 순순히 말하고, 어머님, 잘 부탁드립니다, 하고 처음부터 간청하는
거지. 나도 화장이 서툴러서 몇 번이나 손거울로 맞았는지 몰라. 자 보라
고, 여기……."

나이 많은 기생이 내게 이것 보라는 듯이 이마의 머리를 그러 올려 붉
고 작은 상처를 보여주었다.

나는 그녀에게 동의했다. 문득 그날의 일이 또렷이 떠올랐다. 이 집이
아직 조그맣고 낡았을 때 서당에 가는 것이 싫어 이삼일 떼를 쓴 적이 있
었다. 그 서당의 훈장은 쉰이 훨씬 넘은 노인으로 산증疝症[43]이 있는 건지
학동이 있는데도 요강을 방에 놓고 소변을 보는 버릇이 있었다. 나는 그
것을 보면 구역질이 나 견딜 수가 없었다. 천자문을 겨드랑이에 끼고 서
당에 가는 척하며 봉황대에 올라 이웃 아이들과 놀며 시간을 보냈다. 생

---

43   생식기와 고환이 붓고 아픈 병증. 아랫배가 땅기며 통증이 있고 소변과 대변이 막히기
도 한다.

모가 그것을 알고 나를 잡아 손바닥으로 뺨을 때렸다. 너무 때려 자신의 손바닥이 아파오자 내 어깨를 깨물었다. 마치 동물의 암컷 같았다. 그리고 마지막에는 내 몸을 마당에 내팽개쳤다. 나는 뜰의 징검돌에 머리가 세게 부딪쳐 인사불성이 되었다. 나는 이레쯤 생사의 갈림길에서 헤매고 있었다. 의식이 돌아오자 거기에는 울고 있는 생모의 얼굴이 있었다. 그리고 온갖 약과 음식, 그리고 모을 대로 모은 명의들이 지혜를 짜내 치료에 임했다. 생모는 고양이처럼 부드럽게 핥듯이 애무를 하며 모든 신들에게 기도를 했다. 나는 어머니에게 나으면 서당을 그만두고 일본인 학교에 다녀도 된다는 약속을 받았다. 나는 생모를 미워하거나 두려워하는 대신 그녀의 자애만을 마음에 남겼다.

하지만 지금 그때 마음에 숨겨둔 증오가 다시 떠오른 것이다. 나는 동기를 불쌍하게 생각했다. 얻어맞은 뺨이 보랏빛으로 부어 있었다. 백분으로 다 감출 수 없는 멍이 들었다. 가족의 희생물이 된 것만 해도 슬픈 일인데, 하고 나는 그녀에게 동정을 보냈다. 동시에 생모의 죄악이 한층 더 두드러졌다.

내가 자리를 떠나자 연상의 기생이,

"자, 울고만 있지 말고 첫 손님을 맞는 것도 배워둬야지"

하고 말했다.

"첫 손님 맞는 게 뭔데요?"

동기가 아직도 흐느껴 울며 물었다.

"너, 정말 모르는 거야?"

"몰라요."

"남자와 처음으로 잠자리에 들어가는 거잖아. 그리고 여자가 되는 거야."

갑자기 동기가 훌쩍거리며 울기 시작했다. 그 울음소리에는 격렬한 슬폼이 있었다. 그것은 또 공포이자 혐오였다. 혐오는 그대로 내게도 동감되었다. 무심코 상한 음식을 먹었을 때의 구역질 비슷한 불쾌감이었다. 아침에 생모의 방에서 누렇게 쭈그러든 남자가 일어나 나오는 것을 볼 때마다 느끼는 그 혐오였다.

동기의 그 공포를 개의치 않고 처음으로 손님을 맞이할 날은 시시각각 다가왔다. 드디어 내일로 다가온 날, 주방은 요리 준비로 북적거렸다. 생모는 연회의 관습에 틀리지 않도록 연습을 했다. 좌흥을 돋우기 위한 공연물을 골똘히 궁리했다. 전라도에서 국창급國唱級이라 불리는 명창과 고수를 초빙하기도 하고 읍의 기생조합에서 일류 무희를 불러 연습에 열의를 쏟기도 했다.

이만한 비용을 들여도 부족할 것이 없는 상대였다. 명문이고 일급 부호이며 읍에서 최초로 오토바이를 타고 다니며 공산이나 경성 같은 곳에서까지 화려한 유객遊客으로 이름 높은 최가의 당주가 그 사람이었다.

생모는 많은 고용인을 질타하고 불러온 예인들을 격려하며 환희와 기대로 가슴이 부풀어 있었다. 최 부자를 손에 넣기만 하면 이 집의 장사는 더할 나위 없이 좋은 것이다.

하지만 정작 중요한 동기는 내팽개쳐져 있었다. 마룻방인 옆방이 초야의 방이었기 때문에 동기는 그곳에 혼자 오도카니 앉아 있었다.

이튿날 아침, 드디어 그날이 되었기 때문에 동기를 거들떠보게 되었다. 화장을 하고 특별히 맞춘 옷을 입혀야 할 시간이었다.

하지만 동기는 그 방에 없었다. 선배들의 방에도 가지 않았다. 뒷간이나 헛간까지 온 집 안을 뒤집는 듯한 소동을 벌였지만 흔적도 찾을 수 없었다.

팔려올 때 갖고 있던 목면 보자기에 평상복을 싸서 도망쳤다고 추정할 수 있었다.

그녀는 연회 준비로 북적이던 어젯밤 도망쳤던 것이다.

나는 안도의 한숨을 내쉬고 그녀가 무사히 멀리 달아나기를 빌었다.

놀라고 낙담하는 생모의 모습을 보는 것도 속이 후련했다. 생모는 히스테리 상태가 되었고, 격분한 나머지 실신하고 말았다. 온 집 안이 이제 생모에게 마음을 쏟지 않으면 안 되었다.

연회는 백지화되었고 생모는 큰 손해를 입었다.

흰 천으로 머리를 동여매고 두통에 잘 듣는 고약을 덕지덕지 붙이고 죽기 직전처럼 끙끙거리며 생모는 아무도 옆으로 다가오지 못하게 했다. 모두 조마조마하며 그 근방을 서성거릴 뿐이었다. 음식은 썩고 예인들은 선하품을 했다.

동업인 포주집이나 요리점 여주인들이 위로하러 왔다. 속으로는 고소하다고 생각하면서도 무척 안타깝다, 우리의 협력이 부족한 탓이다, 사과하며 생모의 비위를 맞추었다.

"언니, 낙심할 것 없어요. 다시 벌면 되잖아요."

생모의 머리맡에 모여든 여주인이나 노기들은 속이 빤히 들여다보이는 말을 늘어놓았다. 어떤 여자든 금은 장신구로 요란하게 꾸미고 있었다. 잠자리 날개처럼 얇은 상의 속에는 하얀 살갗이 알몸처럼 비쳐 보였다. 작고 모양 좋은 버선을 신었다. 제비 같은 요염한 사지와 공들인 말과 애교로 남자들의 마음을 녹이지 않을 수 없을 것이다.

멀리서 그것을 바라보며 생모 주위에는 그런 분위기가 있다고 생각했다. 그 분위기를 만들고 있는 여자들 사이에는 하나의 세계가 있고 의리로 얽힌 형식이 있었다. 그리고 그 좁은 세계를 질투하거나 미워하거나 욕을 하거나 비웃었다. 생모와 사이가 안 좋은 여주인이나 기생은 기생조합에서 한쪽 구석으로 밀려나 주눅이 들어 있지 않으면 안 되었다. 생모는 이 세계의 보스였다. 그러므로 그녀 자신이 이 세계의 형식에서 도망칠 수 없는 것이다.

나는 여자 손님들이 돌아간 후 생모 옆으로 다가갔다. 생모는 눈을 감고 천장을 보고 드러누운 채 가슴 위에서 양손을 깍지 끼고 있었다. 신경질적인 짜증이 언제 폭발할지 모르는 모습이었다. 나는 그녀에게 말을 거는 것이 두려웠다. 하지만 그것과는 별도로 그녀를 불쌍히 여기는 마음도 있었다. 계획이 다 틀어져 적지 않은 비용을 날리게 된 일을 동정했다. 그리고 그 파탄도 가슴 아픈 것도 모두 그녀가 자기도 모르게 저지른 죄 탓이고 그 죄를 자각하지 못한 그녀의 영혼이야말로 가련하다고 생각했다. 그러므로 나는 굳은 각오로 그녀에게 신의 복음을 전하기로 한 것이다.

"어머니."

나는 그녀의 홀쭉하고 누런 얼굴에 말했다.

"……"

들었는데도 그녀는 대답하지 않았다.

"어머니, 아프세요?"

나는 하는 수 없이 아첨을 했다.

"시끄러워. 자게 좀 내버려둬."

그녀는 눈을 감은 채 대답하고 몸을 돌렸다. 머리띠의 매듭이 열십자로 눌려 아파 보였다.

"주무시지 않으면 할 얘기가 있는데요."

나는 물러나는 것이 좋을 것 같다고 생각하면서도 말이 나오고 말았다.

"공산으로 돌아가고 싶니?"

그녀는 엉뚱한 말을 했다.

"아뇨!"

"그럼 뭐야! 지금은 아무 말도 하고 싶지 않다."

여기서 나는 다시 물러나는 것이 좋겠다고 생각했지만 어쩐 일인지 기다릴 수 없다는 생각이 들어,

"어머니는 쓸데없이 괴로워하는 거예요"

하고 말하고 말았다.

"뭐어?"

그녀가 눈을 확 떴다.

"하나님의 가르침에 귀를 기울이세요."

나는 아주 서둘러 말했다.

"뭐! 뭐라고?"

"하나님의 복음 말이에요."

"하나님의 복?"

"복음이요. 신앙을 가지면 알 수 있어요."

"신앙? 내가 신앙을?"

"그래요."

"신앙이라면 하고 있잖아."

"잡신 신앙과는 달라요."

"잡신? 그럼 너는 어떤 신을 믿는 건데?"

"예수님이요."

"흥! 야소야! 그건 서양 코쟁이가 가져온 신이잖아? 너는 그런 사교에 빠져 있는 거야? 아무래도 이상하다고 생각했지. 밥을 먹을 때마다 중놈처럼 염불을 외지 않나, 상심한 여자처럼 놀러 나가지도 않고 집에만 틀어박혀 있고 말이야. 너는 왜 그렇게 어둡고 음침한 거야? 남자가 말이야,

친구도 좀 사귀고 술도 한 잔 하고 기생 하나쯤 상대하는 법이야."

나는 기가 막혀 이제 무슨 말을 한단 말인가, 하고 단념하려고 했지만 이 순간이 중요하다고 생각했다.

"어머니의 영혼은 구원받지 못해요. 저는 슬퍼요. 어머니를 구원하고 싶어요. 이 생활을 그만두세요. 그 남자하고도 관계를 끊어주세요."

"그 남자? 무슨 그런 실례되는 말을 하는 거야. 그 사람은 내 협력자잖아. 내가 이만큼 행세하는 것도 다 그 사람이 협력해줘서야. 그 사람한테는 군청도 재판소도 경찰조차 함부로 못해. 그런 말 하면 벌 받아."

그녀의 눈에 노기가 드러났다. 내게 날카로운 시선을 던졌다. 눈두덩이 삼각형 모양으로 험상궂어졌다.

"언제까지고 남의 첩 같은……."

"시끄러워."

새된 목소리였다. 내 눈에서 불이 번쩍였다. 얻어맞은 것인가. 그녀는 일어나 있었다. 나와 대결하듯이 무릎걸음으로 다가왔다. 나는 뒷걸음질을 쳤다. 물고 늘어지면 큰일이라고 생각했다. 내가 아직 어렸을 때 노름꾼 정부와 싸움을 해서 남자의 코를 물어뜯을 뻔한 일이 있는 그녀다. 동업에 종사하는 여주인의 팔을 물어뜯어 전치 1개월의 중상을 입히기도 했다. 나는 폭력으로 도저히 대적할 수 없었다. 그녀는 뭐라고 소리쳤다. 내게 욕지거리가 쏟아졌다. 나는 도망칠 힘도 잃고 뱀에 물린 개구리처럼 손발이 마비되었다. 많은 사람들이 몰려왔다. 요리사가 나를 안다시피 하며 슬쩍 밖으로 데리고 나왔다. 마당으로 나왔을 때 그녀의 새된 소리가 말이 되어 들려왔다.

"꺼져! 당장 꺼져버려! 불효자식 같으니라고."

내가 쓰던 가장 떨어진 방으로 간 나는 트렁크에 짐을 싸서 밖으로 나왔다. 공산으로 돌아가지 않으면 안 되었다. 거기에는 여름방학 숙제가 기다리고 있었다. 수학도 영어도 식물과 곤충 채집도 있었다. 이곳에서 할 생각이었지만 나는 읍내 사람들의 눈에 띄는 것이 창피해서 나갈 수가 없었다. 내가 출세했다는 것을 과시하려고 생각하는 마음은 생모의 생활을 보자 순식간에 사라진 것이다.

트렁크를 들고 방을 나온 나를 요리사와 가장 나이가 많은 하녀가 만류하기 시작했다. 나는 그들을 뿌리치고 마당을 가로질러 대문 쪽으로 갔다.

그러자 생모의 방에서 그녀의 통곡 소리가 들려왔다. 다시 말해 내가 한 처사가 슬프다는 것이었다. 생모가 통곡을 그치고 내게 소리쳤다.

"이대로 헤어지면 나는 평생 너를 만나지 않을 거야."

이 한마디가 내 심장에 화살을 푹 꽂았다.

나는 트렁크를 하녀에게 건네고 방으로 돌아갔다.

생모는 나를 위해 닭을 잡고 떡을 했다. 위가 약한 나는 그 어떤 진수성찬도 맛있지 않았다. 생모의 부정한 마음이 슬플 뿐이었다.

이튿날 아침 역으로 가는 도중, 요리사는 나를 위로할 생각이었던 듯하다.

"어머님은 엄한 분이지만, 하시는 일은 솔직하십니다. 올바르지 않는 일을 싫어해서 싸움도 자주 하시지만 마음이 그렇게 담박한 분은 없을 겁니다. 도련님의 마음은 알겠지만 그 장사를 그만두라고 해도 당장에는 좀, 뭐, 낙심할 일은 아닙니다. 곧 시간이 해결해줄 겁니다."

역시 그런 걸 거라고 나는 생각했다. 생모의 고녀를 아랑곳하지 않고 느닷없이 하나님 이야기를 꺼낸 내가 나빴다는 후회가 밀려왔다.

객차는 좁은 궤도 위를 사나운 말처럼 흔들리며 달려갔다. 고도는 점차 멀어지고 드디어 서악의 산자락이 고도와 나 사이를 가로막았고, 산들과 나의 거리는 멀어져갔다. 생모는 산 저편으로 사라지고 구름 속에 휩싸였다. 흰 머리띠를 하고 두통에 듣는 고약을 덕지덕지 붙인 그녀의 모습이 구름 속에 비치며 나를 쫓아왔다. 측은한 마음으로 그것을 보는 나는 생모에게 끌리는 애정에 눈물이 날 것 같았다. 눈에 보이지 않는 고무 끈 같은 것이 두 사람을 묶었고, 거리가 멀어짐에 따라 견인력이 배가 되었다. 나는 생모의 집으로 되돌아가고 싶은 마음도 억누르기 힘들어 고뇌에 빠졌다.

전보를 쳤기 때문에 공산역에는 큰어머니가 마중을 나와 주었다. 잠시 보지 못한 그녀는 단아함이 한층 눈에 띄고 고상해 보였다. 그것은 본의 아니게 생모와 대조했기 때문이었다.

"잘 돌아왔다. 좀 야윈 것 같구나."

이렇게 말하며 내 손을 잡고 짐을 들어준 그녀에게 나는 죄송한 마음이 가득했다. 그것은 내가 생모의 집에 있는 동안 한 번도 그녀를 떠올리지 않았고 생모의 집에 간 목적을 이루지 못한 일에 대한 후회였다.

역 앞의 광장에는 낯선 로터리가 생겼고 오른쪽 구석에 큰 건물이 지어지고 있었다. 로터리 옆의 안전지대에서 버스가 끊임없이 출발하고 통행인 중에는 양복을 입은 사람이 눈에 띄었으며 모두 도회인답게 빠릿빠릿했다. 경부 본선인 이 역에는 넓은 궤도의 커다란 차체의 열차가 들어오고 승강구에서 사람들이 우르르 쏟아져 나왔다. 택시가 손님을 태우고 미끄러져 나갔다. 부산까지 급행으로 한 시간 반 거리인 이곳 공산 땅에는 근대 문화가 숨을 쉬고 있었다. 문득 생모가 보였다. 산과 고개 너머의 저 먼 고도는 아직도 왕조의 꿈속에 있고 퇴폐한 기풍이 멸망한 왕국의 말기적 관능 그대로 남아 있었다. 다시 생모가 가엾어졌다.

큰어머니는 내가 고도에 간 일에 대해서는 아무 말도 하지 않았다. 나를 찾아온 친구나 숙제를 공동으로 하고 싶다고 한 친구에 대한 이야기를 좀 했을 뿐이다.

지나는 길에 들른 책방의 책장에는 신간이 빽빽이 들어차고 참고서가 산처럼 쌓여 있었다. 가게 안의 절반은 운동 기구 매장이었다. 새로운 모양의 배트가 죽 늘어서 있고 라켓이 스마트한 케이스와 함께 선반 안에 있었다.

나는 생모가 준 용돈으로 케이스가 딸린 라켓을 샀다. 합해서 6원 50전인 물건이었는데 정구부원인 나는 예전부터 내 라켓을 갖고 싶었던 것이다.

아버지는 사랑방에서 나를 기다리고 있었다. 나는 아버지 앞으로 가서 옛날식 예를 갖췄다. 아버지도 생모에 대해서는 묻지 않았다. 성가대가 한 명이 빠져 곤란했다는 이야기를 했다.

나는 아버지에게 그런 유교 풍습이 남아 있는 것을 답답하게 생각하여 생모의 집이 그리워졌다. 하지만 그 마음을 강하게 떨쳐냈다.

늦더위가 심해서 낮에는 산과 들을 돌아다니며 곤충이나 식물 채집을 하는 것은 힘들었지만 문명에 뒤처져서는 안 된다는 생각에 사로잡혔다.

그리고 저녁 무렵에 잠깐 정구를 할 때 문득 눈가가 보랏빛이 된 그 기생이 떠올랐다. 육체를 좀먹는 독충이 내 체내에 있는 듯한 기분이 들어 공포심이 일었다. 나는 그 망상을 떨쳐내기라도 하는 것처럼 운동에 열중했다. 유흥은 문명의 적이고 망족의 근원이다, 나는 결코 그렇게 되지 않을 거야, 몇 번이고 자신에게 말했다. 생모나 그 집을 에워싼 더러운 분위기가 떠오를 때마다 몸서리를 치며 반복해서 그렇게 생각했던 것이다.

나는 학교에서 품행이 방정하고 학업이 우수한 학생이고, 교회에서는 신앙심이 깊은 젊은 크리스천이었다. 운동 경기에서는 몇 종목에 걸쳐 반을 대표하고, 새로이 만들어진 유도나 군사 교련으로 신체를 단련했다. 밤에는 교회의 청소년 변론회에 참석하여 장래의 위인을 꿈꾸었다. 요컨 대 나는 이렇게 건강하게 성장하고 있었던 것이다. 내 주위에는 성性을 입에 담는 이는 한 사람도 없었고, 우리는 여학생의 꽁무니만 쫓아다니는 학생들을 경멸했다. 그런 몇 명의 학생은 얼굴에 크림을 바르고, 한 달에 두 번이나 이발소에 가고, 면서지 바지에 주름을 잡고, 분홍색 손수건을 가슴 호주머니에 꽂고, 여자로부터 받은 러브레터나 그 편지 사이에 넣어 보낸 압화押花⁴⁴를 교과서 사이에 넣고, 수업 시간에 그것을 슬쩍 들여다 보고는 환희에 빠졌다. 우리는 그들을 길거리에서 붙잡아 트집을 잡고 현미빵이나 중국 떡을 사게 했다. 그들이 한턱내는 것을 먹으며 그들을 한껏 놀리고 화제로 삼아 즐겼다. 기가 죽어 참고 있던 그들이 조금이라도 불쾌한 기색을 보이면 주먹으로 제재했다. 나는 그들이 성을 노출하면 혐오스러웠고 구역질이 났다. 소심하고 온순하기만 한 아이였던 나는 이렇게 자유분방하고 활달한 소년으로 변해 있었다. 생모에게 혼만 나고 위축되어 있던 영혼이 큰어머니의 관대한 배려에 길러져 용기가 싹튼 것이다.

하지만 가끔 생모를 떠올리면 마음이 슬퍼졌다. 무슨 일이 있어도 생모를 올바른 길로 이끌지 않을 수 없는 마음에 얽매어 있었다. 나는 생모가 읽을 수 있도록 언문으로만 편지를 써서 그것을 호소했다. 생모로부터는 가끔 답장이 왔지만 그것은 그녀의 남자가 대필한 편지로 무미건조했다. 내가 영혼을 담아 호소한 일에는 일언반구도 하지 않고 흔해빠진 의례적인 안부 편지로 끝났다. 나는 생모를 신앙으로 이끈다는 기특한 바람을 버릴까 하고도 생각했지만 끈기를 되찾아 초지일관하려고 했다.

---

44 압화 : 꽃이나 잎을 납작하게 눌러서 만든 장식품.

가을도 깊어져 생모로부터 필적이 다른 편지가 왔다. 지금까지 했던 장사를 그만두고 기생들도 모두 내보냈다. 그리고 함께 지내던 남자와도 단호하게 헤어졌다. 그래서 혼자 지낼 생각으로 있었는데 인연이 있었는지 어떤 분이 후처로 들어오라고 해서 지난달 그분 집으로 들어갔다. 상처하여 쓸쓸했던 모양인 그분은 아주 기뻐하고 있다. 전부터의 희망도 있어서 너도 조금은 기뻐해줄 거라고 생각하지만 일단 안심해라. 나도 이제 호적상의 정실이 되어 체면이 섰다. 그리고 너의 바람대로 사교를 버리고 올바른 종교에 귀의했다. 그것이 야소교가 아닌 것은 유감이지만 천도교다. 야소라도 좋았지만 서양인이 가져온 종교보다는 우리나라에서 생겨난 동학이 더 낫겠지. 유교와 불교와 선교를 절충하여 장점만 취한다거나 안식일도 야소교와 같은 날이고 집회의 형식은 야소교회와 완전히 같다고 남편이 말하더라. 말이 늦었는데 남편은 어시장의 중개인 우두머리로, 장날이라도 되면 수십 냥이 아니라 거금을 가지고 돌아온다. 그리고 아이가 없는 것도 정말 안성맞춤이다. 이렇게 될 줄 알았다면 너를 그 야소교 신자에게 보내지 않았을 거라고 나는 후회하고 있다. 분해서 눈물을 흘리고 이를 갈기도 하며 조만간 너를 되찾기 위한 재판을 청구할 것이다. 당분간 이 일은 비밀로 해두어라. 아무튼 네가 보고 싶어 미칠 지경이다. 이 편지가 도착하면 곧장 오너라. 만약 오지 않을 경우에는 심부름꾼이라도 보내서 너를 억지로라도 데려올 결심이다……. 나는 끝까지 읽지 않고 편지를 내려놓았다. 나는 몸이 튼튼해졌다고 해도 정신이 복잡하게 뒤얽힌 이런 사건을 만나면 어린 시절의 위축되고 약한 마음이 표면에 드러나 현기증이 나는 것이다. 나는 방금 읽은 편지를 냉정하게 판단할 여유가 없었다. 하지만 생모가 그 장사를 그만두고 첩이 아니게 된 것에 대해서는 우선 기뻐해도 좋은 일이라고 자신에게 말했다. 그런데 그녀 혼자 살고 있지 않고 또다시 남자를 만든 일은 불쾌했다. 후처라고 해도 정실로 받아들여진 것이니까, 그럭저럭 괜찮은 일이었다. 그런데 종교는 그리스도교가 아니라 천도교 신자가 된 것이 아무리 생각해도 유감스러웠다. 그것은 천도교를 사교라고 보기 때문이 아니었다. 천도교의 교주는 고도 근교에서 태어났고 유불선 3교에서 좋은 점을 취하여 새롭게 하늘의 도를 열었던 것이다. 그 천지개벽설 같은 것은 확실히 그리스도교의 예수 재림에서 취했다고 생각되고, 집회 때는 찬송가풍의 노래를 부르고 기도를 하고 설교도 한다. 이 종교는 근거지인 남선南鮮보다는 북선北鮮 지방에서 활발하게 퍼져 신도가 백만을 헤아렸다. 그리고 신도가 단결하여 생긴 동학당은 조선시대에 시작된 이래의 정치 세력이었기 때문에 교주가 붙잡혀 한말 조선 정부의 손에 의해 사형에 처해졌다. 그 극형의 장소가 이곳 공산이셨다. 남쪽 구릉의 그 터에 지금은 그리스도교 교회가 세워졌다. 내가 공산의 아버지 집으로 온 해에 일본 정부로부터 이탈하여 독립을 선언한다고 발표함으로써 독립만세 소요 사건이 일어나 세계를 놀라게 했다. 그런데 그 독립운동의 주력도 이 천도교도였다. 천도교는 새로운 대승적인 종교라고 할 수 있었다. 그런데 너무나도 인위적인 점이 종교적이지 않아서 영혼의 정화에 도움이 될지 어떨지 불안이 남고, 서구 문화를 배울 기회가 적은 것이 성에 차지 않았다. 하지만 이것도 참을 수 없는 것은 아니었다. 그러면 최후의 나를 되찾는다고 운운하는 것이 문제로 남았다. 큰어머니가 이것을 알면 얼마나 슬퍼할까 나는 생각했다. 생모와는 모든 점에서 대척적인 성격이었기 때문에 생모의 그 멋대로 된 생각에 대해 분개하거나 싸움을 거는 천박한 일은 할 수 없는 여성이다. 큰어머니는 깊이 슬퍼하고 되는대로 맡겨둘지도 모른다. 아버지도 유자다운 온화한 성격이므로 생모에게 입이 걸게 욕을 먹을 바에는 나를 포기하는 것이 낫다고 생각할지도 모른다. 하지만 법률로 다툴 경우에는 생모에게 승소할 기대를 할 수 없기 때문에 아버지와 어머니도 유유낙낙 응하지는 않을 것이다. 나는 여기까지 생각하고 일단 안도했다. 나는 생모와 모성애의 끈으로 맺어져 이치를 넘어 그녀에게 끌릴 때가 있었다. 하지만 큰어머니에게서 떠나고 싶은 마음은 전혀 없었다. 우리는 서로 친애하는 마음으로 대하고 애정을 쏟으려고 노력하고 있었다. 큰어머니는 나를 질책하고 싶을 때도 온화하게 미소 지으며 나의 잘못을 넘어가주는데, 이런 점에 우리의 격식 차린 차가움이 있었다. 이는 자기 배를 아파하지 않았던 모자로서는 극복할 수 없는 심리일 것이다. 나도 거리낌 없이 큰어머니의 마음에 뛰어들 수 없고, 얼마간 격식 차린 기분으로 장난을 치기도 하고 웃게 하기도 하며 항상 얼마간의 거리를 두고 있었다. 그건 그렇다 해도 세상 사람들이 말하는 계모의 학대 같은 것은 전혀 없었다. 큰어머니가 갖고 있는 고상한 분위기는 내게 객관적인 가치로 자각되었기 때문에 나 자신에게는 아무런 문제가 아니었다. 하지만 생모라서 본능 그대로 귀찮게 말을 해오면 어떻게 할까, 부들부들 떨기 시작했다. 나는 곧 답장을 썼다. 이제 와서 생모에게 돌아갈 생각이 없다는 것, 법률상 허락될 수 없다는 것 등을 역설했다. 하지만 생모는 내가 열심히 설득한 일에는 눈길 한 번 주지 않고, 나는 네가 필요하게 되었다, 나는 너를 만나고 싶다, 같은 지붕 아래에서 살고 싶다, 지금까지 너에게 어머니다운 일을 하지 않았던 것이나 내 마음이 너에게는 절반도 전해지지 않았다는 것이 후회되어 견딜 수가 없다, 나는 얼마나 인정 없는 어머니였던 것인지 하늘의 신에게 기도할 때마다 날카로운 칼로 가슴을 도려내는 것 같다, 나는 이 나이가 되어서야 자식의 고마움을 알게 되었다, 착한 아이이니까 금방 돌아와라, 등의 이야기를 울며 호소해온 것이었다. 나는 마음을 드러낸 이 문면에 감격했다. 생모는 태어난 지 얼마 안 된 영아를 데리고 유랑 여행을 나섰다. 그녀는 세상에 태어난 내가 그녀의 남편을 전혀 닮지 않았기 때문에 간통이 발각되면 사단장의 권한으로 갈가리 찢겼을지도 모른다. 그래서 먼 반도의 서남단으로 도망쳐 행방을 감추었던 것이다. 나는 램프를 켠 어둑한 기차를 타고 여행을 한 일을 기억하고 있으니 그녀의 도피행은 몇 년이나 이어진 것일까. 기차가 터널로 들어가고 램프 등이 꺼지자 나는 필사적으로 울어 젖혔다. 암흑은 내 가슴을 단단히 죄어 질식할 것만 같았다. 맞은편에 있던 아저씨가 성냥을 그어 불을 밝혀 흔들흔들 달래주는 동안에만 나는 울음을 그치고 그 불꽃을 바라보았다. 하지만 불꽃이 꺼지면 다시 가슴이 답답해져 나는 단단히 죄어진 것처럼 울어 젖혔다. 아저씨는 차례로 성냥을 그어 나를 달랬다. 터널이 끝날 때까지 그 일을 되풀이했다. 그 장면의 정경을 확실히 기억하고 있다. 그런데 나는 아직 말을 할 수 없을 때였기 때문에 생후 1년을 좀 지났을 때였을지도 모른다. 그 어두운 밤 어머니는 말을 타고 여행을 하고 있었다. 나는 어머니에게 안겨 말의 방울소리를 듣고 있었다. 오른쪽에 바위산이 병풍처럼 이어지고 초승달이 산 정상에 걸려 있으며 그 모든 것이 요괴처럼 보여 무서웠다. 해변으로 가서 살았다. 얕은 여울 아래는 바위뿐이고 어촌은 다시마 어장이었다. 바위와 바위 사이로 밑을 들여다보면 나락 밑바닥 같아서 현기증이 났다. 앞바다의 작은 섬 위를 갈매기가 이리저리 날고 파도타기를 하며 즐거워하는 젊은이들의 모습이 씩씩했다. 나는 해변에서 가까운 바다에서 헤엄을 치다가 물에 빠졌다. 서둘러 달려온 생모가 미친 듯이 나를 세게 쳤다. 물에 빠져 바닷물을 많이 마셨을 때의 공포보다 흥분해서 고함을 지르며 엄하게 꾸짖는 생모가 훨씬 두려웠다. 나는 실망했다. 내 기대와는 반대되는 생모의 행위가 의심스러웠다. 우리의 마음에 금이 간 것은 그때였다. 그 무렵 생모는 뼈가 앙상하고 키가 큰 남자와 동거하고 있었다. 노름꾼 대장이었는데 생모는 그 남자에게 금은재보를 탕진했다. 도박장에서 심부름꾼이 오면 생모는 아무리 먼 곳이라도 돈을 갖고 남자를 데리러 갔다. 나를 이웃에게 맡기고 며칠이라도 돌아다녔다. 그녀가 돌아오기를 기다리는 다섯 살짜리 아이는 서서히 비뚤어져갔다. 생모는 그 남자로부터 도망치기 위해 가구를 배에 싣고 고도로 도망쳐왔다. 쫓아온 남자는 가구를 때려 부수고 화풀이를 했다. 그녀는 술집을 시작하여 돈을 모으고 협력자를 찾아 기생을 키우고 요릿집 여주인이 되었다. 사단장이었던 전 남편이 죽었을 때 나를 친부에게 넘기고 여자의 본능에 따라 하고 싶은 일을 다 했다는 식의 지금까지 살아온 내력이 슬픈 방랑기를 읽는 듯해서 가슴이 메었다. 그녀의 품에서 떨어졌을 때의 슬픔이나 세상의 나쁜 평판, 학동들에게 첩의 자식, 아비 없는 호래자식이라고 욕을 먹고 이번에는 사생아라고 괴롭힘을 당했던 고통이 선명하게 되살아났다. 그래도 내게는 생모를 원망하는 마음이 없고 오직 자신의 비운을 한탄할 뿐이었다. 나는 생모의 그 편지를 읽으며 울었다. 나는 생모에게 답장을 썼다. 어머니는 지금까지 나에게 당신 마음의 절반도 주지 못했다는 것을 후회하고 그 후회를 만회하려고 지금 다시 나를 되찾겠다고 하지만 그것은 어머니의 멋대로 된 생각일 뿐이다. 나를 괴롭힌다는 사실은 조금도 다르지 않다. 아니, 전보다 더 큰 괴로움에 신음하고 있으니 부디 두 번 다시 그런 말은 하지 마시라. 이렇게 원망하는 말을 써서 보냈다. 답장은 오지 않았다. 나는 안도했지만 방과 후에 운동에 열중할 때에도 문득 생모가 떠오르면 몸에서 힘이 빠지고 말았다. 내가 드디어 생모를 잊었을 무렵 어머니가 다시 편지를 보내왔다. 무슨 일이 있어도 오지 않으면 내가 가겠다. 공산에 가서 그곳 사람들과 담판을 지을 테니 그리 알아라. 나는 부들부들 떨며, 겨울방학에 갈 테니 오지 말라는 답장을 쓰고 안도의 한숨을 내쉬었다. 만나서 내 의지를 강력하게 표명하려고 굳게 결심한 것이다.

생모에게 가지 않으면 안 되는 날이 되었다. 외투를 입고 검은 학생복 안에는 스웨터를 따뜻하게 겹쳐 입었다. 남의 눈에는 행복한 학생처럼 보였을 것이다. 기차는 여전히 시대에 뒤처진 협궤였지만 객차는 개량되어 덜컹거리지 않았다. 경성의 사립학교 학생들과 같은 객차에 탔다. 정鄭이라는 대지주의 아들이 내 옆으로 다가와 빤히 쳐다보며 "이야, 관립학교 학생은 다르구나" 하고 말했다. 여드름이 덕지덕지한 얼굴에는 빈정거리는 웃음기가 있었다. 소학교 때에도 그랬던 난폭한 거동이 경성의 그 사립학교에서 더 심해진 것 같았다. 그는 나를 보기만 하면 첩의 자식, 아비 없는 호래자식이라며 집요하게 뒤를 따라와 욕지거리를 하고 목덜미를 잡았다. 그는 그때의 일을 떠올리고 지금도 뭔가 도발적인 얼굴로 내 위팔을 누르기도 하고 쥐기도 하며 "이야, 세 보이네, 흥" 하고 말했다. 나는 그에게 원한이 있어 언젠가 복수하고 싶다는 마음을 갖고 있었지만 쭉 참고 있었다. 그는 내 외투의 금단추를 집고 고高자를 어루만져보며 학생모를 집어 들고 하얀 세 줄을 가야금 줄처럼 팅팅 퉁기기도 했다. 나는 말을 하지 않고 가만히 있었다. 틈을 엿보며 기회를 노리고 있는 것처럼 보였다. 그는 흥? 하며 학교는 다르지만 역시 경성에 유학하고 있는 동향인들 쪽으로 갔다. 나는 싸움을 하지 않고 끝난 것에 안도했다. 소학교 때는 나보다 머리 하나만큼 키가 크고 힘이 셌던 그가 지금은 나보다 키가 작고 여드름이 덕지덕지했다. 그의 얼굴은 어쩐지 생기가 없었다. 무도武道는 관립학교에만 있기 때문에 그는 야구나 정구를 하고 있겠지만 신체 단련보다는 영화와 여학생 쫓아다니는 데 정신이 팔려 있는 것으로 보였다. 거칠고 난폭한 모습은 내버려두면 점점 심해질 것이므로 더 이상 참을 수 없게 되면 부딪쳐야 한다고 생각하고 있었다. 다시 말해 나는 그의 눈에서 교활함과 두려움을 읽었던 것이다.

하지만 나는 생모를 떠올리면 기세가 꺾였다. 비천함과 상스러움이 나를 비굴하게 만들었다. 정鄭도 서민 계급에 속하고 단지 지주에 지나지 않았다. 아무리 그래도 생모를 경멸할 수 있는 지위에 있기는 했다. 생모가 지금까지보다 지위가 향상되었다고 해도 후처에 지나지 않고 기생 출신인 것에는 변함이 없었다. 나는 생모의 신분에 집착했고 정과 주먹다짐을 한다고 해도 지고 말았을지 모른다.

생모의 그 집은 시가지 서쪽 변두리에 있고 앞쪽에는 무명의 장군총이 있었다. 미나리 밭이 얼음을 뒤집어쓰고 있고, 장군총 왼쪽에 천도교 집회장이 있었다. 고풍스러운 이층 건물이었다. 그녀의 남편은 오십 가량의 수염을 기른 온화한 사람이었다. 한량다운 구석은 손톱만큼도 없고 서민풍이었지만 시장의 중개인 우두머리라는 데서 연상되는 거칠고 사나움은 없었다. 수장 같은 풍모가 부하들의 신망을 얻게 했는지도 몰랐다. 초대면의 인사를 했을 때 우리는 아무런 구애됨이 없이 친해질 수 있었다.

생모는 여느 때와 마찬가지로 미칠 듯이 기뻐하며 눈물을 훔치느라 바쁜 것 같았다. 달콤한 꿀 같은 이 다정함은 결코 이틀을 이어지지 않을 거라고 나는 다소 경계하고 있었다. 하지만 생모의 입김을 맡고 포근한 가슴에 안기자 배꼽으로 연결되어 있던 태아로 돌아간 듯한 기분이 들었다. 최면에라도 걸린 것처럼 꿈을 꾸는 듯한 황홀한 기분이 들지 않을 수 없었다. 생모는 그녀의 새로운 남편을 마음대로 조종하고 있는 듯하며 현상황에 충분히 만족하고 있었다. 그 집은 백미 오십 석 정도의 지주이기도 해서 생활은 유복했다. 생모가 이전에 부렸던 고용인은 한 사람도 없었지만 머슴이 두 명이고 하인과 하녀, 이렇게 네 명이 생모의 명령이 한 번 떨어지기라도 하면 쩔쩔매며 부지런히 움직였다. 불분명한 태도에 고용인들이 생모를 두려워하고 생모의 히스테리와 마주치지 않으려고 조심하는 것이 희미하게 보였다. 생모는 요염한 화장을 그만두었지만 아침저녁으로 팥가루로 문지르는 습관만은 남겨두고 있었다. 은이 상감된 백동의 긴 담뱃대로 담뱃잎에 향료를 섞어 피우는 데 여념이 없었다. 나는 그 끽연이 마음에 걸렸다. 또 하나의 문제는 그녀가 아침저녁으로 하는 신전神前 근행勤行[45]이었다. 신전이라고 해도 벽장의 절반을 신단으로 꾸미고 하얀 장막을 치고 그 안에 보통의 밥상을 놓아두었다. 그 밥상 위에는 하얀 도자기 그릇에 정화수를 떠놓고 그 양쪽에 촛대를 세우고 향로가 있으며 주문을 쓴 소책자가 있었다. 그녀는 향을 피우고 초에 불을 붙였으며 정화수를 향해 여러 번 절을 하고 주문을 외는 것이었다. 천도교의 집회장에서는 이런 의식이 없고 그리스도교와 같은 형식이었지만 가정에서의 이러한 신앙 형식은 진기한 것 같았다. 생모는 내게도 그렇게 하도록 권했지만 나는 따르지 않았다. 그녀는 자신의 신앙이 하늘에 닿고 있다, 그 증거로는 그녀가 기도를 드려 시천주侍天主 조화정영불망만사지造化定永不忘萬事至[45] 운운하며 주문을 외면 정화수가 정확히 둘로 갈라지고 그 갈라진 금이 무지개처럼 일곱 가지 색으로 빛난다며 보라고 했다. 나는 이것도 그리스도교에서 훔친 기적의 하나라고 생각하며 봤다. 그런데 그녀가 한창 기도를 하다가 고개를 번쩍 들고 광성아, 빨리 와서 봐라, 하고 요란하게 소리쳤다. 옆으로 다가가 정화수를 들여다보니 과연 그릇 안에 하얀 한 줄기 광선 같은 것이 물을 둘로 가르는 듯이 보였다. 나는 무조건 그녀에게 동의하며 감동해줄 수가 없었다. 문득 보니 커튼 사이로

---

45 천도교의 주문 중 제자(弟子) 주문의 본(本) 주문에 해당하는 문구. 마지막 至 자는 원래 주문에서는 知 자로 쓴다.

빛이 들어왔다. 그것을 보고 그 빛 탓이라고 말했다. 그러자 그녀는, 그러니까 너를 불효자라고 하는 거야, 라며 크게 화를 냈다. 그리고 커튼을 바짝 당기고 자, 봐봐, 햇빛이 새어들지 않아도 이렇게 무지개가 생기잖아, 한밤중에도 내가 기도만 하면 이렇게 돼, 하며 무서운 기세였다. 나는 거스르지 않는 것이 좋겠다고 생각하여 그것을 묵인했다. 생모의 광신은 여기에 머물지 않았다. 40리쯤 깊은 산속에 살고 있는 여신도로부터 심부름꾼이 와서 생모에게 이렇게 알렸다. 그 여신도가 기도를 올리고 있었더니 문득 하늘의 계시가 있었다. 말씀하시기를, 내일 아침 이 지역에 불덩어리가 쏟아져 지구상의 모든 생물을 태울 것이다. 자신의 집으로 와서 함께 기도를 올리면 살 수 있으니까 당장 오라. 생모는 무척 당황하여 그 여신도의 지시대로 파란 옷으로 온몸을 감싸고 내 머리에 파란 천을 씌우고 함께 가자고 했다. 생모의 남편이 곤혹스러운 얼굴의 나와 눈이 마주쳤을 때 한쪽 눈을 감아보였다. 나는 그에게 웃는 얼굴을 보이며 난감하다는 기색을 드러내며 생모의 뒤를 따라갔다. 산과 고개를 넘고 계곡을 건너 산속 마을로 40리나 들어가는 것은 힘들었다. 해가 지고 차가운 바람이 불고 송풍은 적막을 자아냈다. 산골 마을치고는 상당히 큰 마을로, 그 여신도의 집은 기와지붕이 근사한 집이었다. 얼굴이 상당히 긴 여자로, 파란 옷으로 몸을 감싸고 있었다. 무녀풍으로 눈을 묵직한 듯이 내려뜨리고 앙상한 손가락으로 하늘 저편을 가리키며 어젯밤 저쪽이 갈라지고 천사가 나타났다고 이야기했다. 그 신들린 듯한 음성은 불쾌했지만 생모는 자신만이 선택받아 목숨을 구하다니 이 얼마나 행운인가 하며 울기 시작했다. 근행이 시작되었다. 주문을 외고 백팔 염주를 헤아리며 1천 번 되풀이한다고 했다. 오늘 밤중에 불덩어리가 떨어져 지구가 멸망하는 것을 공상하고 있던 나는 만약 그렇게 된다면 누가 아담과 이브가 되어 이

지구에 자손을 번식시킬까, 하고 생각했다. 손발을 덜덜 떨며 신이 내린 한 노파와 또 한 명의 중년 여인을 보고 있는 중에 나는 무척 불쾌해졌다. 구역질이 날 것 같아 밖으로 뛰쳐나가니 갑자기 노파가 채찍으로 내 머리를 찰싹 때렸다. 나는 자리로 돌아가 몇 개째인가 새로 불을 붙인 촛불을 바라보는 중에 졸음이 쏟아져 꾸벅꾸벅 졸았다.

퍼뜩 눈을 뜨고 지구가 정말 멸망했는지 밖으로 나가 보았지만 달라진 것은 아무것도 없었다. 산에는 소나무가 푸르고 하늘 저편에는 구름이 씻은 듯이 깨끗하게 떠 있었다.

생모는 어젯밤 그녀들 두 사람의 기도가 하늘에 닿아 신이 인간을 벌하는 걸 연기했으니 안심하라고 했다.

요컨대 생모는 광신으로 지금까지 그녀의 오점을 잊으려고 한 것이다. 나는 어머니의 그런 심리적 변화를 인정했다. 자극에서 자극으로 옮겨가며 살아온 어머니는 자극 없이는 살아갈 수가 없다. 온화하고 평온한 이 가정이 어머니를 행복하게 하는 대신 그녀의 마음에 무료함의 앙금을 쌓게 하여 아무것도 아닌 일에 화를 내며 아랫사람을 험하게 욕하기도 하고 남편이 시장에서 가져온 생선이 싱싱하지 않은 것이 거슬려 남편에게 트집을 잡고 히스테리를 부렸다. 내가 온 지 나흘째에 벌써 부부싸움이 시작되었다. 하지만 어머니의 남편이 상대를 해주지 않고 시장으로 돌아가 버렸다. 광신이 없으면 어머니는 이 단조로움을 도저히 견딜 수 없을 것이다.

나는 그런 생모가 경이로웠다. 그때까지 내 마음에 그려진 생모의 모습은 사실이 어떻든 간에 성모와 비슷한 자상한 모성이었다. 하지만 지금의 나는 그런 모성에 눈멀게 되는 일 없이 객관적인 입장을 지킬 수 있었다.

나는 공산으로 돌아간다는 말을 꺼냈다. 그러자 생모는 눈을 삼각형으로 만들고 얼굴에 푸른 불꽃을 드러내며 이렇게 내뱉었다.

"중요한 결혼식이 끝나지 않았잖아."

나는 깜짝 놀랐다. 숨이 막혀 대답도 할 수 없었다.

"결혼식이요! 누구 결혼식이요?"

나는 드디어 이렇게 물었다.

"너 말이야."

어머니는 시원스럽게 대답했다.

"뭐라고요?"

나는 어머니를 쳐다봤다. 어머니의 눈초리가 올라가고 입술이 실룩실룩했다. 나는 흠칫 눈을 내리깔았다.

"네가 나한테 돌아와 주든지, 색시를 얻어 나한테 남겨주든지 둘 중의 하나야. 아니, 아니, 벌써 정했어. 납채[46]는 이미 끝냈고, 읍에서 가장 호화로운 납채라는 평판이더라. 읍내의 금이나 은을 다 그러모아 장신구를 만들었고 부산에서 특별히 주문한 일본 과자도 올 거야."

그녀의 수다는 계속되었다. 하지만 내 귀에는 아무것도 들리지 않는 것이나 마찬가지였다. 공산의 친부와 큰어머니, 조혼의 창피함으로 내 마음은 혼란스럽고 복잡했다. 만약 성에 대한 것이 없었다면 나는 참을 수 있었을지도 몰랐다. 내 마음에는 사내를 껴안고 자는 기생들의 모습이 어른거렸다. 그 더러운 육체의 세계로 들어가는 것이 두려웠다. 왜 그것을 하지 않으면 안 되게 되었을까, 해서 나는 전율했다. 무슨 일이 있어도 그것은 싫었다. 그렇지만 그런 의지를 생모에게 전할 수가 없었다.

---

46   납채 : 전통 혼인의 의례 단계 중 하나. 신랑 측에서는 중매쟁이를 통해 신부 측에 구두로 청혼을 하면, 신부 측의 허락을 받은 후 다시 서식을 갖추어 납채서를 작성하여 함에 넣는다. 그리고 보에 싼 함을 사자를 통해 신부 측에 보낸다.

내가 잠자코 있는 것을 승낙이라고 짐작하고 어머니는 분노를 거두었다. 내가 반대할 것을 예상한 어머니는 내게 비밀로 결혼식 날을 미리 정해놓고 나서 오도록 한 것이었다. 나는 그때 전날의 천지개벽이 실현되었다면 좋았을 거라고 생각했다. 그날에는 생모조차 이 결혼에 대해 잊고 있는 것 같았다.

나는 어머니의 눈을 피해 정거장으로 가려고 했다. 하지만 고용인들에게 사전에 일러두었는지 나는 붙잡히고 말았다.

어머니 남편의 부하들 중 한 사람에게 혼기를 놓친 딸이 있었다. 나이는 스무 살이었다. 미모가 뛰어나다는 평판이었는데 까다롭게 고르다보니 혼기를 놓쳤다고 한다. 나보다 네 살이나 많은 여자다. 나는 우울했다. 그녀 곁으로 가서 맞을지도 모른다는 불안도 있었다. 나는 두려움과 혐오감으로 몸도 마음도 우울했다. 하지만 나는 문 밖으로 한 발짝도 나갈 수 없어 공산에 연락할 수도 없었다. 드디어 그날이 찾아왔다. 나는 관인의 복장으로 꽃가마에 태워졌다. 그 뒤에 말을 탄 생모의 남편이 들러리로 따라왔다. 고용인이 가마 전후좌우를 지키고 있었다. 읍내 중심부를 빠져나가 동쪽 끝의 그 집에 도착했다. 마당이 넓은 반농가풍의 집에는 손님이 잔뜩 모여 있었다. 입구에서 가마를 내린 나는 거기에 준비된 멍석 위에 섰다. 그러자 재를 싼 돌멩이가 날아와 내 관모와 관복에 맞아 재투성이가 되었다. 그러자 식순을 진행하는 사람이 가서 재를 던지고 있는 젊은이들을 제지했다. 악마를 쫓는 의식이 끝난 것이다. 재투성이가 된 내 옷을 털어주고 나를 데리고 멍석을 깐 통로를 지나 제단 앞으로 갔다. 여러 가지 색으로 장식된 제단도 눈부시지만 병풍 주위로 우르르 몰려와 나를 들여다보려는 수많은 여성들과 그 자리를 가득 메우고 있는 남자들의 훈김으로 나는 눈이 팽팽 도는 것 같았다. 한문으로 쓰인 식순을 낭독

하고 제신祭神에 고해 올리고 내게 동서남의 신들에게 배례를 하게 했다. 나는 반쯤 의식을 잃고 시중드는 사람의 손에 지탱되고 있었다. 이윽고 여성들이 웅성거리고 금박이 들어간 화관을 쓰고 적사청사赤紗靑紗의 베일을 쓴 신부가 나타났다. 키가 컸다. 그 순간 나는 조그맣고 볼품없는 자신이 부끄러웠다. 나는 마음을 다잡고 신부를 보려고 했다. 그것은 마치 남의 신부를 바라보는 듯한 데면데면한 마음이었다. 하지만 베일 너머의 얼굴은 분명하지 않았다. 병풍 바로 옆에 있는 여성이 느닷없이 말했다. 어머, 저렇게 신부의 얼굴을 빤히 쳐다보고 있어, 어이가 없네, 이 신랑은 아주 뻔뻔한걸. 나는 흠칫 눈을 내리깔았다. 식순을 낭독하는 사람이 신부에게 나를 향해 두 번 배례를 하게 하고 내게 답례를 한 번 하게 했다. 술잔이 교환되고 식은 끝났다. 나는 방으로 안내되어 관복을 벗고 의식의 공물이 산처럼 쌓여 있는 밥상 앞에 앉혀졌다. 병풍을 등지고 하루 종일 혼자 우두커니 앉아 있었다. 시중을 드는 친척이 옆으로 와도 아무런 도움이 되지 않았다. 쉴 새 없이 갈마들며 여성들이 나를 들여다보러 방 앞에 나타나 웃기도 하고 서로 찌르기도 했다. 이 집에 기쁨이 흘러넘치고 대접하는 술에 취한 손님들의 웃음소리가 마당에 가득 찼다.

길고 긴 하루였다. 드디어 해가 지고 손님들이 돌아가고 가까운 친척들만 남았다. 시시각각 그 시간이 다가오는구나, 하고 생각하니 나는 가슴이 단단히 조이는 것 같았다. 어떡하지, 어떡하지, 하고 열심히 생각했다. 졸렸다. 정신적 피로가 갑자기 몰려와 아무렇게나 드러누워 자도 좋다고 말해주면 얼마나 좋을까. 촛불이 켜졌다. 생모가 끈덕지게 내게 주의한 그 촛불이라고 생각했다. 자기 전에 촛불을 끄는 거야. 절대 입으로 불어서 끄면 안 된다. 악마가 몰래 들어온다고 하니까. 부채가 있을 테니까 꼭 그것으로 꺼야 해. 과연 촛대 아래에 부채가 있었다. 부채로 끄고 자자, 아아 졸려, 하고 나는 생각했다. 시중드는 청년이 이불을 꺼내 깔아주었다. 나는 누웠다. 그가 껄껄 웃기 시작했다. 신부가 오고 나서 자는 겁니다. 나는 창피해서 일어났다. 옆은 마루고 그 건너편 방에 신부가 있는 모양이었다. 마루가 시끄러워졌다. 잠자리를 펴준 시중드는 청년과 또 한 명의 여성이 신부를 억지로 밀어서 데려왔다. 하지만 신부는 이 방으로 들어오는 것을 싫어하며 맹렬히 거부했다. 시중드는 청년이 힘을 주어 신부를 방 입구까지 밀고 왔지만 신부는 잽싸게 팔을 뻗어 상인방을 잡고 버텼다. 이 신부는 힘이 센데! 하고 시중드는 사람이 땀을 뚝뚝 흘리며 분투하기 시작했다. 이윽고 힘이 다한 신부는 방 안으로 밀려서 들어오고 문이 닫혔다. 그녀는 문 앞에서 나를 등지고 쭈그리고 앉아 가만히 있었다. 빨간 비단옷을 확 펼치고 있는 탓에 몸집이 무척 커 보였다. 나는 이제 그녀를 관찰할 여유가 전혀 없었다. 어떻게든 의식을 끝내고 한시라도 빨리 자고 싶었다. 생모의 목소리가 들려왔다. 첫날밤에 신부를 제 것으로 만들지 못하면 웃음거리가 되는 거야. 하지만 도저히 그걸 할 수 없으면 제일 겉에 입은 치마라도 벗겨야 해. 만약 그것도 못하겠다면 끈이라도 풀어. 나는 입술이 말랐다. 심장이 방망이질치는 것 같았다. 그녀 옆으로 살짝 무릎걸음으로 다가갔으나 숨이 막혔다. 치마로 손을 가져갔지만 후들후들 떨리기 시작했다. 촛불의 불꽃이 자꾸만 춤을 추기 시작했다. 빨리 끄라고 한다. 우물쭈물하고 있는 사이에 시간이 지났다. 모두가 밖에서 미닫이문에 구멍을 내고 그 틈으로 들여다보고 있었다. 이건 치욕이다. 어떻게든 하지 않으면 안 된다. 나는 다급해져 신부 옆으로 가서 치마에 손을 댔다. 전기의자를 만지러 가도 이렇게 두렵지는 않을 것이다. 이성이 이렇게 두려운 존재라고는 미처 생각하지 못했다. 갑자기 손을 뻗어 치마끈을 찾았다. 손이 그녀의 가슴께로 갔다. 그녀가 잽싸게 내 손을 뿌리치고 끈의 매듭을 단단히 쥐었다. 도저히 대적할 수 없다고 생각하며 나는 단념했다. 어쩔 수 없다. 촛불이나 끄고 자자! 아무튼 졸렸다. 나는 촛대 쪽으로 가서 부채를 들고 한 번 부쳤다. 불꽃이 핏 소리를 내며 꺼졌다. 나는 안도하고 잠자리로 갔다. 드러눕자 곧 의식을 잃은 듯이 잠에 빠져들었다.

눈을 떴다. 아침이었다. 아무도 없었다. 바깥에서는 수런거리고 있었다. 어제에 이어진 축하주에 취한 젊은이들이 모여들어 신랑이 일어나기를 기다리고 있었다. 나는 세수를 하고 식사를 마쳤다. 그러자 마루에서 의식이 시작되었다. 다시 말해 젊은이들이 재판관이고 피고인 나를 끌어내 어젯밤의 첫 잠자리의 자초지종을 심문하는 것이었다. 그리고 그것을 실연해 보이라고 했다. 하지만 내가 치마끈도 풀지 못했다는 것은 그들이 두 눈으로 똑똑히 본 것이다. 그 관례가 시작된 이래 가장 덤덤한 놀이가 되었다. 내가 벌금으로 돈 10원을 내는 것으로 끝났다.

그날 생모의 집으로 돌아왔다. 어머니를 축하하러 온 여성 손님은 대체로 종래의 화류계 여자들로, 요란한 수다는 언제까지고 계속되었다. 그녀들은 도련님, 어젯밤에는 남자가 되었지요, 맛이 어땠는지 말 좀 해봐요, 하고 내게 말했다. 여자의 맛! 그 말을 들었을 때 어떻게 된 건지 나는 구역질이 날 것 같았다. 웩웩 하는 나에게 생모가 달려와 등을 문지르며 약이다, 물이다, 하며 허둥댔다. 아마 피곤해서 그럴 거야, 생모가 모두에게 말하자 그렇게 피곤할 만큼 맛을 본 거군, 부럽구먼, 하하하, 웃으며 흥겨워했다. 나는 위장이 뒤집어진 것처럼 토했다.

중병인처럼 축 늘어진 나를 생모는 여러 가지로 신경을 써주었다. 어머니는 나를 알고 있는 것이다. 이 아이는 그것을 싫어해, 옛날부터 그랬으니까, 하고 동료에게 말했다. 그녀가 남자와 자는 것을 무심코 보고 심하게 꾸중을 들었던 그날 나는 열을 내며 자리에 누웠다. 그때의 혐오는 서로 기억하고 있지만 아무도 그것을 이해할 수 없었다.

나는 간병해주고 있는 생모에게 제발 공산으로 돌아가게 해달라고 부탁했다. 그녀는 얼굴이 새파래지며 기어코 가겠다면 내 가슴을 칼로 찌르고 가라고 했다. 나는 맥이 탁 풀렸다.

그 이튿날은 신부가 이 집으로 와서 시어머니와 대면하는 의식이 있었다. 그것이 끝난 후 내가 바래다주러 가고 그날 밤은 거기서 잔다. 그러고 나서 길일을 택해 이쪽으로 시집을 오는 것이다. 대체로 1년 후가 되겠지만 생모는 그렇게 기다릴 수 없으니 석 달로 할 생각이었다.

나는 신부를 데려가는 의식이 끝나면 공산으로 돌아가고 싶다고 생모에게 간청했다. 그녀는 그때 봐서 생각해보겠다고 대답했다. 나는 그녀의 진의를 그날에는 몰랐지만 곧 이해했다.

신부와 시어머니의 대면 의식이 끝나고 그녀를 데려다주러 간 날 밤이었다. 장모님이 정성껏 돌봐주었다. 그 정에 붙들려 그길로 돌아간다는 말을 꺼낼 수 없었다. 하룻밤은 묵지 않으면 안 된다고 여겨졌기 때문이다. 예의 그 방에서 나는 먼저 누웠다. 촛대의 불은 환하게 타오르고 있었다. 살짝 문이 열리고 신부가 들어왔다. 나는 일어나 앉았다. 그녀는 힐끗 나를 쳐다봤다. 눈동자가 반짝 빛났다. 볼이 도톰하고 모양 좋고 귀여운 입술이었다. 아름다운 사람이라고 생각하며 나는 눈을 내리깔았다. 전날 밤과 같은 전율은 사라졌지만 뭔가 정체를 알 수 없는 불안이 고개를 쳐들었다. 나는 다시 호흡이 곤란해지고 얼굴이 붉어졌다. 어떻게 해야 좋을지 몰라 손이 미세하게 떨렸다. 그녀가 바로 내 옆으로 와서 앉아 내가 뭔가 해주기를 기다리는 것 같았다. 하지만 나는 말을 할 수 없었고 손발이 굳어버린 채였다.

침묵이 에워쌌다. 촛불이 춤추고 거기서 뭔가 소리가 나는 것 같았다.

나는 힐끗 그녀를 봤다. 그녀도 나를 봤기 때문에 눈이 딱 하는 소리를 내는 듯이 시선이 마주쳤다.

어쩔 도리가 없는 답답한 시간이 흘렀다.

나는 진홍으로 물든 작약화 무늬가 있는 그녀의 저고리 문양을 보았다. 불타는 듯한 빨강이고, 그녀의 얼굴도 빨갛게 물들어 있었다. 하지만 역시 말을 붙일 수 없었다.

난감해하고 있으니 그녀가 앉은 자세를 고쳤다. 치맛자락 사이로 하얀 버선이 힐끗 보였다. 그 발부리에 소녀의 천진난만함이 있어 나는 마음이 좀 가벼워졌다. 여러 벌이나 껴입어 뚱뚱해진 그녀의 뒷모습은 나이보다 어른스럽게 보여 누님이나 아주머니와 함께 있는 것 같았다. 그래서 무심코 손을 댔다가는 혼이 날 것 같았다. 게다가 내게는 그녀의 살갗에 손을 대고 싶은 마음이 전혀 없었다. 내 육체 어딘가에서 묘한 호기심이 눈을 떴다고 해도 그것은 찬물을 끼얹은 것처럼 쓰윽 사라지고 말았다.

"자요."

문득 그녀가 말했다.

나는 안도했다.

'이제 살았다.'

하고 그때 생각했다.

나는 돌연 말했다.

"이름이 뭔가요?"

그녀가 불쑥 나를 향하고,

"저요?"

하고 물끄러미 나를 보았다.

나는 퍼뜩 고개를 숙였다.

"예."

나는 대답했다.

"제 이름은 귀향貴香이라고 해요."

그녀의 목소리는 무척 부드러웠다.

"귀하다는 귀자에 향기 향?"

나는 편해져서 술술 말했다.

"맞아요."

그녀는 또렷이 대답했다.

"당신 이름은 알고 있어요. 빛나는光 별星이라고 쓰지요?"

"예, 이상한 이름이죠?"

"아뇨, 귀여운 이름이에요."

나는 굉장히 기뻤다.

"당신 이름도 좋아요."

"그래요? 하지만 저는 별로 좋아하지 않아요. 향이라는 글자가요."

"왜요?"

"기생이 자주 쓰잖아요."

나는 앗 하고 생각했다. 생모가 무척 신경 쓰이기 시작했다.

화제가 다시 끊길 것 같았다.

"늦었어요. 자요."

그녀가 말했다.

나는 불쑥 그녀 쪽으로 손을 뻗어 치마끈을 찾았다. 내 손이 부들부들 떨렸다.

"됐어요……. 제가 풀게요. 아주 단단히 묶여 있어요. 제가 아니면 풀

수 없도록 해두었거든요."

나는 손을 빼고 기다렸다.

그녀는 스스로 끈을 풀고 겉옷을 벗어 머리맡에 두었다. 그 속에는 또 몇 벌이나 입고 있었지만 상체만은 얇은 것 하나만 남았다. 가슴이 부드 럽게 부풀어 하얀 살갗이 비쳐 보였다.

"자, 머리를 여기에 올리세요."

함께 베는 긴 베개의 한쪽을 손으로 두드리며 내게 지시했다. 나는 말 하는 대로 거기에 머리를 올리고 누웠다. 여자 냄새가 숨 막히듯이 풍겨 왔다. 나는 현기증이 났다. 그녀는 슬쩍 내 손을 잡아 자기 가슴에 댔다. 나는 머리를 베개에서 내려 그녀의 가슴에 얼굴을 묻었다. 푹신하고 부드 러운 살갗이 얼굴에 닿아 달콤한 냄새에 넋을 잃었다. 생모의 앙상한 가 슴이 떠올랐다. 내가 생모의 젖을 먹은 것은 아주 잠시였다. 부드럽게 부 풀어 오른 가슴에 매달려 있는 아기가 부러워 견딜 수가 없었다. 나는 그 것을 떠올리고 있었다. 지금 나는 부드럽게 부푼 가슴에 얼굴을 묻고 있 다고 생각하니 기분이 좋았다. 나는 즐거운 꿈을 꾸는 마음으로 잤다. 긴 꿈의 나라였지만 나는 문득 정신을 차렸다. 불덩어리처럼 뜨거운 살갗에 닿은, 모든 것이 용해될 것 같은, 한없이 불타는 듯한 정욕이 나타났다가 불꽃처럼 순식간에 사라졌다. 나는 다시 잠들었다. 눈을 뜨자 베개 아래 에서 나만 자고 있었다.

나는 남이 보면 저절로 얼굴이 빨개졌다. 꿈인지 생시인지 확실치 않게 남아 있는 기억이 달빛처럼 내 마음에 있었다. 그것은 가슴 감촉만이 아 니었다. 나는 장모님이 만류하는 대로 하룻밤 더 그곳에서 지냈다. 전날 밤보다 선명한 기억이 내게 남았다. 파도처럼 밀려왔다가 물러가고 다 타 버린 그것은 무엇일까, 하는 생각이 나를 따라다녔다.

생모의 집으로 돌아갔다. 생모가 툇마루로 나와 나를 가만히 쳐다봤다. 눈동자가 살피듯이 나를 봤다. 나는 퍼뜩 눈을 돌리고 얼굴이 빨개졌다. 생모는 모든 것을 알아채고 가슴을 쓸어내리며 손바닥을 뒤집듯이 쾌활해졌다. 인삼을 달이고 닭을 삶았다. 소의 위장에서 짜낸 액체로 만든 국물을 마시게 했다. 그 모성은 한이 없는 것 같아서 나를 꿈꾸는 기분으로 만들었다.

이튿날 나는 공산으로 돌아가는 걸 허락받았다. 여름방학까지는 반드시 돌아올 거라는 약속을 하고 나서였다.

정거장으로 갔다. 경성으로 돌아가는 유학생들이 좁은 대합실에서 스토브에 석탄을 넣기도 하고 개찰구의 출입구를 타고 넘기도 하고 뛰기도 하며 장난을 치고 있었다.

그들을 본 순간 나는 꿈에서 깨어났다. 내가 당치도 않는 세계에 침윤해 있었던 것 같은 기분이 들었다. 거기에 있는 그들과 내가 얼마나 달라졌는지 선명하게 보였다. 나는 두 번 다시 동정童貞의 세계로 돌아갈 수 없는 것이다. 나는 자신의 육체가 부식해가는 듯한 기분이 들었다. 스포츠로 단련한 몸의 세포가 모두 마비된 것 같았다. 아아, 나는 이제 틀렸다고 생각하기도 하고, 단숨에 늙어버린 우라시마 다로[47] 이야기가 자신의 몸에서 일어난 것이라고 믿기도 했다.

---

47   浦島太郎. 일본 각지에 존재하는 용궁 신화이자 동화다. 우라시마 다로라는 젊은 어부가 아이들에게 괴롭힘을 당하고 있는 거북이를 도와줘 바다로 돌려보내 주었다. 다음날 거대한 거북이가 그에게 나타나 그가 구해준 거북이가 용왕의 딸이며 용왕이 그에게 감사하고 싶어 한다고 해서 다로는 용궁에 가서 용왕과 공주를 만난다. 다로는 그곳에서 며칠 머문다. 공주는 무슨 일이 있어도 절대 열어보지 말라며 이상한 상자 하나를 준다. 바깥은 이미 300년이 지난 후였고 그의 집과 어머니는 모두 사라지고 없었다. 슬픔에 빠진 다로는 별 생각 없이 공주가 준 상자를 열어보았는데 그 안에서 하얀 구름이 나와 다로를 늙게 만들었다.

여드름투성이지만 올 때보다 훨씬 영양이 좋아진 정(鄭)이 한쪽 구석에 위축되어 있는 나를 발견하고 히죽히죽 웃으며 다가왔다. 야, 각시를 얻었다며? 여자란 어떤 맛이야? 좋았어? 에헤헤헤, 하며 모두에게 들리도록 말했다. 그들이 와 하고 나를 에워싸고 웃기 시작했다. 나는 더욱 얼굴이 빨개져 움츠러들었다. 아무리 놀림을 받아도 말대답도, 그 어떤 대응도 할 수 없을 것 같았다. 정은 집요하게 내게 심술을 부리며 덤벼들어도 내게는 완력이 없었다. 비굴하게도 놀림만 받고 있을 뿐이었다. 정은 이것 보라는 듯이 내 팔을 잡고 일으켜 세우더니 밭다리후리기로 나를 내던졌다. 나는 간신히 버티며 추한 꼴을 보였다.

기차에 탔다. 작은 기관차가 헐떡거리며 달렸다. 언덕이었다. 승객이 내려 뒤에서 민 적이 있다는 경사가 급한 언덕이었다. 기관차가 헐떡이고 객차는 기어가는 듯했다. 정 일행은 지면으로 뛰어내려 앞의 객차까지 달려가 뛰어오르고 그 객차에서 내려 뒤 객차로 와서 올라타기도 하고 객차에 손을 대고 밀어 올리는 흉내를 내며 심하게 장난을 쳤다. 일본인 차장이 그것을 보고 이 녀석들, 하고 고함을 질렀다. 그들은 거미 새끼처럼 흩어져 객차로 뛰어올라 좌석으로 돌아갔다. 나는 그들의 욕지거리가 부러웠다. 얌전히 있는 나는 벌써 노쇠하여 힘없는 저 기관차처럼 되었다고 한탄했다. 내 마음에 언뜻 귀향의 모습이 비쳤다. 꿈속의 그림자처럼 희미한 기억이었지만 그것을 알았다는 기억만은 선명하게 마음에 새겨져 있었다. 맛있는 과일을 먹고 맛 자체는 잊어도 먹었다는 사실은 잊을 수 없는 것처럼. 금단의 과일을 먹었다는 후회가 내 마음을 좀먹기 시작했다.

공산에 도착했다. 아버지는 씁쓸한 얼굴로 바깥을 향했다. 큰어머니의 얼굴에는 미소가 사라지고 지르퉁한 얼굴을 하고 있었다. 그들의 얼굴을 보자 나는 다시 그것을 떠올렸다. 그들은 편지를 통해 모든 일을 알고 있었다.

나는 그 기억이 있는 한 구원받을 수 없을 것 같았다. 동급생 중에 조혼한 학생이 있고 야구부에서 활동하고 있는데 그 학생의 얼굴이 특별히 누렇고 혈색이 안 좋은 것이 마음에 걸렸다. 그는 공산시 사람이어서 혈색이 안 좋은 그 얼굴을 볼 때마다 그 기억이 되살아났다. 그 학생은 외야수였는데 자주 공을 놓치기도 하고 삼진을 당하기도 했다. 그때마다 심술 궂은 학생이 야, 이 자식, 어젯밤에도 각시를 안고 잔 거지, 하고 고함을 질렀다. 그런 말을 들어도 그 학생은 태평한 얼굴을 하고 있었지만 나는 덜컥 얼굴을 붉혔다. 아무도 내가 조혼한 일을 아직 모르고 있지만 곧 들어서 알게 될 거라고 생각하니 우울해졌다. 이제 그 기억은 내게 지긋지긋한 일이 되었다.

나는 공중목욕탕에 가서 뜨거운 욕조의 물을 떠서 몸에 끼얹었다. 아침 일찍 일어나 얼음을 깨고 길어놓은 물을 끼얹었다. 세포가 깜짝 놀랄수록 내 육체는 소생하는 것 같았기 때문이다.

급한 언덕을 단숨에 뛰어오르거나 이제 더 이상 달릴 수 없을 만큼 먼 거리 마라톤을 하며 되도록 육체를 괴롭혔다. 유도의 한중寒中 연습이 있는 것이 무엇보다 기뻤다. 강해보이는 놈들 하고만 붙으며 땀을 흘렸다.

봄방학이 끝나고 신학기가 시작되었다. 나는 계속해서 급장에 임명되어 반의 지도자가 되었다. 생모가 보낸 편지가 와서 돌아오라고 했다. 그 것은 나를 급장의 위치에서 끌어내리는 듯한 착각을 주었다. 나는 생모를 증오했다. 내게 지긋지긋한 그 기억을 준 장본인이기 때문이다.

여름방학이 찾아왔다. 다시 생모에게서 편지가 왔지만 나는 완강히 움직이지 않았다. 여름방학이 끝나고 시원한 바람이 불기 시작한 무렵 의외의 사건을 알게 되었다. 귀향이 아이를 낳았다는 것이다. 나는 확 불타는 듯한 수치심을 느꼈다. 친부나 큰어머니는 어쨌든 첫 손자가 태어난 것이라며 축하를 했다. 그것이 또 내 마음에 말뚝을 박아 나를 괴롭혔다. 정말 따분한 학창 생활이 이어졌다. 2학기 성적은 1등에서 3등으로 뚝 떨어졌다. 나는 자포자기 상태가 되려고 했다.

겨울이 다가왔을 무렵, 생모가 또 의외의 사실을 알려왔다. 태어난 아이가 폐렴으로 죽었다는 것이다. 큰어머니가 나를 위로해주었다. 너는 아직 어리니까 슬퍼할 일이 아니야. 나는 안도했다. 슬프기는커녕 오히려 아주 기뻤다. 그리고 죽은 아이가 죽을 때 얼마나 힘들었을지 생각하고 기뻐한 자신이 큰 죄를 지은 것처럼 여겨졌다. 죄의식과 악마의 환희에 괴로웠지만 나는 마음을 놓고 안도하는 기분을 이길 수 없었다.

겨울방학이 끝나가려는 날, 나는 경성으로 전학을 가는 친구를 배웅하려고 정거장에 갔다. 급행이 출발하고 얼마 지나지 않아 이 열차와 연계되었을 고도에서 오는 협궤열차가 30분이나 연착했다. 그곳 플랫폼을 헐레벌떡 달려와 낙담하는 승객들 중에 사립학교 교복을 입은 학생들이 있었다. 세 명 일행인 그들은 플랫폼에 멍하니 서 있었는데 역무원의 주의를 받고 출구 쪽으로 걸어왔다. 그중에 정이 있었다. 나는 흠칫 시선을 돌렸지만 그에게 들키고 말았다.

야, 그가 나를 불러 세웠다. 나는 움직이지 못하고 서 있었다. 출구에서 나온 정의 얼굴이 아주 기쁜 듯이 웃고 있었다. 그것은 빈정거림과 야유와 심술궂음으로 흘러넘치고 있었다. 히죽거리며 멀리서 사람을 경멸하는 얼굴이었다. 그가 옆으로 왔다.

"야, 너, 모르고 있는 거야?"

그는 내 어깨를 톡 두드렸다. 두드렸다기보다는 때린 것 같은 통증이 어깨에 남았다.

나는 무슨 말인지 몰라 멍하니 서 있었다. 아마 아이가 죽은 일일 거라고 생각했다.

"야, 너, 알고 있지?"

그는 다시 내 어깨를 때렸다.

다른 두 명이 껄껄 웃었다.

나는 멍하니 있었다. 수치심이 내 마음을 가로막아 다른 것을 생각할 여유가 없었다.

"알고 있는 거야, 모르는 거야, 어느 쪽이야, 응?"

그는 얼굴을 붉히며 내게 덤벼드는 것처럼 어깨를 쿡 찔렀다.

그렇게 찌르는 방식이 너무나도 사람을 얕보는 것이었다. 예전부터 완력으로는 자신을 당하지 못할 거라고 믿고 있는 뻔뻔스러움이 느껴졌다. 나는 발끈하여,

"뭘?"

하고 말했다.

"에헤헤헤, 너, 알고 있구나. 이 얼간이 같은 놈! 마누라를 남한테 빼앗기고 기뻐하고 있기는."

헤헤헤 웃고 있는 그와 멍하니 있는 나를 사람들이 괴상한 듯이 쳐다보며 지나갔다. 다른 두 명은 이봐, 적당히 해, 하고 정을 쿡쿡 찔렀지만 정이 끈덕지게 그걸 물고 늘어졌기 때문에 그 두 사람은 대합실 쪽으로 갔다.

"……"

나는 멍하니 있었다.

"바보 같은 놈. 너는 처음부터 남의 고물을 받은 거야. 그 여자는 용모만 괜찮은 게 아니었어. 연애편지를 주고받고 남자를 만드는 것도 아주

뛰어났다는 거지. 고도에서는 그 아이도 그 남자 아이라는 소문이 쫙 퍼졌잖아. 그렇지? 잘 생각해봐, 손꼽아 헤아려보라고."

나는 현기증이 났다. 혐오감이 일었다. 이런 때는 구역질이 난다. 나는 그것을 눌러 참으려고 했다. 그러자 정이 굉장히 미워졌다. 어렸을 때부터 괴롭힘을 당하기만 한 원한이 치밀어 올랐다. 복수심이 이글이글 타올랐다. 그리고 귀향의 가슴을 닿던 감촉이 되살아나고 달콤한 냄새가 떠올랐다. 무엇보다 타오르는 듯한 그 살갗이 기억에 떠올랐다. 그 살갗이나 그 비밀이 남의 것이었다는 사실이 이상한 슬픔이 되었다. 질투가 아니었다. 원통함과 비애가 하나가 되어 마음을 억눌렀다.

나는 정을 쳐다보았다. 지금 내 마음을 억누르는 모든 것이 그에 대한 원한 같은 것이 되었다. 나는 자기도 모르게 낮지만 빠른 말투로 말했다.

"따라와."

정은 어안이 벙벙한 것 같았다. 불을 뿜을 듯한 내 눈빛을 보고 놀란 것 같았다.

"뭐라고?"

그는 내 진의를 의심했다.

"따라 오라고."

나는 저력 있는 목소리로 말했다.

"뭐?"

정은 드디어 이해했다. 격분하여 이렇게 소리치고,

"붙어보겠다? 좋지"

하며 트렁크를 땅바닥에 내려놓았다.

"사람들이 보는 데서는 안 해."

나는 움직이지 않고 말했다.

"어디든 좋아, 가자."

그는 고압적으로 말했다.

나는 걷기 시작했다. 그는 트렁크를 들고 따라왔다. 나는 아무것도 보이지 않았다. 트럭, 버스, 짐수레와 자전거로 북적거리는 길이었지만 아무것도 보이지 않았다. 건널목을 건너 칠성정七星町 쪽으로 똑바로 걸었다.

"아직이야?"

뒤에서 물었다.

나는 묵묵히 걸었다.

이윽고 강가의 모래밭이 나왔다. 나는 돌아보았다. 그는 트렁크를 내던지고 외투를 벗었다. 나도 외투를 벗었다. 윗옷을 벗고 모자를 던졌다.

후우! 정은 숨을 크게 내쉬었다. 나는 두 손을 벌리고 그를 기다렸다. 그는 주먹을 쥐고 가슴 위에서 모았다. 권투로군, 하고 나는 그의 주먹을 봤다. 나는 어디까지나 유도로 나가자. 내 피는 타오르고 오체가 떨렸다. 증오심이 일었다. 갈가리 찢어주겠다고 생각했다.

그가 잽싸게 덤벼들었다. 주먹이 내 안면을 때려 눈에서 불꽃이 일었다. 그것이 장렬한 투지를 타오르게 했다. 코피가 터졌다. 그는 내 안면을 난타하며 쾌감을 느꼈다. 나는 정신을 잃었다. 다만 원한이 뜨거운 불처럼 타올랐다. 나는 그의 주먹을 피하고 그의 품으로 뛰어들었다. 나는 자신이 무엇을 했는지 기억할 수 없었다. 오랫동안의 원한과 복수, 비애와 구토가 나를 괴롭혔다. 정신을 차리고 보니 우리는 자갈밭 위에 쓰러져 있었다. 나는 그의 목을 조르고 있었다. 오른쪽 팔이 뱀처럼 그의 목에 파고들어 있었다. 그의 목을 비스듬히 안고 왼쪽 방향으로 새우처럼 다리를 구부린 내게 그는 자신의 다리를 걸려고 발버둥치며 한 손으로 내 등을 때리고 있었다. 필사적으로 버둥거리는 그에게 나는 집요하게 물고 늘어지며 조르고 있는 팔에 조금씩 힘을 주었다. 긴 시간이 흐른 것 같았다. 다시 정신을 차리고 보니 그는 뻗은 채 움직이지 않았다. 아주 조용했다. 그의 목을 감고 있던 오른쪽 팔을 풀려고 했지만 굳어진 뼈가 말을 듣지 않았다. 왼손을 움직일 수 있어서 나는 반신을 일으키고 오른쪽 팔을 도와 그의 목에서 풀었다. 나는 일어나서 왼손으로 오른쪽 팔을 안듯이 하며 그를 보았다. 그는 죽은 듯이 가만히 있었다. 여드름이 난 얼굴이 새파래졌다. 가슴이 고동치고 있었다. 나는 복수의 쾌감을 맛볼 수 있을까, 하며 스스로를 보았다. 하지만 이제 그런 것은 없었다. 사생아를 낳은 여자가 나를 응시하고 있었다.

멀리서 정의 일행이 오는 것이 보였다. 나는 준비를 하고 떠났다. 숲속으로 갔다. 나는 그 안으로 몸을 던졌다. 아무것도 생각할 수 없었다. 구름이 나무들 위로 흘러가는 게 보였다.

사생아인가! 나는 정의 말을 흉내 냈다. 나는 자신에게 그 말을 하고 있었다. 똑같은 일이 내게도 다시 한 번 일어난 것이 신기하다는 생각이 들었다. 그것은 아주 수상하고 불쾌한 쾌감을 주었다. 하지만 그것이 지나자 나는 구역질을 느끼고 고개를 숙이자 위에서 오물이 나왔다. 그것은 누런 액체였다. 다 토해도 구역질은 그치지 않았다. 나는 오랫동안 그곳에서 괴로워했다.

우울한 나날이 이어졌다. 뇌수가 항상 미열을 띠고 안개가 낀 것 같았다. 책을 읽는 것이 어쩐지 나른하고 교사가 강의를 하고 있는데도 전혀 귀에 들어오지 않았다. 종이 울린 것도 모르고, 교사가 분필갑을 출석부 위에 가지런히 챙겨 교탁 앞에 직립한 채 학생들의 경례를 기다리고 있는데도 나는 멍하니 있었다. 옆에 있는 학생들이 내게 자꾸 눈짓을 했다. 조그만 소리로 주의를 주었다. 그것을 알고 나는 흠칫 정신을 차리고 기립, 하고 말했다. 괴상한 소리였으므로 학생들이 킥킥 웃었다. 경례엣, 나는 다시 소리쳤다. 교사가 의아한 얼굴로 나를 힐끗 보며 나갔다. 나만 지명하여 읽게 하고 해석을 시키는 영어 제2독본 교사가 있었다. 그는 여느 때처럼 나를 지명했지만 나는 예습을 하지 않아서 어떻게 발음해야 좋을지 몰라 허둥거리고 이따금 막혔다. 해석은 횡설수설이었다. 교사들 사이에 문제가 되었다. 도쿄 토박이라는 것이 자랑인 영작 교사가 신경쇠약일지 모르니까 의사의 진단을 받아보라며 걱정해주었다.

나는 운동에서 멀어졌고 산과 들을 돌아다니며 시집을 읽기 시작했다. 시가 간신히 나를 위로했다. 나는 명작을 흉내내봤다. 시가 쉽게 쓰여 하루에 스무 편이나 쓰는 날도 있었다. 대시인이 되는 것은 쉬운 일인 것 같은 기분이 들었고, 난독과 난작을 해서 고민에서 해방될 것 같았다.

하지만 불쾌한 추억이 그 밑에서 구름처럼 일어났다. 그것은 저주할 만한 금기였지만 그것에 져서 기진맥진했다.

나는 숲속에서 아앗 하고 목소리를 짜내 소리쳤다. 한없는 들판을 언제까지고 걷고 싶은 욕망에 사로잡혀 언덕을 넘고 계곡을 건너고 막다른 산에 오르고 계곡물에 뛰어들기도 했다. 뭔가 엉뚱한 일을 해보고 싶었다. 우울이 짙은 안개처럼 내 가슴을 막았다. 들국화 사이에서 살찐 뱀을 발견하고 죽였다. 잔인하게 머리를 돌로 내리치고 괴로워하며 꿈틀거리는 긴 뱀의 배에 돌을 던져 산더미처럼 높이 쌓아올렸다. 끔찍하다고 생각했지만 쾌감이 내 내장에 스며들어 머리가 개운했다.

우리 학급에 갑자기 동맹 휴학이 시작되었다. 마르크스나 엥겔스의 저작을 읽고 있던 몇몇 학생이 중심이 되어, 다른 학생이나 학급이 따라오지 않아도 우리 반만이라도 하자는 말을 꺼냈다. 그것이 많은 학생들을 이끌어 우리는 동맹 휴학에 들어갔다.

그 상대는 체육 교사였다. O라는 규슈 출신의 사람으로 소학교 교원 출신이었다. 소학교 교원이 우리 학교 같은 관립학교에 취임한 것 자체가 굉장한 모욕이었다. 자격 있는 체육 교사를 찾을 때까지 임시로 부임했다는 말을 미리 퍼뜨렸기 때문에 우리는 참고 있었던 것이다. 우리는 계급 평등사상을 옳다고 생각했지만 그 이면에는 사대주의적인 부분이 있어서 교장이나 교감이 도쿄제국대학 출신이라는 것을 긍지로 삼고 있었다. 서른 몇 명이 있는 교수가 모두 제국대학 출신이라면 더욱 좋았겠지만 도쿄와 히로시마의 고등사범 출신이 그 다음이고, 사립대학의 고등사범부 출신은 경시했다. 조선인 교수는 둘밖에 없었지만 이들도 고등사범 출신이고 양반 출신으로 의젓했다. 대부분 도쿄나 긴토關東 지방 출신의 교수들은 모두 교양이 있고 고상해서 우리 양반의 취미와 잘 맞았다. 그런데 이 O는 소학교 교원 출신이고 나쁜 조건이 여러 가지나 있었다. 먼저 풍채가 심히 안 좋아 보였다. 키는 150센티미터가 안 되는 정도여서 징병검사도 통과하지 못했다. 머리가 완전한 대머리여서 그 반짝이는 머리를 보는 것이 불쾌했다. 그는 체육 모자를 깊숙이 써서 대머리를 감추고 다리를 팔자로 벌려 키가 작은 것을 보완하려고 하고 대체로 160센티미터 이상인 학생과 어깨를 나란히 하지 않도록 주의했다. 하지만 그의 신체적 결점은 어쩔 도리가 없었다. 그는 융통성 없이 고지식하게 체육을 가르쳐 그 꼼꼼함으로 학생들의 호감을 얻으려고 했다. 그것은 내게 다소 눈물겹게 보였다. 나는 학생들을 정렬시켜 구령을 하고 출석을 체크하고 그 앞으로 가서 똑바로 선 채 복창을 했다. 그런 때 내 등 뒤에서 그를 경멸하여 키득키득 웃거나 들으라는 듯이 난쟁이라거나 대머리라고 수군거리는 급우의 수군거림이 그의 귀에 들어가지 않도록 특별히 큰 목소리로 출석 ×명, 결석 ×명, 기타 이상 무, 하고 소리쳤다. 내게는 그를 동정하는 마음이 있었던 것이다. 하지만 그 동정만으로는 도저히 그의 입장을 좋게 해줄 수 없는 것이 있었다. 그는 자신이 인기가 없는 것을 어떻게든 만회하고 싶어 초조해한 나머지 우스꽝스러운 말을 하여 우리를 웃기려고 했다. 그것은 저속하고 추잡한 것뿐이었다. 예끼, 이놈. 남대문이 열렸잖아. 이봐, 거기, 거시기 큰 놈, 불룩해졌네. 조혼한 야구부원이 야무지지 못한 자세를 취했을 때 너는 어젯밤에도 했지? 그 꼴을 보면 알 수 있어, 하고 규슈 사투리가 섞인 아주 자극적인 단어로 말했다. 우리는 웃었다. 그는 우쭐하여 그때부터 그 수법을 썼다. 우리는 유림 분야의 교양이 세포 구석구석까지 스며들어 있었기 때문에 그의 언동이 이상하게 천해 보였다. 우리는 특히 천민이라는 별명을 붙였지만 머지않아 천한 주전자로 바뀌었다. 불쾌감을 금할 수 없었지만 우리는 그럭저럭 견디고 있었다.

그런데 그런 그가 학생을 구타한 것이다. 평형대를 도저히 넘을 수 없는, 신체가 가장 빈약하고 발육이 부진한 그 학생은 나도 호감을 가질 수 없었다. 빈정거리는 것이 능숙했던 것이다. 내가 차렷 하고 구령을 해도 그 학생만 꾸물거리고 있었다. 내가 화를 내자 그 새끼 원숭이 같은 얼굴에 빈정거리는 웃음을 참으며 투덜거렸다. 나도 가끔 새끼 원숭이를 때리고 싶다고 생각한 적이 있었기 때문에 O가 화를 낸 것은 어쩔 수 없었다. 넘을 수 있어, 없어? O는 격분했다. 새끼 원숭이는 평형대 아래에 서서 아무런 대꾸도 없이 가만히 있었다. 몇 번이나 똑같은 것을 되풀이했다. 나는 가만히 보고 있을 수가 없어 야, 뭐라고 대답 좀 해, 하고 말했다. 새끼 원숭이는 완전히 우리^와나를 무시했다. 그러자 O가 냉큼 달려가 바보 같은 놈, 대답은 해야지, 하며 딱 하고 때렸다. 나는 통쾌했다. O는 나라는 자기편이 있었기 때문에 지금까지 누르고 눌러왔던 굴욕감과 울분을 그 일격으로 터뜨린 것이다. 하지만 기세가 올라 탁 때린 것이 조금 지나쳤다. 학생들이 분개했다. 교실로 돌아갔을 때 좌익 비밀독서회에 출입하고 있던 학생이 모두에게 연설을 했다. 학생들은 지금까지의 불쾌감을 폭발시켜 O 교사의 퇴직 결의문에 서명했다. O 개인에 대한 불쾌감에다 민족 감정이 작용했던 것이다.

나는 난처한 입장에 있다는 것을 자각했다. 나는 새끼 원숭이 사건에 관한 한 O를 동정했다. 그러므로 이 동맹 휴학은 불순하다고 말하고 싶었다. 하지만 많은 학생들은 동맹 휴학으로 기울었고, 참가하지 않는 사람을 배반자라고 했다. 연판장은 가장 먼저 내게 왔다. 맑시스트가 내게 말했다. 너는 급장이야, 너부터 해야지. 나는 서명하고 지문을 찍었다. 지문을 찍을 때 내 마음에 끼어 있는 마魔가 고개를 쳐들었다. 나를 괴롭히고 있는 그 지긋지긋한 기억이었다. 신은 나를 저주스러운 것으로 낳게 했고, 게다가 저주해야 할 운명까지 짊어지게 했다. 나는 반항하지 않을 수 없었다. 그 반항이 이 동맹 휴학에 편승한 것이다.

내가 연판장에 서명했으므로 전원이 참가했다.

우리는 다음 날부터 산사나 삼림 속에서 비밀 회합을 가지며 학교 측과 대립했다. 교사가 설득하러 왔다. 비밀로 한 장소인데도 학교 측에 곧바로 누설되었다. 스파이가 있었다. 나는 그 스파이가 굉장히 미웠다. 스파이 짓을 할 거라면 왜 처음부터 반대하지 않았단 말인가. 나는 화가 나서 완전히 동맹 휴학의 주모자가 되어버렸다.

하지만 우리는 졌다. 학교 측이 주모자 열 명에게 퇴학 또는 무기정학 처분을 내리고 잔류자는 등교하라는 통지문을 각자에게 보냈다. 그랬더니 다른 학생들 전원이 등교하고 말았다. 스파이는 똑바로 보고한 것인지, 학교 측에서는 진짜 리더와 주요 찬성자를 구별했다. 나는 무기정학 쪽에 포함되었다.

산야를 돌아다니는 일이 다시 시작되었다. 내게는 비통한 쾌감이라고 할 만한 것이 있었다. 하지만 그 쾌감은 그리 오래 지속되지 못했다. 들은 시들고 산은 소나무를 남기고 벌거숭이가 되어 지면을 드러냈다. 북풍이 송풍을 만들고 쓸쓸함이 내 마음을 한층 죄었다. 무기정학은 언제 풀릴지 짐작할 수가 없고, 설령 풀린다고 해도 2학기 성적은 제로일 것이다. 나는 초조했다. 괴로움의 배출구가 생모를 향했다. 나는 편지를 써서 내게 이런 고뇌를 준 것은 그녀라고 악담을 퍼부었다. 사생아를 낳은 그 여자를 쫓아내라고 아우성치는 듯한 문장으로 말해주었다. 그러자 즉각 생모로부터 답장이 왔다. 너는 누군가의 중상을 진실로 받아들인 것 같은데 그런 일은 없었다. 당시 읍내에 그런 소문이 돌았던 것 같은데 나는 화가 나서 입이 가벼운 몇 명의 여자들과도 싸움을 했다. 생각해봐라. 그것은 모두 내가 윤택한 생활을 하는 것이 샘나서 견딜 수 없는 악당들이 벌인 짓이고 네가 남자로서 능력이 없다고 업신여긴 욕설인 것이다. 남의 소문을 믿고 나도 얼떨결에 며느리를 내쫓을 뻔했지만, 만약 그렇게 했다면 남의 소문을 그대로 받아들이는 것이고 중상모략에 지는 일이 아니겠느냐. 나는 단연코 심술궂은 세상 사람들과 싸우고 그것이 단순한 중상이었다는 것의 증거를 놈들에게 들이대 주었다. 다들 내가 며느리를 내쫓을 거라고 생각했지만 짐작이 틀려 그들은 낙담하고 있다. 그래서 지금은 반대로 며느리의 결백을 믿게 되었다. 태어난 아이는 너를 닮았고 이미 죽어버린 게 아니냐. 이제 와서 그것을 들춰내는 것은 당치 않은 일이다. 두 번 다시 그런 말을 하면 용서하지 않을 것이다.

생모는 세상 사람들에게 지고 싶지 않았던 것이다. 자신의 체면을 더럽히고 싶지 않았기 때문에 얼버무려 넘긴 것이다. 나는 이렇게 생각했다. 그녀의 억지가 어쩐지 무섭게 느껴졌다.

학교에서 3학기 초에 등교해도 좋다는 통지가 왔다. 나는 안도했지만 뒤틀린 마음이 내 근성을 바꿔놓았다. 등교는 했지만 지금까지처럼 공부할 마음이 들지 않았다. 무엇보다 O 교사와 얼굴을 마주하는 것이 거북했다. 나는 아직 급장이었기 때문에 어쩔 수 없이 그와 말을 하지 않으면 안 되었다. 그는 나를 노려보며 노골적으로 혐오감을 드러냈다. 그는 어느 날 내가 부추겨서 학생을 때린 거라고 생각했고, 나는 그에게 동정하는 마음을 갖고 있었지만, 나를 원망하는 것은 도리에 맞지 않다고 생각했다.

다른 교사는 나를 동정해주었다. 나는 조금씩 성적을 만회했다. 학년 말에는 2등의 성적으로 5학년에 진급했다. 하지만 지금까지 7등에서 10등 사이에 있던 학생이, 우등생이 열 명이나 정학을 당하고 퇴학을 당한 틈을 이용하여 수석이 되어 급장이 된 일이 나는 불쾌했다. 나는 그에게 경쟁의식을 느껴 경멸하기도 하고 질투하기도 했다. 하지만 새로운 학년이 되어 1학기에 앞지르려고 생각했지만 할 수 없었다. O가 내게 체육 점수로 병丙을 주었기 때문이다. 또 음악이나 도공圖工이라는, 우등생에게는 특별히 좋은 점수를 주게 되어 있던 교사나 수신을 담당한 교감 등이 내게 나쁜 점수를 주었기 때문이다. 나는 체육 수업을 빼먹고 교정 구석의 연못 부근에 숨어 시집을 읽거나 했기 때문에 O에게 나쁜 점수를 받아도 불평을 할 수 없었지만 종래에도 내게 그다지 호의를 갖지 않았던 교사가 일제히 나를 백안시하는 것에는 견딜 수가 없었다. 다시 말해 나는 전과자였던 것이다.

나는 금지되어 있는 영화를 보게 되었다. 들키면 퇴학을 당하는 일품 요릿집에 가서 여자 종업원을 상대로 우동을 먹었다. 헌팅캡을 쓰고 위장하여 영화관에서 나온 나를 O가 붙잡아 다시 문제가 되었다. 나는 교무실에서 몇 명의 교사로부터 주먹으로 맞았다. 나는 이제 공부 따위는 하지 않겠다고 결심했다.

큰어머니에게는 이를 미안하게 생각했다. 그녀는 내가 천재인 것처럼 부인네들에게 자랑하고 출세할 것이라고 믿고 있었다.

그녀는 여름 무렵부터 쇠약해지기 시작하여 가을에는 자리에 눕고 말았다. 진찰을 받고 위암이라는 것을 알았지만 백약이 무효인 상태였다. 이 나라 병사病死의 80퍼센트 이상이 위장 때문이었다.

겨울이 깊어졌을 때 마른 나무처럼 야윈 그녀는 주의 부름을 받고 떠났다. 나는 슬퍼서 울었다. 하지만 마음 깊은 곳에서 올라와 창자가 찢기는 듯한 슬픔이 아니라는 것을 의식하고 그것을 부끄럽게 생각했다. 아무리 잘해주어도 남의 자식이었던 것이다.

장례식이 끝날 무렵 생모 쪽에서도 그 후 남편이 병사했다는 소식을 전해왔다. 그로부터 얼마 안 되어 친부와 생모가 결혼하게 되었다는 사실을 알게 되었다. 그들 두 사람은 그것을 기뻐하며 큰어머니가 죽기를 기다린 듯한 모습이었다. 나는 생모가 그 며느리를 데리고 들어왔기 때문에 마음이 진정되지 않는 날을 보냈다. 학년말 성적은 좋지 않았고, 졸업식장에서는 당연히 전체 학생의 대표로 감사의 말을 했을 자신이 어떤 상도 받지 못하고 위 일동一同 안에 들어간 것에 대해 굴욕감을 느꼈다. 졸업생의 3분의 1은 경성제국대학이나 일본 내지의 상급학교로 진학했다. 나는 동맹 휴학으로 퇴학 처분을 받은 이들의 동료가 되었다. 아나키스트나 볼셰비키, 다다이스트나 데카다니스트, 살친당殺親黨이나 조혼타도회, 자유연애 그룹이나 종교박멸운동, 갖가지 잡다한 사상이나 행동대가 우후죽순처럼 생겨났다. 나는 그 전부에 공명하여 모든 그룹의 사람들과 어깨를 겼었다. 진홍색 루바시카를 입은 채 통나무 같은 벚나무 지팡이를 휘

두르고 혁명가연하며 돌아다녔다. 노동회관이 우리의 공동 집회장이었고 아나키스트와 볼셰비키가 걸쩍지근하게 논쟁하고 다다이스트와 데카당니스트가 드잡이를 했다. 하지만 우리는 민족 해방이라는 것으로 금세 악수하고 혁명 기생의 집으로 가서 기생이 한턱내는 술을 마셨다. 단발한 그 여자는 아나키스트 미남을 연인으로 두고, 기생은 아니지만 로자 룩셈부르크를 자처하는 여학생이 조혼하여 처자가 있는 볼셰비키와 동거를 하는 등 흐트러진 분위기를 자아냈다. 하지만 우리는 그 부정한 것에 흥분했다. 분위기에 휩쓸린 사상운동기의 폐해에 빠져 있는 것이 마음에 걸렸다. 아무리 이런 것을 해봐도 민족 독립은 고사하고 노동자나 빈농의 해방 같은 건 생각할 수도 없다는 회의가 들었다. 우리는 대부분 스무 살이 될동말동한 청소년이었고, 모두가 프티부르주아지 출신의 인텔리였다. 그리고 그 80퍼센트가 조혼자로 구식이었다. 연상의 아내와 이혼하기 위해 부모와 투쟁하고 부모의 재산을 자유롭게 쓰고 싶은 욕망에서 살친당을 만들었다. 그들의 입에서 나오는 말이나 표면적인 행동은 훌륭한 것처럼 보였지만 그 뒤에는 성의 자유에 대한 동경이 있었다. 나는 그것을 혐오했다. 나는 자신의 행동을 반성했다. 민족의 본능은 절반 이하이고, 사실은 생모와 귀향에 대한 불만이 평소 행동의 주체인데도 그것과 대결하지 않는 것은 거짓이라고 생각했다. 기분 운동에 깊이 들어가 타락한 생활을 하고 있는 동안 나는 가끔 학문에서 점점 버림을 받을 거라는 심한 회오의 감정이 일어 번민했다. 학교의 마지막 학년을 실패하고 지금 또 1년여를 쓸데없이 보낸 일의 근본 원인과 단절하지 않으면 안 되었다. 그 무렵 특고 경찰의 탄압을 받은 일이 있었다. 볼셰비키는 공산당 지하 활동이라는 명목으로, 아나키스트는 총독부 고관 폭살 음모 혐의로 모두 검거되었던 것이다. 다다이스트 등은 방치되었지만 그 두 사건이 날조

된 것임을 알고 있는 우리는 당국의 음모가 언제 우리의 신변에 미칠지 몰라 전율했다. 나는 생모와 대결하려고 결심했다. 그녀의 격렬한 기질에 압도되어 말할 수 없었던 것을 그녀에게 알린 것이다. 어머니, 제가 그렇게 걱정된다면 부디 제 말을 들어주세요. 제가 이렇게 타락한 것은 원인이 있습니다. 아내입니다. 저는 싫습니다. 아무런 애정도 가질 수 없습니다. 조혼이 싫어 견딜 수가 없습니다. 아무쪼록 그 사람과 이혼하게 해주세요. 그렇게 해주시면 저는 뭐든지 어머니 말씀대로 하겠습니다. 입에서 신물이 날 만큼 이렇게 비굴하게, 그리고 조리를 세워 부탁하면 모성의 자애로움으로 그래, 그렇게까지 너를 불행하게 했다면 생각해보자, 하는 식으로 대답해주면 얼마나 좋을까 생각하며 장황하게 설득했다. 생모는 담뱃대에 담배를 넣어 천천히 피우며 잠자코 듣고 있었다. 위엄을 부리며 안색 하나 바꾸지 않았다. 이미 갱년기에 들어선 그녀는 야위었고 살갗에 얼룩이 생겼으며 색기 대신에 남자처럼 뼈대가 드러나 탐욕스러운 욕망의 포로가 되어 있었다. 나는 그 얼굴을 주뼛주뼛 살피며 내가 얼마나 불행한지를 역설했다. 그리고 어머니, 부탁합니다, 하며 생모에게 애원했다. 그러자 그녀는 담뱃대로 놋쇠 재떨이를 탕탕 두드려 찌꺼기를 떨고 말했다.

"농담을 하면 곤란하지. 바보 같은 말 좀 작작 해라. 부모가 정해준 본처한테 박정하게 굴거나 이혼을 하는 자는 한강의 여울도 건널 수 없다는 말이 전해지고 있지. 당장 천벌이 내려 불의의 재앙으로 죽는 거야. 너는 불량한 동료가 불쌍한 아내를 내쫓고 매음부 같은 품행이 안 좋은 여학생과 밀통해서 결혼하는 것이 부러워서 그런 생각을 하게 되었겠지만, 봐라, 그놈들은 다 감옥에 갔잖아! 나는 고소하다고 생각해. 흥! 그놈들은 그것만이 아니야. 나이 들어 편하게 죽을 수 있을 것 같아? 나는 그런 말을 듣지 못했다. 듣지를 못했다고. 한마디도 듣지 못했어."

샤먼과 유교와 천도교에서 나온 이러저러한 금기를 입 밖에 내며 나를 매도하며 저주했다. 나는 어이가 없었고 격분했다. 살친당의 기염이 가슴을 쑤셨다. 그녀는 자신의 과거를 제쳐놓고 있었다. 자신의 죄를 망각하고 있었다. 나는 생모에게 말을 한 이후 처음으로 반항과 험담으로 대꾸했다.

"그 사람은 어머니의 아내가 아니에요. 제 인생에 관련된 일입니다. 그걸 착각하지 말아주세요. 어머니도 남자를 몇 사람이나 갈아치웠잖아요. 싫어졌다는 이유로요. 암내가 심해서 견딜 수 없다는 이유로 하룻밤 사이에 헤어진 남자도 있었잖아요."

나는 다소 지나친 말을 했다고 생각했다. 그러자 그녀는 아악 하고 소리치며 내게 덤벼들었다. 나는 도망쳤다. 그러자 그녀는 툇마루 기둥에 자신의 머리를 통통 부딪쳤다. 귀향이 뛰어나왔다. 하녀가 놀라서 주인을 껴안았다. 아버지가 사랑에서 나와 탄식했다. 그는 먼 옛날 의중에 있는 사람과 부부가 되었지만 천박한 말을 아무렇지 않게 내뱉고 그리스도교와는 어울리지 않는 행동에 질렸으며 무엇보다 금전욕이 심해서 대립하고 낭비벽이 있는 그녀에게 이 집의 재산이 다 날아가는 것이 아닐까 해서 돈주머니의 끈을 단단히 죄었다. 그것이 또 그녀의 마음에 들지 않아 언쟁을 하고 지금은 사랑방과 안방으로 헤어져 말 그대로 별거 생활을 하며 적처럼 말도 하지 않고 있었던 것이다.

생모는 두개골에 상처를 내며 기절하여 자리에 드러누웠다. 중병인처럼 끙끙 앓아 집 안이 상가喪家 분위기에 휩싸였다. 흰 머리띠를 하고 과장되게 신음을 하여 주위 사람들에게 공포를 주었고, 그 정신적 불쾌함으로 적을 항복시켰다. 술집 여주인들이 즐겨 쓰는 수법이다.

귀향은 시어머니에게 약이다, 영양제다, 하며 마음을 다해 시중을 들었다. 생모는 며칠이고 드러누워 있었고, 귀향은 진심을 다해 간병을 했다. 하루 종일 시어머니에게 매달려 있지 않으면 금세 여자의 벼락이 떨어졌다. 귀향은 뱀에게 삼켜진 듯이 자신을 잃어버리고 있었다. 그것이 그녀의 습성처럼 되었다. 나는 식을 올린 그 며칠간 그녀가 아가씨답게 발랄했던 것을 꿈처럼 떠올리고 젊음을 잃어가는 그녀를 가엾게 생각했다. 생모가 귀향의 생기를 다 소모시켜버린 것이다.

용케 며칠이나 계속해서 꾀병을 부릴 수 있다며 나는 기가 막혔지만, 생모는 자신이 병이 들겠다고 생각하면 언제든지 중병인처럼 될 수 있었다. 그녀의 육체에는 병독이 깃들고 성욕의 낭비로 뼈도 근육도 부식되고 있었다. 그것을 약과 영양제로 견디고 있는 것이다. 하지만 옆 사람에게는 그녀의 꾀병이 정말 심하게 보여 아주 신물이 났다.

어느 날 나는 귀향이 약을 달이고 있는 것을 봤다. 부글부글 달여서 풀뿌리가 김을 내며 코를 찌르는 듯한 냄새를 풍기고 있고, 그 옆에서 멍하니 뭔가 생각에 잠겨 있었다. 감색 치마에 흰 저고리, 머리는 흐트러져 있었다. 스물여섯 살의 젊음이 내게는 젊게 보이지 않았다. 생모의 노예라고 생각했다. 그때 그녀를 생모로부터 해방시키는 것이 하나의 의무 같다는 생각이 들었다. 나는 안방 쪽으로 가서 그녀를 별채의 방으로 오도록 손짓을 했다. 귀향은 내가 손짓하는 것이 기뻐서 볼이 일시에 환해졌다. 나는 마음이 아팠다. 하지만 말하지 않으면 안 되었다.

"당신도 고생하고 있네요."

나는 말했다. 귀향은 1미터쯤 떨어진 곳에 앉았다. 얼굴을 밖으로 향하고 마당을 보고 있었다. 볼은 포동포동하고 얼굴에는 분을 바르지 않았지만 충분히 아름다웠다. 하지만 아무리 봐도 누님이나 이모로 보였다. 나보다 다섯이나 여섯 살 어린 여자라야 젊게 보인다. 그녀는 자신에게 어울리는 사람과 맺어졌으면 좋았을 텐데. 그녀의 아버지는 그녀가 마음에 두고 있는 사람에게 시집보내지 않고 중매인과의 의리에 얽매여 내 생모에게 보냈던 것이다. 그리고 지금은 그도 중매인도 이 세상을 떠나고 없었다. 희생이 된 여자만이 여기에 남아 있었다.

"어머니는 옛날부터 그랬어요. 최근에야 그걸 알았거든요. 어렸을 때는 어머니라면 누구나 다 그런 거라고 생각했지만요."

그러자 귀향이 입을 열었다.

"저는 친정어머니가 화를 내는 걸 본 적이 없어요. 고도의 집에서 처음으로 그런 일을 당했을 때는 간이 떨어지는 줄 알았어요."

나는 깜짝 놀라는 그녀의 모습을 충분히 상상할 수 있었다. 미친개처럼 나에게만 집착하는 생모의 모습도 보였다.

"잘 견디고 있네요."

나는 서먹서먹하게 말했다.

"저는 여러 번 친정으로 돌아가려고 했어요. 하지만 그 때마다 기절하시는걸요."

약간 부은 듯한 귀향의 눈꺼풀이 내려가고 눈물이 똑 떨어졌다.

"도망치면 돼요. 지금이라도. 이런 생활을 언제까지 참을 생각이에요?"

"하지만…… 그래도 어머님은 자상한 데가 있어요. 그런 뒤에는 손바닥을 뒤집듯이 저를 예뻐해 주세요. 다른 사람은 바랄 수도 없는 유행하는 옷도 지어주시고요. 인정에 매여서 그만……."

"그러면 곤란해요. 나도 언제까지 이렇게 있을 수 없어요. 벌써 스물두 살이고, 타락하기만 할 뿐이니까요."

"그럼 어떻게 하라는 건데요?"

"이혼이지요."

"……"

그녀는 조용히 나를 쳐다봤다. 원망이 복받쳤다.

"애정 없는 결혼은 무의미해요."

나는 못을 박듯이 말했다.

"저도 그렇게 생각해요. 하지만 어머님은, 당신이 나이가 들면 반드시 저를 사랑하게 될 테니까 기다리라고……."

"사랑할 수 없어요. 절대 사랑할 수 없어요. 당신과 저는 나이 차가 너무 많아요. 나는 지금 정확히 열여덟 살 정도의 여자를 바라거든요. 게다가 당신 같은 구식 여자는 질색이에요."

나는 토해내듯이 말했다.

"……"

그녀는 고개를 숙였다. 코를 풀기 위해 수건을 찾았다. 나는 내 것을 빌려주었다. 눈물을 훔치고 있는 그녀가 아주 가련하게 보여 가슴이 멨다.

나는 이제 아무 말도 할 수 없을 것 같았다. 잔인해질 수 없었다. 잠시후 그녀가 말했다. 목소리가 눈물에 젖어 떨리기 시작했다.

"저는 돌아갈 집이 없어요. 어머니도 돌아가시고 친정은 이제 동생 것이 되었거든요. 하루 벌어 하루 먹고사는 동생 집으로 돌아가 제가 어떻게 살아갈 수 있겠어요. 친구한테도, 친척한테도 제대로 얼굴을 들 수가 없잖아요. 저는 이제 시집을 왔을 때의 제가 아니에요. 처녀 시절의 저를 알고 있는 사람이 저를 보면 깜짝 놀라며 말해요. 왜 이렇게 야위었느냐고요. 저는 야위었고 늙어버렸어요. 당신 어머님께 영혼을 빼앗기고 말았어요. 저는 이 집의 귀신이 될 때까지 살지 않으면 안 돼요. 저는 아무것도 불복할 수 없으니까 이대로 가만히 계셔주세요. 당신이 뭘 하든 저는 절대, 절대 불평하지 않을 테니까요."

마지막까지 다 말하지도 못하고 그녀는 울며 쓰러지고 말았다.

나는 이제 싸울 상대가 없어진 것처럼 멍한 상태로 지냈다. 나만 귀향을 사랑할 수 있다면 모든 게 행복해질 것 같기도 했다.

어느 날 생모가 긴 담뱃대를 뚝 부러뜨리고 재떨이를 신문지에 싸서 선반에 넣는 것을 보았다. 어떻게 된 거냐고 물으니 담배를 끊었다고 했다. 놀라운 일이었다. 그녀에게 교회 여성들이 전도하러 왔다. 아버지가 뒤에서 조종한 것인지도 몰랐다. 벌써 몇 번이나 와서 성서의 가르침을 전한 듯 그녀들은 구면인 사이였다. 집을 비우고 친구와 놀기만 하던 내게는 새로운 발견이었다. 그녀들은 생모를 에워싸듯이 동그랗게 앉아 찬송가를 부르기 시작했다. 그중 두 사람은 살짝 가락이 맞지 않게 노래했다. 가락이 맞지 않은 그 노랫소리가 어딘가 먼 옛날에 무척 익숙한 노래를 연상시켰다. 뭐지, 하고 잊어버린 그 노래를 떠올리려고 하고 있으니 모두의 노래에 맞춰 생모가 노래하기 시작했다. 그것이 또 가락을 벗어났고 멋대로 반음을 넣어 장음의 가락이 되기도 했다. 그리고 생모의 가락이 벗어난 것과 다른 두 사람의 맞지 않은 가락이 딱 맞아 세 명 대 다른 세 명의 이부 합창처럼 되었다. 생모가 흥에 겨워 손으로 무릎을 치며 박자를 맞췄다. 그러자 다른 두 사람 역시 손으로 넓적다리를 치기 시작했다.

아하, 하고 나는 깨달았다. 생모가 노래하는 가락은 기생이 노래하는 그 낡은 형식의 가요이고, 손으로 넓적다리를 치는 것은 장구를 치는 그 손놀림이었다.

나는 웃음을 터뜨리고 싶었지만 금세 얼굴이 붉어졌다. 수치심으로 얼굴을 들 수 없는 기분이었다. 거기서 물장사 출신의 여자를 보고 무척 창피했던 것이다.

생모는 누가 뭐라고 해도 그리스도교 같은 건 믿을 생각이 들지 않았다. 하지만 거기에 온 두 명의 선배가 기생이었던 이야기나 첩이었던 경험이 있다는 이야기를 하며 생모 앞에서 참회했다. 지금은 신의 손에 구원을 받았고, 구원을 받고 보니 얼마나 마음이 편해졌는지를 늘어놓아 생모의 공감을 불러일으켰다. 여염집 부인에게 없는 여러 가지 거동이나 웃음소리 등 기생 동료에게만 통하는 뭔가가 생모에게 딱 맞아 선배의 말이 그녀의 마음에 침투했던 것이다.

그리고 또 한 가지, 생모는 그녀들에게 나에 대해 털어놓았다. 사회주의자 그룹에 가담한 일에 대한 슬픔을 호소한 것이다. 그러므로 선배들은 우선 당신이 신앙을 가지고 신에게 기도를 올리면 아드님도 분명히 개심할 거라고 설득한 것이 그녀에게 신앙을 준 주된 동기였다.

생모는 반 년 후 돈독한 신자가 되어 이른 아침부터 기도를 하고 맞지도 않은 가락으로 찬송가를 부르며 전도 부인이나 동년배와 함께 전도를 하러 다니게 되었다. 그리고 귀향에게도 교회에 다니게 하고 신교육을 받지 않은 여성을 위해 만든 야학에 다니며 일본어와 영어를 배우게 했다. 그렇게 함으로써 내가 귀향을 사랑할 수 있도록 했다.

그것은 일단 우리 집에 평화를 가져다주었다. 부부싸움은 적어지고 생모의 말에서 기생 시절의 추잡함이 줄었으며 자신의 감정을 억제하려는 노력이 나타났다.

나는 생모가 이렇게 되는 것을 무척 바랐던 옛날 일을 떠올리며 감개무량했다. 생모가 나의 희망대로 되었는데도 내가 무신론자가 되어 교회에서 멀어진 것을 가책했다.

아버지가 뇌일혈로 돌아가셨다. 큰어머니의 4주기가 지난 무렵이었다. 아버지는 내게 유서를 남겼다. 조부와 증조부 묘의 관리를 잘 하도록 여러 곳에 있는 토지의 유래와 그곳 소작인의 버릇, 그 소작인 중에는 큰어머니의 먼 친척도 있는데 원래는 그 사람의 소유지를 아버지가 매수한 것이고, 구두 계약으로 영대소작永代小作[48]을 한 것이니 소작권을 빼앗지 말라는 식의 주의 사항이었다. 별지에 한시가 들어간 수상隨想이 쓰여 있었는데 꿀단지에 떨어진 개미가 찾아다닌 꿀을 만난 환희와 이윽고 그 꿀의 독에 중독되어 죽는다는 것이 노래되어 있었다. 처음에는 그것이 그 자신의 체험에서 나온 이야기일까, 하고 생각했다. 생모의 독기에 중독되어 죽는 그 자신을 풍자한 것처럼 해석되었기 때문이다. 하지만 그것은 내가 초혼한 사람을 배척하고 새로운 여성을 구하고 있는 것에 대한 교훈이라는 사실을 알고 다소 싫어졌다. 장례식은 수백 명의 참석자와 함께 성대하게 치러졌다. 상여나 매장이나 묘는 모두 유교식이고 의식은 그리스도교의 목사가 주관하여 탈 없이 진행되었다. 나는 상주로서의 의무를 다했다. 우리는 부자 사이의 아기자기한 애정은 끝내 가질 수 없었지만 삼강오륜으로서 의리의 정은 충분히 느꼈다. 나는 큰어머니의 경우와 마찬가지로 그의 죽음을 단장의 심정으로 슬퍼할 수 없는 것을 참회했다. 하지만 그의 입장에서 보면 내가 상주로서의 의무를 다한 것에 안심하고 저세상으로 떠났을지도 몰랐다.

생모는 다소 득의양양했다. 두 명의 남편이 차례로 죽어주어 상당한 자산을 자유롭게 쓸 수 있게 된 것을 행운이라고 생각하는 듯했다. 저번 남편으로부터 얻은 재산은 그녀의 의상과 약값으로 대부분 다 쓰고, 남은 것은 교회에 기부하여 목사들을 기쁘게 했다. 그리고 권찰 부인으로 뽑혀 점차 교회의 중추부에 들어갔다. 수중에 돈이 부족해진 무렵부터 아버지

---

48 구민법(舊民法)에서 20~50년의 기간을 정하여 소작료를 지불하고 다른 사람의 토지를 경작하던 일.

와의 다툼이 끊이지 않았는데 그것도 아버지의 갑작스러운 죽음으로 해결되었다.

나는 아버지의 유언을 지켜 소작인을 소중히 여겼지만 생모는 큰어머니의 친척인 소작인이 추석과 연말 선물도 하지 않은 일이나 사전 조사하러 갔을 때의 태도가 건방졌다는 것이나 소작료로 내는 쌀이 부족했던 이유를 들어 잘라버렸다. 나는 그녀와 다투고, 그녀가 입으로는 그리스도를 말하고 손에는 칼을 들었다며 그 모순을 공격했다. 그녀는, 너는 빨갱이라 그런 말을 한다며 입정 사납게 욕을 퍼부었다.

나는 아버지로부터 무거운 임무를 떠맡아 3주기까지 제사와 조상의 분묘 관리를 하지 않을 수 없기 때문에 이 집에서 해방되지 못한다는 것을 알았다. 나는 생모를 쫓아내려는 생각은 추호도 하지 않았고 그것이 가능할 리도 없었으므로 나는 귀향이로 만족하지 않으면 안 되었다. 나는 깊은 체념 아래 자신이 살아갈 길을 찾았다.

나는 뜻을 세우고 계획적으로 공부하기로 결심했다.

아버지의 거실을 개조하여 남향으로 양관을 증축하여 세 칸을 내 전용으로 했다. 안방으로 통하는 복도에 두꺼운 양식 문을 달아 하나의 건물이지만 별거의 형식을 취했다.

지금까지 나는 이쿠타 슌게쓰生田春月[49]와 하이네를 주로 읽었는데, 일본의 현역 시인이나 영국의 현대 시인을 각각 원문으로 읽기로 했다. 일본어 쪽은 쉬웠지만 영문은 내가 익힌 기초 어학력만으로는 읽을 수 없었기 때문에 어학 책을 가까이에 두고 독학으로 읽기 시작했다. 독학은 정말 힘든 일이어서 도중에 몇 번이나 내팽개치려고 했지만 우연히 읽은

---

49   生田春月(1892~1930). 일본의 시인. 하인리히 하이네 등 외국문학의 번역도 많이 했다.

후쿠자와 유키치[50]의 전기를 통해 그가 네덜란드어 다음으로 영어를 배우기 시작했을 때 고생한 이야기에 감명을 받고 좌절하려는 마음에 채찍을 가했다.

거기서 후쿠자와 유키치가 했던 것처럼 동호인을 모아 서로 격려하며 공부하기로 했다. 내 경우는 어학이 아니라 문학 공부에 뜻이 있는 사람들을 모았다. 일본어로 시나 소설을 쓰는 사람, 에스페란토어로 시를 써서 세계적으로 유명해지려는 사람, 조선어로 소설이나 시를 써서 출세하려는 사람, 각각 방향은 달랐지만 문학을 한다는 목적이 일치했다. 등사판이라도 좋으니 기관지를 갖고 감상이나 비평을 주고받는다는 것으로 한패가 되었다. 하지만 섣불리 기관지를 만들어 경찰 당국의 탄압을 받으면 안 되기 때문에 각자의 작품을 원고 그대로 철해서 회람하고 날을 정해 합평회를 하는 방침이었다.

이는 내게 사는 보람을 주었다. 여섯 명 정도의 동지가 일주일에 한 번 모여 문학에 관한 이야기로 꽃을 피웠다. 모임을 한 지 1년쯤 되었을 때부터 나의 시가 경성의 일본어 신문에 발표되었다. 나는 더욱 노력해서 투고란에서 본란에 게재되게 되었다. 그룹에서는 나의 출세가 빨랐지만 다른 동지도 내게 자극을 받아 진지해졌다. 우리는 모두 온후한 성품이어서 질투를 하거나 중상을 하거나 해서 분열하지 않고 모임을 계속해나갔다. 하지만 자신의 재능에 한계를 느껴 작품을 제출하는 사람은 적어졌으며 자연히 조금씩 긴장이 풀렸다.

나는 자신의 작품이 활자가 된 것에 환희하여 이성異性에 대해 망각한 형태가 되었지만, 모임이 느슨해짐에 따라 마음이 밖으로 향하기 시작했다.

---

50 福澤諭吉(1835~1901). 난학자, 저술가, 교육자. 근대 일본을 대표하는 계몽 사상가로 일본 근대화의 아버지로 불린다.

그 무렵 고등학교 동창으로 결혼을 하는 사람이 눈에 띄게 되었다. 결혼식장에 초대되었는데 모닝코트를 입은 신랑이 서양식으로 꾸민 신부와 나란히 오르간 반주에 발을 맞추어 조용히 제단 앞으로 나아갔다. 목사가 성경을 읽고 서약을 하고 친구들이 합창을 하여 축복했다. 반지를 끼었고 꽃보라 속에서 퇴장했으며 신혼여행을 떠났다. 나는 그것을 볼 때마다 선망하고 개탄하고 세상을 비관했다. 양장을 한 여성이 눈에 띄고 우리의 화제가 그런 여성에게 집중되었다. 그룹의 절반은 미혼이었지만 기혼자는 구시대에 태어난 것을 한탄하고 마음속에 불만을 담았다.

그런 때에 나보다 세 살 많은 고영孤影이라는 호를 쓰는 에스페란티스트Esperantist가,

"이보게, 자네한테 멋진 팬이 생겼다네."

하고 말했다. 우리 모임에서는 일본어 작품을 합평하는 경우가 많았고 대화도 일본어로 했다.

"팬? 여자인가?"

나는 기뻤다.

"그렇게 싱거운 얼굴을 하지 말게. 여자 팬이라니까 기쁜가보군."

"그런데 누구지?"

"연화蓮花라는 이름의 기생이네."

"난 또, 기생인가?"

나는 실망했다.

"무슨 말이야! 여학교를 2학년까지 다닌 신시대의 여성이야."

"아! 그런데 왜 기생 같은 걸……"

"가정 사정이지."

"독립해서 영업하는 기생인가?"

"물론이지! 만나보겠나?"

"그럼."

나는 얼굴이 좀 붉어졌다.

"열여섯 살에 기적에 올리고 아직 2년이 안 되었지만 가무나 음곡은 대충 한다네. 우선 가련하지. 좀 거만하다고 해서 인기가 없고, 기생 순위로는 30번 정도네. 하지만 3백 명 중에 30번이니까 상위에 속하지. 문학을 좋아하니까 이야기가 통할 거네."

우리는 밖으로 나갔다. 그의 이웃에 살고 있다고 해서 그곳으로 가나 했더니 시내에서 일류 요정이라는 춘향원春香園 쪽으로 걸었다. 기생 놀이를 한 경험이 있는 그는 기생이라는 건 자택에서는 좀처럼 만날 수 없다, 포주에게 고용된 기생은 더더욱 자택에서 만나게 해주지 않는다고 설명했다. 그는 내가 기생집에서 태어났다는 것을 모르는 것이다.

문등이 있었다. 나무가 심어진 로터리를 돌아 현관이 보이는 곳까지 갔다. 하지만 그곳의 커다란 거울 앞에서 현관을 지키고 있던 보이가 우리를 봤으나 어서 오세요라는 인사조차 하지 않았다.

"역시 안 되겠어. 나가세, 나가."

친구는 부끄러운 듯 밖으로 나왔다. 우리 두 사람은 양복을 입고 있었고 풍채가 나쁜 것도 아니었다. 무시당한 것 같아 불평이 나왔다.

"자동차를 타고 들어가지 않으면 안 된다네. 우리 같은 애송이는 더더욱. 어쨌든 첫 대면이니까."

"그런가?"

나는 감탄했다.

걸어서 7분 정도인 곳에 콜택시 영업소가 있었다. 우리는 그것을 타고 2분도 걸리지 않아 조금 전의 그곳으로 돌아갔다. 차가 로터리를 돌아 운전수가 힘차게 경적을 울렸다. 그러자 조금 전의 보이가 괴상한 소리를 내며 달려와 차 문을 열었다. 보이들 일곱, 여덟 명이 줄줄이 나와 어서 오세요, 하며 정중하게 절을 했다.

"나쁘지 않군."

나는 겸연쩍어하며 말했다.

친구가 내 손을 끌었다. 나는 자세를 바로하고 여러 번 경험해서 익숙한 듯이 보이며 현관으로 들어갔지만 구두를 벗을 때 주뼛주뼛했다. 보이가 와서 구두를 벗겨주었다.

눈이 부실 만큼 밝은 조명 아래를 거울 쪽으로 나아가 왼쪽으로 구부러지자 긴 복도가 나왔다. 인력거로 막 도착한 기생들이 불린 객실로 들어가며 우리를 힐끗 곁눈질했다. 나는 촌뜨기처럼 멍청하게 굴지 않으려고 자신을 북돋았다. 나는 생모가 했던 시골의 요릿집과 조금 다르다고 생각했다. 고도의 기생들은 소위 예기와 창기를 겸한 반쯤 창녀였지만 이곳은 순수한 예기와 노는 요정이었다.

보이가 앞장서서 복도의 막다른 곳에서 왼쪽으로 돌고 홍예다리 같은 곳을 건너 별채로 안내했다. 뜰에 석등이 있고 작은 등롱에는 전등이 켜져 있었다. 우리 앞을 걷고 있던 기생들은 반대쪽으로 가고 그쪽에서 장구나 가야금 소리가 떠들썩했다. 하지만 이쪽에는 어떤 방에도 손님이 없었다. 사군자 그림이 붙은 순조선식 온돌방으로 안내되었다. 보료라는 두툼한 방석과 사각의 팔걸이와 안석案席이 놓여 있어 차분한 느낌이 들었다.

"쳇! 사람을 무시하는군. 이곳은 이류 손님을 안내하는 곳이네. 저쪽이 일본식 객실이고 뜰에는 네온이 있지."

친구가 격분했다.

"뭐, 됐네. 이류인 것은 틀림없으니까."

"기생 쪽에서 기뻐하지 않네. 격하되었다고 느끼지. 이류 손님에 이류 기생이라는 조합으로 보는 거네. 보이가 밉살스럽군."

보이가 일본 차와 물수건을 가져왔다.

"잘 아시는 사람이 있으시면."

보이가 조선어로 물었다.

"연화를 불러주게."

친구도 조선어가 되었다.

"글쎄, 어떨까요, 이 시간에는……."

보이가 떨떠름한 기색을 보였다. 친구의 안색이 조금 변했다.

"오늘 약속되어 있네."

"그렇습니까, 그럼 전화해보겠습니다. 한 사람뿐입니까?"

"아니, 또 한 사람 부를 거네. 순위표를 가져오게."

"순위표라면 여기 있습니다."

보이가 인쇄된 종이 한 장을 호주머니에서 꺼내, 매화를 나전 세공한 상 위에 펼쳤다.

연화는 31번이었다. 친구는 꾸민 듯이 1번을 가리켰다.

"산호주珊瑚珠 말입니까, 없습니다. 한 달 후까지 차 있습니다."

보이가 비웃었다.

"그럼 강월江月."

"방춘각芳春閣에 갔습니다."

"유화柳花는 어떤가?"

"여기까지는 전부 안 됩니다."

보이가 1번에서 25번까지 손가락으로 선을 그었다. 그리고 약간 경멸했다.

"뭐? 죽향竹香은 와 있겠지?"

죽향은 17번이었다.

"글쎄요……."

"와 있어. 아까 복도에서 봤네."

"하지만 다른 객실에."

"그러니까 빼오라는 거네."

친구는 다소 험악한 얼굴을 보이며 일본어로 말했다.

"글쎄, 어떨까요."

"무슨 말을 하는 건가. 내가 왔다고 하게. 분명히 올 거니까."

보이는 살짝 기가 죽었다.

"성함을 말씀해주십시오."

"고영이네."

그는 으스댔다.

보이는 허리를 구부리고 나갔다. 나는 걱정되었다.

"자네는 엄청 으스대지만 그 사람이 와줄까?"

"올 거야. 동기童妓 시절부터 특별히 돌봐줬으니까."

고영은 자신이 있는 것 같았지만 나는 불안했다.

그런데 보이가 금세 돌아와,

"왔습니다."

하고 말했다. 조금 전과는 아주 딴판인 웃는 얼굴과 존경하는 눈으로 고영을 봤다.

보이 뒤에서 기생이 나타났다. 하얀 비단 치마에 순백의 만卍자 바탕무늬가 있는 비단 저고리, 하얀색 일색인 것을 보면 상복인지도 몰랐다. 오동통하고 귀여운 얼굴은 다소 험상스러운 데가 있었고 몹시 지기 싫어하는 구석이 있었다. 죽향은 방 안의 두 사람을 힐끗 보고 손을 짚고 허리를 굽혀 인사를 했다.

방으로 들어와 고영 옆으로 와서 앉으며 하얀 손바닥을 고영의 무릎에 놓고 소매에서 긴 비단 손수건을 꺼내 살짝 입술을 누르며 방긋 웃었지만,

"왜 이런 방으로 안내받았어요?"

하고 말했다.

"아무래도 우리는 이류니까 말이야."

고영이 대답했다.

죽향은 손뼉을 쳤다. 보이가 달려와 부르셨습니까, 하고 허리를 숙였다.

"다른 방으로 해줘요."

명령하는 듯한 어조였다.

"하필이면 다 차서요……"

"이봐요, 변명은 됐어요. 카운터로 가서 내가 그러더라고 말해요. 바깥쪽의 쓰루노마鶴の間가 비어 있으니까요."

'카운터'라는 것과 '쓰루노마'라는 것만 일본어로 말했다.

"예."

보이가 물러났다.

곧 우리는 안뜰을 끼고 직각으로 지어진 바깥쪽의 신관으로 안내되었다. 격식대로 만든 도코노마와 아래위로 어긋나게 만든 선반이 있는 다다미 여덟 장이 깔린 일본식 방 앞에 조선풍의 마루방이 있는 조일朝日 절충식 방이었다. 분수가 국화를 본뜬 네온 불빛을 받아 무지개처럼 떨어지고 뜰에 만든 연못은 우리의 마루방 아래를 흐르는 것처럼 만들어져 있었다. 정원수를 사이에 두고 건너편 객실이 어렴풋이 보였다. 어느 방에나 나이 지긋한 신사와 예기들이 있었다. 먼지가 많은 시내에 핀 꿈의 나라였다.

우리의 합평회는 약재 도매상 아들의 좁은 온돌방에서 이루어졌다. 그런데 조금 전까지 거기에 있던 나는 등나무 의자를 끌어당겨 뜰을 바라보며 아주 상쾌하군, 하고 자신에게 말했다.

보이 둘이서 하얀 상보를 덮은 밥상을 날라 왔다. 음식이 가득 담겨 있어 추가 주문을 하지 않아도 그것만으로 충분해 보였다. 한가운데에는 신선로가 있었다. 그것을 에워싸듯이 갈비구이, 도미 조림, 편육 등 순조선풍 음식, 그리고 그것들과 색채 배합이 잘 되도록 팔보채, 선해소기鮮蟹燒茄 등의 중화풍 음식, 거기에 샐러드나 프라이 등의 서양풍 음식, 그리고 생선회나 국물 등의 일본풍 음식, 이렇게 전 세계의 진미가 화려하게 꾸며져 있었다. 화류계에 정통한 사람의 말에 따르면 조선 요릿집의 이것은 만물상 같고 세계 제일로 맛이 없다고 하는데 이런 곳이 처음인 내게는 호화찬란하기만 했다.

우리가 자리에 앉았을 무렵 보이가 연화의 이름을 알렸다. 나는 마루방에 나타난 기생을 보았다. 손을 짚고 허리를 굽힌 그녀는 커다란 꽃무늬가 있는 검은색 천의 인조견 치마가 그 속에 껴입은 옥색 속치마와 무늬를 이루고 있었다. 저고리는 자잘하게 국화 무늬를 짜 넣은 연분홍빛 모직 겹옷이었다. 가냘픈 어깨, 허리가 단단히 죄어 있었는데 인사를 마치고 오뚝한 코에 희고 갸름한 얼굴로 미소를 지으며 고영을 보고 서둘러 부드러운 눈빛으로 나를 보았다. 다소 큼직하고 정겨운 눈동자에 나는 흠칫 눈길을 돌리며 무심코 한숨을 내쉬었다.

고영이 내 옆으로 연화를 불렀다. 우리는 얼굴을 마주했다. 연화는 고영으로부터 내 이름을 듣자 세 번째에는 "아!" 하고 놀란 몸짓을 했다.

술은 부산 근교에서 만드는 무슨 정종이었다. 나는 술맛을 모른다. 왠지 모르게 취하는 것도 두려웠다. 취한 경험이 없었기 때문이다. 술자리의 흥취도 모르고 재미있는 이야기도 할 줄 몰랐다. 고영이 혼자 화제를 만들고 이야기를 이끌어나갔다.

죽향이 가야금을 가져오게 해 몇 곡인가 혼자 연주했다. 가야금 연주를 듣는 것은 익숙했다. 그녀가 뜯는 곡은 대개 추억 속에 있었다. 생모의 젊은 시절의 일이 마음속에 어른거렸지만 지금은 그것조차 방해가 되지 않았다. 죽향의 반주로 연화가 노래를 하기 시작했다. 소매에서 날개처럼 얇은 손수건을 꺼내 손에 들고 그것으로 눈물을 훔치는 몸짓으로 이별곡을 불렀다. 『춘향전』의 '오리정五里亭'[51] 장면이었다. 이것도 어렸을 때 여러 번 들어 귀에 익었고 상연물도 수십 번이나 봤다. 춘향이 사랑하는 사람에게 버림을 받는 슬픔을 충분히 담아 연화는 눈물을 흘리며 노래를 마쳤다. 나는 감격하여 박수를 쳤다. 옛날 민요에는 충분한 감상력이 있었다. 배운 지 2년밖에 되지 않았다는 연화가 그에 비해 능숙하게 불렀기 때문이다.

우리는 다시 술을 마셨다. 이별의 잔을 한 잔 더, 하고 죽향이 숙달되게 우리에게 잔을 거듭하게 했다. 고영이 술김에 일어나 꼽추춤을 추기 시작했다. 양복을 뒤집어 입고 방석을 등에 넣어 익살스럽게 춤을 추자 죽향이 장구로 빠른 박자의 반주를 하여 고영의 춤에 율동을 곁들였다.

분수가 흑발을 늘어뜨린 여자로 보이거나 네온에 모이는 나방이 한 덩어리의 큰 벌레가 되는 등 나는 취한 자신을 깨달았다.

흥에 취한 죽향이 낙화암 무용을 하자는 말을 꺼냈다. 고영이 손뼉을 치며 찬성했다. 죽향이 보이를 불러 예기들을 불러 모으도록 지시했다. 그 예기들이 여러 요정에서 모였을 무렵에는 이미 밤도 깊었다. 각각의

---

51 옛날 관아에서 손님을 맞이할 때나 배웅할 때 환영과 이별의 정을 나누기 위해 오리(五里) 밖에 세워둔 정자. 춘향과 이몽룡이 그곳에서 이별주를 나누며 이별한다.

색채로 몸치장을 한 여러 가지 용모, 아주 통통한 기생이나 너무 마른 기생, 요염한 기생이나 쓸쓸해 보이는 기생 등 일곱 명 정도의 기생이 가세하고 보니 연화는 한층 가련해 보였다.

죽향이 가야금을 뜯었다. 연화가 가야금 옆에서 노래했다. 나중에 불려온 기생들이 마루방에 늘어섰다. 보이가 등의자나 칸막이 등을 아주 서둘러 치웠다. 복도 쪽에 손이 빈 보이가 죽 늘어앉고 돌아가려던 화류객들도 발길을 멈추고 우뚝 섰다.

네 명의 기생이 뒷줄에, 세 명이 앞으로 나와 서로 엇갈리게 자리를 잡았다. 다채로운 긴 헝겊을 손가락 끝에 늘어뜨리고 전주에 맞춰 춤을 추었다. 손과 어깨를 느긋하게 움직이는 학춤과 비슷했다. 태평악의 발 춤에서 팔을 벌리거나 허리를 꺾거나 하는 서양 무용이나 발레 등도 도입한 활기찬 춤이 펼쳐졌다. 네 명과 세 명이 위치를 바꾸기도 하고 일렬이 되기도 하고 서로 엇갈리며 누비고 나아가는 듯, 빈번히 오가는 듯했다. 찬란한 춤이 그쳤을 무렵 연화가 노래를 바꿨다. 무희는 백제 황금시대의 우아하고 섬세하며 고상하고 화려한 문화를 왕국의 모습과 아울러 표현했다. 그것이 연화가 부르는 노래의 슬픈 이야기에 어울리게 애수에 잠긴 섬세한 춤으로 옮겨갔다. 한반도에서 가장 먼저 문화를 꽃피워 신라와 고구려를 능가하는 예술의 나라였지만 대륙에서 그 맹방인 수(隋)나라가 이미 멸망하고 적국 신라에 속아 나당 연합의 백만 대군의 공격을 받아 이제 멸망 직전이다. 야마토 조정이 파견한 원군도 보람 없이 백제 왕궁은 단말마의 위기에 직면한다. 수도 부여성은 여러 겹으로 포위되고 부소산 속의 왕궁에도 적병이 난입한다. 왕족은 낙화암에서 몸을 던져 백마강의 물고기 밥이 될 수밖에 없다. 가련하구나! 삼천 궁녀! 꽃보라가 되어 강 위로 떨어진다.

연화는 목메어 우는 듯이 노래했다. 4·4조 음률의 노래 또한 애절했다. 우리는 모두 신라인의 후예일 텐데 백제인의 비운에 마음을 기울이게 함으로써 우리를 이처럼 비장한 기분이 들게 했다. 삼천 궁녀가 백마강 위로 꽃처럼 진다는 구절에서는 일곱 명의 기생이 차례로 헝겊을 베일처럼 보이게 머리에서 늘어뜨리며 벼랑에서 몸을 던지는 동작처럼 보이도록 보이들이 모여 있는 복도 쪽으로 사라졌다.

열렬한 박수가 일었다. 다른 객실을 들여다본 무례를 잊고 신사들도 상찬의 박수를 치며 오늘밤의 이 흥청거림의 주인이 누구인가 하고 마루방으로 고개를 들이민 사람도 있었다. 나는 아주 기분이 좋았다. 아니, 장쾌한 쾌락이 몸 안에서 전율했다. 분위기에 취해 긴 세월의 우울함이 확 가시고 아아, 이렇게 즐거운 세계가 있었는데 왜 그걸 모르고 지낸 것일까, 하고 생각했다. 그 옛날 생모의 집에 모이던 화류객들도 이런 기분으로 놀았던 것일까, 하고도 생각했다.

춤을 추느라 지친 기생들과 섞여 우리는 다시 술을 마시고 가벼운 야식을 먹었다. 그리고 돌아가게 되었다. 기생들은 나를 연화와 맺어주고 두 사람을 격려하듯이 마음을 쓰며 첫날밤의 전야제 같은 식으로 요란하게 말을 꾸몄다.

나는 술에 취해 유흥에 빠졌다. 젊음이 청춘을 불러내고 환락이 관능을 불렀다.

자동차에 들어갔을 때 나는 무거운 눈꺼풀을 열려고 몇 번이나 애를 써봤지만 어떻게 해볼 도리가 없었다. 떨어지듯이 채워지는 잔에 난감해하는 것을 연화가 아무렇지 않게 신경을 써서 밥상 아래에 숨겨둔 사발에 비워주었지만 역시 처음으로 마신 술에는 이길 수 없었다.

연화를 가운데에 두고 나와 고영이 자리를 잡고 죽향은 고영의 무릎

위에 탔다. 보이나 기생들의 전송을 받으며 환락의 세계를 뒤로하고 시내로 나간 것까지는 기억하고 있었다.

문득 눈을 떴다. 슬픈 듯이 노래하던 그 얼굴이 눈앞에 있었다. 잠자리 화장을 하여 지금은 청초했다. 나는 앗 하고 일어났다. 나전을 눈부시게 박아 넣은 옷장이 있고 색유리 문이 있는 이불장이 있으며 붉은 윤기를 내는 느티나무 서양 옷장이 있었다. 계절의 꽃을 극채색으로 대담하게 그린 병풍이 입구의 문을 가로막는 듯한 위치에 놓여 있었다. 소나무에 학과 매화나무에 휘파람새 한 쌍이 그려진 베개가 사이좋게 나란히 놓여 있고 그 옆에 연화가 편안히 자고 있었다. 나는 타월 옷감의 파자마 차림이었다. 이불깃 사이로 연화의 연분홍 비단 잠옷이 들여다보였다. 장미꽃 무늬의 비단 이불이 꿈나라의 꽃밭으로 보였다.

밤공기가 목 언저리로 스며들었는지 연화가 문득 눈을 떴다.

연화가 요염하게 미소를 지었다. 나도 같이 미소 지었을 때 내 심장에 불이 켜지고 황홀해지는 관능에 손발이 저렸다. 나는 연화에게 다가가 허리를 안았다. 비단 같은 살결이 공처럼 튕겼다. 연화는 내 손이 허리에서 아래쪽으로 미끄러지는 것을 퍼뜩 붙잡았다. 차가운 그 손에 오히려 불타오른 나는 얼굴을 그녀의 가슴에 대고 냄새를 맡았다. 가련하고 모양 좋은 가슴. 출산한 여자처럼 큰 가슴이었다면 환멸을 느꼈을 것이다. 달콤한 냄새는 아카시아 꽃 같다고 생각했다. 성숙한 여자는 혐오를 불러일으킨다. 40퍼센트쯤 핀 매화가 처녀인 것처럼. 오랫동안 찾고 있던 살결이 이런 걸까, 하고 생각했다. 조용한 물결처럼 밀려왔다 밀려가는 연화는 잔물결에 비친 달이었다. 나는 원래의 상쾌한 몸을 되찾았다.

연화가 방긋 웃었다. 바람을 일으키지 않으며 병풍을 돌아 미닫이문 밖으로 나갔다. 그곳은 마루방인 듯한 느낌이었다. 붉은 덮개를 씌운 전등이 마루방으로 사라진 그녀를 기다리고 있었다. 머지않아 조용한 발걸음으로 연화가 돌아왔다. 그녀 뒤에서 신선한 바람이 일었다. 화장을 고치고 몸치장을 바로잡은 연화는 완전히 깨끗해져 있었다.

"이것 좀 드세요."

연화가 쟁반을 놓았다.

잔에 호박색 액체가 묵직하게 몸을 비비 꼬게 했다. 쌉쌀한 인삼 냄새가 폐에 스며들어 세포에 이르렀다. 나는 일어나 잔을 입에 기울였다. 쌉쓰레한 맛이 혀를 굴러 정신이 확 깬 기분이었다.

연화는 내 이불깃을 누르며 이불의 위치를 바로해주고 몸을 바싹 대듯이 옆에 누었다. 곧 조용한 숨소리가 들렸다.

나는 잘 수 없었다. 날이 완전히 새고 나서 집으로 돌아가는 것이 꺼려졌다. 매일 밤 12시에는 교회에 가서 심야기도를 하는 습관이 생긴 생모가 집으로 돌아오기 전에 돌아가 있는 것이 좋겠다고 생각하는 등 소심해져 이런저런 생각을 하며 망설였다.

나는 준비를 하고 방을 나섰다. 연화는 이불에서 상체를 쑥 내밀었고 앞가슴이 벌어져 있었다. 가냘픈 어깨가 가슴을 오므리게 하며 옆을 향한 채 내가 썼던 베개 쪽으로 몸을 바싹 붙였다. 날이 샐 때까지 계속 잘 수 없는 자신의 소심함이 미웠다.

마루방에는 도자기 선반이나 다듬잇돌이나 살림때가 묻은 것들이 눈에 띄었다. 뜰에는 된장 항아리를 두는 곳 옆에 수도가 있었다. 그 옆에는 화단이 있고 국화가 피어 있었다. 붉은 벽돌을 쌓아올린 높은 담과 대문이 길에서 이 집을 격리하고 있었다. 30평쯤의 아담한 주택으로, 도로를 등지고 직각으로 구부러지게 지은 서까래 쪽에 연화 양모의 방이 있고 부엌 옆의 작은 방에 하녀가 있었다. 내가 나오는 것을 알고 하녀가 허둥지등 나타났다. 대문을 반쯤 열어주며 안녕히 가세요, 하고 말했다.

길은 아직 잠들어 있었다. 들개가 쓰레기통을 뒤지고 있었다. 그것 외에 신문배달부도 두부 장사의 모습도 보이지 않았다. 환해진 여명이 곧 아침이 가까워졌다는 것을 알리고 있었다.

연화의 모습이 내 마음에 달라붙어 있었다. 기쁨이 내 몸 안에서 흔들리고 있었다. 이 기쁨이 영원한 것이 되라는 바람이 강렬하고 그에 따라 불안이 솟아났다.

곧 남문시장에 이르렀고 언덕 위로 교회의 첨탑이 보였다. 지금까지 나를 따라온 환희가 획 사라지고 뭔가 혐오 같은 것이 나타났다. 종루에서 흘러나오는 종소리를 상상했다. 죄의식이 나를 사로잡은 것이다.

내가 한 일이 죄악일까, 하고 저항하고 싶었다. 그것을 부정할 이유는 얼마든지 댈 수 있었다. 그런데도 역시 해서는 안 되는 일을 했다는 가책에서 벗어날 수 없었다. 음행이 아니었다. 나는 청순한 행위를 했다. 나는 열심히 이렇게 생각했지만, 그렇게 생각하기 시작한 순간부터 음행이다, 죄다, 하고 속삭이는 자가 있었다.

교회 앞을 지날 때 나는 아무래도 교회 안으로 들어가지 않을 수 없었다. 돌층계 아래에 수도가 있었다. 나는 양복을 벗고 알몸이 되었다. 꼭지를 돌려 물을 틀고 그것을 머리부터 뒤집어썼다.

몸을 깨끗이 했기 때문에 연화에 대한 기억도 옅어졌다. 나는 교회당 입구를 살짝 열었다. 커튼으로 싸인 회당 안은 어둑했다. 성단 위에 상야등 하나가 희미하게 그 아래를 비추고 있었다. 둥글게 빛나는 그 빛 안에 역시 생모가 있었다. 넙죽 엎드려 기도를 하고 있는 그녀의 모습에 나는 숨을 삼켰다. 오오, 주여, 우리의 주여, 저의 죄를 사해주시옵소서, 오오, 주여, 나의 주여. 그녀가 오오, 나의 주여, 하고 외쳤을 때 나는 어떤 일인지 혐오감을 느꼈다. 생모와 함께 기도해도 좋겠다고 생각한 일이 일시에 사라지고 말았다.

나는 밖으로 나왔다. 도망치는 듯한 발걸음이었다. 오오, 나의 주여! 생모의 기도는 이상하고 광신적이었다. 그녀는 자신의 죄의식에 큰 타격을 입고 있었다. 그것을 참회하는 것은 정말 좋았다. 하지만 그 이상함 안에는 불순함이 있었다.

'그 사람은 예수를 사랑하고 있는 것이다.'

하고 나는 생각했다. 생리적인 불결함과 혐오가 내 위장에 느껴졌다. 나는 구역질이 나서 흙담 그늘에 쭈그려 앉았다. 연화의 육체에 휘감겨 있던 나 자신의 육체도 동물로 보이고 음행 중의 뱀이 상상되었다. 그 기억을 내쫓듯이 나는 토했다.

집의 대문을 밖에서 밀었더니 소리 없이 열렸다. 바깥뜰에서 양관 옆으로 가서 유리문을 열었다. 레일이 삐걱거리고 유리가 소리를 냈다. 복도에는 불이 켜져 있었다. 방에는 평소대로 잠자리가 펼쳐져 있었다. 나는 잠옷으로 갈아입고 이불속으로 들어가 눈을 감았다.

문이 열리는 소리가 들렸다. 귀향이 잠에서 깨어 안방에서 이쪽으로 오고 있었다. 나는 이불을 뒤집어쓰고 얼굴을 감췄다. 발소리가 멈췄다. 미닫이문이 쓰윽 열렸다. 얼굴을 들이밀고 숨을 죽이고 있었다. 나는 자는 척하고 있었다. 아무리 시간이 지나도 귀향은 거기에 우뚝 서 있는 것 같았다. 나는 참을 수 없게 되어 마구 호통을 치고 싶었다.

드디어 그녀가 미닫이문을 닫고 걸어서 사라졌다. 나는 이불깃을 내리고 숨을 내쉬었다. 나는 이렇게 하지 않을 수 없었다. 내가 음행의 죄를 범한 것은 너희들 탓이다. 나는 멀어진 그녀에게 말했다. 하지만 그 순간 슬퍼져서 울음을 터뜨렸다.

황혼이 다가오자 연화에게 달려가고 싶은 마음을 억누를 수 없었다. 이것이 연정이구나, 하고 나는 생각했다. 마음으로 밀려드는 불꽃이 심장에 나타나 거의 숨을 쉴 수 없는 지경에까지 이르렀다.

결심한 나는 나가서 고영을 꾀어내 연화를 요정으로 불렀다. 취향을 바꿔 구시가의 중심에 있는 군방각羣芳閣에서 만났다. 옛날부터 있는 베이징 요정이다. 벽돌로 지은 중국풍의 2층 건물로, 탁자를 사이에 두고 의자에 앉아 식사를 하며 중국의 미인 그림이나 풍경화를 바라보았다. 중국인 보이가 이상한 억양이 있는 조선어를 쓰는 것도 흥취를 자아내 연화의 자태에는 이국정서마저 생겨났다. 이튿날에는 도키와도리常盤通り의 일본 요리점 후쿠요시福よし에서 짙은 화장을 한 게이샤들에 섞인 연화의 청초함을 즐겼다. 새로운 매력이었다. 이렇게 해서 밀회를 계속 즐겼다. 가을도 깊어졌을 무렵 우리는 둘이서만 유원지 화원에 가서 놀고 낙동강 강변의 요정에서 단풍을 즐겼다. 내 무릎에 손을 놓고 연화는 조용히 이렇게 말했다.

"당신과 둘이서만 어디 먼 곳으로 가서 살고 싶어요."

내 눈에 물기가 어려 흐릿해졌다. 정말 그러고 싶은 욕구가 몸을 애태우는 것 같았다.

연화는 기생조합의 순위에서 5번쯤으로 올라갔다. 인기를 얻은 신인을 눈여겨보는 유흥객이 늘어 그녀는 순위 면에서 출세한 것이다. 그녀는 나를 요정에서 기다리게 했고 집에서도 만나지 못하게 되었다. 주朱라는 젊은 부호가 그녀를 쫓아다녔다. 나는 내 수입의 대부분을 그녀에게 쏟아부어 돈이 모자랐다. 주는 나보다 열 배는 부자여서 대낮부터 연화에게 화대를 대며 하루 종일 독점했다. 나는 초조했다. 질투로 피가 마르는 것 같았다.

나는 서재에 틀어박혀 책상에 팔을 괴고 연화를 생각하며 바작바작 속을 태우고 있었다. 귀향이 닭을 푹 끓인 국물을 가져왔다. 그릇을 놔두고 재빨리 물러가면 좋으련만, 하며 나는 잠자코 있었다.

"이상하게 야위어서 옛 모습을 찾아볼 수가 없어요."

심장이 따끔하게 아팠다. 참을 수 없었으므로,

"내게 이런 생각을 하게 하는 사람이 누구인지 알고 있소?"

하고 난폭하게 말했다.

귀향은 흠칫 눈을 돌렸다. 창밖으로 시선을 돌리고 뭔가 저항하고 싶은 듯했으나 말없이 나갔다. 그녀의 뺨이 확 어두워지고 눈에 우수가 어리는 것을 나는 냉담하게 바라보았다.

귀향과 엇갈리며 생모가 찾아왔다. 문을 거칠게 밀어제치며 단단히 벼르고 들어와서는 자신의 포목점 청구서를 내팽개치듯이 책상 위에 던졌다.

"옷만 짓는 겁니까? 어머니는 평생 입어도 다 입지 못할 정도로 갖고 있잖아요."

나는 불온하게 말했다.

"헌옷만 입으면 되겠지만 나는 그런 습관을 갖고 있지 않아."

생모는 독설이 되는 것을 간신히 참았다. 그리스도교의 감화구나, 하고 나는 생각했다.

"신자는 검소한 겁니다."

나는 끝까지 오기를 부리려고 했다.

"내가 지금까지 입었던 옷은 스타일이 너무 낡았어. 그런 것은 교회에 서도 입을 수 없고 말이야."

"화류계 여자나 입는 그런 옷을 누가 그렇게 즐겨 지었습니까?"

"그런 말을 마음껏 해 보거라. 한 사람밖에 없는 모친을 그렇게 괴롭히 며 즐기다니, 분별이 없구나."

"괴롭히는 사람은 어머니입니다."

"뭐?"

생모는 숨을 토해냈다. 격노하여 나를 찢어발기고 싶은 눈을 하고 있었다.

"기둥에 머리를 계속 박아도 아무도 말리지 않을 겁니다."

"넌 정말 악마야. 젊은 기생한테는 수천이나 되는 돈을 쏟아 붓는 주제에 어미 옷값은 내주고 싶지 않다는 거야!"

"……"

나는 지나친 말을 해서는 안 된다고 생각했다. 생모의 인내에도 한계가 있기 때문이다.

"자, 빨리 눈을 떠라. 그런 세계에 사는 여자들은 백 명 중 한 명도 진실을 말하지 않는 법이야. 한 번의 실수는 경험이라고 생각하면 체념할 수 있을 거다. 부처님도 여자한테는 실수할 수 있다고 했으니까."

어머니의 그 말에는 진실이 있습니다, 하고 말하려 했다. 하지만 퍼뜩 입을 다물었다. 생모의 분노가 역시 두려웠다.

내가 깨달음을 얻지 못했다고 본 생모는 이튿날 목사와 전도 부인, 교회의 여러 간부들을 데리고 내 방으로 쳐들어왔다. 나를 둘러싸고 찬송가를 합창하고 성서를 읽고 기도를 올렸다. 생모는 흐느껴 울며 신에게 용서를 구하고 하나밖에 없는 아들의 영혼을 구해달라고 애원했다.

나는 견딜 수 없었다. 그들이 기도를 하거나 노래를 하면 할수록 반발을 느꼈다. 그리고 무슨 짓을 하더라도 나는 역시 연화를 만나고 싶었다.

나는 가까스로 연화를 붙잡았다. 주촉를 따라 경성에서 금강산을 주유하고 왔다는 그녀가 내게는 한층 매력적이었다. 나는 그녀의 신의 없음을 힐책했다.

"당신의 마음은 잘 알아요. 하지만 어쩔 수 없잖아요. 화류계 여자한테

정절을 지키라는 것이 애초에 우스운 일 아닐까요."

연화는 날카로워진 듯한 얼굴로 말했다. 냉담하게 거절당한 것에 모욕감을 느꼈다.

연화를 단념하지 않으면 남자로서의 체면을 잃는다. 좋아, 헤어지자, 하고 나는 생각했다.

혹독한 겨울이 계속되었다. 나는 겨우 서재로 돌아와 예정한 공부를 계속했다. 생모가 자신의 기도가 이루어졌다고 선전하는 것을 견디는 것이 고통이었다. 하지만 시의 세계는 깊이를 더해갔다.

이듬해 봄, 내 작품이 도쿄의 큰 잡지에 실렸다.

내 마음은 빛나고 우수는 걷혔다. 이 기쁨에만 기대고 평생을 파란 없이 보낼 수 있을 것 같다고 생각했다.

경성의 신문이 새로운 영웅을 발견한 듯이 상찬하여 세인의 주목이 내게 집중된 것 같은 착각에 빠졌다. 하지만 나는 자만하지 않고 차분하게 공부했다.

나는 귀향이 불쌍해졌다. 봄의 관광 시즌에는 신문사에서 주최하는 가정부인을 명소에 안내하는 정례 기획이 있다. 버스를 줄 세우고 시 내외의 관광지나 중요 시설로 안내하여 가정부인에게 하루의 즐거움을 제공한다. 교회와 가정 외에는 아무런 견문도 없는 귀향을 불쌍히 여겨 그녀를 위해 한 장 신청했다. 그런데 그날이 되자 생모가 "내가 갈 테니 그 표를 내놓거라. 너는 젊으니까 내년에 가고" 하며 그 표를 빼앗아 갔다. 나는 생모를 배웅하고 불평을 했다.

"어머님이 기뻐하시는 것이 더 낫습니다. 기분이 좋지 않으면 제가 견딜 수 없으니까요."

귀향이 깊이 체념하며 말했다.

대낮에 귀향과 동반하여 시내로 나가는 것이 쑥스러워 야시장을 보러 데리고 나갔다. 시의 중앙로 양쪽에, 한쪽으로 걸어서 20분에 끝나는 야시장인데도 아크등이나 색 전구 아래에 다채로운 상품을 장식하고 활기차게 소리치며 파는 것이 진기했다. 그녀는 정신없이 인파에 이리저리 밀리며 걸었다. 생모에게 선물로 줄 조생 수박을 안고 희희낙락하는 그녀를 슬쩍 바라보며 저렇게도 기쁜가 하고 생각했다.

좋은 일을 했다고 기뻐하는 한편 내 마음에는 쓸쓸한 그림자가 깃들었다. 서른 살의 그녀에게는 젊음이 희미해지려 하고 있었다.

어느 날 그녀를 미나카이三中井[52]로 데려갔다. 막 신축한 백화점으로, 엘리베이터를 보러 구경꾼이 모여든다는 말이 돌았기 때문이다. 하지만 엘리베이터가 움직이기 시작하자 귀향은 안색을 바꾸고 내 손을 매달리며 내려달라고 속삭였다. 나는 운전하는 여자에게 부탁하여 3층에서 내려달라고 했다. 엘리베이터에서 내리자 그녀는 계단 쪽으로 가서 쭈그리고 앉아 토했다. 똑같은 겉옷을 입은 두 여점원이 지나치다가 그것을 보고 멸시하며 불쾌한 표정을 지었다. 나는 수치심에 얼굴이 새빨개지며 그녀가 토한 것을 처리하고 아래층으로 데려갔다. 백화점 밖으로 나와도 여전히 나는 얼굴이 화끈거렸다. 길거리로 나와 얼마간 속이 편해졌다는 귀향에게 혼자 집으로 돌아가도록 하고 헤어졌다. 모토마치元町[53]에서 S역 앞으로 나가기까지 나는 수치심에 사로잡혀 있었다. 공회당의 그릴에서 커피를 마시고 가까스로 수치심을 가라앉혔다. 하지만 나는 자신이 수치심을

---

52 1933년에 모토마치(북성로) 중간 지점에 생긴 백화점(대구 최초의 백화점은 1932년 동성로에 생긴 이시비야 백화점으로 4층 건물). 5층 건물로, 대구 최초의 엘리베이터가 있었고 꼭대기 층에는 카페가 있었다.
53 지금의 대구 북성로. 당시 대구 최고의 번화가였다.

느낀 것이 당연한 것 같기도 하고 또 부당한 것 같기도 했다. 처음으로 경험한 엘리베이터에 속이 안 좋아졌다고 부끄러워할 일은 아니지 않은가, 왜 좀 더 친절하게 돌봐주지 못했을까, 자책하는 마음이 강해졌다. 서로 모순되는 두 마음이 자기혐오가 되어 나를 괴롭혔다.

여학교를 졸업하고 수필을 쓰고 있던 여성을 고영이 그룹의 일원으로 넣어달라며 데려왔다. 단편소설 한 편을 가져왔기 때문에 우리는 회람하고 훌륭한 작품이라는 데 의견이 일치했다. 고영의 발언으로 내가 추천사를 써서 경성의 문학잡지에 보냈다. 그러자 그 작품이 발표되어 그녀는 신진 여류작가가 되었다. 그녀가 두 번째 작품을 가져왔지만 이는 첫 번째 작품만큼은 아니었기 때문에 고쳐 쓰라고 했다.

정원貞媛이라는 것이 그녀의 이름이고 아직 스무 살의 젊은 사람치고는 문장이 무척 능숙했다. 문재만이 아니라 그녀의 용모가 그룹 사람들의 마음을 끌었다. 근시 안경 안에는 지성으로 빛나는 눈동자가 있고, 얼굴은 갸름하고 짧은 치마에 단화를 신은 모습이었다. 모든 것이 아주 매력적이었다. 나는 자신의 마음에 물결이 일지 않도록 강력한 억제를 잊지 않았다.

어느 날 정원이 내 서재에 나타났다. 뭔가 근심이 있는 듯 얼굴이 어두웠다. 그녀는 다소 말수가 적었지만 찾아온 뜻을 알렸다. 그녀는 은행에 다니는 사람과 약혼을 했는데 그 상대의 성격이 그녀의 이상과는 아주 달라 돈에 너무 집착한다는 것이었다. 그녀의 부모는 그 은행원에게 홀딱 반해 더할 나위 없이 좋은 혼담이라고 했다. 미혼 남자가 적은 마당에 일류 은행이 직장이고, 게다가 초혼이라니 꿈같은 혼담이라는 것이었다. 정원도 처음에는 그런 생각으로 교제했다.

"돈에 너무 인색해서 놀랐어요. 인색함을 넘어서 돈에 복수하고 싶어 하는 것 같았어요. 가난하게 자라 고학으로 출세했기 때문에 돈에 대해 공포가 있는 듯해요. 주판을 인간으로 만든 것 같다고나 할까요."

정원은 진저리를 치는 듯이 말했다.

대답하기 난감한 신상 상담이라고 생각하며 나는 잠자코 있었다.

그러자 정원이 갑자기 말했다.

"전 어딘가로 도망가고 싶어요."

"……"

나는 깜짝 놀랐다. 흠칫 놀란 얼굴로 그녀를 쳐다보았다.

"제가 싫다는 말을 꺼냈더니 조만간 식을 올려버린대요."

정원은 울음을 터뜨릴 듯이 말했다.

고도에서의 어느 날에 있었던 일을 떠올리며 나도 이런 눈을 본 적이 있다고 생각했다. 어떻게 해서든 정원을 구하지 않으면 안 되었다.

"전 어떡해야 좋을까요? 우리 아버지는 저를 엄하게 꾸짖어요. 외출도 하지 못하게 방에 가두고요."

"……"

부모에게 단단히 억압되어 움츠러든 소녀의 영혼이 가련해 보였다.

"아무래도 저는 도망칠 수밖에 없다고 생각해요. 선생님, 도와주세요."

정원은 내 무릎에 손을 올려놓고 애원하듯이 말했다.

"……"

나는 생각했다. 그리고 삼가는 것이 좋을 것 같아서,

"다시 한 번 천천히 생각해보시오. 무슨 있어도 꼭 그렇게 하겠다면 생각 좀 해봅시다"

하고 대답했다.

정원은 이튿날 아침 일찍 다시 찾아왔다. 어제보다 한층 진지한 얼굴로,

"역시 도망치겠어요."

하고 말했다.

나는 현기증이 났다. 내 마음에는 불순한 것이 고개를 쳐들었다. 그것을 억누르고 순수한 마음이 되려고 싸웠다.

그때 복도에 생모가 와 있었다. 문을 열어 우리를 보더니 눈을 돌려 정원을 응시했다. 매섭게 쏘아보며 꼼짝 않고 있었다. 정원은 흠칫 고개를 숙였다. 나는 조마조마한 마음으로 생모를 쳐다봤다. 실례되는 일은 그만두라고 내 눈이 말했다. 하지만 어머니는 그것을 완전히 무시했다. 나는 화를 내며 무슨 짓입니까, 하고 당장이라도 고함을 치려고 했다. 하지만 생모는 여전히 정원을 가만히 째려보고 있었다. 어머니의 눈이 이렇게 말하고 있었다 — 우리 아들을 홀리려고 해도 그렇게 내버려두지 않겠다. 나는 반발했다. 억제하고 있던 마음이 불타올라 핏발 선 눈으로 생모를 노려보았다. 생모는 드디어 물러났다. 문을 거칠게 닫고 멀어졌다.

"나갑시다."

나는 정원에게 말했다. 화가 난 마음은 이제 손을 쓸 수가 없었다.

교외의 언덕으로 갔다. 솔밭이 우리의 은신처가 되었다.

나는 정원의 손을 잡았다. 뜨거워진 내 눈을 힐끗 봤지만 정원은 고개를 숙이고 내게 손을 맡겼다.

"사실을 말하겠소. 난 정원 씨를 좋아하오."

무뚝뚝하고 조야한 이 말을 송풍이 아주 자연스럽게 받아들여 주었다.

"저도—"

정원이 대답했다.

"그렇소?"

나는 정원을 꼭 껴안았다. 정원은 내게 바싹 붙어 가슴에 얼굴을 묻었다.

나는 올봄에 도쿄로 가서 살려고 생각하고 있었다. 시인이 될 수 있을

지 어떨지는 앞으로의 노력 여하에 달려 있었다. 도쿄가 아닌 이곳에서는 이제 공부의 실마리를 찾을 수 없을 것 같았다. 내 경우는 언어 공부가 중요한 과제였다.

나는 정원과 잔디밭에 나란히 앉아 그것을 털어놓았다. 정원은 나와 함께 도쿄로 가고 싶다고 말했다.

"꿈만 같아요."

정원은 소녀처럼 기뻐했다.

나야말로 꿈을 꾸는 기분이었다. 오랫동안의 동경이 이제야 비로소 싹을 틔웠다. 이 싹을 키우지 않으면 안 된다. 내 마음은 뜨거워져 안개가 낀 것 같았다. 이성은 완전히 마비되어 자기가 하는 행위의 선악 판단도 할 수 없었다.

하지만 정원이 관부연락선 같은 데서 붙잡히면 안 된다는 염려는 있었다. 그래서 그녀가 한발 앞서 현해탄을 건너가 시모노세키에서 나와 만나기로 했다.

"내일 밤 기차로 떠나겠어요."

정원이 단호히 말했다.

"그럼 역에서 기다리겠소."

나는 대답했다.

흥분하여 그날 밤을 보내는 것이 힘들었다. 다음 날 그 시간을 기다리는 것이 괴로웠다. 하지만 시간은 시시각각 흘러갔다. 나는 여비만을 들고 정거장으로 나갔다. 대합실에 가득한 사람들이 모두 스파이로 보이기도 했다. 불안이 오락가락하여 마음이 진정되지 않았다. 관부연락선으로 연결되는 마지막 특급이 도착하기 때문에 개찰이 시작되었다. 개찰구에 행렬이 생겼다.

나는 광장으로 나가 시가를 내다보았다. 어떤 버스에도 정원은 타고 있지 않았다. 내 마음은 바작바작 타들어갔다. 개찰구가 닫히고 벨이 울렸다. 급행열차가 출발했다. 대합실은 비었다. 나는 낙담했다.

그때 내 앞에 꾀죄죄한 부엌 옷을 입은 소녀가 와서 나를 유심히 쳐다봤다. 그 하녀 모습의 소녀를 나도 봤다. 저기 — 하고 소녀가 말을 꺼냈다. 안 선생님이십니까? 나는 깜짝 놀랐다. 고개를 끄덕이자 소녀는 하얀 봉투 하나를 내게 내던지듯이 건네고는 부리나케 달려갔다. 나는 현기증이 났다. 봉투를 뜯기 위해 벤치로 가서 앉았다. 봉투 안에 연필로 갈겨쓴 세 줄쯤의 문장이 있었다. — 저는 발이 묶였습니다. 부모님이 눈치를 챘습니다. 거기에 계시면 위험합니다…….

나는 머리에 피가 솟구쳐 눈앞이 깜깜해지는 것 같았다.

몸부림치며 괴로워한 하룻밤이 지났다. 이튿날은 하루 종일 자리에 누워 있었다. 원통하다고 생각했다. 회한이 들고 수치심이 섞여들었다. 그리고 나의 현재 환경이 원망스러웠다.

정오가 지났을 무렵 고영이 불쑥 찾아왔다. 나의 잠자리 옆에 앉아,

"졸렬한 일을 했더군."

하고 나를 노려보았다.

"……"

흠칫 했지만 나는 입을 꾹 다물고 있었다. 시치미를 떼려고 생각했다.

"분별없는 짓을 했네."

고영이 소리쳤다.

"뭐가?"

나는 드디어 말을 했다.

"뭐가가 아니네. 엄청난 소문이야. 바보 아닌가, 자네. 지금은 중요한 때

않은가. 가까스로 출세하려고 하는데 말이야. 왜 그렇게 경솔한 짓을 한 건가? 연화의 일을 냄새 맡고 안광성 행장기라는 것을 써서 잡지사에 가져간 놈이 있네. 그건 내가 사들였지. 그런데 바로 그놈이 다음에는 비싼 값에 팔릴 거라며 기세가 아주 등등하다네. 남의 출세를 시기하는 놈은 미워해도 되지만, 쓰기라도 하면 끝장 아닌가."

고영은 산에서 불어오는 거센 바람처럼 화를 냈다.

나는 의기소침했고 불안에 휩싸였다.

"그건 그렇다 치고, 그쪽에서는 그걸 어떻게 알았을까?"

나는 신기해서 견딜 수가 없었다.

"이 바보 같은 사람 보게! 아직도 모르겠나? 자네 어머님이 그쪽에 가서 큰 소리로 따졌다네. 우리 아들을 유혹하지 말라고 말이야. 핫하하하."

고영이 웃었다.

그 웃음소리 하나하나가 통렬하게 내 가슴을 찔렀다.

"은행원 친구들도 크게 분개하고 있다고 하고, 불량배들도 돈벌이를 할 때라는 듯이 긴장하고 있는 모양이네. 당분간 틀어박혀 있게. 신문이나 잡지 쪽은 내가 어떻게 해볼 테니까."

고영이 돌아간 후 나는 자기혐오에 빠졌다. 내게 욕을 퍼붓고 조롱하는 세상 사람들이 보였다. 그 세상 사람들에게 비친 나라는 사람의 추악함도 보였다. 나는 자신이 한 일의 반도덕을 이해한다. 하지만 그 비윤리성에 죄책감이 따르지 않는 것은 어떻게 된 일일까? 고영이 남기고 간 욕설에 동의하면서도 그것이 그다지 내 오장육부에 스며들지 않은 것처럼, 세상 사람들의 비난에 큰 타격을 입지는 않았다. 하지만 이런 처지에 빠질 만한 심리상의 결함이 내게 있다는 사실과 그쪽에 고함을 지른 생모의 추태 등을 생각하자 자기혐오가 심장을 후벼 팠다. 나는 구역질을 느꼈다.

며칠이나 그렇게 지냈다.

장마가 계속 이어졌다.

책을 읽지도 않고 글을 쓰지도 않았다. 습기에 쑤시기 시작한 관절에 시달리며 어떻게 해야 좋을지 생각이 떠오르지 않은 채 시간만 흘러갔다.

비가 그쳤다. 하지만 나는 집 안에 틀어박혀 초여름의 짧은 밤을 길게 느끼며 몸을 이리저리 뒤척이며 잠을 이루지 못했다.

심야, 복도에 발소리가 남몰래 다가왔다. 문이 열리는 방식이나 발소리로 보아 귀향이었다. 나는 옆으로 누워 베개에 얼굴을 대고 숨소리를 냈다. 쓰윽 미닫이문이 열렸다. 밤기운이 흘러들어와 그녀의 체취가 풍겨왔다. 머리맡에 쭈그리고 앉아 가만히 있었다. 그녀는 숨결이 거칠어졌다. 찾아온 뜻을 알 수 있었다. 오싹 등줄기가 떨렸다. 그렇게까지 반응하지 않아도 된다고 나는 반성했지만 혐오에는 이길 수 없었다. 얼마 후 귀향은 깊은 한숨을 내쉬고 일어났다. 복도로 나가 미닫이문을 닫을 때까지 나는 계속해서 거짓으로 숨소리를 냈다. 그녀가 물러갔을 때 나는 휴우 하고 숨을 내쉬었다.

이튿날 밤에도, 그 다음 날 밤에도 귀향은 몰래 들어왔다. 그녀의 속옷에서 향수 냄새가 풍겼다. 머리맡에 물을 가져와 변명 대신 놓았다. 나는 도저히 그녀에게 응할 수가 없었다. 서른 살 여자의 욕정은 혐오당할 뿐이었다. 다섯 번째 밤, 그녀는 미닫이문에 종이를 끼워놓고 물러갔다. 그 종이가 머리맡에 떨어졌다. 나는 그것을 주워 스탠드를 켜서 읽었다. 언문으로 쓴 단시가 쓰여 있었다. 사랑스러운 그대를 연모하는 여자의 정 운운하는 고풍스럽고 서투른 시를 읽은 후 나는 구역질을 느꼈다. 오히려 혐오가 늘었다.

그 이튿날은 흐릴 때가 많고 무더웠다. 나는 정오 무렵까지 잤다. 누군가 불렀다. 눈을 떴다. 귀향이 미닫이문을 반쯤 열고 서 있었다.

"손님이 찾아왔습니다."

그녀는 한마디 알리고 안쪽으로 사라졌다. 나는 준비를 하고 복도로 나갔다. 마당에 흰색 일색인 젊은 여성이 와 있었다.

"아!"

나는 그 여성을 떠올렸다. 여성잡지의 좌담회에서 함께 자리한 적이 있는 여류작가였다. 공산시에는 가까이에 있는 시골에 거주하고 있는 사람을 포함하여 일고여덟 명의 문인이 있었다. 여류작가가 둘이 있었는데 그중 한 사람이었다. 다들 내 선배여서 문명文名은 일찍부터 알려져 있었지만 만난 것은 그 좌담회가 처음이었다.

"신애信愛 씨지요?"

나는 일본어로 물었다.

"네! 뵙고 싶어서 왔습니다만."

신애는 도쿄에서 오랫동안 살아서 오카다 사부로[54]가 영화를 찍고 있던 당시 그의 조수를 했다는 소문이었다. 그녀는 역시 일본어로 대답했다.

"들어오세요."

그는 그녀를 서재로 안내하고 황급히 세수를 하고 돌아왔다.

"아까 그 사람이 부인이신가요?"

신애가 갑자기 물었다.

"예, 예—"

나는 어쩐지 쑥스러웠다. 내 안색을 읽은 것 같았다.

"그렇군요. 상당히 늙으셨네요. 당신의 숙모님이 아닐까 생각했어요."

54　岡田三郎(1890~1954). 홋카이도 출신의 소설가. 1930년 일본키네마라는 영화사를 설립, 감독을 하기도 했다.

"……"

나는 순간 발끈했다. 하지만 그 불손한 말이 대담해서 나는 오히려 그 말을 인정했다.

"느닷없는 얘기지만 어디 좀 같이 가자고 온 거예요."

신애가 나를 똑바로 처다보며 말했다. 나는 그녀를 마주보았다. 단발을 하고 극장의 댄서와 같은 머리를 하고 있는 것을 알았다.

"어디요?"

내가 물었다.

"하이킹이나 가지 않겠습니까?"

"하이킹? 좋네요."

우울했던 마음이 밝아졌다.

"좀 멀어요. 은해사銀海寺."

"아니, 80리나요?"

"입구까지 택시로 가서 우리가 소금강이라고 명명한 산에 오르는 겁니다. 신기한 암자가 있다고 해서 거기서 일박하고 오려고요."

"일박을 한다고요?"

"이상한 얼굴을 하시네요."

신애가 웃었다.

"여럿이서 가니까 이리저리 억측을 하지 않아도 됩니다."

"그럼 가겠습니다."

나는 기꺼이 승낙했다. 오랫동안 썩었던 심신에 숨을 돌리고 오자고 생각한 것만으로도 마음이 풀렸다.

이튿날 아침, 약속한 시간에 택시를 불러 신애가 살고 있는 반야월로 달려갔다. 공산시에서 20리쯤 떨어진 곳으로, 공산시 인근 사과 산지의 거의 중심부였다. 그곳 사과 과수원에 그녀가 살고 있었다. 그녀의 남편과 또 한 명의 여류시인, 그리고 그녀 남편 친구들, 이렇게 모두 다섯 명 정도가 과수원 입구에서 기다리고 있을 터였다.

다리를 건너자 그 사과 과수원은 바로 알 수 있었다. 국도와 철도에 끼인 위치에 3천 평 정도의 사과밭이 섬처럼 되어 있었다. 기와를 이은 일본풍 건물이 울창한 사과나무 숲 사이로 보였다. 짧은 치마에 하얀 즈크화를 신은 가벼운 차림의 신애가 한길에 서 있었다. 차가 멈추자 그녀는 배낭을 들고 탔다.

"혼자인가요?"

나는 의아했다.

"당신이 늦어서 버스로 먼저 출발하게 했어요."

그녀가 대답했다.

차가 달리기 시작했다. 거기에서 30리쯤 되는 곳까지 양쪽으로 사과밭이 이어졌다. 사과밭의 사람들이 작은 열매에 봉지를 씌우고 있기도 하고 소독약을 뿌리고 있기도 했다. 하양河陽 시장에 이르러 국도에서 벗어났다. 길이 나빠져 차가 통통 튀었다.

"당신은 왜 도쿄로 가지 않나요?"

신애가 물었다. 그때 나는 그녀의 아랫입술이 윗입술보다 나와 있다는 것을 알았다.

"갈 생각입니다."

나는 아무렇게나 대답했다.

"가는 게 나을 거예요. 좀 더 공부를 하는 거지요. 도쿄의 시단에서 활약하는 건 굉장한 일이잖아요. 저도 2, 3년 전까지는 그런 꿈을 꾸었지요. 오카다 사부로 씨의 제자가 되어 시나리오 공부를 했는데—"

그런 소문이 사실이었구나, 하고 나는 생각했다.

"당신 작품을 읽었어요. 하지만 일본어가 좀 서툴더군요."

나는 실망했다. 절망 같은 것이 마음을 헤집었다.

"언어 공부를 좀 더 하세요. 도쿄에 살아야 올바른 말을 배울 수 있을 거예요. 저는 긴자에서 여급을 하거나 하며 5년이나 고학을 했지만 소용 없더군요."

"저도 자신이 없습니다."

"하지만 당신은 늘 거예요. 뭔가 터득한걸요. 문제는 언어예요."

"고맙습니다. 해보지요."

"당신은 머리가 좋아요. 그렇게 서툰 일본어로 그만큼의 효과를 냈으니 까요. 머리가 좋다고 생각해요. 칭찬받고 우쭐해서는 안 돼요. 세상 사람 들은 당신을 천재라고 떠들어대겠지요? 천재라고는 생각하지 않지만 확 실히 두뇌가 명석해요."

"됐습니다, 그 정도로."

나는 겸연쩍었다.

"그럼 화제를 바꾸지요. 요즘 문단에 나온 작가인 이카와 다쓰조伊川辰 造[55]를 알고 있나요?"

---

55 일본의 소설가 이시카와 다쓰조(石川達三, 1905~1985)가 모델이다. 사회성 짙은 풍 속소설의 선구자로 「창맹(蒼氓)」으로 제1회 아쿠타가와상을 수상했다. 이시카와 다쓰 조는 백신애(白信愛)와의 추억을 에세이 「조선반도와 나(朝鮮半島と私)」(『恥かしい 話・その他』, 1983)에서 다음과 같이 썼다. "배우를 모집하는 선전에 이끌려 조선에서 온 젊은 여배우가 있었다. 조성희(照星姬)라는 예명은 오카다 사부로 씨가 붙여주었다 고 나는 들었다. 직장을 잃고 나서 그녀는 긴자 뒷골목의 술집에서 일하고 있었다. 일 본어는 능숙했지만 조선인 억양이 있었다. 혀가 짧은 것 같은 그것이 오히려 일종의 매 력이었다. (…중략…) 얼마 후 그녀의 고향에서 내게 편지가 왔다. 주소는 경상북도 경 상군 반야월이라는 곳으로, 그녀의 본명은 백신애라고 쓰여 있었다."

"알고 있습니다. 문단의 기린아라고 떠들썩하지 않나요?"

"이카와 씨는 제 친구예요."

"아, 그렇군요."

"거짓말이라고 생각하는군요. 그분 작품에 「사격하는 여자」[56]라는 게 있잖아요?"

"모르겠는데요."

"그 작품은 『와세다문학』에 실렸는데 저와의 일을 쓴 거예요."

"정말인가요?"

"정말이에요. 다음에 우리 집에 오세요. 보여드릴 테니. 그리고 최근에 『문예』에 쓴 「봉선화鳳仙花」[57]는 봤어요?"

"이카와 씨의 작품인가요?"

"네. 그것도 제 얘기예요."

"그렇다면 이카와가 당신한테 반했다는 거네요?"

"뭐, 그렇지요. 저의 집에도 여러 번 왔어요. 푹 빠진 모양이에요."

"흐음."

나는 질투를 느꼈다. 그리고 왜 이런 하찮은 일을, 하고 자신을 꾸짖었다.

"제가 여급을 했을 때 어떤 학생이 저를 사랑해서 난감했어요. 그 학생은 저 때문에 객혈을 하고 죽었지요."

"흠."

나는 그녀를 쳐다봤다. 눈초리가 약간 올라간 듯해서 고혹적이라고 생

---

56 『와세다문학』 1931년 8월호에 실린 이시카와 다쓰조의 「사격하는 여자(射撃をする 女)」를 말한다.

57 『문예(文芸)』 1938년 신년호에 게재된 「봉청화(鳳青華)」를 말한다. 장혁주와 백신애가 만났던 시점에는 아직 이시카와 다쓰조의 「봉청화」가 발표되기 전이므로 실제로는 이 작품명이 나올 수가 없다.

각했다. 할리우드의 어떤 여배우와 닮았다고 생각했지만 떠올릴 수가 없었다.

'이 여자는 카르멘 같은 구석이 있다'

하고 나는 생각했다.

차가 멈췄다. 솔밭이 거기에 있었다. 우리는 내려서 걸었다. 신애는 배낭을 짊어지고 나는 식량 등을 넣은 가방을 들었다. 30분쯤 지나 오른쪽 분지에 기와지붕이 늘어서 있는 것이 보였다. 신애가 은해사라고 알려주었다. 3대 명찰^{名刹}의 하나다. 내가 절을 보러 가고 싶다고 말했지만 신애는 돌아가자고 했다.

험준한 봉우리였다. 실 같은 길이 산등성이로 뻗어 있었다. 세 집뿐인 마을을 지나자 산은 더욱 험해졌다. 벌거숭이 산맥에 바위가 나뒹굴고 있었다. 한 시간쯤 올랐지만 산꼭대기는 아직 아득히 멀리에 있었다. 몇 개의 봉우리가 주름처럼 겹쳐져 그 하나하나를 골라서 오르지 않으면 안 되었다. 나는 허덕거리며 올라가 산사태의 흔적인 듯한 급사면 위로 몸을 던졌다.

"당신은 참 약하네요. 그 자루는 제가 들어줄게요. 자, 이제 조금만 가면 돼요."

신애는 내 짐을 손에 들고 나를 내려다보며 일어섰다. 나는 땀을 줄줄 흘리며 숨을 헐떡이고 있었다.

"자 보세요, 호랑이가 지나간 자리에요."

신애가 소리쳤다. 깜짝 놀란 내게 신애가 털 난 짐승의 똥을 발로 굴려 보였다.

"정말이네요."

나는 일어났다.

"도중에 날이 저물겠어요. 자, 갑시다."

신애는 걷기 시작했다. 산주름을 헤치고 들어가 가파른 언덕을 한 시간쯤 더 올라가자 목표로 한 산꼭대기 바로 아래였다. 상당히 올라왔는데도 우리가 서 있는 곳은 봉우리와 봉우리 사이의 밑바닥으로 골짜기 같은 느낌이었다.

똑바로 고개를 들고 올려다보니 그곳은 온통 바위투성이고 귀신의 얼굴이나 부처의 얼굴 같은 모습을 한 바위 무더기가 있었다. 그 바위 무더기에서 벗어난 곳에 있는 너럭바위가 마치 학생모의 차양처럼 허공으로 쑥 내밀어져 있었다. 그 위에 작은 기와집이 세워져 있고 처마 끝에 사람이 나타나 바로 아래에 있는 우리를 보려 하고 있는 것 같았다. 그 사람이 발을 헛디디면 바로 우리의 머리 위로 거꾸로 떨어질 것 같았다.

"선발대가 와 있네요."

내가 이렇게 말했다. 어쩐지 신애의 남편이 어떤 사람인가 보고 싶어졌다.

"스님이에요."

신애가 내 손을 잡고 경사가 급한 언덕을 끌어올리듯이 하며 올라갔다.

그 봉우리 위로 올라가는 데 한 시간쯤 걸렸지만 무더기로 있는 바윗돌은 밑에서 짐작한 것보다 훨씬 컸다. 거대한 암석이 코끼리 모양을 하거나 호랑이 면상 모양으로 나무 한 그루 없는 벌거숭이 산꼭대기에 이리저리 나뒹굴고 있는 모습은 아주 무시무시했다. 어쩐지 영계靈界에 온 듯한 섬뜩함이 느껴졌다. 그리고 바위의 복부에 구멍이 뚫려 있고 그 터널을 빠져나가자 암자가 나왔다. 이것도 밑에서 짐작한 것보다 컸다. 별채에는 빈약하지만 객실과 욕실 설비도 있었다.

"어떻게 된 걸까요, 선발대는?"

암자 툇마루에서 아미타불을 안치한 수미단 쪽을 보며 말했다.

"스님께 식사를 부탁했어요."

승방에서 나와 신애는 배낭에서 쌀을 꺼내며,

"맥주가 있어요. 암자 밖에서 석양이 지는 것을 보며 마시지요."

하고 일어났다.

나는 그녀의 뒤를 따라 밖으로 나왔다. 바위 구멍 안쪽과 바깥은 지옥과 현세만큼의 차이가 있었다. 신애는 수많은 바윗돌 중 가장 평평한 것 위에 올라가 짐을 펼쳤다. 맥주와 치즈를 꺼냈다. 지쳐 있었고 배도 고팠기 때문에 맥주를 보자 목구멍에서 소리가 나는 듯한 기분이 들었다. 컵이나 깡통 따개까지 준비해온 데는 감탄했다. 거품이 인 맥주를 손에 들고 신애가 건배합시다, 하며 탁 하고 컵을 부딪쳤다. 단숨에 마시고는,

"고백할게요. 당신을 속였어요."

하고 말하고는 생긋 웃었다.

"뭐요?"

나는 신애를 쳐다봤다. 얇은 입술이 요염하게 떨렸다. 나는 깨달았다. 수치심이 내 등줄기를 달렸다.

"아무도 안 와요. 우리 둘뿐이에요."

신애는 시치미를 떼고 말했다.

나는 눈을 돌리고 맥주를 한 잔 더 쭉 들이켰다.

"저어, 잘못한 건가요?"

신애가 내 옆으로 바짝 다가왔다.

나는 먼 곳을 쳐다봤다. 바위가 병풍처럼 늘어선 산꼭대기에 석양이 걸려 있었다. 거기서 비스듬히 흐르는 빛 속에 암벽이 있었다. 신비한 분위기가 저절로 생겨나 장절한 조망을 만들었다.

두 병째 맥주를 땄다. 거품이 분수처럼 뿜어 오르는 것을 가만히 지켜보며,

'재미있다'

고 생각했다.

취기가 빨리 올라왔다. 맥주를 마심에 따라 신애는 창백해지고 나는 빨개졌다. 피가 뇌수 안을 폭풍처럼 바삐 돌아다니고 손발이 저렸다.

신애가 내 어깨에 머리를 기대며 나는 더는 못 마시겠어요, 하고 말했다. 목덜미에는 불필요한 털도 없었다. 나는 불안감이 들었다. 하지만 그 불안감을 쫓아내듯이 신애의 얼굴을 끌어당겨 입술을 빨았다. 신애는 쓰윽 숨을 들이켜고 뒤로 돌아 숨을 내쉬며 두 번째를 기다렸다. 나는 다시 입맞춤을 했다. 영혼이 통째로 그녀에게 빨려드는 것 같았다.

신애는 의식이 희미해진 것처럼 유인하기도 하고 받아들이기도 했다. 나는 그것에 영혼이 녹아들었다. 얼마 후 우리는 타인이 되었다.

석양이 붉은 머리를 바위 위로 살짝 내밀고 이쪽을 엿보고 있었다.

'해님, 죄송합니다.'

나는 자못 진지한 모습으로 석양에 사죄했다.

"피곤하죠?"

신애의 그 말이 나를 신비에서 세속으로 되돌렸다.

"……"

나는 잠자코 있었다. 등 뒤에서 바위가 화를 내고 있는 것 같았다.

"당신은 허약해 보이는데도 정열적이네요."

신애는 어디까지나 육체의 냄새 속으로 나를 되돌리려고 했다.

나는 말을 할 수가 없었다.

"좋아하게 되었어요, 당신을! 당신의 사랑을 받고 싶어요."

"허!"

나는 코웃음을 쳤다. 나 자신을 향해서였다.

"우리 집 그놈, 몸집만 크지 틀려먹었거든요."

더럽혀진 듯한 생각이 들어 분하다고 생각했다. 그리고 동시에 그놈에게 질투심이 생겼다.

신애가 몸을 일으켜 흐트러진 머리를 매만졌다. 그리고 깡통따개로 바위를 파기 시작했다.

"뭘 하는 거요?"

나도 일어났다. 등 뒤로 석양이 가라앉고 있었다.

"당신과 제 두문자를 새겨두려고요. 천지와 함께 영원히 남도록."

신애의 S와 광성의 K를 조합한 글자가 완성되었다. 싱어미싱singer sewing machine의 상표 같다고 내가 말했다. 신애는 유쾌한 듯이 웃었다. 그 웃음소리에는 악마의 울림이 있다고 생각했다.

이튿날 아침 일찍 신애는 욕실로 내려가 냉수로 몸을 씻고 암자 쪽으로 함께 가달라고 말했다.

수미단 앞에 야채 튀김, 콩나물 조림, 흰밥을 바치고 중이 목탁을 두드리며 염불을 외고 있었다. 신애는 스님 옆으로 가서 일어서기도 하고 쭈그려 앉기도 하며 아미타불에 배례를 했다. 그것이 끝나자 옆방으로 옮겨가 하얀 눈썹을 기른 노인長眉의 그림 앞에서 다시 기도를 드렸다. 스님이 빠른 템포로 목탁을 두드리며 그림 속 노인의 이름을 불러댔다.

"나반존자那畔尊者,[58] 나반존자."

---

58 나반존자 : 불교 석가모니의 뜻을 받들어 열반에 들지 않고, 천축 마리지산(摩利支山)에 살면서 중생을 제도하는 아라한(경지에 오른 이를 가리킴). 머리가 하얗고 눈썹이 길다. 우리나라에서는 독성(獨聖), 나반존자라고 하여 절마다 봉안한다.

맹렬히 불러댔기 때문에 그림 속 노인의 눈이 반짝 빛난 것 같았다. 이 존자는 보통 노인의 모습이고 부처와는 관계가 없어 보였지만 신애는 열심히 그 상에 배례하고 염불을 외며 뭐라고 기원을 했다. 나는 우스웠다. 도쿄에서 시나리오를 공부하고 긴자의 바에서 여급을 한 적이 있는 그녀가 여전히 이런 미신을 믿는단 말인가, 하고 생각했기 때문이다.

근행이 끝나고 객실로 물러나 식사를 마치자 신애가 다시 밖으로 나가자고 했다.

어제의 기념할 만한 그 바위로 가서 돗자리를 깔고 우리의 두문자를 베개 삼아 드러누웠다.

"또 한 가지 고백할 게 있어요. 화내지 않을 거죠?"

신애가 말했다.

해가 머리 위에 있고 무수한 바위가 옆에서 바라보고 있었다. 우리가 누워 있는 바위가 코끼리처럼 움직여 허공을 날고 있는 듯했다. 하계는 구름 아래에 숨어 보이지 않고 천계가 바로 앞에 있었다.

"뭐요?"

나는 의아하게 생각했다.

"아까 그 나반존자 말이에요."

"예."

"아이를 점지해주는 보살이래요. 유명해요."

"뭐요! 아이를 갖고 싶은 거요?"

"그래요! 얼마 전 좌담회에서 만났을 때 당신으로 정했어요. 왠지 모르게 끌렸거든요! 이 근처에서 가장 머리가 좋은 사람의 자손을 얻는 일이니까요."

"허허……."

나는 웃었다. 참으로 우습다고 생각하자 정말 우스워져 웃음이 그치지 않았다.

"그만두세요, 뭐가 그리 우습다고."

나는 웃음을 그치지 않았다.

"자조하고 있어요?"

"예, 뭐."

"그런 건 싫어요! 싫어! 싫어요!"

신애가 몸서리를 치듯이 내게 거칠게 덤벼들었다. 한 손으로 내 손을 잡아 자신의 허리에 두르며 꼭 안아달라고 말했다. 붉고 뜨거워진 입술이 부르고 있었다. 나는 도취된 듯이 그 입술에 빨려들었다.

신애는 흐느껴 울었다. 정신이 아찔해진 것처럼 눈을 감고 있었다. 나는 다시 정감에 빠졌다.

태양이 천연덕스럽게 그것을 보고 있었다.

바위가 군중처럼 늘어서서 나를 노려보고 있었다.

죄다! 나는 눈을 감았다.

사흘이 지나 산에서 내려왔다.

구름 위에 남기고 온 그 바위 세계가 영계 같은 기분이 들었다. 나반존 자도 아미타불도 화를 내고 있음이 틀림없었다. 나는 약간 식상해서 두 번 다시 신애를 만나지 않겠다고 다짐했다.

하지만 시간이 지남에 따라 신애의 살갗이 선명하게 마음에 되살아났다. 그녀 스스로 내 피부는 두부 피부예요, 라고 말한, 당장이라도 가볍게 흩어질 것 같은 그 피부와 다양한 교태가 내게 손짓하고 있었다. 산에서 내려올 때 그녀에 대한 경멸도 어디론지 사라져버리고 나는 몸도 마음도 그녀의 포로가 되어 그녀를 만나러 나갔다. 사과 과수원에서는 일하고 있는 고용인들이 나무 사이로 보였다 안 보였다 했다. 긴 통로로 들어서자 일본풍의 건물이 있었다. 현관에서 안내를 청하자 신애가 달려 나왔다. 놀란 안색을 감추지 못했다. 하지만 금세 정신을 차리고 나를 방으로 안내했다. 그녀 외에 그녀의 친정어머니가 있고 데릴사위인 남편은 집에 없었다. 신애는 이것이 이카와 다쓰조의 그 소설이라며 잡지에서 오려낸 것을 책 상자에서 꺼냈다. 「사격하는 여자」와 「봉선화」, 그 밖의 또 한 편이 있었는데 나는 그것을 손에 들고 힐끗 눈을 주었지만 읽을 마음은 들지 않았다.

"저기요? 아이가 태어나면 당신 이름에서 한 글자를 받을 거예요. 남자아이라면 광光 자를 받아 광수라고 하면 어떨까요? 여자아이라면 성 자를 받아 그 다음에 희姬 자를 붙일 거예요. 이거 좀 보세요."

노트에 아이 이름 여러 개가 휘갈겨 있었다. 나는 노트를 넘겼다. 산에서 보낸 사흘간의 일을 적어놓은 것을 발견하여,

"남편한테 들키지 않는 거요?"

하고 물었다. 불안이 일었다.

"이 상자는 아무도 만지지 못하게 해요."

신애는 대답하고 노트를 접었다.

나는 벽에 걸린 파나마모자와 스프링코트를 발견했다. 남편 것이군, 하고 생각하며 보니 그런 물품들도 나를 매섭게 쏘아보았다. 나는 그를 질투했다. 밤마다 신애와 동침할 수 있는 그가 부러웠다.

'내가 질투할 일이 아니다'

하고 나는 자신에게 말했다. 하지만 선망과 질투에 가슴이 불타기 시작했다. 나는 신애를 끌어당겨 안았다. 그녀는 눈을 감고 입술을 바싹 앞으로 댔다.

돌아갈 때는 기차 시간에 맞춰 갔다. 옛날에는 협궤였던 기차가 광궤로 바뀌고 객차도 근사해졌다. 신애의 집 뒤를 지날 때 신애가 뒤에서 기다리고 있다가 손을 흔들었다. 내가 손을 흔들자 옆에 있던 승객들이 일제히 나를 쳐다봤다.

이튿날도, 그 이튿날도 그날로 끝이라고 생각했지만 하룻밤 지나자 역시 나가지 않을 수 없었다. 어느 날 신애는 나를 강변 근처의 딸기밭으로 데려갔다. 아카시아 나무로 둘러싸인 움푹 팬 곳에 앉았다. 풀이 우리를 감춰주었다. 우리는 하늘을 보고 누워 언제까지고 그렇게 있고 싶다고 생각했다.

"이제 돌아가는 게 좋겠어요. 그 사람이 돌아올 시간이에요."

신애가 일어났다.

나는 어쩔 수 없이 일어났다. 그때 발밑으로 뱀이 와 있었다. 나는 소리치며 그녀에게 매달렸다. 신애가 휘이휘이 뱀을 쫓아주었다. 뱀은 뒤를 돌아보듯이 하며 멀어졌다. 둘로 갈라진 불꽃같은 뱀의 혀가 언제까지고 마음에 남았다. 돌아가는 기차 속에서 이는 순연한 관능이라고 생각했다. 하지만 육체의 향기에 푹 빠진 내게는 아무런 야성도 남아 있지 않았다.

그 다음 날 평소처럼 사과 과수원 안으로 들어갔다. 고용인들이 나를 발견하고 뭐라고 소곤거렸다. 불안이 휙 내 마음에 다가왔다. 그래도 나는 현관으로 갔다.

그러자 그곳 마루방에서 남자가 달려 나왔다. 나를 보자마자 뭔가 크게 소리쳤지만 내게는 들리지 않았다. 나는 흠칫 그 자리에서 꼼짝하지 못했다. 손발이 마비되었다. 도망치고 싶었지만 그것은 굉장히 비루하게 보였다. 그는 내게 돌진해왔고 팔을 뻗어 나를 끌어올리려고 했다. 얼굴이 하얬다. 키가 컸으며 뻗은 팔이 굵었다. 힘이 무척 센 것처럼 보였는데 내

멱살을 잡은 그의 손이 어떻게 된 건지 부들부들 떨고 있었다. 공포는 내게 있어야 할 텐데 그가 떨고 있었다. 나는 그런 그를 동정했다. 그의 심정을 염려했던 것이다.

일단 내 멱살을 잡아 질질 끌고 가던 손을 놓고 다시 뭐라고 소리치고는 안쪽으로 달려갔다. 그러고 보니 그의 손에서 비수가 반짝 빛났다. 아뿔싸, 큰일났다고 생각했지만 내 발은 위축되어 꼼짝하지 않았다. 이번에는 정말 찌를 기세로 그가 돌진해왔다. 나는 눈이 부셨다. 그때 여자가 그의 다리에 태클을 걸듯이 매달렸다. 신애였다. 그래서 내 몸에서 불과 10센티미터도 안 되는 지점에서 비수가 멈췄다. 내가 여전히 우두커니 서 있자 뒤에서 끌어내는 사람이 있었다. 돌아보니 신애의 어머니로, 열심히 나를 질타했다. 나는 가까스로 밖으로 나왔고 걷기 시작했다.

마침 버스가 와서 그것에 탔다. 흥분이 내 마음에 안개를 피우고 있었다. 아무것도 생각하고 싶지 않았다.

이튿날 나는 자조에 빠졌다. 혐오가 엄습했다. 정오쯤 심부름꾼이 신애 필적의 편지를 들고 왔다. 뜯어서 읽고 나는 어안이 벙벙했다. 그리고 점차 공포가 일었다. 그녀의 남편이 예의 그 노트를 증거물로 하여 간통죄로 고소 절차를 밟으러 변호사에게 갔다는 것이다.

나는 고영에게 저간의 사정을 털어놓았다. 고영은 무척 걱정하며 나를 대신하여 신애의 남편을 만나 교섭을 했다. 며칠이나 설득하러 다닌 후 드디어 타협이 성립했다. 고소를 취하하는 대가로 내게 국외로 나가라는 것이었다.

"그쪽은 상하이나 홍콩, 이 두 곳을 지정했는데 자넨 어떡할 텐가?"

고영이 물었다.

"난 도쿄로 갈 거네."

내가 대답했다.

"그쪽은 들어주지 않을 거네."

고영은 잠깐 이리저리 생각해보고 말을 덧붙였다.

"그래, 그렇게 하게. 나가사키에서 상하이로 건너갈 거라고 하지. 나머지는 나한테 맡기게. 아무튼 현해탄을 건너게."

"응, 그렇게 하지."

"그쪽은 오늘 중에 떠나라고 한다네."

"언제든지 떠나지."

"가족들한테는 털어놓았나?"

"앞으로 털어놔야지."

"그런가?"

고영은 감개무량한 듯이 나를 쳐다봤다.

"아무래도 자네는 병에 걸린 모양이네."

"병인가?"

그런가 하고 생각했다. 그는 병 대신 색정광이라고 말하고 싶었을 것이다.

'정말 그렇다'고 나는 생각했다. 그러자 다시 공포에 휩싸였다. 이번의 공포는 내 자신의 영혼이 구원받을 수 없는 지옥에 떨어지는 것이 아닐까 하는 두려움이었다. 이대로라면 나는 손도 써볼 수 없는 자가 되고 말 것이다. 이미 성격이 파탄 나고 있는 거라는 고뇌가 생겼다.

고영이 떠난 후 귀향이 왔다. 과묵한 그녀의 눈에 약간의 빈정거림이 드러나며,

"만약 그 여자가 아이를 낳는다면 그 아이는 당신과 같은 운명이겠지요."

하고 말했다.

나는 화가 났지만 그것을 억누르고,

"조만간 먼 곳으로 갈 거요. 이것이 이번 생의 작별이겠지. 나는 절대 돌아오지 않을 테니. 혹시라도 하는 희망은 갖지 않는 게 좋을 거요. 내가 떠난 후 당신 일은 당신이 결정하시오"

하고 말했다.

그녀는 나를 쳐다봤다. 내 눈에는 지금까지 없던 결심이 드러나 있었다. 그녀는 흠칫 눈길을 돌렸다. 우수가 구름처럼 그녀의 동그란 얼굴에 나타났고, 순식간에 거무스름해졌다. 숯처럼 새까매지는 것은 아닐까 생각되었다.

그녀는 조용히 일어나 나갔다. 문 밖으로 나가 아무 소리도 없이 사라졌다. 적막이 견딜 수 없어질 때까지 주위에 가득 차 있었다.

그때 레코드 소리가 들리기 시작했다. 〈연락선의 노래連絡船の唄〉[59]였다. 가수가 흐느껴 우는 듯한 소리로 노래했다. 연락선은 떠난다. 사랑하는 정든 임은 떠나가고, 잘 가소, 잘 있소, 눈물 젖은 손수건……, 감상이 내 마음을 긁어댔다. 울며 가슴 아파하는 귀향의 모습이 보였다. 버려진 사람의 마음이 되었다. 잔인하다고 생각했다.

나는 양실로 갔다. 안방이 보이는 작은 창으로 들여다보니 귀향은 축음기 옆에서 멍하니 있었다. 눈은 마당 위의 하늘을 향하고 있었다. 마음은 얼이 빠진 듯했다. 틀어진 채인 레코드가 혼자 노래하고 있었다. 귀향은 숨을 죽이고 고통도 잊고, 그리고 괴로워하고 있었다.

---

59 1937년 장세정이 부른 〈연락선은 떠난다〉(박영호 작사, 김해송 작곡)를 가리킨다. 1951년 일본의 여가수 스가와라 쓰즈코(菅原都々子)가 〈연락선의 노래〉(오타카 히사오(大高ひさを) 작사, 김해송 작곡)라는 제목으로 취입하여 크게 유행했다. 하지만 여기서 흘러나오는 노래는 그 가사를 볼 때도 일본 노래인 〈연락선의 노래〉가 아니라 그 원곡인 조선어 곡 〈연락선은 떠난다〉임을 알 수 있다.

외출한 생모가 불쑥 돌아왔다.

"지금 당장 교회에 가야 하는데 레코드 같은 걸 틀어놓고 한가하구나, 너는."

생모가 새된 목소리로 나무랐다.

귀향은 퍼뜩 정신을 차리고 축음기를 껐다.

그리고 치마만 갈아입고 시어머니의 뒤를 따라 나갔다.

대문을 나가는 두 사람을 나는 전송했다. 귀향이 보이지 않게 되자 나는 견딜 수가 없어서 문밖으로 나갔다. 그녀는 뒤도 돌아보지 않고 길모퉁이를 돌아 보이지 않게 되었다.

나는 울고 있었다. 망설였다.

그때 고영이 와서,

"급행 시간에 대려면 차로 가세. 큰길에 기다리게 해두었네"

하고 말했다.

나는 역시 가지 않으면 안 된다고 생각했다. 가벼운 여행 준비를 하고 큰길로 나갔다. 역에는 신애의 남편이 내가 떠나는 것을 확인하러 나와 있다는 것이었다.

차가 움직이기 시작했다. 우리 집을 한 번 언뜻 봤다. 검게 그을린 귀향의 얼굴이 지붕 위로 떠올라 보였다.

나는 도쿄에 왔다.

추억은 우수에 젖어 있었다. 그 모든 것이 분한 기억이 되어 내게 되살아났다.

거기서 나를 구해낸 사람이 게이코였다.

그런 게이코를 내게서 데려갔다.

깊은 심연에 직면한 듯한 기분이 들었다. 지난날의 기억이 분한 만큼 그 기분은 견딜 수 없는 것이었다.

긴 회상에서 완전히 깨어나고 싶어 안달했다. 더럽혀진 자신을 잊고 싶은 것이다.

어두운 마당에 마음을 향하고 불결한 과거로부터 기어 나오려고 했다.

반딧불이가 날아왔다. 구석에 자라고 있던 단풍나무에 빨려드는 것처럼 머물려고 했으나 작은 원을 그리며 높이 날아 논 위로 멀어져갔다.

다쓰노辰野로 반딧불 잡이를 하러 간 날 밤의 일이 떠올랐다. 얕은 여울이나 무리지어 있던 반딧불, 젊은 남녀, 그것은 추억 속에서 생기에 넘쳤다. 하지만 정작 중요한 게이코가 그 추억 속에서의 자취가 희미했다. 그녀의 모습을 확실히 붙잡으려고 안달하자 오히려 미덥지도 않게 멀어졌다.

다른 추억을 찾았다. 가미샤에서 액막이 의식을 하고 있던 그녀의 모습을 되살렸다. 하지만 그 말이나 마음 씀씀이만 살아 있고 그 모습은 확실하지 않았다. 저녁 어둠에 길을 착각하여 다른 사람의 집 모퉁이에서 울고 있던 모습을 찾았다. 그러자 그녀가 또렷이 보였다. 이제는 절대 잊어버리지 않도록 그 모습을 지켜보자 게이코 쪽에서도 내게 매달려 우는 것 같았다.

청정한 마음이 내게 스며들었다. 그 마음을 잃고 싶지 않았다.

'나는 다시 태어났는데도—.'

내게는 더럽혀진 자신과 깨끗해진 자신이 늘어서 있는 듯이 보였다. 그것을 보고 있으니 왠지 모르게 게이코는 이제 돌아오지 않을 거라는 생각이 들었다. 게이코가 내게는 과분한 존재로 여겨졌다.

얕은 잠이 이어졌다가 끊어졌다가 했다. 신주쿠역의 플랫폼으로 미끄러져 들어온 기차, 고개 숙인 게이코, 완고한 얼굴을 한 노인네, 나는 잠에서 깨어날 때마다 끊임없이 같은 공상만 하고 있었다.

날이 새려 할 때 나는 잠깐 눈을 붙였다. 눈을 뜨자 열어두고 잔 복도에 아침 해가 따사롭게 내리쬐고 있었다. 벽에 긴 속옷이 걸려 있었다. 붉은 꽃이 붉은 바탕색에 겹쳐 불타는 듯이 빛나 보였다. 무슨 일이 있어도 게이코가 돌아오게 하고 싶었다. 바탕무늬 꽃처럼 마음이 불타올랐다. 위층으로 올라갈 생각은 들지 않았다. 게이코의 냄새 안에 있으면 조바심이 다소 진정되는 것 같았다. 나는 게이코가 기차를 타고 이쪽으로 돌아오는 공상을 하고 있었다. 기차가 너무 자주 멈추기도 하고, 산간 역에서 인입선[60]을 들어갔다 나왔다 하는 그 스위치백[61]이라는 선로가 굼뜨게 느껴졌다.

역으로 나가봤다. 되짚어 돌아온다고 해도 정오가 지날 무렵이 된다는 것은 알고 있었다. 그런데도 그렇게 하지 않을 수 없었다. 타고 내리는 사람이 여행객인지 가까운 시골 사람인지 차림이나 얼굴로 구별할 수 있었다. 도쿄 사람인지 어떤지도 느낌으로 알 수 있었다. 도쿄에서 온 듯한 여자를 보는 것이 괴로워졌다.

손님이 빠지고 유객꾼들의 대열이 무너졌다. 몇 사람이 대합실 안을 살펴보기도 하고 시간을 보내기 위해 안내소 쪽에서 담배에 불을 붙이기도 했다. 하루 종일 역에 있으니 대합실 벽의 포스터도 다 외우고 말았다. 도안이나 글자를 다시 읽는 것이 고통스러웠다. 호반에 있는 작은 여관의 이름이 들어간 옷을 입은 남자와 몇 번이나 얼굴을 마주쳤다. 저녁에 그가 내게 뭔가 말을 걸려고 했다. 그가 물어보면 적당한 대답을 할 수 없

---

60   인입선 : 기차 용어. 본선에서 특정한 장소까지 따로 끌어들인 선로.
61   스위치 백(switch back) : 가파른 고개 비탈에 정거장을 두기 위한 목적으로 Z자형으로 설계한 선로.

으므로 나는 서둘러 역에서 벗어났다. 내가 집을 비운 동안 전보가 왔을지도 모른다. 아니, 분명히 와 있을 것이다. 이렇게 생각하고 왠지 모르게 웅성거리기 시작한 거리를 걸어 집 쪽으로 돌아가기 시작했다. 온천 옆에서 지름길로 들어섰다. 논둑길에 게다를 더럽히고 바지에 흙탕물을 튀기며 걸었다. 집과 집 사이에 끼인 듯한 논에서 숨 막힐 듯한 냄새가 올라왔다. 올리고당 같은 벼꽃이 간헐적으로 팔랑거리고 있었다.

집에는 아무도 찾아온 흔적이 없었다. 현관은 닫혀 있고 유리문에는 커튼이 쳐진 채였다. 게이코가 돌아와 있어 복도를 열고 거기서 바람을 쐬고 있다면 얼마나 좋을까, 하고 생각했다. 전보가 떨어져 있을까 해서 현관 유리문의 이음매로 들여다보았으나 없었다. 붉은 끈의 통나무 게다가 쓸쓸하게 놓여 있었다. 나는 낙담했다. 본인도 오지 않고 전보도 보내지 않았다고 하면 무슨 일이 있다고밖에 생각할 수 없었다. 예감 같은 것이 마음에 걸려 괴로웠다. 집으로 들어가 지친 몸을 살짝 눕혀보았지만 폐가라도 들어온 듯해서 영 마음이 내키지 않았다.

나는 다음 기차 시각까지 호반에서 보냈다. 우리에는 원숭이가 한 마리뿐이었다. 짝이 없어서 쓸쓸한 건지 무척 무료한 듯 평소처럼 귀찮게 손을 내밀지도 않았다.

호수의 수면이 어두워졌다. 나는 역으로 갔다. 거리에는 등불이 켜지고 온천 동네다운 색채를 띠었다. 함석이나 판자나 페인트가 생기에 넘쳤다. 이번에야말로 틀림없이 올 거라고 생각하고 땅을 울리며 들어오는 열차를 봤다.

하지만 또다시 쓸쓸한 생각을 하고 싶지 않아서 기대를 버렸지만 역시 가슴이 고동치기 시작했다. 사람들이 우르르 몰려나왔다. 양장을 맵시 있게 차려입은 여성이나 화려한 색의 트렁크나 슈트케이스를 든 사람들이 택시를 타고 떠났다. 가까운 시골에 사는 사람이나 읍내 사람도 각각의 방향으로 흩어지고, 그들과 엇갈리며 플랫폼으로 분주히 달려가기도 했다.

현기증이 났다. 나는 출구의 목책에 기대어 뭔가 생각하려고 했다. 하지만 아무것도 생각할 수가 없었다. 나는 어쩔 수 없이 집으로 돌아가기로 했다. 깜깜한 집에는 고독이 구석구석 가득 차 있었다. 다다미 여덟 장이 깔린 방과 여섯 장이 깔린 방에 전깃불을 켜고 고독을 쫓아내려고 했다. 벌레가 몰려와 전구 주위를 열심히 돌았다.

도쿄에서 오는 마지막 열차는 세 편 남아 있었다. 그것을 다 기다리고 어젯밤과 마찬가지로 게이코의 이불을 덮고 아래층에서 잤다. 역시 얕은 잠이어서 이러저러한 꿈을 꿨다.

그때 누군가 머리맡으로 왔다.

나는 퍼뜩 눈을 떴다. 새벽 마당을 배경으로 게이코가 서 있었다.

"아니, 문단속도 하지 않고……."

볼일을 보러 거기까지 잠깐 다녀온 듯한 가벼운 태도였다. 나는 깜짝 놀라 벌떡 일어났다.

"……"

나는 거기에 앉은 게이코를 보았다. 그녀에게서 여행의 체취가 전해왔다.

나는 어떻게든 그녀에게 굉장한 환희를 말하고 싶었지만 여행에 지쳐 야윈 그녀에게 다시 한 번 눈을 주고 있는 사이에 쓰윽 사라지고 말았다.

"오래 기다렸지요!"

게이코는 손수건으로 이마의 먼지를 닦으며 말했다.

"……"

나는 그토록 애를 태웠건만 그것도 눈처럼 녹아버릴 것 같았다.

"전보를 보낼 틈도 없었어요."

하지만 게이코는 내가 무척 기다리고 있을 거라는 걸 정확히 느끼고 있는 듯했다.

그녀는 전보를 칠 틈도 없었던 이유를 말하기 시작했다.

그녀가 신주쿠에 도착한 것은 그날 밤 10시를 좀 지난 시각이었다. 이타바시板橋의 집으로 간 것이 11시 전이었으므로 그길로 돌아오면 마지막 열차를 탈 수 있었을 터였다. 하지만 그녀의 아버지가 직사각형의 목제 화로 옆에 그녀를 앉혀 두고 설교를 시작했다. 그녀의 어머니가 자아, 자, 하며 중재를 했지만 아버지는 화를 낼 만큼 내지 않으면 성에 차지 않는 성미였다. 일찍 잠에 든 오라버니나 여동생들도 일어나 귀를 기울여 듣고 있는 기색이었다. 하지만 다들 숨을 죽이고 있었다. 그녀의 어머니는 남편의 기분을 풀어주려고 술을 내왔다. 그것이 좋지 않았다. 한 병 한 병 술이 들어감에 따라 아버지는 지루할 정도로 장황해져 이야기하다 지쳐 잠이 들 때까지는 세 시간 넘게 걸렸다.

이튿날 아침, 즉 어제 아침, 아버지가 아직 자고 있는 사이에 어머니에게만 무슨 일이 있어도 신쥬信州[62]로 돌아갈 거라고 말하고 집을 나섰다. 하지만 이대로는 아버지의 체면을 잃게 한다. 조슈上州[63]에서 자란 아버지는 그 무엇보다 체면이 손상당하는 것에 심사가 꼬이는 성미다. 그래서 그길로 신슈로 갈 생각을 미뤘다. 아버지가 예전에 이와하나岩鼻의 공창工廠에 근무하던 무렵의 상사로, 지금은 바둑 친구인 퇴역한 육군 소령을 찾아가 사정을 털어놓기로 했다. 게이코는 과자 상자를 들고 그 퇴역 군인을 찾

---

62 신쥬(新州) : 일본 혼슈 중앙부 산악 지대를 가리키는 말로 행정적으로는 나가노 현에 해당된다. 여기서는 남편이 있는 집으로 돌아간다는 의미.

63 조슈(上州) : 예전의 고즈케노쿠니(上野国), 지금의 군마현(群馬県)에 속한다. 게이코와 안광성의 신혼집이 있는 나가노현 바로 옆에 있다.

아갔다. 마침 집에 있었고 기분이 좋았으며 게다가 안성맞춤이게도 그는 내선內鮮[64]은 원래 동일 민족이라는 주장을 연구하는 사람이었다. 그는 일 시동인一視同仁[65] 사이니까 민족 차별은 안 되지, 하고 퇴역 군인의 으스대는 어조로 말했다. 그리고 상대가 시인으로서 출세한 것은 더욱 특별하고 좋은 일이니까 힘이 되어줄 테니 안심하라고 말해주었다. 게이코는 안도의 한숨을 내쉬었다. 오늘도 바둑을 두러 갈 테니 그렇게 말해두지, 하고 말했다. 그에게 뒤를 부탁해두고 일단 집으로 돌아가 어머니에게 그런 취지를 알린 후 역으로 갔다. 도중에 변호사 간판이 눈에 띄었으므로 세세한 데까지 충분히 주의하기 위해 변호사를 만나 상담했더니 게이코가 성인 연령에 달하면 분가해서 한 세대를 이룰 수 있다, 게다가 남편이 데릴사위의 형태로 입적하면 내지일본 호적을 가질 수 있다고 했다. 게이코는 그 말을 듣고 앞길이 환해지는 것 같아 굉장히 기뻤다. 신주쿠역으로 갔지만 한 발 차이로 기차를 놓치고 말았다. 그래서 고슈甲州가도의 기점으로 가서 점심이라도 먹을까 하고 완만한 언덕길을 내려갔다. 그러자 셋집 팻말을 잔뜩 내놓은 복덕방이 눈에 띄었다. 퇴역 군인이 그토록 호의를 가져주었지만 누가 뭐래도 이 자리에 본인이 없는 것은 여러 모로 좋지 않다고 생각했다. 그리고 스와에서는 경찰이 귀찮기 때문에 만약 아버지가 그 경찰에게 뭔가 말해주기라도 하면 불쾌한 일이 일어날지도 몰랐다. 그렇다면 차라리 도쿄로 이사하는 것이 좋을 것 같았다. 그래서 그 복덕방에 돈을 지불하고 셋집 두 집 정도를 볼 수 있었다. 그것은 게이오선京王線의 하타가야幡ヶ谷역에서 북쪽으로 2백 미터쯤 걸어 예전 상수도 제방 아래의 세 채가 나란히 지어진 셋집 중 끝의 한 채였다. 하지만 이웃이

---

64   일본(內地)과 조선을 말함.
65   모든 사람을 차별 없이 평등하게 사랑하는 것.

이렇게 붙어 있으면 작업에 방해가 될 것이고 이웃의 말들도 귀찮을 것 같아서 그 집은 그만두었다. 그리고 그 근처의 술집 주인에게 물어보기도 하고 생선 가게의 어린 점원에게 안내를 받기도 하며 찾아다니는 중에 사사즈카笹塚 쪽까지 가게 되었다. 그리고 역에서 15분쯤 걸리는, 나카노구中野区에 속하지만 그 집의 벽장이 스기나미구杉並区에 걸쳐 있다는 조용한 장소에서 신축 중인 집을 찾았다. 목수들이 한창 대문을 만들고 있는 중이었는데 하루만 지나면 완전히 완성된다고 했다. 근처의 채소 가게 주인이 집주인이라고 해서 곧바로 교섭하여 빌렸다. 게이코는 이렇게 장황하게 말하고 보증금의 영수증 등을 꺼내 보여주며,

"신주쿠역으로 돌아갔을 때는 이미 밤이었어요. 전보를 치려고 했지만 마침 발차 시간이 다 되어 그대로 기차를 탄 거예요. 저 혼자 생각으로 이사하기로 결정했는데, 잘못한 건가요?"

"……"

나는 감탄하며 그녀를 쳐다봤다. 단 하루 만에 그만큼의 일을 해치운 그녀의 초인 같은 모습에 감탄한 것이다. 나 같으면 일주일이 걸려도 할 수 없었을 것이다. 이야기를 듣는 것만으로 가슴에 중량감을 느끼지 않을 수 없었다.

"많이 고단하겠어. 눈 좀 붙여."

나는 게이코를 위로하며 말했다. 이 말이 너무나도 흔해빠진 말이라는 것이 마음에 되돌아왔다. 어제의 그 조바심 속에서는 멀리 떨어져 있던 자신인데도 지금은 완전히 허물없어졌다고 생각하니 어쩐지 부끄러워졌다.

"그럴 여유가 없어요. 오늘 중에 짐을 싸서 밤차로 출발해요."

"뭐?"

나는 어이가 없었다.

"집주인의 친척인 회사원이 그 집을 노리고 있어요. 우리들 직업을 듣고, 그럼 뭐라더라, 자유직업이라는 건가, 하고 집주인이 걱정하는 것 같아서 과감하게 반년치의 보증금을 건넸어요. 그랬더니 마지못해 뭐, 상관없겠지요, 하고 승낙한 거예요. 집주인의 마음이 바뀌기 전에 빨리 가는 게 나아요."

널찍한 들판 구석에 지은 단독 주택으로, 남쪽과 동쪽에 도로를 사이에 두고 이웃이 있을 뿐 한적한 곳이었다. 이웃과의 관계가 귀찮지 않을 것 같은 것도 좋아요, 하고 게이코가 말했다.

내게는 스와가 무척 마음에 들었고, 이국인이라는 마음도 깨끗이 청산된 것 같은 기분이 들었다. 그런데 다시 도쿄로 돌아가 그 큰 덩치 속의 한쪽 구석에 들어가 생활하는 것이 어쩐지 불안했다. 하지만 일을 위해서는 도쿄에 있는 것이 여러 가지로 편리했다. 게이코의 이야기로 보아 그 집이나 주변 상황이 좋아질 것 같아 마음이 움직였다.

아침 식사를 마치자 게이코의 활약이 시작되었다. 내가 짐 꾸리기를 해보자고 애써 결심했지만 어느 것이든 게이코의 마음에 들지 않았다. 삼노끈을 그물코처럼 묶은 것이 헐렁헐렁하고 고리짝은 내용물이 쏟아질 것 같았다. 게이코는 삼노끈을 풀고 처음부터 다시 했다. 마름모꼴로 매듭을 만들고, 두 줄로 묶은 끈을 십자로 걸고, 마름모꼴의 구멍을 통과시키고, 무릎으로 고리짝을 힘차게 눌렀다. 이제 되었다고 생각해도 더욱 힘을 주었다. 완성된 짐은 상당히 난폭하게 내던져도 공처럼 튀었다. 정오 무렵에 온 이삿짐 나르는 사람이 부인의 짐 꾸리기는 전문가도 무색하다고 감탄할 정도였다. 나는 잔심부름으로 뛰어다니며 간신히 면목을 세웠다. 자신의 무능함에 화가 났다. 나는 자신의 성장 내력을 증오했다.

큰 짐은 이삿짐 나르는 사람에게 부탁했지만 매실장아찌 옹기며 항아리 등 깨지기 쉬운 것, 솥이나 냄비 등 그곳에 가서 곧바로 써야 하는 것은 짐꾼에게 부탁하여 기차 안으로 가지고 들어간다고 했다. 그런 살림도구는 사람들이 흘깃흘깃 볼 거라고 생각하여 나는 어쩐지 부끄러워 반대했지만,

"전혀 부끄럽지 않아요."

하고 게이코는 단호하게 말했다.

내일 아침 신주쿠에 도착하는 것이 낫다며 게이코는 출발 시간을 늦추고 짐 꾸리기로 먼지투성이가 된 몸을 가타쿠라칸片倉館 온천의 욕실에서 씻었다. 자갈을 깐 욕조에 몸을 담그고 여탕 쪽에서 물소리를 내고 있는 게이코를 생각했다.

'오늘의 나는 행복하구나.'

하고 생각했다. 정말 행복한 느낌이 들었고, 그것이 마음속에 속속들이 스며드는 것이 느껴졌다.

목욕탕의 카운터에서 들어갈 때 받은 반지와 교환하여 옷을 받았다. 먼저 나온 게이코가 돌계단에서 기다리고 있었다.

거리는 어두워지고 있었다.

기념으로 우리가 처음 묵은 뎃코센 호텔에서 저녁을 먹자고 했지만,

"절약해요, 돈을 꽤 많이 썼으니까요"

하고 게이코는 알뜰하게 대답했다.

우리는 간이식당에 들어가 50전짜리 일본 음식을 먹었다.

기차는 붐볐다. 플랫폼에 늘어선 사람들을 보고 나는 내민 발이 움츠러들었다. 혼잡하다, 탈 수 있을 것 같지 않다, 하고 생각한 것만으로 내 의지는 꺾이고 말았다. 하지만 기차가 멈추자 게이코는 선두에서 버티고 서 있던 남자와 부딪치며 안으로 들어가 창으로 고개를 내밀고 나를 불렀다.

짐꾼과 둘이서 플랫폼에 놔둔 굵은 새끼로 묶은 옹기며 보자기로 싼 냄비며 솥 등 여덟 개의 짐을 들고 들어갔다. 사람들의 시선이 모두 내게 쏟아진 것 같아 나는 창피해서 새빨개졌다. 짐꾼이 아무렇지 않은 얼굴로 해주었기 때문에 도움이 된 것 같았다. 그리고 이렇게 되는 자신에게 혐오감을 느꼈다.

창가에 마주보고 앉을 수 있었다. 의자 아래나 선반이 우리의 짐으로 가득 찬 것 같아 누구에게랄 것도 없이 미안한 생각이 들었다. 좌석에 앉아 나는 아이고 맙소사, 하고 생각했다. 기차가 움직이기 시작하고 좀 지나자 그런 수치심이 사라졌다.

"기뻐요."

게이코가 불쑥 이렇게 말했다.

"……"

나도 그런 기분이라고 말하고 싶었으나 사람들이 보는 것 같아 말할 수 없었다.

"열심히 하는 거예요."

게이코가 다시 말했다.

"응."

나는 겸연쩍은 듯이 대답했다. 하지만 마음속에서는 정말 그렇게 하려고 생각했다.

＊

누가 흔들어 나는 잠에서 깼다. 차창에 기대고 졸고 있었다. 게이코와 다퉜던 어젯밤부터의 피로 때문인 듯했다.

나를 흔든 것은 차장이었다. 표를 좀 보여주시겠습니까, 하고 그가 말했다. 나는 그를 보지 않으려 하며 호주머니에서 표를 꺼내 주었다. 차장은 펀치에 표를 넣어 다카사키高崎라고 인쇄된 굵은 글자의 오른쪽 위에 동그랗게 작은 구멍을 뚫어 내게 돌려주었다.

　내 맞은편에 있던 젊은 여자가 아기에게 젖을 물리며 그 광경을 보고 있었다. 블라우스를 유방 위로 걷어 올렸는데 그것이 조금씩 미끄러져 내려 아기의 얼굴에 닿자 아기는 조그마한 손으로 그것을 귀찮은 듯이 치웠다. 불어서 커진 젖꼭지를 그 손으로 덮는 듯이 하며 아이는 입을 쪽쪽거리며 짜는 듯이 젖을 빨고 있었다. 크게 부푼 유방이라 상당히 보기 흉했다. 나는 흠칫 시선을 돌리며 게이코의 유방이 더 예쁜 모양이라고 생각했다. 비교적 작은 유방인데도 세 명의 아이를 키워냈고 젖의 질도 좋았다.

　나는 한 시간쯤 전에 다카야마역에 남겨두고 온 게이코의 얼굴을 또다시 떠올렸다. 우리가 왜 이렇게 되었을까, 하고 생각해봤다.

　아기가 빨고 있던 젖꼭지를 퐁 하고 소리라도 내는 듯이 위세 좋게 빼고는 내 쪽으로 얼굴을 돌리고 뭐라고 했다. 아기는 말이 되기 전의 말로 칭얼거렸다. 나는 아기에게 가장된 웃음을 보이기도 하고 두세 번 어르기도 했다. 그 어머니에게 크고 튼튼하다는 발림말도 했다.

　그 사람은 다음 역에서 내리고 나는 다시 그 칸에서 혼자가 되었다. 기차가 산간으로 들어가 단조로운 차창에 싫증나 나는 조금 전까지 거기에 있던 젊은 어머니를 떠올리려고 했다. 하지만 그 사람도 아기도 얼굴이 확실히 떠오르지 않고 아기를 안은 게이코의 모습이 되었다. 게이코는 장녀인 요코洋子를 낳은 지 얼마 안 되었다. 여러 해를 거슬러 올라가 그때의 게이코는 조금 전 거기에 있던 어머니보다 훨씬 젊었다. 요코가 태어난 것은 우리가 하나조노花園 거리로 이사한 이듬해 봄이었다. 그로부터 얼마 지나지 않아 중일전쟁이 시작되었다.

초산 때는 상당한 고통을 겪었다. 땀으로 흠뻑 젖은 게이코는 산파가 받아낸 갓난아기를 당장 보고 싶다고 말했다. 첫 목욕을 시키고 배내옷으로 싼 원숭이 같은 갓난아기를 자기 옆에 눕히고 가만히 물리지도 않고 들여다보았다.

아기는 커감에 따라 아버지인 나를 닮아갔다.

"당신을 꼭 닮았어요. 다행이에요, 나를 닮지 않아서."

게이코는 거즈 끝을 혀로 적셔 갓난아기 얼굴의 지저분한 곳을 닦으며 말했다. 그 몸짓이 어딘지 모르게 고양이 같아서 우스웠다. 게이코는 자신이 형제 중에서 가장 못생겼다는 말을 들으며 자란 것을 괴로워했고, 갓난아기가 자신을 닮지 않도록 마음속으로 바란 것 같았다.

"당신처럼 코가 높아질 거예요."

그녀는 몇 번이고 같은 말을 되풀이했다.

"제 코는 콧방울이 퍼져 책상다리를 하고 있는 것 같다고 늘 어머니가 말씀하셨어요. 저번에 아기를 보러 왔을 때도 이 아이는 아버지를 닮아 코가 높구나 했거든요. 제 코가 정말 낮은가 봐요."

게이코는 아기를 애지중지 키웠다. 아기 이외에는 아무것도 없는 듯했다.

어느 날 우리는 아기를 안고 고슈가도 쪽으로 저녁 산책을 나갔다. 그때의 일이다. 거리를 피해 나카무라 병원의 옛집 부지 내의 사설 통로에서 가도로 나갔다. 그 통로 입구에 문방구가 있어 원고지 등을 사러 들렀다. 그때 가게 앞에서 물건을 사러 나온 열예닐곱 살의 세일러복 차림의 여학생과 딱 마주쳤다. 아기를 안은 게이코와 그 여학생은 흠칫 서로에게 길을

양보했지만 그때 아기의 얼굴과 여학생의 얼굴이 마주쳤다. 여학생이,

"어머, 귀여워라!"

하고 다소 새된 소리로 말했다. 그리고 자신을 잊고,

"아주머니, 한 번 안아 봐도 될까요?"

하고 손을 내밀었다. 일면식도 없는 여학생이었지만 그것이 너무나도 자연스러운 기색이었고 또 아기가 너무나도 귀여워서 견딜 수가 없다는 모습이었다. 그래서 무척 기쁜 나머지 감동까지 하며 그 여학생에게 아기를 건넸다. 아기는 약간 싫어하며 어머니 쪽으로 돌아가고 싶은 듯이 상체를 기울였다. 하지만 여학생이 팔로 안았다.

나는 그것을 보며 가게로 들어가 물건을 사고 있었다.

그런데 게이코가 여보, 여보 하고 부르며 가게 안에 있는 내게 달려왔다. 가게 여주인이나 물건을 사고 있던 학생들이 깜짝 놀라 고개를 들었다.

"왜 그래?"

나는 게이코를 데리고 밖으로 나왔다.

"아기가 없어요."

그녀의 얼굴은 이미 눈물로 미끈미끈했다. 목소리는 높아지고 숨도 막힐 듯하고 안색이 바뀌었다.

조금 전의 그 여학생이 자기 식구에게도 아기를 보여주고 오겠다며 그 앞의 골목으로 들어가고 나서 지금까지 기다리고 있었으나 아직도 아기를 돌려주러 오지 않았다. 그래서 게이코는 여학생이 들어간 골목으로 가서 한 집 한 집 들여다보았으나 다들 모른다고 했다. 그 골목은 막다른 길인 듯 그 외에는 이렇다 할 집이 없었다.

"유괴당한 거예요. 어떻게 해요?"

게이코는 이렇게 말하고 울음을 터뜨렸다.

그런 어이없는 일은 없다고 생각하며 나는 게이코를 그 자리에 남겨두고 그 골목으로 들어가 봤다. 좁은 골목이고 한쪽만 작은 집 세 채가 있고 가로닫이가 달린 문 바로 앞에 현관이 있었다. 한 집 한 집 들여다보았지만 그럴싸한 집은 없었다. 하지만 막다른 골목으로 보였지만 막다른 데서 왼쪽으로 좀 더 좁은 샛길이 있었다. 그곳에서 조금 전의 그 여학생이 아기를 안고 생긋생긋 웃으며 나왔다. 아기도 다소 걱정한 모양인 듯 울상을 짓고 있었고 작은 눈물 한두 방울이 뺨을 타고 흘러내렸다. 나를 보자 아기는 손을 뻗으며 굴러 떨어질 듯이 내 팔에 안겼다.

"아기가 너무 예쁘다며 너도 나도 서로 안아보겠다고 해서요……."

여학생은 시종 싱글벙글 웃으며 이런 변명을 하고는 떠나지를 못했다. 아주 명랑하고 안색이 좋은 소녀였다. 걱정되어 미칠 것 같았던 게이코를 만나게 하는 것이 딱할 정도였다.

골목 입구까지 보러 온 게이코는 내가 아기를 안고 있는 것을 보고 안도했다. 하지만 아무리 안도하려고 해도 조금 전의 감정을 억누를 수 없어서 내게서 아기를 빼앗듯이 안고는 다시 하염없이 흐느껴 울었다.

산책을 그만두고 집으로 돌아와도 게이코는 아기를 무릎 위에 두고 거즈로 뺨의 눈물 자국을 닦으며 계속 울었다.

나는 감동하여 그 모습을 지켜보고 있었다. 게이코는 자신의 영혼을 아기의 영혼과 연결하고 있었다. 아니, 어머니와 자식의 영혼은 하나였다. 아기가 그대로 유괴당하거나 죽기라도 했다면 이 어머니의 영혼은 이 세상에서 사라졌을 것이다.

'이것이 정말 어머니라는 것이다.'

나는 게이코의 흥분이 가라앉았을 때 문득 그런 생각을 했다. 얼핏 생모가 마음속에 떠올랐기 때문이다. 내가 태어나는 것을 두려워한 생모는 내가 죽으면 좋겠다고 생각하지 않았을까. 태아를 지우려고 온갖 수단을 다썼다는 것을 자랑삼아 말했던 그녀가 끔찍하게 생각되었다. 나도 한 번은 어머니가 나 이전의 태아를 지우는 데 성공했기 때문에 두 번째도 그렇게 되었다면 이 세상에 태어나지 못했을 것이다. 그러는 편이 얼마나 좋았을까 하고 생각한 적이 있다. 애써 태어났으면서 그 생명을 저주하다니, 이 얼마나 저주받은 인생일까, 하고도 생각했다. 그것이 괴로운 것이다.

그런 식이니 태어난 아기와 영혼이 연결되어 있는 게이코를 볼 때마다 생명의 근원에 닿는 듯한 감개가 있었다.

나는 게이코가 아기와 하나의 마음이 된 것을 보고 인생의 깊이를 깨달았다.

그것은 나를 황홀하게 했다.

나는 아기가 내 슬픈 성장 과정을 잊게 해주기를 빌었다. 아니, 아기가 나와 같은 운명을 되풀이하지 않아도 되는 것을 기뻐했다.

나는 아기를 안고 나무 그늘을 찾아 신사에 간 일이 있었다.

우리 집에서 1.5킬로미터쯤 떨어져 있는데, 이 근방에서는 빈민 연립주택의 대명사처럼 되어 있는 조시키마치雜色町에 면한 언덕에 있는 수호신을 모신 신사였다. 그 무렵 나날이 늘어가는 출정 병사를 전송하기 위한 주민회의 통지가 올 때마다 나는 이웃과 함께 여기에 왔다. 아기의 신사참배를 위해 게이코와 함께 참배하러 온 것이 처음이었는데, 그날 나는 그런 관습이 다소 멋쩍었다. 하지만 옛날부터 이 나라의 그런 관습을 익히는 것이 이 국토에 귀화하는 내 마음에 도움이 되는 것이다. 언젠가 수호신 참배라는 관습이 (설날의 참배라든가 축일의 축제라든가) 내게는 당연한 것이 되었고 그리스도교 세례자라는 것의 구애나 모순도 느끼지 않게 되었다.

우리 집의 이른바 가장 가까운 이웃, 즉 마주보는 세 집은 길 건너편에 있었다. 우리 집의 오른쪽은 남쪽 벼랑 위에 한 집이 있을 뿐이고 왼쪽은 들판이었다. 처음에는 이웃과의 교제가 자연스럽게 되지 않았다. 이 주변에는 건평 30평 전후의 집이 많고 대부분 자가自家였다. 그런 탓인지 자부심이 높았다. 그들이 또 이바라키현이나 시즈오카현, 지바현 부근 출신자로, 서로 아무런 관계도 없이 일상생활을 영위하고 있기 때문에 길에서 만나도 인사를 하지 않아도 되는 형편이었다. 전황이 긴박해지고 도나리구미隣組[66] 제도가 강화되었으며 방화군防火群이 조직되기에 이르러 사이좋게 말을 걸게 되었지만 그때까지는 서로에게 생판 남이어도 좋았던 것이다.

나는 그 사람들이 쓰는 말에 각각의 출신지 사투리가 섞여 있어 뭔가 순수하지 않다는 느낌을 받았다. 나는 스와가 그리워졌다.

그곳에 가자 수호신을 모시는 신사 근처에는 농부나 농부 출신의 지주들이 살고 있고, 연립주택의 주민도 함석지붕의 초라한 집이었는데 비계공이나 미장이나 목수 등의 장인이었다. 그들은 옛날부터 도심에 있는 서민 동네와 어딘가 통하는 시원시원하고 또렷한 장인 말을 써서 말을 붙이기는 다소 어려워 보여도 일단 말을 하면 가볍게 사귀어주는 활짝 열린 구석이 있어 나는 좋았다.

나는 요코를 업고 통장수의 일터에서 따분한 시간을 보내기도 하고 종이 봉지를 만들고 있는 여주인 등과 잡담을 하기도 했다. 그 사람들은 요코를 안아주기도 하고 달래주기도 했다. 그리고 가끔 그 사람들이 아기를 달래는 동작이나 말이 문득 게이코의 그것과 조금 다른 점을 발견하고 아, 그런가, 하고 생각했다. 다시 말해 나는 뜻밖에도 말공부를 했던 것이다. 그런 말은 언어라고 할 만한 것이 아니라 사전에도 없는 말이기 때문

---

66   제2차 세계대전 당시 국민을 통제하기 위해 만들어진 최말단의 지역 조직.

에 그럭저럭하는 동안에 자연스럽게 내 마음에 속속들이 스며들어 피가 되고 살이 되는 것이다.

요코가 더듬거리는 말로 뭔가 말을 하기 시작하면 그것이 또 내게는 진기했다. 나의 생모가 일본인 이민자의 고아 두 명을 떠맡아 키웠을 때 대여섯 살이었던 나는 처음으로 일본 아이와 소꿉장난을 하거나 숨바꼭질을 했기 때문에 일찍부터 일본어를 알고 있기는 했다. 그런데 말을 하기 시작한 아기의 말이 어떻게 일본어이거나 조선어가 되는지 신기하게 생각되어 계속 내 마음에 두고 있었다. 그래서 요코가 말을 시작했을 때 냠냠이라거나 맘마라고 어머니의 입을 통해 듣고 배운 말이나 아기 자신이 만들어낸 음성으로 의지를 표현하는 경우가 있는데, 그 두 방면에서 점차 언어를 형성하는 과정을 알고 크게 배운 바가 있었다. 나 자신은 절대 조선어를 쓰지 않았고 오히려 잊어버리자고 했으며 정확한 일본어를 배우려고 노력하고 있었다. 어떻게든 순수한 말로 시를 짓고 싶다는 비원 같은 것이 내게 있었기 때문에 자신의 아기에게서조차 말을 배우려 하고 있었다. 요컨대 나는 어렸을 때 아이가 쓰는 일본어를 배웠지만 그 이전의 아기 말은 몰랐고, 그것이 내 언어력에 결함이 있는 원인이고 치명상 같은 것이라는 생각을 하고 있었던 것이다.

설사 요코가 숲속의 말馬을 발견하고 아, ××라든가, 오! 라든가, 투덜투덜 이상하게 한 말의 앞뒤를 맞춰보며 그 아기의 말에 귀를 기울이는 것이다. 그럴 때 이 아이가 아버지와 어머니가 다 있는 가운데서 자라는 당연한 일이 내게는 아주 고맙게 생각되었다. 요코는 엄마도 아빠도 있어서 좋겠구나, 하고 아이에게 말해주고 싶은 마음이 간절하기도 했다. 나는 자신의 어두운 성장 과정을 망각하지 않으면 안 되는데도 망각된 보복이 그런 식으로 나타났는지도 몰랐다.

아기를 행복하게 해주지 않으면 안 된다는 생각이 늘 내 마음을 사로잡고 있었다. 실제로 내가 이렇게 아기 옆에 있기 때문에 그런 생각은 버리라고 자신에게 말해보지만 그렇게 사로잡힌 생각에서 빠져나올 수 없었다. 그것은 아기에게 올바른 호적을 주지 못한 것이 마음에 찔렸기 때문이다. 나 자신의 성장 과정이 그랬던 터라 생모의 사생아로부터 친부의 호적에 들어가기까지 호적상의 변천을 여러 번 겪은 일이 어떻게 잊히겠는가. 나는 소년 시절에, 호적 같은 게 뭐라고, 법률이란 인간이 멋대로 만든 것이 아닌가, 하고 유치한 반항을 해보았다. 하지만 신분 차별이 심한 고향에서 나는 아무래도 경멸당하기 일쑤였다. 친부의 집으로 들어가고 나서는 신분상 아주 좋아졌지만 내가 큰어머니의 친아들이 아니라는 것은 모두가 알고 있었다. 그리고 그리스도교 신자들 사이에서는 예수도 그랬으니까 하는 잠재의식이 있어서 관대하게 보는 것에 지나지 않았다. 생모가 내 친부와 정식으로 혼인했기 때문에 나의 법률상 신분은 다시 좋아졌지만, 법률이라든가 세상이란 그런 것이라고 저주해 봐도 소용없는 일이었다. 그런데도 요코에게 부모가 다 있는 호적을 줄 수 없는 것이 나는 무척 슬펐다.

아기가 태어난 것을 알았던 그날부터 이 고뇌가 계속 내게 들러붙어 있었다. 나는 생모에게 편지를 보내 교섭했지만 반대로 협박만 당했다. "그 아이가 태어났으니 짐으로 꾸려서 보내라. 그렇지 않으면 당장이라도 일본에 가서 너와 그 여자에게 개망신을 시켜주겠다." 이런 편지가 한 달에 몇 번이고 날아왔다. 생모는 실제로 그렇게 할지도 모르는 일이라 나는 신주쿠 주변에서 하얀 옷을 입은 여성을 볼 때마다 가슴이 철렁 내려앉고는 했다. 어떤 때는 시내에 나가기 때문에 게이오京王 전차로 신주쿠역으로 가는 도중 엇갈린 전차에 하얀 여성복을 입은 중년 여성이라도 타고 있는 것을 보면 가슴이 철렁하여 다음 역에서 갈아타고 사사즈카역까지 돌아가 상황을 보러 집까지 가본 적도 있었다. 함부로 남의 험담을 하기 좋아하는 이웃들의 입에라도 오르내리면 큰일이라고 생각했기 때문이다. 하지만 어디에도 조선 여성인 듯한 사람은 보이지 않았기 때문에 안도했다.

게이코가 분가하기 위해서는 아직 나이가 부족해서 그때까지의 방편으로 내 호적에 혼외자식으로 올렸다. 어머니 난이나 기타에 게이코의 이름이 기재되어 있기 때문에 앞으로 두 사람이 혼인신고를 하면 아기는 올바른 호적에 올라가게 된다는 대서소 사람의 말에 스스로 위안을 삼았다. 그리고 또 이런 처지의 출생신고서가 상당수 있고, 조선에서만큼 신분 차별을 하지 않는다는 것도 알고 있어서 그것이 내게는 관대해 보였다. 이 나라 사회의 장점처럼 느껴져 안심했지만, 역시 마음 한구석에서는 치욕이 남고 불행이 웅어리졌다.

나는 아기를 안고 어정거리고 있는 내내 그것이 마음에 들러붙는 것을 어떻게 해볼 수가 없었다.

요코는 커감에 따라 귀여운 아이가 되어 근처 부인들의 화제가 되었다. 안아주기도 하고 데려가서 놀아주기도 했다.

그렇게 해주면 나는 기뻤다. 그 기쁨은 보통의 경우보다 훨씬 강한 것 같다고 자신에게 말했다. 그 하나는 민족에 구애되는 마음이었는데, 또 하나는 호적에 신경 쓰고 있는 마음이었다. 나는 이웃으로부터 경멸당할 거라고 믿고 있었기 때문이다.

나는 요코가 태어나기 전날의 일을 잊을 수가 없다. 정확히 말하면 요코가 태어난 날의 새벽이다.

그 전날 생모로부터 다시 협박 같은 편지를 받았다. 그것은 여느 때처럼 격렬한 어조였지만 소작료로 받는 쌀만으로는 생활이 불가능하다는 것, 포목점에 지불할 돈이 수백 원이나 쌓였다는 것, 교회당 신축을 위한 헌금을 낼 수 없다는 내용이 장황하게 쓰여 있었다. 게다가 귀향이 위궤양이라는 진단을 받았지만 입원비가 없어 한방으로 치료를 하고 있다, 현재의 의술에 맡기면 쉽게 고칠 수 있는데 그렇게 해줄 수 없다는 사정을 고통스럽다는 듯이 덧붙였기 때문에 내 마음에 충격을 주었다. 생모로부터 편지가 올 때마다 나는 원망하거나 그리워하거나 불쌍해하는 복잡한 기분이 되었다. 이치로만 보면 반발하거나 미워해도 좋지만 감정은 그 반대로 움직였다. 왠지 모르게 그리웠다. 모자가 한집에서 원만하게 살 수 없다는 것이 슬펐다. 또한 시어머니에게 손발이 묶여 있는 귀향도 가련하게 생각되어 내게는 깊은 죄의식과 자책감이 있었다. 그래서 그 편지를 읽을 때는 눈앞이 흐려졌다.

나는 우편함에서 그 편지를 다른 많은 봉투와 함께 꺼내와 현관 옆의 서재에서 읽었다. 서재가 양실이라는 것은 이름뿐으로, 판자를 댄 다다미 여섯 장 크기의 성냥갑 같은 방이었다. 그때 거실에 있던 게이코가 차를 끓였다고 내게 말했다. 나는 서둘러 편지를 넣었지만 안색이 바뀌었기 때문에 당장은 나가지 않았다. 그러자 게이코가 서재로 차를 가져왔다. 나는 안색을 되돌리려고 했지만 제대로 하지 못했다.

게이코는 재빨리 내 안색을 살피고는,

"어머님 편지예요?"

하고 물었다. 매번 있는 일이라서 게이코는 내 눈빛 하나로 감지할 수 있게 되었다.

"응."

나는 창 쪽으로 시선을 옮기며 들판 위의 하늘을 쳐다보는 척했다.

"또 무슨 난처한 말이라도 해왔어요?"

게이코는 당장이라도 아이가 나올 것처럼 배가 불렀기 때문에 그것을 느슨한 앞치마로 감추고 있었다. 얼굴이 야위어 광대뼈가 드러나 있어 출산이 걱정되었다.

나는 게이코를 안심시키려고,

"아무것도 아니야"

하고 대답했다. 하지만 내 안색은 거무칙칙하게 흐려져 결코 아무것도 아니지 않게 되었다. 여느 때보다 심각하다는 것을 자신도 알 수 있었다.

"어머님도 참 너무하시네요."

게이코는 뾰로통한 얼굴로 말했다. 그리고 곧바로 눈물을 흘렸다.

나는 솔로 먹을 칠하듯이 마음이 흐려졌다. 눈앞이 캄캄해졌다.

"당신을 이렇게 힘들게 하고, 죄송해요. 저만 없으면 당신은 괴로워하지 않아도 될 텐데. 어머님은 저를 미워하시는 거예요."

게이코는 단숨에 말했다. 뜨거운 숨결이 느껴졌다. 이렇게 격렬하게 말한 적은 없었다.

나는 그 폭발에 당황했다. 그것을 어떻게 받아들여야 좋을지 알 수 없었다. 나는 마음이 혼란스러웠다.

"제가 당신과 헤어지면 그쪽에서는 얼마나 기뻐할까요. 그걸 기다리고 있는 거예요. 그렇게 되도록 유도하는 거예요. 맞아요. 아니, 틀림없이 그럴 거예요."

나는 두려웠다. 게이코의 몸에 이상이 일어날 것 같은 불안으로 떨리기 시작했다. 만약의 일이 벌어진다면? 아니, 지금 이것이 그 발작일지도 모른다.

나는 게이코의 손을 잡았다. 애원하듯이 마음을 진정하라고 부탁했다.

배 속의 아기에게 영향을 끼치면 큰일 아니냐고 말했다.

게이코는 차차 마음을 진정했다.

거실로 데려가 오차즈케[67]로 간단히 저녁을 마쳤다. 잠자리를 깔고 게이코에게 누우라고 말하고 서재로 돌아갔다. 혼자가 되자 이번에는 내 마음의 물결이 거칠게 일기 시작했다. 게이코에게 그런 걱정을 끼치게 한 것, 인생에서 가장 중요한 시기에 마음의 안정을 해치게 한 생모, 이런 운명으로 태어난 자신의 불행, 지금까지도 생모의 편지가 올 때마다 그런 것을 고민했다. 하지만 이번 일은 하루만 지나면 잊을 수 있는 가벼운 것이 아니었다. 나는 자신의 인생이 저주스러워 견딜 수가 없었다. 태어날 아이의 호적을 어떻게 하면 좋단 말인가, 하고 나는 한 가지 일을 되풀이해서 고민했다.

나는 슬쩍 집을 빠져나왔다. 게이코는 괴로운 듯한 숨결로 자고 있었다. 배를 크게 울렁거리고, 때때로 휴우 하고 한숨 같은 큰 숨을 내쉬며 힘들어했다. 그것이 또 이상한 사건처럼 보여 불안과 공포를 자아냈다.

나는 수호신을 모시는 신사 경내에서 마음을 진정시키려고 했다. 사자상 옆의 돌층계에 앉았는데, 저녁 어둠 속에서 신사의 전등 밑으로 연립 주택의 아이들이 모여들어 시끄러웠다. 가슴 속이 불타는 듯한 것을 어떻게 할 수가 없는 채 신사 앞의 큰길을 서쪽으로 걸었다. 집들이 띄엄띄엄하고 좁은 길이 아무리 가도 끝날 것 같지 않았다. 널찍한 한길이 나왔다. 파란 버스가 실내등을 환하게 켜고 지나갔다. 나는 그 길을 가로질러 똑바로 걸었다. 집들이 끊어지고 숲 옆이나 벼랑 아래를 지났다. 걷다 지치면 마음도 진정될 거라고 생각했지만 걷다 지쳐도 마음속의 불은 꺼지지

---

67 밥에 녹차를 부은 음식.

않았다. 잠시 후 오른쪽에 소학교가 나타나고 그 주변부터 집들이 이어졌으며 생선 가게나 채소 가게에 전등이 아주 환하게 켜져 있었다. 아주 깔끔한 거리라고 생각했지만 싱겁게 끝나고 커다란 도리이 앞이 나왔다. 전등이 있었다. 오미야하치만구大宮八幡宮 신사와 도리이에 길고 가느다란 편액[68]이 있었다. 그 도리이를 지나 오른쪽으로 빠지자 어둑한 곳이 나왔다. 동그랗게 깎아서 손질한 나무들이 있었다. 철쭉만 있는 곳에 벤치가 있고, 거기서 훨씬 아래쪽으로 두세 단 벼랑을 내려간 곳에 연못이 보였다. 섬에 전등이 켜지고 보트가 그 주위를 돌고 있었다.

나는 벤치에 앉았다. 나무숲에 에워싸여 어디서부터도 방해를 받지 않고 생각을 할 수 있었다.

나는 머리를 싸쥐고 생각하려고 했다. 생모에 대해, 귀향에 대해. 그리고 조금 전의 게이코에 대해, 특히 그 폭발에 대해 생각했다.

그 폭발은 게이코를 다시 보게 했다. 게이코는 지금까지 생모나 귀향에 대해 조금도 티를 내지 않았다. 모든 것을 알아듣고 양해하고 있는 것이라 안이하게 받아들였던 것이 경솔했다고 나는 생각했다.

나는 생모의 편지가 올 때마다 우울한 표정을 지었다. 게이코는 그것을 보고도 보지 않은 척하고 있었다고, 이것 또한 너무 안이하게 받아들였다.

말없이 상관하지 않는 것처럼 있어도 역시 그것들이 게이코의 마음에 쌓여 있었던 것이다. 쌓이고 쌓였다가 그렇게 폭발하게 되었다고 생각하는 것이 옳은 것 같았다.

내가 게이코와 부부가 된 것이 잘못이었다고 나는 자신에게 말했다. 게이코는 불행한 것이다! 나는 생각했다. 일이 이렇게 될 거라는 것은 알고

---

68   편액 : 건물이나 문루 중앙 윗부분에 거는 액자

있었는데 왜 그것을 생각하지 못한 것인가, 하고 자신을 책망했다. 게이코를 불행하게 하고 나 역시 괴로워하지 않으면 안 되는 것의 책임은 내가 지지 않으면 안 되었다.

하지만 어떻게 하면 좋을까? 게이코의 배 속에 있는 아이의 운명이 비참하게 느껴졌다.

나는 머리를 싸쥐었다.

주위가 조용해졌다. 연못의 보트가 점차 적어지고 사람들 소리도 들리지 않게 되었다. 섬에 남은 전등 하나가 쓸쓸하게 연못에 비치고 있었다.

시간이 지나는 것을 알 수 없게 되었다. 정적이 고인 것처럼 주위를 달아버렸다.

나는 생각에 지쳐 잠든 것처럼 머리를 벤치에 올려두고 있었다.

게이코가 가엾어 보였다. 혹시라도 이별한 후의 일을 생각하니 울음이 나올 것 같았다.

문득,

"여보……."

하고 누가 불렀다.

"아!"

나는 깜짝 놀라 일어났다.

"게이코!"

그녀를 쳐다봤다. 밤이슬에 촉촉이 젖은 그녀가 멍하니 나를 보고 있었다.

나는 손을 내밀었다. 게이코는 내게 손을 주며 이끌리듯이 벤치로 와서,

"잘못했어요."

하고 말했다. 그리고 내 어깨에 얼굴을 바짝 대고 울기 시작했다.

"내 탓이야."

나는 왠지 모르게 그렇게 말했다.

"제가 잘못했어요."

게이코는 흐느껴 울며 대답했다.

하지만 내가 생각하고 있던 것과 그녀의 말은 뒤죽박죽이었다.

나는 그것을 언급하지 않고 지나가려고 생각했다.

"당신이 괴로워하는 것이 너무 딱해서……."

게이코가 그 일을 말했다.

"이제 와서…… 아무것도 아니야."

"하지만……."

게이코는 이렇다 할 생각 없이 말했지만,

"아!"

하며 배를 움켜쥐고 고통스러워하기 시작했다.

나는 깜짝 놀랐다. 공포로 눈앞이 깜깜해지는 것 같았다.

"신사에 들르고 다른 데도 두 군데나 들렀지만 없잖아요. 왠지 모르게 여기로 온 거예요. 멀었어요."

조금 지나서 게이코가 말했다.

"그럼 기다리고 있어. 차를 잡아 올 테니까."

나는 당황하기 시작했다. 당황하기 시작하면 손을 쓸 엄두도 못 내는 나를 그녀는 잘 알고 있었다.

"이제 괜찮아졌어요. 돌아가요."

게이코는 일어섰지만 앞으로 상반신을 구부리고 걷기 힘들다는 듯이 간신히 발을 옮겼다.

도리이 밖으로 나왔지만 다시 배를 움켜쥐고 쭈그려 앉았다. 나는 현기증이 나고 어떻게 해야 좋을지 알 수 없었다. 모두 잠들어 집들은 고요해진 것 같았다. 오는 길에 어딘가에 차고가 있었던 것 같았다. 거기까지는 걸을 수 있다며 게이코는 일어나 걷기 시작했다. 조금 지나자 걷기에 익숙해졌다는 듯이 발이 가벼워졌다. 차고 같은 것은 결국 찾지 못하고 한길까지 나왔다. 엔타쿠[69]가 지날 때까지 기다리자는 내 말을 물리치고 게이코는 여기서 엎어지면 코 닿을 데라며 걸어가기 시작했다.

거기서 집까지 실제 거리의 몇 배나 되는 것처럼 느낀 나는 두려웠다.

드디어 집에 도착하자 게이코는 현관에서 몸을 내던지듯이 그곳 다다미 네 장 반짜리 방으로 몸을 반쯤 넣고 까무러쳤다. 가까스로 거실까지 옮기는 것이 고작이었고, 곧바로 산파를 부르러 가지 않으면 안 되었다.

요코는 예정일보다 보름이나 먼저 태어난 것이다.

아기에게 모든 영혼을 쏟아 붓고 있는 게이코는 나의 우울 발작 같은 것에 마음을 쓸 수 없었다. 나도 아기가 태어나 어쨌든 출생신고를 하고 나자 오히려 마음이 편해졌다. 생모는 그 아이를 소포로 보내라는 상식 밖의 말을 해왔지만 그것도 이겨낼 수 있었다. 이왕 이렇게 되었으니 내 사람이라는 든든한 힘을 가질 수 있었고 끙끙거리기만 하고 있으면 손해라는 생각도 있어 우리는 쾌활하게 지냈다.

요코가 세는 나이로 세 살이 되자 게이코는 다시 아이를 가졌다. 남자아이가 태어났다. 3.56킬로그램이나 되는 튼튼한 아기였다. 장남이 태어

---

69 1엔 택시. 시내 어디를 가건 균일하게 1엔을 받는 택시 요금 시스템이다. 1924년 오사카에서 시작되어 1926년에는 도쿄, 이어서 전국으로 확대되었다. 택시의 증가와 불경기 때문에 교섭하기에 따라서는 50전, 30전까지 깎아주기도 했다. 그리고 1937년 무렵부터는 거리제 미터기가 채택되어 실제로 1엔 택시가 운행되던 기간은 짧았지만 엔타쿠라는 이름은 그 후에도 한동안 택시의 통칭으로 남았다. 여기서는 그냥 택시를 말하는 것이다.

났다고 해서 좀처럼 오지 않는 게이코의 어머니와 여동생이 도와주러 와주었다. 축하 선물도 가져다주었으므로 요코 때보다 집 안이 훨씬 활기차고 오시치야ぉ七夜[70]도 상당히 화려하게 했으며 산파에게 주는 사례 선물도 듬뿍 할 수 있었다.

다만 이번에도 출생신고를 할 때는 불쾌한 일을 겪지 않으면 안 되었다.

게이코는 법률상 성인 나이에 달했기 때문에 어쨌든 예정대로 분가 신고를 하고 일가를 이루기로 했다. 이제 내 호적만 오면 되는 것이다.

그 무렵 전쟁은 대륙 전체로 확대되어 남방까지 군대가 진출했다. 도나리구미가 만들어지고 출정하는 병사가 늘어나 조선에서도 징병제를 실시했다. 식민지의 차별을 없애려는 운동이 일어나고, 관리들이 나를 주목하며 여러 모로 끌어내기 위해 찾아왔다.

장남에게는 시즈오靜雄라는 이름을 지어주었고 요코는 유치원에 들어갔다. 학교에 들어갈 나이가 될 때까지는 어떻게든 호적 문제를 해결해두고 싶었다. 하지만 내 눈에 흙이 들어가기 전까지는 절대 호적을 주지 않을 테니 그리 알아라, 라며 생모는 나의 요청을 거절했다.

그래서 요코는 결국 혼외자식인 채 학교에 들어갔다.

그해 겨울 진주만 공격이 있었고 태평양전쟁이 시작되었다. 도나리구미는 강화되었다. 남자의 일손이 부족하게 되어 내가 조장을 맡게 되었다.

서전의 승운이 점차 무너지고 게이코가 세 번째 임신을 했을 무렵 남방의 섬들은 적에게 탈취되기 시작하고 도쿄가 공습을 받았다. 도나리구미 외에 다시 방화군防火群이 결성되어 나는 이어서 군장群長이 되었다. 방화 두건에 각반을 찬 모습의 여성들을 모아 구령을 하고 사다리를 오르

---

70   아이가 태어난 지 7일째 되는 날 이름을 지어 축하하는 행사.

기도 하고 양동이 릴레이를 하기도 하는 등 우스꽝스러운 훈련이 시작되었다.

게이코는 공습 사이렌도 귀에 들어오지 않을 정도로 잘 잤다. 이런 일로 폭탄이 떨어지면 어떻게 할까 생각했다.

긴자와 간다에 폭탄이 떨어지고 나서 적기가 오는 일이 날이 많아졌다.

폭탄을 떨어뜨리고 가는 날도 있고 정찰만으로 끝나는 일도 있었다. 파란 하늘을 B29가 엷은 구름 아래를 휘익 날아갔다. 흐린 날은 낮게 드리운 짙은 구름 사이로 굉음이 들려와 어쩐지 기분이 나빴다. 그 굉음이 머리 위에 왔을 때는 섬뜩하여 정수리가 바늘에 찔린 것 같았다.

사이렌이 울리면 나는 언덕 위의 감시소에서 순서대로 한 사람씩 나오는 도나리구미 여성들과 함께 망을 봤다.

어느 날 밤 서쪽에 고사포 탄이 맹렬히 작렬하기 시작했다.

"야마사키 씨, 적기입니다."

함께 망을 보던 고바야시 부인이 서쪽 하늘을 가리키며 소리쳤다. 불덩어리가 된 적기가 구름 속에서 떨어져 내리는 것이 보였다.

고사포가 작렬하거나 탐조등의 빛줄기가 교차하거나 하는 야경을 여성들은 예쁘네요, 하며 한가하게 바라보았다.

불덩어리가 된 적기는 거꾸로 떨어지는 것이 아니라 안에서는 키를 잡고 있는 듯 저공으로 내려와서도 아직 위치가 무너지지 않았다.

나는 언덕 위에서 게이코, 게이코 하고 외쳤다. 빨리 불러내 구경시켜주고 싶었던 것이다. 하지만 게이코는 좀처럼 잠에서 깨어나지 않았다. 그렇게 하는 사이에 손이 닿을 만한 곳에서 펑 하고 폭발하여 파편이 뿔뿔이 날렸다. 우르르 무너져 내린 상공이 확 밝아졌지만 곧 원래의 어둠으로 돌아가고 고사포만이 계속 으르렁거렸다. 얼마 후 그것도 그치고 곧 공습이 해제되었다.

"군장님, 수고하셨습니다."

고바야시 씨가 말했다.

"그럼 쉬세요."

나는 고바야시 부인을 대문까지 바래다주고 집으로 돌아갔다.

게이코는 내가 돌아온 것도 모르고 계속 자고 있었다. 아기와 요코는 이불에서 몸을 내밀고 있었고, 게이코도 베개에서 떨어져 괴로운 듯이 숨을 쉬고 있었다. 해산달이 다가왔기 때문에 어쩐지 무척 나른한 것 같았다. 어딘가에 자신을 놓고 온 듯한 모습이었다. 내가 흔들어도 눈을 뜨지 않았는데 꽤 세게 흔들자 간신히 눈을 뜨고 "왜요—"하며 잠에 취해 멍한 모습이었다.

나는 지금 본 적기에 대해 이야기해주었다. 하지만 게이코는 건성으로 내가 무슨 말을 하는지 분명히 알아듣지 못했다. 안색이 나빴다. 머리는 흐트러져 있고 온몸에 생기가 없는 모습이었다. 나는 만사태평한 그녀에게 화를 내려고 했지만 그것을 보니 불쌍해졌다. 가엾은 마음에 가슴이 사무쳤다.

"방금 저기에 적기가 떨어졌어. 다이타바시代田橋 근처에."

나는 그녀에게 중대한 일이라는 것을 철저히 알려주려고 했지만,

"그래요?"

게이코는 조금도 불안한 모습이 아니었다.

"혹시라도 여기에 떨어지면 어떡하지?"

이렇게 위협해봤다.

"이런 데는 떨어지지 않아요. 지금까지도 그랬잖아요."

나는 도무지 이야기가 되지 않는다고 생각했다.

"그런 한가한 말은 하지 말고 공습 때만이라도 잠을 자지 말고 있어."

"네……."

게이코는 내가 흔들어 깨운 것이 불만인 듯,

"하지만 집에서는 당신이 있으니까 괜찮아요"

하며 아무렇게나 드러누웠다.

내가 군장을 하고 있기 때문에 그녀는 그 불쾌한 훈련에 나가지 않아도 되는 걸 뭔가 부수입이라도 얻은 듯이 생각하고 있는 것 같았다.

나는 더욱 어이가 없었다. 이 무렵에도 생모는 거의 하루걸러 돌아오라고 재촉하는 편지를 보내왔다. 게이코는 낮이고 밤이고 자는 시간이 많았기 때문에 어떤 우편이 배달되는지 전혀 상관하지 않았다. 나는 그녀의 몸에 손대면 안 될 것 같아서 비밀로 그 폭풍과 싸우고 있었다. 생모의 편지는 협박 같은 어조에서 애원으로 바뀌었다. 그것이 또 나를 괴롭혔다. 귀향이 입원해 있지만 이제 물도 목을 넘기지 못하게 되었다. 헛소리를 계속하는데 그저 너를 만나고 싶다는 말뿐이다. 한 번 만나주지 않으면 죽으려야 차마 죽을 수 없을 것이다, 하는 것이었다. B29와 이 편지가 교대로 왔다. 결국에는 양쪽이 경쟁이라도 하는 듯이 왔다. 내가 무슨 일이 있어도 돌아가지 않을 거라는 걸 알자 친구를 동원하여 편지를 쓰게 했다. 그중에는 고영의 편지가 내 마음에 와 닿았다. "……지난번에 나도 병문안을 갔는데 차마 볼 수 없는 모습이었네. 앙상하게 말라서 피골이 상접하여 정말 불쌍했지. 자네를 만나고 싶다는 말만 몇 번이고 말하더군. 나를 자네로 착각하고 어머! 여보, 하고 일어났다네. 나도 자꾸 눈물이 나더군. 자네한테 뭔가 털어놓고 싶은 게 있는 거 아니겠나? 그런 식으로도 들렸네. 이번 생의 이별을 해두고 싶은지도 모르지. 말 그대로 일생의 이별을 말이네."

자신이 지금 죽어가고 있다고 치자. 가장 만나고 싶은 사람을 만나지 못하고 죽는다고 하자. 그 괴로움을 생각하면 가슴이 찢어지는 것 같았다. 나는 돌아가야 한다고 생각했다.

나는 그것을 게이코에게 말하려고 했다. 그러자 공습 사이렌이 울렸다. 나는 철모를 쓰고 감시소로 나갔다. 게이코는 안심하고 잠자리에 있었다.

'도저히 돌아갈 수 없겠다.' 나는 생각했다.

3월이 되자 적기의 공습은 점점 더 격렬해졌다. 도쿄 내의 피해 상황은 유언비어가 더해져 전해져 왔다.

적기가 또 아주 가까이에 떨어졌다. 불에 타며 우리 집 바로 위를 활공하여 하쓰다이^{初台} 근처에 떨어져 화재를 일으키고 사망자를 냈다.

그 며칠 후 대낮의 이 곳 상공에서 공중전이 벌어졌다. 우리 편 전투기 몇 대가 매복하고 기다리고 있었다. 성층권을 날아다니고 있는 우리 편 전투기가 점같이 작아졌다. 이따금 햇빛을 받고 반짝 빛났다. 그 작은 점이 비행운을 끌고 있는 것이 아주 희미하게 보였다. 그러자 B-29 한 대가 그곳으로 구름처럼 희미해진 기체機體가 되어 전속력으로 날아가려고 했다. 그것은 뭔가 우아한 처녀처럼 산뜻해서 밤중의 저공 습격 때와는 달랐다. 아무래도 악마와 같은 느낌이 들지 않았다. 주위에 서 있는 사람들이 밉살스럽다고 말하기도 하고, 하지만 예쁘다, 하고 중얼거렸다. 언덕 건너편이나 좌우에서 도로 가득 방공 복장에 철모를 쓴 중년 남성들이 뛰어왔다. 온다, 온다, 처박았다, 야호. 사람들은 제각기 소리쳤다. 우리 편 전투기는 그 성원을 받은 것처럼 휙 B29를 처박았다. 그 작은 우리 편 전투기는 한 마리 나비처럼 보였다. 그 나비가 커다란 나방 단체에 도전하는 것 같았다. 그때 B29가 연기를 내뿜었고, 나비가 떨어졌다. 두둥실 하고 낙하산이 펼쳐졌다. B29는 고도를 낮추며 사라졌다.

"낙하산이다!"

사람들이 소리쳤다.

낙하산 둘이 둥실둥실 내려왔다. 상당한 속도로 내려오고 있던 그 하나가 어찌된 일인지 쑥 날개를 접었다. 매달려 있던 사람이 파란 하늘에 검은 선을 그으며 떨어졌다. 어머머, 하고 옆에 있던 여성이 소리치며 눈을 감았다. 남자들이 흥분하여 적병이다, 하고 큰소리로 외치며 달려가기 시작했다. 펼쳐진 낙하산은 바람을 타고 이쪽으로 날아왔다. 어디선지 모르게 솟아난 듯한 사람들이 늘어나 낙하산이 떨어지는 쪽으로 몰려갔다.

낙하산은 신사의 숲 위로 와서 나무 사이로 떨어졌다. 흰 천이 나뭇가지 끝에 걸렸고 사람이 매달려 흔들리고 있었다.

주위에 격렬한 흥분이 일어나 소방복을 입은 남자가 막대 끝에 쇠갈고리가 달린 소방 용구를 메고 달려왔다.

하지만 낙하한 것은 아군 병사였다.

이런 소동이 일어나고 있는데도, 요코와 시즈오도 나와 내 옆에서 그것을 보고 있는데도, 게이코는 각로에 따뜻하게 발을 넣고 누워 있었다. 물건을 사러 돌아다니던 그 무렵의 기운은 어디로 가버렸을까, 나는 생각했다.

"그렇게 나른해?"

나는 불쾌한 얼굴을 하고 있었다.

"그럼요! 나른해서 죽겠어요."

게이코는 아무렇게나 대답했다.

'역시 돌려보내주지 않는구나.'

나는 먼 하늘 저편으로 그렇게 말해주었다.

얼마 지나지 않아 귀향이 죽었다는 통지가 왔다. 장례식을 치러준 고영이 이죽거리는 말을 해왔다 — 자네 같은 잔혹한 사람도 있나 해서 질렸네. 나는 자신을 응시하는 것이 두려워졌다. 고영이 지적한 의미의 잔혹한 인간이었던 것만은 아니었다. 귀향이 죽은 것에 안심하고 오랫동안 잘라버릴 수 없었던 끈이 풀린 일에 기뻐하고 있는 것이다. 그 마음이 추악한 것임은 틀림없었지만 나는 그 추악함을 물리칠 수가 없었다. 그런 잔인한 마음의 소유자라는 것이 두려웠다.

그날 밤 다시 공습이 있었다. 적기 한 대가 제국의 수도를 침입하고 있다고 동부 군관구 정보가 요란하게 나돌았다. 적기 한 대라면 안심이라고 생각했다. 정찰하러 올 때는 대체로 한 대가 왔고 곧 적은 동쪽 해상으로 빠져 나갔다. 그러므로 공습이 해제될 것으로 생각하고 있었다.

하지만 오늘밤에 적은 의표를 찔렀다. 처음 한 대는 대담하게도 저공으로 제국의 수도에 침입하여 폭탄을 떨어뜨렸다. 고토江東 방면인 듯했다. 화제가 일어난 것을 보고 날아가 버렸다. 이것으로 끝났다, 하고 우리는 판단했다. 공습 때에는 대거 습격해오는 것이 지금까지의 관례였다. 하지만 도쿄 주변의 대공 화기는 격감하고 방공 전력은 전멸한 지경에 이르렀다. 그래서 적기는 한 대 또 한 대 잇따라 나타나 앞의 적기가 일으킨 화염을 목표로 유효하고 적절하게 폭탄을 투하했다. 수십 기가 연달아 나타났다. 화염으로 원을 그리는 듯이 재해 지역을 포위하는 듯했다.

나는 언덕 위에 있었지만 요쓰야四谷에서 신주쿠 주변까지 불바다가 된 듯한 착각이 들었고 땅울림이 있을 때마다 유리가 드르르 흔들려 집으로 돌아가 확인해보고 싶었다.

게이코는 자고 있었다. 나는 흔들어 깨웠다.

"어머, 화재네요, 어디죠?"

눈을 뜬 게이코는 깜짝 놀랐다.

복도의 유리문이 새빨갛게 물들고 땅이 울릴 때마다 유리가 소리를 내며 진동했다. 나는 공습 상황을 설명해주었다. 붉게 물든 하늘을 보며 게이코는 숨을 죽였다. 위험이 신변에 다가왔음을 깨달은 것 같았다.

나는 문득 임부가 화염을 보면 아기의 이마에 붉은 반점이 생긴다는 이야기를 떠올렸다. 게이코를 깨운 걸 후회했다.

동쪽 하늘에서는 불티가 맹렬히 날아올랐다. 구름이 떠 있었다. 귀향이 달님처럼 동그란 얼굴을 그 구름에 비친 것 같은 기분이 들었다. 나는 기분 탓이라고 생각했다.

'저 화염 아래에 수만 명의 사람이 죽어가고 있다.'

나는 귀향 한 사람이 대수냐 하는 듯이 생각했다. 그 여세로 까딱 잘못하여,

"그 사람이 죽었소."

하고 말했다.

"뭐라구요?"

게이코는 안면에 씰룩 경련이 일었다. 현기증이 난 듯 유리문을 붙잡았다. 나는 또 후회했다. 하지만 역시 편지가 온 대강의 내용을 말하지 않을 수 없었다.

"……"

게이코는 화염 쪽을 보고 있었다. 구름이 모두 붉게 물들어 장대한 광경이었다.

나는 게이코의 몸에 이상이 있어서는 안 된다며 걱정했다. 게이코는 아무런 표정도 없이 서 있었다. 야윈 얼굴에 불꽃이 비쳤다. 입 밖에 내지는 않았지만 그녀가 얼마나 귀향을 의식하고 있었는지 그 얼굴에 드러나 있었다. 나는 지금까지 게이코가 겪었을 마음의 고통을 생각하고 미안한 기분이 들었다.

"불꽃을 바라보면 아기한테 안 좋대. 그러니 어서 자."

그것은 짐짓 시치미를 뗀 것처럼 들렸다.

"정말이요!"

게이코는 깜짝 놀랐다. 태아가 걱정되는 듯한 모습이었다. 나는 왠지 모르게 시치미를 떼는 듯한 자신이 혐오스러웠다.

"미신이겠지만 말이야."

나는 그것을 믿은 게이코가 실제로 붉은 반점을 가진 아이를 낳으면 큰일이라고 생각하여 그것을 지웠다.

"그렇다면 보지 않도록 할게요."

게이코는 그것에 마음을 빼앗겼다. 그대로의 얼굴로 방으로 들어갔다. 나는 왠지 모르게 구원을 받았다. 동쪽 하늘을 자세히 보았다.

큰 구름이 생겨나 있었다. 거대한 덩어리가 되어 동쪽 하늘 가득히 중천에 우뚝 솟아 있었다. 그것은 소나기구름 같은 모양이었지만 자연스럽게 생긴 구름이 아니라 뭔가 인공적인 데가 있었다. 솟아오른 형태나 붉은 색채도 이상했다.

이웃사람이 화염 때문에 생긴 구름이라며 어젯밤의 피해 상황을 과장되게 떠들어댔다. 그것을 보러 나간 사람이 많다고 했다. 친척이 있는 사람은 가만히 있을 수 없는 까닭이었다. 소문이 더욱 심각하게 전해져 나는 두려웠다. 그 이튿날 나는 밖으로 나갔다. 어쩐지 그렇게 하지 않을 수 없는 심적 충격이 있었다. 한 사람을 죽게 했다는 죄의식이 내 마음에 응어리져 있었다. 그 가책을 견딜 수 없었던 것이다.

신주쿠역의 플랫폼에는 전차가 드문드문 들어왔다. 야마노테선 전차는 빽빽이 가득 차서 상자의 판자가 불룩해 터질 것처럼 느껴졌다. 문 유리창에 꽉 눌려 볼의 살이 유리판에 납작해진 채 보고 있는 소녀가 내 눈에 머물렀다. 방공 두건을 쓰고 있어서 눈이 새빨갛게 문드러졌다. 그러고 나서 알게 되었지만 두건도 옷도 타서 눌어붙어 있었다. 아, 전재민이다, 하고 나는 과장되게 생각했다. 그 아이 옆에는 어머니인 듯한 여자가 서 있었다. 이 사람도 얼굴이 그을려 있었다. 한쪽 뺨에 커다란 붉은 반점이 있었다. 심한 화상으로 문드러진 살이 분유리 같았다. 전차가 움직이기 시작했다. 내 앞을 지나치는 어떤 상자에도 그런 전재민들뿐이었다. 이불을 짊어진 사람이나 목뒤에 보퉁이를 올린 사람이나 빈손인 사람, 다들 울어서 눈이 새빨갛게 부어 있었다. 울어서 퉁퉁 부은 것이 아니라 심한 화상으로 짓물렀다고 나는 자신에게 고쳐 말했다. 어젯밤의 그 화염이 또렷이 떠올랐다.

드디어 전차에 올라탈 수 있었고 우에노 종점에서 내렸다. 역 앞으로 나갔다. 죄다 불에 타서 평평해져 상당히 멀리까지 건너다보였다. 저 멀리에 마쓰야松屋 건물은 거의 없어졌다. 롯쿠六区 안에는 폭탄의 흔적이 생생하게 남아 있었다. 형태를 남기고 있는 건물이 오히려 비참했다. 나는 그쪽을 대충 보고 전찻길로 나갔다. 다리 옆으로 다가가 강가로 내려갔다. 강변의 콘크리트 울짱이 있는 곳에서 강을 바라보고 있는 사람이 있어 나도 그대로 했다. 나는 우에노에서 여기까지 온 만큼 상당히 지쳐 있었다. 바로 최근까지 있었던 그 번화한 거리가 하룻밤 사이에 잿더미가 되었다는 것을 생각하고 있었다. 나는 유위전변有爲轉變, 즉 세상사의 덧없음을 생각했다. 이곳에 살고 있던 사람들의 신상을 생각하며 비참하다, 비참하다, 마음속으로 되풀이하고 있었다. 바람이 부는 대로 나부끼고 있던 민중의 모습이 가련했다. 아무런 도움도 되지 않았을 방공훈련이나 그것을 한 부녀자의 모습이 떠올랐다. 나는 이웃 여성들을 떠올리고 왠지 모르게 눈물을 글썽였다. 강물을 바라보며 여기까지 걸어오는 동안 내 마음에 있던 그 슬픔이 왈칵 밀려드는 듯한 기분이 들었다. 강에는 작은 배 하나가 뒤집혀 물결에 흔들리고 있었다. 배허리가 새까맣게 타서 문드러 진 것을 보고 화염이 강 속에 있는 것까지도 태우고 말았다고 생각했다. 나와 마찬가지로 전투모에 각반을 차고 철모를 등에 매달고 구급 주머니 를 어깨에 멘 중년의 남자 한 사람이 역시 내 옆으로 와서 강을 들여다보 았다. 죽은 사람이라도 떠 있나 하는 표정이었다. 강에는 아무것도 없었 기 때문에 그는 뭐야, 하며 그곳을 떠났다. 하지만 그는 앗 하고 놀란 얼 굴로 뭔가 못 볼 것을 봤다는 식으로 굳어져 서둘러 사라졌다. 나는 불탄 들판에서 받은 자극을 가라앉히고 싶어 아직 강을 보고 있었다. 내가 뭔 가 있는 것처럼 강을 보고 있었기 때문에 나중에 온 사람도 내 옆으로 와 서 강을 들여다보고 아무것도 없잖아, 하는 얼굴로 멀어졌다. 하지만 이 사람도 흠칫 하고 발을 움직이지 못했다. 그래서 나는 덜컥 하며 그 사람 이 서 있는 곳으로 다가갔다.

"앗—"

나는 숨을 죽였다. 피가 모두 얼어붙는 것 같았다. 그것을 어떻게 말해 야 좋을지 알 수 없었다.

사망자가 수십 명이나 그곳 땅바닥에 줄줄이 놓여 있었다. 일 바지에 두건 등 깔끔한 복장이었다. 부인이나 소녀 등 여성뿐인 것 같았다. 노출 된 부분, 즉 손이나 얼굴은 고름이 든 것처럼 노랬다. 안면에 분유리의 반 점 같은 것이 있는 시체도 있었다. 물집이 들어 있었다. 하지만 뭔가 단단 히 죄어져 모두 아름다웠다.

나는 눈을 감고 그것을 보지 않으려고 했다. 눈에 그 사망자들이 뛰어 들었다. 여러 줄로 늘어선 사망자들은 약속이나 한 듯이 두 팔로 만세라 도 부르는 것처럼 번쩍 위로 올리고 있었다. 그중 한 사람은 가슴께에서 두 팔로 뭔가를 안는 듯한 모습을 하고 있었다. 지금 한 어머니의 가슴에는 그렇게 단단히 매달려 있는 아이가 있었다. 어머니 쪽에서는 아이에게 붙들린 채 두 팔을 높이 치켜들고 있었다.

나는 간신히 정신을 차렸다. 이 사람들은 물속에서 발버둥치는 중에 숨이 끊어져 굳어졌다. 굳어지기 시작한 그때 그대로의 자세로 거기에 있었다.

어머니의 가슴에 매달려 있던 아이가 요코로 보여 어머니 쪽이 게이코였다면 하고 생각했다.

나는 현기증이 났다. 눈앞이 깜깜해진 가운데 나는 간신히 그곳을 떠났다. 사람들이 띄엄띄엄 걷고 있었다. 나는 그 뒤를 따라갔다. 앞길에 철교가 보였다. 나는 그 다리 건너편으로 가지 않고 집으로 돌아가려고 했다.

그때 사람들이 발을 멈추고 그곳의 널찍한 강가를 뒤지기 시작했다.

나는 또 앗 하고 몸이 굳었다. 거기에는 조금 전의 수십 배나 되는 사망자가 너부러져 있었다. 손수건으로 입을 덮은 젊은 여성이 혈안이 되어 그 사망자의 줄 사이를 빠져나가고 있었다. 여러 줄이나 되었기 때문에 열병이라도 하는 듯이 한 줄이 끝나자 다음 줄에 접어들었다. 사망자의 줄 한참 너머에 한 하사관이 총검을 들고 서서 빨리 나가라고 우리에게 소리치고 있었다. 나는 그 하사의 사나운 얼굴과 사망자들로부터 튕겨나가는 것처럼 제방으로 나갔다. 하지만 그곳 제방 아래도 사망자의 전람장이었다. 나는 도망갈 장소를 잃고 제방으로 올라가 도로로 나갔다. 하지만 거기에도 제방을 넘어선 건너편 강가에 사망자가 있었다. 헌병이 손으로 신호를 하고 있었다. 오면 안 돼! 돌아가, 돌아가!

나는 이제 이러지도 저러지도 못하게 되었다. 나는 철교 쪽으로 갈 수밖에 없었다. 하지만 철교는 트럭이나 자전거의 잔해로 지나가지도 못할 정도였다. 그것이 모두 불에 타 문드러지고 검게 그을려 인간의 뼈처럼 보였다. 다리 한가운데는 그 자전거의 뼈대를 그러모아 산더미가 되어 있었다. 아니, 산으로 만든 것이 아니다, 양쪽에서 확 밀려 정확히 중앙의 이 주변에서 충돌했고 인간만 강으로 뛰어들고 차체는 버려졌다, 그때 다시 새로운 것들이 밀려와 앞차 위에 얹히게 된 것이다. 나는 이런 광경을 상상했다. 화염과 연기로 휩싸인 다리 위의 아비규환을, 지금 거기에 쌓인 자전거 잔해가 내게 말해주는 것 같았다.

나는 드디어 다리를 다 건넜다. 아주 널찍한 불탄 들판이 눈앞에 펼쳐졌다. 거기에 두세 명이 모여 있었다. 아사쿠사 쪽에서 바람을 탄 화염이 스미다강 수면을 핥듯이 기세 좋게 이쪽까지 불어오는 모습을 손짓 발짓으로 설명하고 있는 중년의 남자가 있었다. 그 사람을 둘러싸고 귀를 기울이고 있는 사람도 있었다. 듣는 사람은 심각한 얼굴로 말도 못 하고 있었다.

콘크리트나 돌담 위에 전선이 늘어져 있었다. 작은 방공호가 군데군데 있었다. 그 입구가 까매져 있었다. 아스팔트 도로만은 젠체하는 듯이 종횡으로 흐르고 있었다. 비참함이나 공포심이라는 마음이 이제 사라지고 없었다. 감정이 마비되고 말았다.

하지만 마침 그곳을 지나는 길에 어느 방공호 입구에 숯 같은 크고 작은 세 개의 인형을 발견하고 아이고 맙소사, 하고 생각했다. 그것은 인형이 아니라 숯이 된 인간의 시체였다. 나는 다시 현기증이 났다. 길가에 쭈그리고 앉아 한숨 돌렸다. 잠시 후 점차 눈이 보이게 되어 걷기 시작했다. 숯이 된 시체가 곳곳에 눈에 띄었다. 살아 있는 인간은 나 한 사람뿐이었다. 불탄 들판에는 새 그림자도 없었다. 살아 있는 것은 나뿐인 것 같았다.

잠시 후 내 눈에 살아 있는 인간이 보였다. 불탄 자리에 여자가 엎드려 울고 있었다. 도로에서 상당히 떨어진 골목 안쪽에 그녀가 있었다. 나는 그녀 옆으로 걸어갔다. 어떻게든 위로의 말 한마디나 해주려고 생각하기는 했다. 내 발소리에 그녀가 얼굴을 들었다. 희고 갸름하며 귀여운 얼굴에 아직 스무 살이 될둥말둥한 정도의 아가씨였다. 옆에는 배낭이 있었다. 채소인가 뭔가가 잔뜩 담겨 있었다. 그녀가 장을 보러 나갔을 때 일가가 전멸한 모양이었다. 나는 그녀의 심정이 무척이나 딱하고 가엾었다. 그녀의 손을 잡고 함께 울어주고 싶었다. 하지만 내 쪽을 힐끗 쳐다본 그녀의 눈에 나는 깜짝 놀랐다. 그녀의 눈 속 깊은 슬픔의 밑바닥에서 분노의 기색이 보였기 때문이다. 나는 자신이 쓸데없이 참견하는 거라는 생각에 겸연쩍어 빠른 걸음으로 그곳에서 나왔다. 멀리 가서 돌아보니 그녀는 다시 엎드려 울고 있었다. 남의 이목을 꺼리지 않고 울고 있었다. 다시 멀리 갔을 때 그녀의 얼굴을 떠올려봤다. 분노를 머금은 눈도, 희고 갸름한 얼굴도, 귀여운 입도, 꼭 다문 입술도, 다소 가는 눈썹도, 쌍꺼풀도 다 확실히 보였다. 언제 어디서 만나도 결코 잊을 수 없을 거라고 생각할 정도였다.

나는 길가에 앉아 그녀를 발견한 쪽을 쳐다봤다. 전선이나 담장 같은 것에 막혀 그녀는 보이지 않았다. 하지만 장을 보러 나갔다가 돌아왔더니 일가가 모두 죽어 있었다, 하는 슬픔이 내게 밀려들었다. 나는 또 어떻게든 그녀를 위로하고 싶었다.

그때 그곳으로 택시가 돌진해왔다. 택시의 엔진은 정말로 쾌적했다. 목탄차에 익숙한 내게는 가솔린만으로 움직이는 그 택시가 홀연히 땅속에서 솟아난 것 같은, 이 세상 것이 아닌 것 같은 느낌이 들었다. 차는 내 앞을 휙 지나 내가 지금껏 오랜 시간을 들여 걸어온 쪽으로 멀어졌다. 이 짧은 시간에 나는 차 안에 있던 사람을 확실히 포착했다. 참모 견장이 금색으로 빛나고 있었다. 금장襟章의 금줄도, 큰 금별도 굉장히 멋지게 빛났다. 얼굴은 큰 불상처럼 근사하고 반들반들했다. 위압하기에 충분한 위엄이 있었다. 하지만 그는 시체가 너부러진 들판을 방약무인하게 돌진해갔다. 슬픔이라든가 연민이라든가 하는 기색은 눈곱만큼도 없었다. 아무리 군인이어도 조금은 슬픈 듯이 해야 한다고 나는 불평했다. 그는 수천, 수백 명의 사망자 무리를 곁눈으로 힐끗 보고 지나갔다. 무엇 때문에 찾아온 것일까. 어떤 모습으로 죽었는지 보고 오자, 하는 생각에 찾아온 것으로밖에 보이지 않았다.

나는 무척 억지를 쓰며 굉장히 분개했다.

문득 귀향의 일이 마음에 가시를 박았다. 하지만 나는 그것을 밀쳐냈다.

'수천이라는 사망자가 여기에 있다. 당신 한 사람 정도가 뭐란 말인가.'

'조금 전의 그 장교를 보라고!'

나는 내 마음의 추악함을 깨닫지 못한 척하며 걷기 시작했다.

날이 저물어 집에 도착했다.

"어땠어요?"

게이코가 물었다. 그 어조가 경박하게 들렸다.

"죽은 사람들을 많이 봤어."

나는 대답하지 않았더라면 좋았을 거라고 생각했다. 이 얼마나 천박한 표현인가, 하고 자책했다.

"그래요?"

게이코는 불구경하고 돌아온 사람에게 묻는 정도의 마음인 것 같았다.

나는 어떻게 하면 내 마음에 밀려들어 지금도 억누르고 있는 이 슬픔을 똑바로 전할 수 있을까 해서 조급하게 굴었다.

"물에 빠져 죽은 사람과 불에 타서 죽은 사람, 이렇게 두 종류가 있었는데 전혀 달랐어. 그게 말이지……."

"그런가요."

나는 이야기를 멈췄다. 이래서는 말이 안 된다고 생각했다. 사망자를 모독하는 것 같은 기분이 들었다.

고슈가도 건너편 점포가 강제 소개되기 때문에 그것을 돕기 위해 호출되었다. 돕는다고 해도 멀리서 줄을 잡아당기면 되는 일이었다. 아무렇지도 않은 집이 쿵쿵 무너지는 것이 아까워서 가슴이 메는 것 같았다. 하지만 어차피 불에 탈 것이다. 구할 수 있는 집까지 구하지 못하게 될 테니 무너뜨리는 편이 낫다. 이런 이유를 듣자 역시 그렇겠군, 하며 납득했다. 그것이 부자연스럽지 않은 것도 이상했다. 고슈가도가 확 넓어져 게이오 전차 노선과 하나가 되었다. 무너뜨린 집의 재목을 받아와 목욕물을 끓이고 대낮부터 탕에 몸을 담가 기분이 좋아지고 있는데 경보가 울려 낙담했다.

소용없게 된 재목은 얼마든지 구할 수 있기 때문에 그것을 그저 목욕물을 데우고 취사에 쓰기에는 아까워 뜰에 판 굴을 진짜 지하 굴로 만들자고 생각했다. 이 주변은 괜찮다며 대수롭지 않게 여기던 이웃이 짐 소개를 시작했다. 하지만 화물 자동차는 암거래 보수를 낸다고 해도 좀처럼 찾을 수 없었다. 큰 짐수레로 터벅터벅 짐을 옮기는 일은 시간이 너무 많이 걸렸다. 120리쯤 떨어진 다카야마高山라는 산촌에 게이코의 먼 친척이 소개해 있기 때문에 그곳으로 가서 부탁하면 짐을 맡길 수는 있었다. 하지만 120리 거리에 비하면 바로 코앞인 주식 배급소에서 배급을 받아 배낭을 메고 오는 것조차 힘들었고, 어쩐지 쑥스러워서 정신적으로 질리고 마는 것이다. 갓난아기가 태어나서 그 역할을 하루라도 빨리 게이코에게 돌려주고 싶어서 견딜 수가 없었다.

지하 굴을 만들기 시작하자 의외로 나도 할 수 있을 것 같았다. 당신이 할 수 있을까요, 하고 반신반의했던 게이코는 내가 움 안에서 기둥을 세우거나 판자를 대거 하는 것을 경이의 눈으로 지켜보고 있었다.

"못을 박는 소리를 멀리서 듣고 있으면 꼭 그게 본업 같아요."

그녀는 기뻐했다.

굴을 파기 시작했을 때부터 생모가 또 중태라는 소식이 왔다. 스스로 글을 쓸 수 없게 된 생모는 대필로 힘겨운 상황을 알려온 것이다. 하지만 그것은 과장되어 있거나 꾸민 것에 지나지 않거나 해서 오히려 신경이 곤두섰다. 귀향의 경우와 달리 이번에는 도의상으로라도 병문안을 가지 않으면 안 되었지만 언제 태어날지 모르는 남산만 한 배가 그 생각을 굴복시켰다.

"당신이 상주잖아요. 만일의 경우가 있을 수 있으니까 가보는 게 어때요?"

게이코가 말했다. 사람의 도리로 한 말이었다.

"군인이 아니면 관부연락선을 태워주지 않아."

나는 강하게 말했다. 그것이 원칙이었지만, 군 관련 증명서를 구하려고 하면 어떻게든 구할 수 없는 것도 아니었다. 나는 두 군데 국책 단체에 소속해 있어서 그 단체를 이용하면 연줄이 있을 것 같기도 했다.

하지만 공습이 한창인데도 정신없이 잠에 빠지며 자지 않고는 배길 수 없는 게이코, 그리고 그녀의 출산을 생각하면 생모의 병은 문제가 되지 않았다.

5월이 되었다. 오키나와가 함락되었다거나 함락되고 있다는 유언비어가 나돌고 관부연락선은 민간인에게 완전히 막히고 말았다. 생모에게 보내는 편지에 그것을 핑계 삼았다. 그리고 한 달 반쯤 지나 고영에게서 생모가 사망했다는 소식이 왔다. 고영이 나를 사람이 아닌 것처럼 생각한다는 것이 편지에 담겨 있었다.

"장례식은 교회장으로 했네. 유언에 따라 묘는 자네의 부인 옆으로 정하고, 안씨 집안의 묘지로는 가지 않았지. 그리고 전답은 목록대로 남아 있지만 교회에 기증한다는 유언을 남겼네. 자네의 승인이 필요하지만 어떻게 할지, 다만 묘지림만은 묘를 위해 남겨두는 것이 좋다고 생각하네만……."

나는 고영에게 감사 편지를 써서 유산 처분의 위임장에도 도장을 찍어 보냈다.

나는 생모를 미워했지만 이치를 떠나 본능적인 슬픔을 느꼈다. 나는 그리스도교의 집회장에 가서 생모를 위해 기도를 드리고 싶은 충동에 사로잡혔다. 하지만 전쟁 이래 그리스도교 교회는 쇠퇴하여 이 근처에서는 찾아볼 수 없어 그건 그만두었다. 피를 나눈 사람들이 마지막까지 서로 사랑하지 못했던 것이 무척 슬퍼져 신사 경내로 가서 사자상 뒤의 돌계단에 앉아 울었다. 하나뿐인 자식인데도 장례식에도 가지 못한 것이 죄가 아니고 무엇이겠는가, 나는 자신을 질타했다.

게이코가 시즈오의 손을 잡고 나를 찾으러 오는 것이 보였다. 배는 남산만 해서 당장이라도 몸을 풀 것 같았다. 그것이 성스럽게 보였다. 나는 생모의 영혼에 말을 걸듯이 중얼거렸다.

"어머니, 저걸 보세요. 저는 도저히 갈 수 없었습니다."

그때 경보가 울렸다. 나는 다시 생모의 영혼에 말했다 ― 자, 보세요. 오늘도 또 수천 명의 사람이 죽임을 당합니다.

나는 벌떡 일어나 눈물을 훔치고,

"요코는?"

하고 도리이 밑으로 온 게이코에게 큰 소리로 말했다.

"집에 있어요."

게이코는 가쁘게 숨을 쉬었다.

"그럼 얼른 돌아가야지."

나는 돌계단을 뛰어 내려갔다.

"당신을 찾으러 온 거예요."

게이코는 화가 난 듯이 말했다. 그녀는 언젠가 오미야하치만구 신사에서 있었던 일을 생각하고 있었다.

'나는 늘 고민하고 있구나! 게이코의 눈에는 내가 꽤나 비뚤어진 사람으로 보이겠지!'

나는 자신에게 이렇게 말했다.

시즈오를 가운데 두고 공습 사이렌이 울리기 전에 얼른 집으로 돌아가려고 서둘렀지만 게이코는 빨리 걸을 수 없는 것 같았다.

"산파를 불러 오세요."

집이 보이는 데까지 오자 게이코가 말했다.

나는 불안해졌다. 현기증이 날 것 같았지만 정신을 바짝 차리자고 생각했다. 공습이 해제되었다.

부디 오늘밤만이라도 공습이 없기를, 하고 기도했다. 하지만 산파가 와서 물을 끓이고 있으니 다시 경보가 울렸다. 나는 두 아이를 양 겨드랑이에 안고 복도에서 실내의 상황에 신경 쓰며 제발, 부디 — 하고 기도했다.

라디오가 간사이關西 지방 쪽에 적기가 나타났다는 소식을 알렸다.

나는 휴우 하고 가슴을 쓸어내렸다. 간사이關西의 그 도시에도 우리와 마찬가지로 괴로운 일을 당하고 있는 사람이 있을 거라고 생각했지만, 어쨌든 그래도 다행이다, 생각하지 않을 수 없었다.

게이코는 계속 신음소리를 냈고 밤중에 무사히 출산을 했다. 남자아이였다. 나는 아이들을 내 방에 재워두고 산파를 도왔다.

오시치야가 지났을 무렵 고향 시청에 청구해둔 호적등본이 도착하여 구청에 가서 게이코의 호적에 데릴사위 형태로 입적했다. 아기의 출생신고도 동시에 했다. 집에 돌아와서,

"다 끝냈어."

게이코에게 보고했다.

"그래요?"

게이코는 이불 속에서 아기의 이마를 거즈로 닦고 있었다. 무감동한 대답이었지만,

"드디어 됐네요. 10년이나 걸려서 가까스로 된 거예요."

하는 말을 덧붙였다. 나는 깜짝 놀라 게이코의 마음속 이면을 들여다보고 있었다.

＊

차장이 통로를 거칠게 걸어와 곧 종착역이니 잊어버리고 내리는 물건이 없도록 하라는 형식적인 말을 하며 앞 칸으로 갔다. 옛날 차장은 저렇지 않았다며 불만스럽게 생각했다. 단정한 자세로 모자를 손에 들고 정중한 말로 했다. 하지만 패전하고 아직 두 번째 여름이라 어쩔 수 없다고 체념했다.

기차는 다카사키高崎역 구내로 들어오고 나서도 상당히 오랫동안 달렸다. 기관차의 지붕에는 구멍이 뚫린 채이고 여기저기에 보이는 화차나 기관차도 지저분해져 아무런 계획 없이 내버려져 있는 것 같은 느낌이었다.

기차가 멈췄다. 지금까지 내게 들러붙어 있던 추억을 벗어던지고 플랫

폼으로 내렸다. 그 추억과 함께 게이코도 먼 하늘 저편으로 쫓겨났다.

나는 눈이나 마음을 출구의 목책 쪽에 있는 사람들에게 향하고 있었다. 역시 작업복 바지나 국민복 차림은 줄었지만 물건을 사러 가는 일군의 남녀가 나를 추월하여 조신에쓰上信越의 플랫폼으로 가고 있기 때문에 육교 쪽으로 쇄도하는 것은 전시 모습 그대로였다. 그 가운데를 키 큰 외국인 병사와 손을 잡은 원색의 양장 차림의 여성이 어깨에 메는 백을 우뚝 솟게 하며 걸어가는 것이 시선을 끌었다.

유키에는 보이지 않았다. 마중을 나와 주지 않은 것이 마음에 걸렸다. 밖으로 나가 오른쪽의 대합실 입구에서 서서 안을 찾아보았다. 어떤 벤치에도 사람이 빽빽이 들어차 있고 큰 짐 위에 앉아 있거나 했다. 사람들의 입김이 확 얼굴로 덮쳐왔다.

청회색 원피스가 눈에 띄었다. 다소 긴 머리에 파마를 하고 있었다. 다섯 명이 앉는 의자의 오른쪽에서 두 번째에 어깨를 잔뜩 움츠리고 고개를 숙여 책을 읽고 있는 뒷모습으로 다가가 그 오른쪽 어깨를 두드렸다. 유키에는 뒤를 돌아보지 않고 곧바로 책을 덮고 일어나 벤치를 돌아서 나왔다. 두드리는 느낌으로 나라는 걸 알았을 것이다. 이제 올 시간이라고 생각하며 누군가 두드리기를 기다리고 있었던 듯한 느낌이었다. 그렇다면 왜 출구 쪽에서 기다리고 있지 않았을까 하는 의심이 들었다.

"잠깐 밖으로 나가지."

내가 말했다.

유키에는 눈을 내리깔고 네, 하고 말했지만 그 목소리는 분명하지 않았고 두드러지게 고개를 끄덕인 것도 아니었다.

대합실에서 나가자 공기가 맑게 느껴졌다. 유키에는 나를 보지 않는 듯이 하며 눈을 시내 쪽으로 주고 있었다. 튤립 슬리브 반소매에 빨간 가죽 구두가 그녀의 젊음을 돋보이게 했다. 그 둘 모두 내가 시나리오를 써주었던 영화사 사장이 내게 선물해준 것을 다시 유키에에게 준 것이다. 그 영화사 사장은 제삼국인으로 김金이라는 사람이었다. 총사령부에서 배급된 필름을 암거래하거나 외국인 상사나 일본의 암거래 상인과 손을 잡고 장사를 하고 있었기 때문에 밀수입품이 손에 들어왔다. 유키에의 이 차림새는 요즘 유행에 뒤처지는 것은 아니었다.

하지만 그녀는 양장보다 일본 옷이 어울리는 몸으로, 이름이 고풍스러운 것처럼 언행도 단아했다.

이것이 아프레일까?

나는 어젯밤 게이코로부터 욕을 먹은 일을 떠올리고 있었다. 나는 유키에가 아프레와는 아주 먼 여성이라고 생각하고 있었다. 조금 전 플랫폼에서 본 원색의 양장을 입은 여성과 비교해봤다.

역 오른쪽에 가건물로 지은 듯한 허술한 가게가 늘어서 있었다. 우리는 그 한 가게로 들어가 원목으로 만든 식탁을 사이에 두고 마주 앉았다.

"짐은 어떻게 한 거야?"

나는 약간 의심스럽다는 듯이 물었다.

"임시로 맡겨두었어요."

유키에는 시선을 피했다. 옹이 구멍투성이인 판자벽에는 음료수나 음식 이름을 쓴 색지가 붙어 있었다.

"어째서?"

나는 유키에가 살짝 부은 듯한 눈꺼풀을 내리깔고 있어서 왜 그런지 탐색해보려고 했다.

"정말 오실지 어떨지 몰랐으니까요."

유키에는 의외로 술술 주저 없이 말했다.

'역시 의심하고 있구나.'

나는 이렇게 생각했다. '그러므로 이런 관계는 잘 되지 않는다.' 하고 생각하며 물었다.

"의심했어?"

"의심한 것은 아니지만……."

유키에는 젓가락 통에서 젓가락 하나를 뽑아 툭 하는 소리를 내며 둘로 쪼개 각각 다른 손에 들었다.

"그야 그렇잖아요?"

힐끗 눈을 치켜뜨며 나를 보고, 그리고 턱을 감추듯이 하며 입을 다문 채 웃었다.

그 웃음 뒤에 게이코가 있었다. 나는 불쾌했다.

"집은 얻어놨고……."

편지로 말해준 것을 되풀이하며,

"난 결심했어."

하고 말하고는 왠지 아뿔싸 했다. 가볍게 말해두고 그 말의 책임을 지기 위해 쓸데없는 고생을 하는 경우가 있는 자신을 깨달았다.

"하지만……."

유키에는 각각의 손에 쥔 젓가락을 서로 찌르듯이 교차하기도 하고 비비기도 했다.

그것이 뭔가를 암시하는 것 같아 싫었다. 나는 유키에의 손에서 젓가락을 빼앗아 젓가락 통에 돌려놓았다.

"하지만, 이라니?"

"부인께 미안한 걸요."

유키에는 턱을 숨기듯이 하며 키득키득 웃었다.

'이런 것이 아프레구나.'

나는 생각하며,

"그런 건 아니야."

말했지만 자기혐오를 느꼈다. 게이코와 다툰 어젯밤의 일을 과장되게 생각하려고 했다.

맥주가 나왔다. 진주군 물자인 캔이었다. 맛없는 것을 참으며 한 모금 마셨다. 유키에는 사이다를 마셨다. 컵을 살짝 입술에 대고 핥듯이 마셨다. 꿀꺽꿀꺽 단숨에 마시고 아아, 맛있다, 하는 게이코와 비교되었다. 유키에를 보며 고양이 같군, 하고 생각했다.

"어떻게 할 거야?"

나는 유키에의 마음을 확인하고 싶어 하며 물었다.

"어떻게 할 거라뇨?"

유키에는 정색을 하며 되물었다.

나는 의심한 것이 들킨 것 같아 약간 주춤했다.

"곧바로 모리초毛利町로 갈 거야? 아니면……."

모리초에 집을 얻어두었다. 도쿄에 가까운 곳에서는 집을 찾을 수 없었다. 내가 살고 있는 다카야마무라高山村와는 역 하나 떨어진 곳이다.

"어디든 상관없어요."

"집에 자리를 잡고 나면 둘이서 나가는 일도 불가능할지 모르겠네? 어딘가 가서 하루, 이틀 묵고 갈까?"

"그래도 좋아요."

"좋아, 그렇게 하지."

나는 그 순간 마음을 정했다.

유키에의 짐은 소화물로 부치고 조에쓰선上越線의 플랫폼으로 건너갔다. 가장 가까운 온천이라고 해서 미나카미水上 온천으로 정했다. 두 사람 다 가본 적이 없어서 가보려고 했다.

기차는 혼잡했다. 유키에만 좌석을 찾아 앉았고 나는 서 있었다. 그런데 시부카와渋川에서 자리가 났다. 유키에로부터 한참 떨어진 자리였다.

나는 멍하니 창밖을 바라보고 있었다. 남과 이야기를 하면서도 마음속으로 금세 공상을 시작하는 버릇이 있는 나는 유키에를 처음 만난 날을 생각하고 있었다.

그 사무실은 스키야바시数寄屋橋의 노면전차都電 바로 옆에 있었다. 작은 빌딩 4층이었다. 서쪽과 남쪽이 창인 열 평쯤의 방이고, 그 남서쪽 모서리에 사장의 책상이 있고 그 옆에 창을 등지고 응접세트가 있었다. 사원의 책상이 여덟 개쯤 사각으로 마주보고 있었지만 카메라맨들이 대부분이었기 때문에 내가 처음으로 그 방에 들어갔을 때 자신의 책상에 앉지 않고 현상해온 필름을 창 쪽을 향해 비쳐 보며 세간의 평판도 욕도 아닌 이야기를 하고 있었다. 시끄럽고 어수선해서 첫인상은 좋지 않았다. 사장은 전쟁 중에 흥행사 같은 일을 했고, 전무는 도호東宝 소속의 배우로 한때 명성을 날렸다고 한다. 다만 혼자 사무 계통의 일을 하고 있는 마쓰바라松原라는 남자는 도쿄대 출신의 고고학도로, 이 사람이 내 마음을 끌었다. 사장은 기노시타木下라는 성으로 통했지만 지금은 본성인 김이라는 성을 대며 제삼국인의 특권을 마음껏 누리고 있었다. 그 밖에는 모두 일본인으로 쇼치쿠松竹나 도호 같은 곳의 카메라맨 출신으로, 그들 사이에서만 통하는 은어나 암호로 이야기하며 닳고 닳은 구석이 있었다.

종전 직후 총사령부는 제삼국인을 중요시한 흔적이 있었다. 이 이름 없는 회사에도 쇼치쿠나 도호나 다이에이大映 등 일류 회사와 같은 양의 필름이 배급되었다. 이런 유의 신흥 회사나 단체가 무더기로 있었는데, 인원 등록과 함께 약간의 금액을 더해 등록하면 그것으로 어엿한 회사로 취급받았다. 영문으로 타이핑한 서류를 제출하고 사령부의 그 담당자 사인을 받으면 배급이 나왔다. 그 배급은 사령부가 직접 하는 경우와 일본 정부에 서류를 돌려 배급하게 하는 경우가 있었다. 예컨대 옛 군수물자인 군복이나 작업복, 속옷 등이 그 회사의 사람 수에 맞춰 배급되었다.

이런 사정은 훨씬 나중에야 사장이 말해줘서 알았다. 처음으로 만났을 때는 어떻게 하면 이 서른 전후의 젊은이들이 고급차를 타고 다니며 밤마다 카바레에서 돈을 뿌려대는지 이상해서 견딜 수가 없었다. 나는 전재를 당해 게이코의 먼 친척을 의지하여 다카야마라는 산촌으로 소개하여 오두막을 짓고 살았다. 전후 갑자기 형세가 바뀐 시대의 물결에 올라탄 작가나 시인이 많은 가운데 나는 전쟁 중의 협력적인 태도를 갑자기 바꿀 수 없어 우물쭈물하고 있었다. 제삼국인 단체가 나를 민족반역자이므로 징벌을 가한다며 많은 사람들이 나를 찾아오려는 움직임이 있었고, 무서워서 겁에 질린 나는 공식적인 일을 삼가고 있었다.

그런 나에게 김이라는 사람이 마쓰바라를 데리고 찾아왔다. 고대에 일본으로 건너온 삼한三韓 민족의 족적을 더듬는 문화영화를 찍고 싶다, 그것에 대해 고고학상의 의견을 들려달라고 했다. 이야기를 하는 중에 차라리 시나리오도 써주지 않겠느냐는 이야기가 나왔다.

"실은—"

하며 김 사장은

"당신을 쓰면 그들 단체로부터 공격당할 우려가 있습니다. 하지만 지식을 가진 당신 같은 사람을 기용하지 않는 것은 비겁하다는 기분이 들어 쓰게 하려고 마음먹은 겁니다."

하고 말했다.

약속한 날에 나는 그 회사로 향했다. 그날부터 여관에 틀어박혀 집필을 시작하게 되어 있었다.

사장과 전무가 정중하게 마중을 나와 주었다. 두 사람 다 일본 영화계에 지인이 많아 다쓰타 이치로龍田一郎, 시마무라 하쓰島村発, 기리카와 노보루霧川のぼる, 아이조메 니지코逢初虹子라는 배우들도 놀이 친구였다. 사장은 다른 제삼국인에 비하면 말씨가 부드러워 호의를 가질 수 있었다.

여자 사무원이 내게 차를 끓여왔다. 이 여자는 내가 이 방에 들어왔을 때부터 내 주의를 끌었다. 그녀는 남쪽의 가장 먼 구석진 자리에서 타이핑을 하고 있었다. 열심히 일에 매달려 있었고 한눈 한 번 팔지 않았다. 오똑한 코에 희고 갸름한 얼굴, 뭔가 슬픈 듯한 턱선, 눈을 내리 뜬 눈꺼풀은 어디서 본 기억이 있었다.

"아, 그렇지."

나는 떠올렸다. 그날 고토의 불탄 들판에서 본 아가씨임이 틀림없었다. 차를 가져와 내 앞에 선 그녀도 힐끗 나를 쳐다봤다. 눈동자가 빛난 것 같았다. 하지만 그것은 나의 지나친 생각 같았다.

나는 옆에 있는 사장이나 전무 등과 볼일에 관한 이야기를 시작하고 그녀는 물러갔다.

일주일쯤 시모기타자와下北沢에 있는 여관에 틀어박혀 시나리오를 쓰고 있었다. 그런데 협의할 일이 있어 그 사무실로 갔다. 모두 나가고 그녀와 급사만 남아 있었다.

나는 긴 의자에 옆으로 앉아 밖에 시선을 주고 있었다. 이 건물과 비스듬히 마주보는 큰 건물의 옥상에는 영국기가 펄럭이고 있었다. 이쪽의 작은 공원에서는 붉은 깃발을 세우고 연설을 하고 있는 사람이 보였다. 파출소에는 순경이 따분한 듯이 앉아 있었다. 하지만 그 앞을 군중이 홍수처럼 걷고 있었다. 군중은 대부분 군인이었다. 하얀색이나 검은색이나 갈색이나 구리색, 가만히 앉아서 인종 전람회가 가능하다고 생각하며 보고 있었다. 그 군인과 손을 잡은 아가씨들이 나를 강하게 자극했다. 양공주라는 말은 아직 새로웠다. 내게는 어떤 양공주도 가엾게 보였다. 시골에 살고 있는 나는 아직 전전戰前이 이어지고 있는 것 같은 느낌이 들었다. 도쿄의 한복판인 여기에 이렇게 있으면 어딘가 먼 타국에 온 듯한 착각에 빠졌다. 내 마음은 아직 전쟁의 악몽 속에 있고, 전재를 당했을 때의 공포가 남아 있었다. 마음이 마비된 채인지도 몰랐다. 대공습이 있던 5월 25일 밤, 나는 메이지신궁 주변에서 타오르는 화염을 방관하고 있었다. 10분 후에 그 불에 삼켜질 거라고는 생각하지 못했다. 하지만 소이탄이 자갈을 뿌리듯이 떨어졌을 때 드디어 잠이 깨어 피란을 시작했다. 집 뒤에 작은 산이 있고 그곳에 약간의 잡목림이 있었다. 그 속으로 게이코나 도나리구미 노인들을 데려다 놓고 우리는 평소의 훈련대로 애써 불을 끄려고 했다. 하지만 그것은 아무런 도움이 되지 않았다. 우리는 타오르는 집을 그저 바라보며 떨고 있었다.

사망자가 나왔다. 방공호 생활에 견딜 수 없게 되어 묵직한 짐을 지고 걷거나 타거나 하며 시골로 달아났다. 나는 몇 번이고 시골과 불탄 자리를 왕복하는 동안 신주쿠나 우에노에서 밤을 샌 적이 있었다. 그때 가족을 잃은 수많은 아가씨나 어린 사람들이 정신이 나간 듯이 우왕좌왕하고 있는 것을 보았다. 식당 앞에 줄을 선 나를 가만히 바라보고 있는 한 아가씨는 분명히 굶주림을 견디지 못하고 있었다. 식권 한 장과 돈을 주었더니 그 아가씨는 고맙습니다, 이렇게 단 한마디를 하고는 내 손에서 식권을 낚아채듯이 가져가 줄 뒤로 갔다. 그 여자가 입고 있는 작업복은 아주 더러워진 채였고 생리로 더러워진 흔적이 뻣뻣해져 있었다. 얼굴은 가지

런하고 몸매도 좋았다. 잠깐 야마다 이스즈[71]와 닮은 아가씨라고 생각했다. 하지만 나는 감상적이 되어 눈물이 나올 것 같았다. 그 아가씨는 어떻게 되었을까. 그때는 양공주 같은 이들이 출현하리라고는 꿈에도 생각하지 못했다. 그녀들이 빵 하나를 얻으려고 군인에게 다가가 타락하기 시작하는 경로가 보이는 것 같았다. 나는 야한 복장을 한 그녀들을 동정하고 있었다. 그것은 한편으로 나 자신에 대한 동정이기도 했다. 전쟁 중에는 어엿한 시인이었지만 패전과 함께 영락한 자신을 그 아가씨와 치환해본 것이었다.

"변변치 못한 차지만 한 잔 드세요."

문득 그녀가 말했다.

"늘 차 대접뿐이어서."

내게 차를 따라주며 그녀는 변명처럼 말을 덧붙였다.

나는 그녀에게 물어보고 싶은 것이 있다고 말하고 싶었지만,

"장관이네요, 저 풍경!"

하며 아래쪽을 눈으로 가리키며 말했다. 하지만 이상한 말이라는 것을 깨닫고 조금 당황했다.

"네, 정말……."

하지만 그녀는 순순히 내게 동감을 표했다.

나는 그 인파를 장관이라고 말할 수 없는 것은 아니라고 자신에게 말했다. 장관이라는 느낌 안에는 이래도 일본일까, 하는 마음이 포함되어 있었다. 나는 자신을 이민족의 귀화인이라는 사실을 잊고 있었다. 일본은 자신의 나라이고 그 일본의 가련한 모습을 슬퍼하고 있는 것이다.

---

71   山田五十鈴(1917~2012). 일본의 여배우이자 가수.

나는 아직 그녀에게 뭔가 말하고 싶은 것이 많다고 생각했지만 거기서 말이 끊겼다. 잠깐 이을 말이 생각나지 않았다.

신호가 빨간불로 바뀌고 파출소 앞에서 인파가 막혔다. 영국기가 펄럭이고 있는 건물 옆에서 자동차가 밀치락달치락하는 듯이 우르르 밀려왔다. 지프나 스리쿼터나 진기한 차체가 많았다. 이름이 뭔지는 모르지만 전전에는 보지 못했던 유선형의 신형 자동차 사이로 목탄가스 파이프를 위에 얹은 고물차가 덜덜덜 달리고 있는 것이 가련했다.

신호가 바뀌고 파출소 앞에 있던 사람이 우르르 이쪽으로 흘러왔다. 새빨간 드레스를 입은 여자가 군인과 나란히 오는 것이 눈에 띄었다.

"저 아가씨들은 어떻게 될까요?"

나는 문득 옆에 서 있는 그녀에게 말했다.

"그러게요—아무리 힘들어도 저렇게는 되고 싶지 않아요."

그녀는 내뱉듯이 말했다.

"당신은 전재를 당하지 않았나요?"

"그럴 리가요."

그녀는 상당히 격하게 말했다. 누군가에게 반항이라도 하는 듯한 어조로 말을 이었다.

"저는 고아예요."

"예?"

나는 그녀를 쳐다봤다. 슬픔이 그녀의 부드러운 턱 선으로 흐르는 것 같았다.

잠자코 아래쪽으로 시선을 주며 긴 의자의 등에 손을 짚고 선 채 혼잣말처럼 말하기 시작했다. 물건을 사러 어머니와 아버지의 본가가 있는 이세사키伊勢崎까지 갔다가 돌아와 보니 일가는 전멸해 있었다. 아버지는 일가를 데리고 시골에서 도쿄로 올라오자마자 소집 영장을 받고 입대했다가 중국의 중부 지방에서 전사했다고 한다. 어머니와 남동생과 여동생이 방공호 안에서 검게 그을려 있던 모습을 말할 때 그녀의 말이 도중에 끊겼다. 목이 메는 것 같았다.

"그래서 지금 여기서 살고 있어요?"

"불 탄 자리에 오두막집을 짓고 살고 있어요."

"당신 혼자서요?"

"친구와 셋이서 살고 있어요. 하지만 모두 타락하고 말았어요."

어떤 식으로! 하고 물으려고 했지만 나는 흠칫 그만두었다.

"잘된 것 아닌가요? 타이핑을 할 수 있어서."

"제대로 치지도 못해요. 여기에 왔을 때는 조금밖에 칠 수 없었어요. 친구처럼 되고 싶지 않아서 거짓말을 하고 고용되었어요."

"친구는 뭘 하고 있는데요?"

나는 묻지 않을 수 없었다.

"양공주요, 일종의."

"예?"

"정체를 알 수 없는 암거래 회사의 사무원이지만 지배인이나 상무가 강제로 온천에 데려가서……, 여자는 한 번 실수를 범하면 그 다음부터는 질질 끌려가게 되니까요."

"그런가. 여자는 역시 가정이라는 배경이 필요한 거로군요."

"그럼요. 마음이 약하다고 할까요. 남자가 나쁘지만요."

"그럴지도 모르지요."

나는 순순히 인정했다.

"이제 곧 여기서도 해고될 거예요."

문득 이렇게 말했다. 조금 전부터 나는 뭔가 될 대로 되라는 구석이 있다고 느꼈다.

"왜요?"

나는 딱한 마음이 들어 물었다.

"어려운 타이핑을 할 수 없으니까요. 당신의 원고도 옆으로 선을 긋는다거나 여러 가지 기호를 넣는 걸 할 수 없어서 난처하거든요."

"그럼 그렇게 하지 않아도 되게 하지요."

"됐어요. 영문을 칠 수 있는 사람을 찾을 때까지라는 이야기가 되어 있어요. 저도 싫어졌고요. 이 회사도 엄청 엉터리예요. 에로 영화를 찍어 요정에 팔기도 하고 모든 필름을 암시장으로 빼돌리는 그런 일뿐이니까요. 실적이 없으면 필름 배급이 끊기는 모양이에요. 당신이 하고 있는 일이 유일하게 양심적인 일일 거예요. 믿고 의지하는 것이라고 다들 말하고 있어요. 돈을 많이 받으세요."

"그래서 당신은 어떻게 할 셈이오?"

"시골로 돌아갈 거예요. 외가는 잘 살거든요. 할아버지도, 외숙도 돌아오라고 몇 번이나 편지를 보내고요."

"그게 좋겠소. 돌아가는 게 좋을 거요."

"다만 농사를 짓는 게 싫어요. 저는 영문 타이핑을 배워서 제대로 된 회사에서 일할 거예요."

다들 우르르 돌아왔다. 우리의 이야기는 중단되었다.

여관으로 돌아와 일을 하고 있으니 게이코에게서 편지가 왔다. 짓고 있는 안채 건물의 초벽이 끝났으므로 목수들이 마감 공사를 하러 오기 시작했다. 그것에 대해 여러 가지로 주인의 지도가 필요하다는 것이었다.

나는 건물이 마음에 쓰이기 시작했다. 표면적인 일은 필명이 빌미가 되니 삼가는 경향이 있었지만 본명으로 소녀 소설이나 아동물을 쓰고 있었기 때문에 다소 수입이 있었다. 재목상에 문학 팬이 있어 외상으로 싸게 주었기 때문에 집의 골조만은 쉽게 완성했다. 돈이 드는 것은 이제부터다. 하지만 마침 영화 일이 들어왔고 상당히 고액의 사례금이 약속되었기 때문에 다다미와 창호도 쉽게 설치하게 되었다.

전쟁 중의 수고는 그렇다 치고 전후 2년의 돈 부족은 이제 점차 해소되어 우리 집에는 희망이 찾아왔다. 게이코도 고생해서 그을린 얼굴에 기쁨을 드러내기 시작했다.

하지만 게이코는 전쟁 중에 식료품을 구하러 다니기 시작했기 때문에 농가 사람들에게 그것을 얻기 위해 비굴해진 습벽이 아직 없어지지 않았다. 게이코는 차남이 배 속에 있을 때부터 식료품을 구하러 다녔다. 수확이 있던 날은 큰 배낭만으로 다 가져올 수 없기 때문에 따로 꾸러미로 만든 것을 배에 얹은 듯한 모습으로 안고 돌아왔다. 비지를 먹으며 굶주림을 견뎌왔기 때문에 어쩔 수 없이 도시에서 가까운 농가를 찾아다녔고, 점점 멀리까지 나가게 되었다. 하지만 생면부지의 농가에 들어가 매매를 교섭하는 일은 내가 도저히 할 수 없는 일이었다. 하지만 게이코는 그것을 훌륭하게 해냈고 그 농가를 단골로 만들었다. 게이오 전차로 30분이나 가는 하치오지八王子 근처인 가미이시와라上石原로 가기도 했다. 나는 이웃 부인들을 앞질러 물품을 찾아오는 게이코의 재능에 감탄했지만, 등산 안내인 같은 모습으로 태연히 거리를 다니는 것은 좀 부끄러웠다.

"창피하지 않아?"

어느 날 나는 속마음을 털어놓았다.

"창피해도 어쩔 수 없잖아요."

게이코는 살짝 화를 냈다.

구해온 것을 걸신들린 듯이 먹는 것은 나였기 때문에 그런 말을 들어도 어쩔 수 없었다. 그런 주제에 나는 게이코 대신 나가서 식료품을 구해올 마음은 들지 않았다. 물건을 짊어지거나 수레를 끄는 것은 생각하는 것만으로 창피해서 견딜 수 없었다.

어느 날 밤 어떻게든 게이코를 도와주고 싶어서 가미이시와라까지 따라갔다. 그다지 유복해보이지 않는 농가로, 어린 아이들이 아주 많기도 하고 몸이 오동통한 아주머니는 무척 탐욕스럽게 보였다.

"이런 것이라 죄송하지만 괜찮으시면 쓰세요."

게이코는 종이에 싼 요코의 헌 스커트를 그 아주머니에게 주었다. 그것을 펼쳐본 아주머니가 여보, 뭔가 좀 줄까요, 하고 물었다. 그렇군, 고구마라면 좀 줘도 되겠지, 하고 남편이 대답했다. 그리고 봉당에서 나갔다. 그러자 게이코가 그 뒤를 따라가며 내게 눈짓을 했다. 나는 요코의 손을 잡고 그 뒤를 따라갔다. 게이코는 시즈오를 업고 어둠 속에서 주인의 뒤를 따라가 아저씨, 담배 한 갑, 하며 손에 쥐어주었다. 야, 이거 고맙습니다, 하고 말하며 주인은 담배를 농부 작업복의 배꼽 언저리에 넣었다.

"이 아저씨는 사람이 무척 좋아요."

게이코가 내게 속삭였다.

나는 게이코가 필요 이상으로 뇌물을 쓰는 것 같았고 아저씨, 아저씨 하며 환심을 사는 방법이 천박해 보였다. 하지만 고구마가 얼마든지 쌓아올려져 있는 헛간에서 주인이 회중전등을 비추며 짊어지고 갈 수 있을 만큼 가져가라고 했다. 그 말을 들었을 때는 무심코 기뻐서 게이코의 천박한 태도에 화가 난 일을 잊고 말았다. 주인은 게이코에게 무례한 말을 할 뿐 아니라 이때뿐이라는 듯 손이라도 잡을 것처럼 허물없이 굴었다. 자네 집도 사람이 많아서 힘들겠지, 하거나 아주머니는 마음씨가 고와서 남자가 좋아하겠지, 하며 남편인 내가 옆에 있는데도 아무렇지 않게 말했다. 내가 없을 때는 무슨 짓을 할까? 어둑한 헛간 안에서 무슨 일을 당할지 알 수 없었다. 그래도 게이코는 물품 욕심에 화도 내지 않았다. 그런 상스러운 말을 들으면 조금은 기품을 보여줘도 좋을 듯했다, 그렇게까지 하지 않아도 살 수 있는 집은 있을 텐데, 하고 나는 맹렬히 반감을 갖기 시작했다.

하지만 두 배낭에 가득 채우고 휴대용 자루에는 보리까지 담아주자 게이코는 큰 공이라도 세운 듯이 의기양양하여 정신이 없었다. 나도 그것에 이끌려 잘 되었다고 생각했다. 다소의 모욕 정도는 어쩔 수 없다고 체념했다.

그리고 배낭을 둘이서 나눠 짊어지고 게이코는 자루를 배에 올리는 대신 시즈오를 안고 나는 배낭 위에 보릿자루를 올리고 걸었다. 요코가 어두운 곳에서 발이 걸려 넘어져 울거나 하면 게이코는 입정 사납게 꾸짖었다. 그렇게 욕하는 것은 연립주택의 아주머니와 똑같았다. 나는 한심하다고 생각했다. 한편 부끄러워졌다. 어둑한 시골길이어서 나는 이런 모습이 가능한 거라고 생각했다. 역까지는 걸어서 12, 13분 거리인데도 나는 다섯 번이나 쉬지 않으면 안 되었다. 굉장히 지쳤다. 땀이 마구 떨어진다는 유한임리流汗淋漓라는 말이 이런 것이구나, 하고 생각했다. 땀이 줄줄 흘렀다. '나는 한 번 쉬었을 뿐인데 —' 하고 게이코는 답답하게 생각했다.

가까스로 역에 도착하여 안도했으나 이번에는 남에게 보이는 것이 어쩐지 쑥스러워 견딜 수가 없었다. 플랫폼의 가장 끝에서 전차를 기다렸다. 드디어 전차가 왔다. 짐을 넣어 출입구 가까운 곳에 놓았다. 차 안의 사람에게 얼굴이 보이지 않도록 창밖만 보고 있었다. 밤이어서 밖이 보이지 않는데도 얼굴을 그쪽으로만 향하고 있는 것이 힘들었지만 나는 참고 있었다. 그 괴로움보다 남에게 보이는 것이 더욱 괴로웠다. 이번에는 하차할 역에서 이토록 무거운 것을 어떻게 내릴까 해서 걱정되었다. 드디어 그것도 끝나고 다행히 왕래하는 사람이 없는 길을 걸어 서둘러 집으로 향했다. 현관의 회삼물 바닥에 짐을 내려놓았을 때에는 두 번 다시 식료품을 구하러 따라가지 않겠다고 결심했다.

이런 자신을 나는 난처해했고 경멸했다. '그래서 너는 제대로 된 시인이 될 수 없는 것이다'라고 자신에게 험담을 했다. 나는 주변머리 없는 자신에게 화가 났다. 화가 났다. 녹초가 되어 완전히 삐고 말았다.

"당신은 참 기개가 없네요."

게이코가 아기를 재우며 말했다.

그러고 나서 그녀는 가미이시와라를 다 돌았고, 다마레이엔多摩靈園 근처까지 혼자 원정을 떠났다. 나는 그녀가 식료품을 구하러 가는 곳마다 그런 상스런 짓을 당하는 걸까, 하고 공상하니 불쾌한 기분이 들었다.

하지만 전쟁은 긴박해져 배급은 줄어들기만 할 뿐이어서 먹을 욕심만 들었다. 집이 불타고 나서 다카야마무라로 소개를 했고 오두막집을 지어 살게 되었다. 게이코는 근처에 사는 사람으로부터 물건을 나눠받는 데도 마찬가지로 비루하게 환심을 샀다. 나는 이제 그만두라고 했다. 하지만 게이코는 보살펴준 먼 친척 남자가 올 때도 똑같이 했다. 그 남자는 얼핏 브로커 풍으로, 도쿄의 장인 말에 시골 사투리를 섞어 게이코에게 허물없이 대했다. 봉당에 발을 아무렇게나 뻗고 마룻귀틀에 몸을 비스듬히 하고 앉아 차를 마시고 담배를 피우며 아무리 시간이 지나도 돌아가지 않았다. 자네는 요즘 뭔가 쓰고 있나? 하고 그가 내게 물었다. 글을 써서 돈이 된다는 건 괜찮은 장사인데 열심히 쓰게, 게으름 피우지 말고. 나는 그를 경멸했다.

"그런 사람을 들락거리게 하면 곤란해."

나는 게이코에게 말했다.

"그런 말을 해봐야 신세를 지고 있으니 어쩔 수 없잖아요."

게이코는 딱 거절했다.

나는 다소 발끈하여 지금까지 마음속에 간직해두고만 있던 일을 모조리 말해버리고 싶었다. 하지만 어쨌든 식료품을 구하는 일에서부터 교제에 이르기까지 모든 것을 그녀가 했고 돈 마련도 그녀가 했기 때문에 나는 식객처럼 찌그러져 있지 않으면 안 되었다.

나는 게이코로부터 편지를 받았을 때 시나리오를 쓰는 걸 잠시 멈추고 대충 이상과 같이 떠올리고 있었다. 게이코를 나쁘게만 해석한다는 것은 알아채고 있었지만, 그건 그대로라고 자기주장을 긍정하려고 했다. 하지만 똑같은 것을 무척 고맙게 해석할 수도 있다고 생각했다. 게이코는 나를 먹여 살리기 위해 열심히 식료품을 구하러 다녔다. 내가 힘쓰는 일을 하지 못하고 부끄러움을 많이 타는 사람이며 거드름만 피우는 있는 것을 싫다고도 하지 않고 수고해주었다. 오랫동안 하는 사이에 생긴 습관이 마침내 본성처럼 되었다. 내가 그것을 나쁘게 받아들이는 것은 나 자신의 마음에 원인이 있는 게 아닐까 하고 생각했다.

다시 말해 나는 그녀 — 유키에라는 이름의 여성에게 끌리고 있는 거라고 생각했던 것이다.

요즘 들어 나를 대하는 게이코의 태도가 변했다. 집이 완성되어 담과 대문이 만들어지고 생활에 여유가 생기면 게이코는 원래의 그녀가 될 것이다. 하루빨리 집을 완성시키지 않으면 안 된다. 마음이 환해졌다. 유키에라는 여성에게 마음을 쓰기 시작한 자신이야말로 비난받아 마땅하다고 생각했다. 오싹했다.

하지만 유키에의 신상 이야기가 마음에 들러붙어 떨어지지 않았다. 그날 전쟁 피해 지역을 보며 걸었던 슬픈 기억이 아직 내 마음에 살아 있어 그곳에서 본 유키에의 애처로운 모습이 끈질기게 나를 쫓아다니고 있었다. 전락해가는 수많은 여성들 가운데서 몸을 지켜내려는 그녀가 비통해 보였다.

나는 마지막 전차를 탔다. 하지만 이웃인 오기노초荻の町까지밖에 오지 않는 전차라 거기서 10리 정도의 밤길을 걷지 않으면 안 되었다. 전차를 타고 있는 동안 게이코와 유키에를 번갈아 생각했다. 게이코를 나쁘게 생각하기도 하고 유키에를 비통하게 생각하기도 했다.

10리의 밤길을 걷는 것은 힘들었다. 여관에 틀어박혀 하는 일에도 지쳐 있었다. 하지만 시나리오를 빨리 완성하여 돈을 받지 않으면 장인들에게 돈을 지불하지 못한다. 나는 내일 아침 장인들을 만나고 곧바로 여관으로 돌아오자고 생각하며 모두 잠들어 조용해진 숙소를 지나 강가의 우리 집에 도착했다.

모두 잠들어 조용할 거라고 생각한 집에 불이 켜져 있었다. 나는 아니?, 하고 흥분했다. 브로커의 불그레한 얼굴이 상상되었다.

대나무 울타리가 명색뿐인 듯이 만들어져 있고 대문이 서 있을 곳은 떡하니 입을 벌리고 있었다. 도로에서 집 안이 보였다.

역시 와 있구나, 하고 나는 마룻귀틀에 몸을 비스듬히 하고 앉아 있는 남자를 봤다. 그가 팔꿈치를 괴고 있는 바로 옆에 게이코의 방석이 놓여 있고 남자의 팔꿈치와 딱 들러붙은 곳에 게이코의 무릎이 있었다. 나는 음란한 일을 예상했다. 그것이 비천하다고 느껴져 나는 자신에게 화가 났다. 하지만 질투 같은 초조함을 느끼고 그 천박함을 견딜 수 없었다. 나는 질투를 하는 게 아니야, 게이코가 지난 수년간 비루한 일을 하면서도 그것을 모르고 있는 걸 지적해주고 싶을 뿐이야, 하고 자신에게 말했다. 전쟁 이래 우리의 생활은 무너지고 있었다. 하지만 이제 슬슬 품위를 되찾자고 온화하게 말해주자. 오늘밤이 절호의 기회다. 나는 이렇게 생각하고 초조해지는 마음을 진정시켰다. 하지만 나는 화가 나 있는 것을 보여주고 싶다는 식으로 봉당 앞을 지나 안채 쪽으로 갔다. 대팻밥이 마루에 쌓여 있고 깎다만 각재나 판자가 벽에 잔뜩 기대어 세워져 있었다.

"어머! 누구세요?"

게이코가 말을 걸었다.

나는 마루로 가서 대팻밥을 발로 한군데로 미는 듯이 하고 있었다.

게이코가 달려왔다.

"어머, 당신이에요. 어서 오세요. 늦었네요."

환영하는 게이코의 목소리가 들떴다.

"……"

나는 대답을 해주고 싶지 않았다. 브로커를 밤늦게까지 집에 끌어들인 것을 화내고 있다는 걸 보여주었다.

"잘 먹었습니다."

'다'를 올리는 그의 사투리가 상스럽게 들렸다.

"어머, 벌써 돌아가시게요! 실례했어요."

게이코는 꾸며낸 티가 나게 그쪽으로 조금 가며 인사를 나눴다.

나는 가만히 어둑한 마루에 서 있었다.

"왜 그래요?"

게이코가 살짝 흥분하여 가시 돋친 소리로 물었다.

"벌써 돌아가시게, 가 뭐야? 이렇게 늦었는데……."

나는 온화하게 말하려고 했으나 까딱 말이 튀어나와 난폭하게 말했다.

"아니, 여보!"

"뭐가 아니야?"

"조금 전에 지나는 길에 잠깐 들른 거예요."

"자고 있다고 거절하면 되잖아."

"전 자고 있지 않았어요. 잡지를 읽으며 당신이 돌아오기를 기다리고 있었던 걸요."

그건 그 말이 틀림없다고 생각했다.

"마지막 전차는 진작 끊겼어."

"하지만 걸어서 돌아온 적도 있으니까요."

"아무튼 당신은 천박해졌어."

"어머, 내가 뭘 어쨌다는 거예요."

게이코는 자신도 모르게 발끈했다.

"뭘 했는지 자신한테 물어봐. 잠자리 옆에서 외간남자와 무릎을 맞대고 뭐야, 그 꼴은?"

나는 전차 안에서 생각해둔 온건한 말을 다 잊은 것처럼 상스러운 말을 했다.

게이코는 발끈 머리에 피가 오른 것 같았다.

"그런 상스러운 말을 잘도 하시네요. 제가 당신도 아니고, 전 그런 여자가 아니에요."

당신도 아니고, 인가! 나는 머리에 피가 솟구쳐 현기증이 났다. 신애와의 일을 고백한 적이 있었다. 귀향이 간통한 이야기도 했다. 생모가 나를 낳은 경위도 이야기했다. 그것을 이야기했을 때 게이코는 나를 동정했다. 당신이 가엾어졌어요, 하고도 말했다. 하지만 그것을 그녀는 지금 최악의 상황에서 꺼낸 것이다. 내가 게이코와 브로커를 이상한 방식으로 엮어 음란한 공상을 한 것은 사실 그런 지긋지긋한 기억이 내 마음에 잠재해 있기 때문이었다. 나는 그녀에게 험담을 들은 순간 그것을 깨달았다. 그리고 그것과 함께 바로 내 마음에 딴 마음이 있다는 것을 짐작했다. 나는 유키에를 생각했다.

"많은 장인들이 오고, 저도 지쳤어요. 밤중에 발소리가 들려도 깜짝 놀라 잠에서 깨고. 남의 고생도 모르고……. 당신은 뭐예요, 가서는 편지 한장 보내지 않고. 남자는 다 제멋대로예요."

게이코는 점점 흥분했다. 그 태도는 거칠고 오만해 보였다.

이것이 이 사람의 진정한 모습이다, 하고 나는 지금까지 마음에 품고 있던 나쁜 기억을 모두 상기시켰다.

나는 마당으로 나갔다. 집으로 들어갈까 생각했지만 그 기세를 타고 밖으로 나가고 말았다.

"어디 가세요?"

게이코의 목소리만이 쫓아왔다.

"좋아요, 저도 다 생각이 있으니까요. 당신처럼 허세부리는 사람도 없을 거예요. 무능한 사람이라고요."

그녀는 내 뒤에 대고 험담을 했다.

그 말이 모두 맞았다고 생각했다. 전쟁 이래 내게 애를 써준 것의 반동으로 오랜 시간의 피로가 한꺼번에 폭발한 것이다.

이것을 생각하고 나는 반성하며 집으로 돌아가야 했다. 하지만 그 여세를 멈출 수 없었다.

나는 오기노초까지 걸어서 돌아가 여관의 주인을 깨워 숙박했다. 무슨 일이 있어도 유키에에게 다가가려고 생각했다.

이튿날 스키야바시의 건물로 갔다. 로케이션을 나가고 없고 급사 혼자 사무실을 지키고 있었다. 유키에에 대해 물었다.

"오늘 그만뒀습니다."

"그래?"

나는 낙담했다. 급사가 의아한 듯이 나를 쳐다봤다. 소년은 나이에 비해 어른스러워서 회사에 나와 있을 때는 집에 있을 때와 사람이 달라진 것 같았다. 직사각형의 목제 화로 옆에 한 쪽 무릎을 세우고 담뱃대로 담배를 피우며 어머니를 턱으로 부린다는 이야기를 카메라맨인 와타나베가 말해준 것을 들은 적이 있었다. 그 이야기 속의 소년은 어딘지 세련된 여자의 모습을 연상시켜 호감이 갔다. 일류 영화사가 완전히 다시 일어서면 결국 그쪽으로 슬쩍 옮겨갈 사람들뿐이었다.

"그런데 언제쯤 나간 거지?"

이미 내 마음을 꿰뚫어본 듯한 소년에게 나는 알몸이 된 듯한 기분으로 물었다.

"방금 막 나갔습니다. 늘 오와리초尾張町 쪽으로 가던데요."

"그래!"

내가 허둥대자 소년은 그럴 거라는 식으로 내게 곁눈질을 했지만 신문을 읽는 척하며 상관하지 않았다.

나는 오와리초까지 날아가듯이 단숨에 갔다. 사람들의 왕래가 빈번했다. 포근해져서 가벼운 차림을 한 사람들이 서로 어깨를 흔들며 걷고 있었다. 키 큰 군인들 사이를 누비며 핫토리服部 시계점 앞으로 갔지만 유키에는 보이지 않았다. 핫토리 건물은 몽땅 접수되어 각국의 국기가 건물 측면에서 쑥 내민 듯이 게양되어 있었다. 1층 가게에는 판매대가 생겨 다리가 긴 군인들이 몸을 기대어 맥주를 마시고 있었다. 한편 지하철 입구 주위에는 머리색이 다른 군인들이 에워싸듯이 모여 있고 알로하셔츠를 입은 젊은이들이 서툰 영어로 거래를 하고 있으며 조금 떨어진 곳에는 여자들이 멍하니 서 있었다. 나는 그런 풍속에 익숙하지 않아서 머리가 아파왔다. 아무리 시간이 지나도 익숙해지지 않을 게 틀림없었다. 나는 그런 잡스러운 것이 싫었다. 순수한 것을 동경하여 섞인 게 없는 것이라면 안심할 수 있었다. 나는 자신이 완전히 이 나라 사람이 될 때까지 안심할 수 없을 것이다. 내 안의 이물이 싫은 것이다. 나는 게이코와의 오랜 생활을 떠올렸다. 내게는 게이코의 영향이 강했다. 적어도 내가 자기 마음속의 이물을 청산하고 있는 것은 그녀의 힘이라고 할 수 있었다. 이제 어디서도 유키에는 보이지 않았다. 이것으로 된 게 아닐까. 나는 왜 문제를 일으키려는 것일까. 나는 무료한 듯이 미쓰코시 백화점 쪽으로 건너갔다. 건너면서 교통정리를 하는 헌병을 봤다. 일본의 순사도 그 옆에 있었다. 헌병이 호각을 불자 그 순경도 호각을 불고 헌병이 손을 올리면 그 순경도 그렇게 했다. 헌병은 키가 크고 늘씬했고 순사는 다리가 짧고 기운이 없었다. 나는 어쩐 일인지 화가 났다. 그 조잡함이 혐오를 불렀다. 내 귀에 게이코의 험담이 뛰어들었다. 어젯밤 늦은 시각 그녀의 모습이 추하게 떠올랐다. 추한 것은 화난 모습만이 아니라 실로 그 마음의 상태라고 생각했다. 그녀는 이미 나에 대한 조금의 애정도 갖고 있지 않은 것 같았다. 나의 나쁜 면도 그녀의 마음에 남았을지도 몰랐다. 미쓰코시 백화점 앞에서 이토야伊東屋 문구점 쪽으로 걷고 있던 나는 군인과 손을 잡은 여자와 부딪쳤다. 나는 생각에 잠겨 있었기 때문에 통행인의 방해가 되고 있었다. 여자가 내게 욕설을 하고 지나갔다. 나는 다시 험담을 했던 게이코를 떠올렸다. 브로커의 불그레한 얼굴이 보였다. 잠자리가 깔려 있었다. 내가 집에 없는 동안 그는 매일 밤 찾아왔을지도 모른다. 그는 목수를 데리고 왔고 쌀을 날라 왔다. 게이코는 그를 은인처럼 아주 고맙다는 듯이 내게 선전했다. 내가 그를 싫다고 했을 때, 그래서 당신이 세상물정을 모르고 인간관계가 서투르며 은혜를 모른다고 말했다. 문득 신애가 떠올랐다. 그 여자도 자기 남편의 방에 나를 끌어들였던 게 아닌가. 귀향도 정인의 혈통을 안고 시집을 왔다고 생각하면 여자라는 존재는 결코 신용할 수 없다는 생각이 들었다. 게이코의 몸은 더럽혀지고 말았다. 좋다, 나는 유키에를 손에 넣겠다. 유키에는 처녀다.

마침 목탄차가 지나갔다. 내가 손을 들자 2, 3미터 앞에서 멈췄다. 하지만 그곳 골목의 주차장으로 돌아오라는 신호를 하며 차가 먼저 가서 기다렸다.

차는 몹시 낡았다. 그래도 잘 달렸다. 아사쿠사에 이르렀다. 아즈마바시吾妻橋를 건너 맞은편으로 갔다. 그런데 완전히 변한 모습이었다. 널빤지 지붕의 판잣집이 세워졌고 불탄 함석으로 지은 임시 오두막집이 불탄 자리를 더욱 지저분해 보이게 했다. 나는 어림짐작으로 차를 여기저기로 가게 했다. 드디어 그럴 듯한 도로를 발견했다. 근사한 차를 타고 무인지경을 가고 있는 듯했던 큰 불상 같은 얼굴의 그 장교가 떠올랐다. 나는 차에서 내려 걸었다. 땀이 나고 다리도 지쳤다. 전쟁의 깊은 상처는 도처에 널려 있었다. 오두막이라고도 할 수 없는 붉은 녹이 슨 함석 아래에 생활이 있었다. 돌멩이뿐인 불탄 자리를 갈았는지 뭔가 푸른 것이 싹트고 있었다. 그것이 가련해 보였다. 방공호 생활을 하고 있는 사람도 꽤나 눈에 띄었다. 굴 입구에 그을린 얼굴의 아이가 멍하니 나를 보고 있는 것에 가슴이 메는 것 같았다. 그 아이를 내 아이로 바꿔 놓고 생각했기 때문이다. 적당히 포기하고 돌아가자는 생각이 들기도 하고 무슨 일이 있어도 찾아내지 않고는 견딜 수 없는 마음이 들기도 했다. 그때 왼쪽 안쪽에 키가 늘씬한 여자의 뒷모습이 보였다. 늘 입고 있던 하얀 옥양목 블라우스에 검은 서지 스커트 차림이었다. 큼직한 보퉁이를 안고 고약을 붙인 듯한 불탄 함석 오두막 앞에서 같은 나이대로 보이는 여자와 서서 이야기를 하고 있었다. 그 주변에는 그런 판잣집이 많았다. 제대로 된 건물은 손에 꼽을 만큼도 없었다. 유키에는 작별 인사인가 뭔가를 하고 있는 듯한 몸짓이었다. 그녀가 거기서 나오는 것을 기다리며 아직 기울어져 있는 거리의 전봇대 뒤에 바짝 붙어 있었다.

드디어 그녀가 나왔다.

"어머!"

뭔가 깜짝 놀란 얼굴이었다. 그 탓인지 동그랗고 부드러운 턱이 한층 돋보였다.

"야마사키 선생님! 무슨 일이에요?"

나는 기쁨을 감출 수 없었다. 지쳐 있었고 흥분하기도 했다. 그리고 여자에게 구애하러 오기라도 한 것 같아서 무척 겸연쩍어 얼굴이 빨개졌다.

"선생님! 무슨 일이에요?"

유키에는 내 옆으로 와서도 한 번 더 같은 말을 되풀이했다. 이미 모든 걸 알고 있는 듯한 모습이었다.

"할 이야기가 있어서 말이오."

나는 마음과는 정반대로 냉담하게 말을 꺼냈다.

"그래요? 무슨 이야기인데요?"

유키에의 눈이 의혹으로 빛났다.

"서서 이야기하는 것도 뭣하니까 내 숙소로 가지 않겠소?"

내가 완전히 숙달된 말을 하고 있는 것을 깨달았다.

"숙소요?"

유키에는 의심스럽다는 듯이 나를 쳐다봤다.

"숨김없이 털어놓을 이야기가 있는데 꼭 들어주었으면 싶소."

"시간이 걸리나요?"

"아니, 그렇게 걸리지 않을 거요."

"그럼 가요."

나는 안심했다.

방향도 정하지 않고 걸었다. 료고쿠역兩国駅 앞이 나왔다. 달려온 택시를 잡았다.

시모기타자와역의 숙소로 가서 겹옷으로 갈아입었다.

"이 일도 오늘 안에 끝나겠지만 다 쓸 때까지 기다려주겠소?"

"저녁까지 걸리지요?"

"아주 서둘러 끝내겠소."

나는 억지를 부렸다.

"좋아요."

유키에는 마음속으로 기차 시간을 헤아리고 있는 것 같았다.

나는 일하는 책상으로 갔고 유키에는 남쪽 창 밑에 있는 등의자로 갔다.

"아, 그렇군! 목욕이나 하고 오시오."

나는 원고지를 펼치며 말했다.

"목욕이요? 그럴까요?"

유키에는 얼굴을 빛냈다. 차를 가져온 여종업원의 뒤를 따라 아래층으로 내려갔다.

나는 일을 어서 끝내고 싶었다. 끝 장면에 이르렀기 때문에 붓의 움직임이 빨랐다.

이제 곧 끝날 때쯤 유키에가 올라왔다. 여관의 유카타를 입었는데 빨간 띠가 시선을 끌었다.

"기분 좋았어요. 다시 태어난 거 같아요. 이제 불 탄 자리로는 돌아가고 싫지 않아요."

오두막 생활이 몸서리치게 떠오른 것 같았다. 그 기분이 내게 직접 전해졌다.

"거기서 책이라도 읽고 있으시오. 지금 과자나 뭔가를 가져오라 할 테니."

"저 졸려요. 2년 만에 인간다운 기분이 들거든요. 자도 돼요?"

그녀의 말에는 뭔가 응석 같은 구석이 있었다.

"자도 좋소."

여종업원을 불러 북쪽 창 아래에 잠자리를 펴게 했다. 유키에는 다소 수줍어했지만 지친 몸을 바닥에 눕히고는 순식간에 잠들었다. 아주 피곤했던 모양이다. 그것이 사랑스러웠다.

나는 그녀의 잠든 얼굴을 보지 않으려고 애를 쓰며 일에 몰두했다. 곧 일에 집중하여 원고지에 빠져들었다.

황혼이 찾아왔다. 일도 끝났다. 이야, 하고 기지개를 켜고 등의자 쪽으로 가서 생과자를 먹었다. 여종업원이 뜨거운 차를 가져왔다. 나는 저녁 2인분을 주문하고 목욕하러 내려갔다.

목욕을 끝내고 올라오니 유키에가 잠에서 깨어 등의자 쪽에 가 있었다. 전등이 그녀의 얼굴을 아름답게 보여주었다. 피로도 어지간히 가신 듯 사람을 잘못 본 것처럼 건강해 보였다.

"완전히 기분이 좋아졌어요. 저 가위눌리지 않던가요?"

"아니, 아무 일도 없었소."

"거짓말! 전 자주 가위에 눌려요. 어머니를 만나거나 남동생이나 여동생과 함께 귀신한테 쫓기기도 하고……. 일에 방해되지 않았나요?"

"아주 푹 자던데요. 난 당신을 잊고 일을 했소."

"어머, 그래요!"

"정말이오. 우리의 일은."

"그럴지도 모르겠네요. 전 당신 시를 읽었어요. 카메라맨인 와타나베 씨가 빌려주었거든요. 하지만 잘 모르겠어요. 필명을 하나 더 갖고 계시죠?"

"야마사키 미노루요."

"그래요! 그 이름의 소녀소설은 재미있었어요."

"소녀로군요?"

"맞아요, 소녀예요."

이런 이야기를 하는 사이에 여종업원이 식사 준비를 했다.

우리는 밥상을 사이에 두고 앉았다.

"어머, 굉장해요! 평소에 이런 진수성찬을 드시는 거예요?"

"그렇지도 않소."

"벌 받아요. 거기 사람들은 뭘 먹고 뭘 하고 살 것 같아요?"

나는 불탄 자리의 생활이 괴롭게 떠올랐다.

"그 이야기는 금물이오."

"그렇네요. 모처럼의 진수성찬이 엉망이 될 테니까요. 전 비뚤어진 사람이네요. 죄송해요."

겉으로는 이렇게 평온했다. 하지만 내 마음에는 불꽃이 일기 시작했다. 그 불꽃을 억제하며 겉의 평정을 깨지 않았을 뿐이다. 내 마음에는 악마가 숨어들어 있었다.

식사가 끝나고 등의자에 마주 앉았을 때,

"난 유키에 씨가 좋아졌소."

하고 말했다. 이 말은 액면 그대로 받아들여도 좋은 거라고 자신에게 말했다. 하지만 마음 한구석에는 다른 욕구가 있었다. 이것이 마성을 띠고 있다고 생각했다.

"하지만 난감하네요."

유키에의 얼굴에 곤혹스러워하는 빛이 잔물결처럼 흩어졌다.

나는 어젯밤의 사건을 슬픈 듯이 말하고 있었다. 듣고 있는 중에 내 말의 심각한 울림이 유키에의 마음에 전파되어가는 것 같았다. 나는 게이코에 대한 불만을 숨김없이 털어놓았다.

"사모님은 굳건한 분 같네요. 당신을 교육한다는 습관이 붙어버린 거예요, 틀림없어요."

"그럴지도 모르오."

"당신이 저자세로 나가니까 안 되는 거예요. 어떻게든 고쳐봐야지요."

"이미 늦었다고 생각하오."

"당신의 쓸쓸한 기분은 이해해요. 고독한 거죠? 저는 알 수 있어요."

유키에는 이렇게 말하고 한숨을 내쉬었다. 전재를 겪은 이래의 슬픔이 왈칵 흘러넘치는 것 같았다. 나는 자신의 성장 과정이 떠올랐다. 그것 또한 비통해지지 않을 수 없었다. 당신 같은 자상한 여성이 필요하다고 나는 중얼거렸다. 내 마음에 완전히 감염되어 울 것 같아진 내 손을 잡은 유키에는 당신은 참 불쌍한 사람이에요, 하고 말했다. 나는 유키에를 안고 정말 이 사람과 함께 살고 싶다고 마음속 깊이 생각했다.

나는 그 장면에 이르렀다. 유키에는 격렬하게 거절하며 내 손을 꾹 잡고 신뢰할 수 없다고 말했다. 나는 미망에서 깨어나는 것 같았다. 자기 마음의 사악함이 보였기 때문이다. 청순하지 않은 것에 이끌렸기 때문에 이런 야비한 짓을 한다고 생각했다. 나는 바꾸려고 하면 바꿀 수 있는 거라고 생각했다. 왜 이런 남자가 되었을까? 이런 건 진심으로 싫어하니까, 하고 유키에는 나를 위로하듯이 말했다. 우리는 등을 맞대고 잠들었다. 긴장한 마음의 피로가 깊은 잠을 불러왔지만 그 꿈결 속에서 우리는 몸을 뒤쳤다. 서로 마주보고 있었다. 입술을 찾자 유키에 쪽에서 다가왔다. 불타는 듯한 입술이었다.

어떻게 해서 이렇게 되었을까, 하고 유키에는 완전히 잠에서 깨어나 천장을 보며 혼잣말을 했다. 멋진 남성에게 바치자고 마음에 그리고 있었는데, 하고도 말했다. 회한이 그녀의 마음을 괴롭히는 것 같았다. 하지만 그 회한을 이겨내고 싶다고 말하는 것처럼 당신이 책임지세요, 하고 말했다. 나야말로 기꺼이 책임 지겠다고 대답하자 이제 당신과는 헤어질 수 없어요, 하고 말했다.

눈을 뜨자 정오에 가까웠다. 늦은 아침을 마치고 완성된 마지막 장 원고를 들고 스키야바시의 사무실로 갔다. 이미 건넨 첫 부분은 촬영을 시작했기 때문에 간부들은 기뻐해주었다. 내일부터 해변 장면이나 삼한인三韓人이 상륙했다고 전해지는 오이소大磯의 그 신사 등을 찍게 되었으니 로케이션에 입회하라는 권유를 받았다. 나는 숙소에 남겨두고 온 유키에가 마음에 걸려 나중에 답을 주겠다고 말하고 헤어졌다.

사례는 충분히 받았고 외국제 양복 옷감이나 게이코에게 주라며 건넨 고무 밑창 구두를 들고 밖으로 나왔다. 나는 신바시 우체국에서 돈을 전신위체로 바꿔 게이코에게 보냈지만 물품은 유키에에게 주기로 했다. 이만한 돈이 있으면 건물의 나머지 대금도 지불할 수 있을 것 같았다. 시나리오를 한 편 더 써달라고 해서 유키에와 집을 구할 생각이라 그것도 받아들이기로 했다. 우체국을 나왔지만 양심의 가책을 느껴, 로케이션에 따라가기 때문에 당분간 돌아갈 수 없다는 취지의 전보를 부쳐놓았다.

게이코와 깨끗이 청산할 생각으로 숙소로 돌아왔다.

하지만 그 방에는 나의 슈트케이스가 떡 하니 책상 위에 놓여 있고 유키에는 없었다. 원고지가 있던 곳에 접힌 종이가 보였다. 역시 시골로 돌아갑니다. 앞날이 훤히 들여다보여서 싫습니다. 하지만 당신은 평생 잊지 못하겠지요. 연락만은 해주세요. 그리고 주소가 적혀 있었다. 나는 멍해 있는 자신을 깨달았다. 무슨 일이 있어도 그녀를 잃고 싶지 않았다. 마음이 바작바작 타는 것을 보니 이것이 진짜 사랑인 것 같았다. 나의 일생은 사랑을 찾아 방랑하는 것이었다. 나는 아직 마흔이다. 지금이라면 아직 늘그막의 사랑은 아닐 거라는 초조함이 생겨났다. 나는 편지를 썼다. 열여덟 살 소년이 쓰는 듯한 역겨운 글을 정신없이 썼다. 자신이 마흔 살의 중년이라는 것을 까맣게 잊고 있었다. 마음은 스무 살의 청년이고 자신의 모습도 그렇게 젊다고 믿고 있는 듯했다. 대형 거울에 비쳐 보여주었다면 깜짝 놀랄 것이다. 다행히 그런 못된 장난을 하는 사람은 없었다. 열일곱 살이나 어린 아가씨를 더럽혔다는 가책도 없이 오히려 열심히 그 젊은 육체를 찾고 있는 듯했다. 당신이 와줄 때까지 여기서 끝까지 기다릴 거라고 썼다. 당신에게 선물할 이러저러한 물건도 기다리고 있다고 덧붙였다. 답장이 오는 것을 손꼽아 기다렸다. 이튿날부터 나는 로케이션에 입회하여 아타미熱海와 고우즈国府津에서 5일쯤 지냈다. 숙소로 돌아오자 유키에로부터 답장이 와 있었다. 돌아가자마자 할아버지나 숙부들의 체면도 있어 나갈 수 없다고 거절하는 내용이었다. 나는 전보를 쳤다. 나와 줄 때까지 이곳에서 움직이지 않는다는, 깊이 생각한 전문이었다. 답장이 왔지만 역시 올 수 없다는 내용이었다. 나는 다시 전보를 쳤다. 무슨 일이 있어도 만나지 않을 수 없었다. 유키에가 있는 그곳 농가까지 찾아갈지도 몰랐다. 그녀가 중년 남자의 열성은 정말 무섭다고 생각하는 게 아닐까 하는 마음에 깜짝 놀랐다. 저녁도 맛이 없었고 잠들기 어려워 자다 깨다 했다. 꾸벅꾸벅 졸고 있을 때 여종업원이 올라와,

"같이 오신 손님이 오셨습니다"

하고 알렸다.

하늘에라도 오를 것 같은 기분이군, 하고 나는 벌떡 일어난 자신을 보고 이렇게 말했다. 아무런 꾸밈도 없어진 내가 싫었다.

유키에가 여종업원과 엇갈리듯이 나타났다.

"고마워."

"너무 귀찮게 해서요. 숙부가 이상하게 생각했잖아요."

유키에는 갑자기 이렇게 말했다.

나는 꾸중 맞은 어린애 같아졌다.

"괜찮아요. 저도 만나고 싶었으니까요."

유키에는 이렇게 말하며 친절하게 내 옆으로 왔다.

이튿날 아침 역 근처에 있는 스미레 양장점으로 갔다. 유키에가 오면 양장을 맞춰주려고 미리 정해두었다. 역에 들락거릴 때 자주 눈에 띄었던 것이다. 이 일대에는 타다 남은 집이 많았다. 좁은 도로를 끼고 오래된 집이 그 일대에만 빽빽이 들어차 있는 듯한 느낌이었다. 이노가시라선井頭線과 오다큐선小田急線이 교차하는 곳에서 교통량이 격증하기만 했다. 그 이노가시라선 역 플랫폼의 끝에 있는 건널목을 건너 다이타代田 2초메二丁目 지역의 모리야마守山 안은 대저택까지는 아니어도 저택 부류에는 들어갈 듯한 일본식과 서양식을 절충한 가옥이 많았다. 내가 숙박하고 있는 여관도 그중 하나였다. 스미레 양장점의 여주인은 살갗이 희고 살집이 있는 사람이었다. 얼굴을 아래로 향하면 두툼하게 이중 턱이 되었는데 그 풍만한 모습은 겉보기에도 태평했다. 유키에와 함께 들어가자 슬며시 관찰하여 대충 알아채고는 선뜻 이렇다 할 기색을 내비치지 않았다. 유키에의 옷차림은 여전히 변변찮고 불탄 자리의 냄새가 들러붙어 있었지만 그것조차 업신여기는 분위기가 없었다.

"멋진 양장이 맞춰질 것 같네요."

유키에는 정신없이 기뻐했다.

새로운 양장이 완성될 때까지 급한 대로 입을 만한 기성복을 구하려고 신주쿠로 갔다. 미쓰코시 백화점에서 기성복인 스커트와 블라우스, 그리고 속옷류를 마련했다. 유키에는 탈의실에서 새로운 옷으로 갈아입고 나왔다. 고무 밑창의 구두와 잘 어울렸다.

"정말 고마워요."

유키에는 식당에서 마주 앉았을 때 두 손을 바닥에 짚는 듯한 동작으로 감사의 말을 했다.

새로운 양장이 완성되었을 때 청회색 울 원피스가 몸에 딱 맞아 유키에는 몰라볼 정도로 아름다워졌다.

"당신한테 뭐라 감사해야 할지 모르겠어요."

유키에는 뒤를 돌아보기도 하고 허리를 어루만지기도 하고 팔을 뻗어 소매를 맞춰보기도 했다.

"저기, 언제까지, 이렇게 있으면 난처하지 않나요?"

그날 밤 유키에는 정색을 하고 말했다.

"언제까지고, 언제까지고 이렇게 있고 싶어."

나는 젊은 사람처럼 떠들어댔다.

"하지만 금방 벽에 부딪칠 거예요."

"그렇지 않을 거야. 돈을 벌 테니까."

"하지만……."

"괜찮아."

"아뇨! 그렇지 않아요. 전 한 번은 시골로 돌아가지 않으면 안 돼요. 회사의 잔무 정리를 해야 한다고 거짓말하고 나왔으니까요. 숙부보다 숙모가 무서워요. 죽지 않을 만큼 부담스러워요."

"싫어!"

"저, 부탁이에요. 일단 돌아가게 해줘요."

"영문 타이핑을 배우면 어떨까? 나도 찾아볼 테니."

"그것도 시골에서 천천히 생각해볼게요."

굳은 결심이라고 생각했다. 반드시 다시 만나준다고 약속하게 하는 것으로 타협하기로 했다.

우에노역에서 헤어져 나는 야마노테선을 타고 이케부쿠로로 갔다.

"자—"

하고 나는 자신을 돌아보았다. 쇼윈도에 중년이 되어가는 수척한 남자가 스프링코트를 팔에 걸고 작은 슈트케이스를 들고 있는 모습이 비쳤다. 그 수척한 얼굴에서 유키에가 밤에 속삭이던 목소리가 들려왔다. 그것을 따지려는 게이코가 이를 갈며 덤벼들었다. 나는 확실히 심장이 오그라드는 것을 느꼈다. 크게 숨을 쉬어 심장의 통증을 없앴다. 환한 동안에는 도저히 돌아갈 수 없을 것 같았다. 나는 국철 역 앞을 지나서 지하도를 빠져나가 서쪽 출구 쪽으로 나갔다. 많은 사람들이 길게 줄을 서서 버스를 기다리고 있었다. 전시 복장에서 아직 탈피하지 못한 사람들이 반쯤이었다. 구급 주머니를 어깨에 메고 있는 중년 남자 옆에 반짝반짝 빛나는 아주 새 핸드백을 멘 젊은 여자가 서 있어 너무나도 뒤죽박죽인 느낌이었다. 버스 정류장 건너편에는 초라한 판잣집뿐이고, 그곳의 좁은 길에는 사람들이 흘러넘치고 있었다. 생활에 허덕이고 있는 것이다. 나는 현기증이 났다. 약간 경기가 좋아졌다고 생각했더니 고작 이것이구나, 하고 누군가에게 심하게 야단맞은 듯한 기분이 들었다. 큰 길에는 페인트를 칠한 똑같은 모양의 가게가 늘어서 있고, 지금 한창 공사 중인 곳도 있었다.

그 오른쪽에는 시네마 로사라는 새로운 이름의 영화관 간판이 골목 입구 위에 가로로 걸쳐져 있었다. 미국의 희극물이었는데 무엇이든 상관없었다. 시간을 보낼 수 있다면 그것으로 된 것이다. 때때로 자신을 잊고 웃는 일도 있었지만, 자 — 이제 집으로 돌아간다고 생각하니 괴로워졌다. 뉴스까지 한 회를 다 보고 나왔지만 아직 해가 중천에 떠 있었다. 하지만 해가 지고 있어서 아무 생각 없이 천천히 산책하고 있는 중에 어두워질 거라고 생각하며 다시 지하도를 지났다. 그곳은 빛이 들어오지 않아 어두웠다. 백의의 부상병 세 명이 아코디언에 맞춰 유행가를 부르고, 갱생자금 상자를 앞에 두고 통행인에게 호소하고 있었다. 통행인은 밀치락달치락하듯이 다니고 있었지만 그 상자는 쳐다보려고도 하지 않았다. 전재를 당한 그 자리의 자신을 떠올리고 내가 10엔짜리 지폐 한 장을 그 상자에 넣자 나중에 온 중년 부인도 지폐 한 장을 넣었다. 조금 걷자 변변찮은 차림의 아가씨가 내 슈트케이스에 달려들어 휙 끌어당겼다. 살펴보니 그곳 한쪽에는 쭉 같은 유의 여성들이 한 팔 정도의 간격으로 줄지은 것처럼 서 있었다. 나는 감탄했다. 이런 때의 나는 어엿한 도학자로 수신 선생을 자처했다. 이런 식으로 윤락을 하지 않으면 안 되었던 사정에 측은함을 느끼는 그 마음에는 거짓이 없었다. 나는 그 아가씨를 부드럽게 거절하며 슈트케이스를 다시 빼앗았다. 드디어 지하도 밖으로 나왔지만 아직 환하다고 생각했다. 왼쪽으로 어슬렁어슬렁 걷고 있으니 여자의 나체를 거꾸로 매단 그림 간판이 내 앞을 가로막았다. 하트형의 나비가 새빨갛게 물들어 있었다. 오호라! 하고 나는 다시 수신 선생처럼 한탄했다. 이 기분도 솔직한 반응이었다. 그런데도 나는 이 모든 전후 풍경의 영향을 받고, 그런 호색한 마음이 되었다고 생각했다. 그것은 견딜 재간이 없는 마음의 혼란이었다. 유키에를 성실하게 사랑하고 있다고 생각하는 마음과 게이코를 두려워하는 마음이 싸우기 시작했다. 견딜 수 없는 괴로움 같았다. 현기증이 나기 시작했다. 나는 넓은 도로를 건너 그곳 판잣집 가게에서 라면을 먹었다. 맥주 한 병을 마시고 꽤 기운이 났기 때문에 세이부선 역으로 걸어갔다.

드디어 황혼이 찾아왔다. 전차는 교외로 나가자 무사시노武藏野를 서쪽으로 쭉 일직선으로 내달렸다. 전차가 되도록 천천히 달려가 주면, 하고 생각했는데도 전차는 쭉쭉 속력을 더해 늦은 봄의 들판을 순조롭게 달렸다. 역이 하나하나 줄어가고 게이코의 얼굴이 점점 확실히 보여 두려움이 찾아왔다.

전차에서 내렸을 때는 아직 8시 전이었다. 가게는 열려 있었지만 일찍 자는 농가는 덧문을 닫아 불빛이 드문드문 새어나오고 있었다. 하지만 아직 이르다고 생각했다. 아이들이 아직 자고 있지 않으면 더더욱 얼굴을 보이는 것이 부끄러울 것 같았다. 나는 되도록 천천히 걸었다. 함께 내린 진주군 노무자가 완전히 보이지 않게 되고 나만 우두커니 남겨졌다. 하지만 그래도 나의 발걸음은 무거웠다. 다리를 건너 학교 앞으로 갔다. 요코가 보일 것 같아 난감했다. 역참을 완전히 지나 강가의 우리 집이 보이는 곳까지 갔다. 밤하늘에 지붕이 수묵화처럼 또렷하게 보였다. 창호가 들어가 있는 듯 유리가 별빛을 반사했다. 낡은 집 쪽에서 불빛이 새어 나오고 있었다.

대문에 문이 달려 있었다. 이것까지 하려면 장인들의 출입도 굉장했을 거라고 생각했다. 그것을 여자 혼자 처리한 마음고생이 엿보였다. 그렇다면 얼른 만나 위로의 말이라도 해주고 싶어 그대로 똑똑 문을 두드렸다.

"누구세요?"

게이코가 소리쳤다.

가슴이 철렁하여 나는 잽싸게 물러났다. 우스워서 나는 웃었다. 하지만 다시 한 번 게이코가 고함을 치듯이,

"누구세요?"

하고 물었다.

"나―"

나는 대답했다.

서둘러 덧문을 열고 게다 소리를 내며 게이코가 나왔다. 기분이 완전히 좋아진 것 같았다. 그렇다면 나는 그것을 숨기고 원만히 수습하려고 생각하니 마음이 편해졌다.

문이 열렸다.

"다녀왔어―"

나는 기분 좋게 들어갔다.

"……"

하지만 게이코는 흥! 하는 것처럼 옆으로 피해 서서 아무 말도 하지 않았다.

나는 소심해졌다.

"완성되었군그래."

나는 아무렇지 않게 말했다.

"완성되었지요."

게이코가 말했다. 아주 화가 나 있었다.

나는 섬뜩했다. 그 여세로 상당한 품을 들인 현관문에 손을 댔다.

"안 돼요, 그쪽으로 가면―."

게이코가 와서 슈트케이스를 낚아채듯이 했다. 나는 다시 깜짝 놀랐다.

"여기서 식사하세요. 그 전에 목욕부터 하시고요."

"목욕은 됐어."

"괜찮으니 목욕부터 하세요. 이렇게 오랫동안 밖에서 뭘 했는지 모르니까요."

나는 현기증이 날 것 같았다. 억지로 끌려가듯이 지금까지 지냈던 다다미 여섯 장이 깔린 방으로 들어갔다. 방과 방 사이를 잇는 복도를 만들어, 아주 좋아져 있었다. 전등이 무척 밝아서 나는 얼굴을 돌리지 않을 수 없었다. 아이들은 안쪽 방에서 자고 있었다. 봉당에는 마루가 깔려 있고 새 집과 낡은 집 사이에 부엌이 만들어져 있었다. 욕실은 그 옆에 만들어져 있었다. 새 노송나무로 만든 욕조였다. 나는 한 번 몸을 담그고 나오려고 했다.

"좀 더 잘 씻으세요."

나는 뜨끔하여 다시 한 번 몸을 담갔다가 나오려고 했다.

"왜 그렇게 허둥대는 거죠? 좀 더 진득하니 담그세요."

나는 진정하려고 했지만 진정되지 않았다.

드디어 목욕이 끝났다. 나는 식사를 거절하고, 새 집으로 갔다. 나무향이 획 풍겨 기분이 좋았다. 다다미방 옆의 객실용 서재의 책상 위에는 신간서와 잡지가 쌓여 있었다. 편지도 많이 쌓여 있었다. 새로운 작업 의뢰서도 있었다.

"그게 다 주인을 기다리고 있어요. 시나리오 같은 걸 쓰니까 변변한 일이 없는 거예요."

나는 마치 보고 온 듯하다는 생각이 들어 다시 흠칫했다.

"시나리오를 썼으니 집을 지을 수 있었잖아."

나는 가까스로 제정신을 차리고 반박했다.

"언젠가는 지을 집이었잖아요. 돈이 수월하게 들어오면 뒤가 좋지 않은 걸요."

"내가 뭘 했다는 거야?"

나는 그날 밤 게이코의 말을 흉내 냈다는 걸 깨달았다.

"뭘 했다고 하지 않았어요. 여자 한 사람한테 이만한 공사를 맡겨두고…… 제 얼굴 좀 보세요. 새까맣게 그을리고…… 차만 세 번 내가는 것도 힘든데…… 많을 때는 열다섯 명의 장인들이 오고 이웃도 불러서 술을 대접하지 않으면 안 되었으니까요."

그 광경이 보이는 듯했다.

정말 힘들었을 거라고 생각하니 연민의 정이 생겼다. 진심으로 미안했다.

나는 앞으로 공식적인 일을 하여 다시 일어서려고 생각했다.

나는 새 다다미방에서 잤다. 나는 게이코에게 도리상 함께 자자고 말하지 않을 수 없었다.

"당신은 옛날부터 따로 자는 것을 좋아했잖아요! 한방에서 자는 습관이 없는데, 우습네요."

게이코는 아주 쌀쌀맞게 낡은 집 쪽으로 갔다.

나는 마침 잘되었다며 혼자 자기로 했다.

피곤했다. 육체의 피로와 정신적인 피로가 겹쳤다. 정신 쪽은 게이코를 두려워했기 때문에 생긴 피로였으나 약간은 타락자의 회한에서 온 것이기도 했다. 육체 쪽은 대체로 향락 뒤의 피로라는 것을 자각하고 있었다. 나는 유키에를 좋아하고 있었다. 어렴풋이 사랑 같은 것도 있었다. 하지만 두 사람 사이에는 아무런 추억도 없이 쓰라린 경험을 함께 한 사람들이 마음에 갖고 있는 그런 애정도 아니었다. 나는 졸려서 당장이라도 잠에 떨어질 것 같았다. 그런데도 달콤한 살갗이 지금 여기에 있는 것 같았다. 나는 새삼스럽게 유키에가 그리웠다. 당장이라도 만나러 가고 싶어 견딜 수가 없었다. 무슨 일이 있어도 유키에를 불러내 언제든지 만날 수 있는 곳에 데려다놓자고 생각했다. 게이코가 무척 두려웠지만, 풍파가 일어나지 않았기 때문에 다소 쉽게 보는 경향이 있었다. 미친 사람처럼 화를 내고 얼마 전처럼 내가 나가도록 하게 해주면 좋을 텐데, 하고 생각했다. 나는 육체도 정신도 정상적인 상태가 아니게 된 것을 깨달았다. 알코올이나 필로폰 같은 중독 증상을 드러내고 있다고 느꼈다. 아무튼 나는 유키에를 그리워하며 잠에 빠져들었다.

이튿날이 되자 그 중독 증상은 얼마간 나아졌다. 새로 지은 집에 사는 것의 기쁨이나 일에 대한 열정, 이웃들을 부르거나 하는 일에 마음을 빼앗겨 우울한 기분이나 시름 등이 잊혔기 때문이다. 그보다 아기가 아버지를 찾으며 무릎에 앉고 요코도 시즈오도 아빠 돌아왔어? 하고 어머니에게 묻고 안심한 듯이 학교에 가는 것이 짜릿하게 마음에 와 닿았다. 그것을 어렸을 때의 자신과 비교해보거나 했기 때문이다. 나는 당치도 않는 아버지가 되어가고 있다는 것을 깨달았던 것이다.

날이 지남에 따라 이 반성과 악마의 수수께끼 사이의 갈등이 희미해져 간 것 같았지만 게이코는 아직도 뭔가 화가 나 있고, 걸핏하면 화를 내는 것이 본성처럼 되어 내가 잠자코 있으면 아무리 시간이 지나도 말을 하지 않았다. 그대로 가만히 내버려두면 평온했지만 조금이라도 비위에 거슬리는 말을 하면, 예컨대 국물이 식었다거나 복도가 지저분하다는 등 아주 사소한 것을 지적해도 금방 화를 내며 대꾸했다. 나는 그것에 대해 화를 내며 다투고 싶었으나 이것도 모두 전쟁 후의 변화였다. 그녀에게 부담만 되었던 내게 언제까지 그렇게 아이를 훈육하듯 하지는 못할 것이고, 나에 대한 위로도 한계에 이르렀다고 생각하여 나는 원만히 지내려고 자신을 억눌렀다.

어느 날 별안간 유키에로부터 편지가 왔다. 잔뜩 배달된 우편물 속에 있는 평범한 봉투에 쓴 편지였기 때문에 게이코의 눈에 띄지 않은 것 같았다. 유키에를 유키라고 가타카나로 썼지만 나는 금방 알 수 있었다.

그 편지에는 헤어진 이래의 인사와 그녀의 근황이 적혀 있었다. 하지만 상당히 긴 부분에 걸쳐 문학소녀 같은 감상문이 적혀 있었다. 뒤뜰에서 이어진 산기슭에서 백합꽃 향기가 밤바람을 타고 풍겨왔습니다. 당신과 보낸 그날 밤의 추억이 이 향기를 타고 오는 것 같습니다. 당신에 대한 애정이 날이 갈수록 진해지는 것은 어떻게 된 것일까요? 또는 당신을 생각하며 잠들지 못하는 밤의 쓸쓸함! 이런 식의 간지러운 느낌이 드는 편지였다. 20대 젊은이라면 정신없이 읽을 거라고 생각되어 유키에에게 다소 미안하면서도, 어딘가 낯선 농촌의 쓸쓸한 농가 뒤뜰의 야경이 눈에 보이는 것 같았다. 별이 빛나는 하늘에 둥실 뜬 백합을 마음속에 그리는 중에 나는 다시 그녀를 만나지 않고는 견딜 수 없는 기분이 되어 답장을 써서 보냈다. 그러자 유키에로부터 편지가 왔고 또 그 답장을 보내는 중에 유키에는 밭일을 하러 나가지 않을 수 없을 만큼 들일이 바빠졌고 그 일이 힘들어졌다, 역시 자신은 영문 타이핑을 배워 취직하고 싶으니 적당한 장소에 하숙집을 찾아달라는 편지를 보내왔다. 나는 스스로를 회유하지 않을 수 없었다. 유키에의 속마음도 알 수 있었기 때문에 집을 알아보겠다는 답장을 보냈다.

나는 매일 아침 우편물이 올 시간을 가늠하여 직접 우편함을 열러 갔다. 역시 게이코에게 사전에 들키는 것이 두려웠기 때문이다.

하숙집을 구했다. 그것을 유키에에게 알리고 다카사키까지 마중 나갈 준비도 했다. 드디어 내일은 유키에를 만날 수 있다며 소년처럼 설레는 마음으로 잠자리에 들었다. 그때 게이코가 이쪽으로 왔다.

"내일 몇 시에 나가요?"

게이코는 기백이 있었다.

나는 여행을 떠난다고 해두었기 때문에 시치미를 떼고,

" 두 번째 기차로 갈 거야."

하고 누운 채 대답했다.

"그런데 뭘 하러 가요?"

어? 하고 생각했다.

"지쳤으니 좀 쉬었다 오려고."

"흥! 당신도 참 능숙하네요."

"능숙하다니?"

나는 덜컥했다.

"거짓말이요! 그리고 여자 만드는 것이."

"여자!"

"이 편지! 그래도 거짓말을 할 생각이에요? 이건 뭐예요? 백합꽃이니 처녀를 바쳤다느니 당신의 몸이 눈앞에 떠오른다느니, 참 무서운 세상이 네요. 털어놓으세요. 언제부터죠?"

편지 다발을 뭉텅 내던지며 덤벼들었다.

나는 심장이 바짝 오그라들었다. 숨을 쉬는 것도 꺼려지는 것 같고 몸 둘 곳이 없는 것 같기도 했다. 나는 이불을 뒤집어썼다.

"뭐라고 대답 좀 해보세요."

이불깃을 끌어당기며 게이코가 소리쳤다.

"……"

나는 본능적으로 자신의 몸을 지키기 위해 벌떡 일어났다.

"대답을 못하겠지요! 할 수가 없겠지요! 어차피 이렇게 될 게 뻔해요!

당신은 자신을 뭐라고 생각해요! 당신처럼 쓸모없는 사람도 없어요. 게으름뱅이. 하지만 난봉꾼인 줄은 몰랐어요. 이런 색마하고는!"

게이코의 흥분은 고조되기만 했다. 시선이 고정되고 얼굴이 검푸르고 손이 떨리고 신경이 따끔따끔했다. 나는 그녀의 입이 실룩실룩하는 게 무서웠다. 그녀의 손을 잡고 여기에는 사정이 있으니까 들어보라고 애원했다.

"사정 같은 게 어디 있어요! 듣고 싶지 않아요, 이 손 놔! 당신은 색마야, 어디로든 꺼져버려! 여자하고 동반자살이라도 하든가……."

심한 욕설이 아주 지저분하게 토해져 나왔다. 나는 일찍이 그녀가 이처럼 태도를 무너뜨린 것을 본 적이 없었다. 그녀는 미치기 일보 직전인 것 같았다. 나는 그녀의 마음을 진정시키려고 열심이었지만 어떻게 대처해야 좋을지 알 수 없었다. 나는 당황스러웠고 두려웠다.

하지만 공포가 한계를 넘었다. 나는 자포자기하는 심정으로 이불을 뒤집어썼다. 게이코는 계속해서 욕설을 해댔다. 10여 년 내게 진력을 다한 마음이 배반당하자 증오하게 되었고 원한이 불처럼 타오르고 있었던 것이다.

'아아, 무섭다.'

나는 생각했다. 그런 주제에 유키에를 만나고 싶다는 걸 단념하지 못했다. 나는 몸서리를 쳤다—

기차가 산기슭의 플랫폼으로 미끄러져 들어갔다. 미나카미水上였다. 나는 상념에서 깨어났다.

유키에가 내 자리로 와서 내리자고 말했다. 나는 허둥지둥 슈트케이스를 내려 유키에의 뒤를 따라갔다.

역 앞에는 호텔의 자동차가 줄지어 있었다. 여관 이름이 쓰인 모자를 쓴 호객꾼이 우리에게 다가왔다. 내 귓가에는 아직 게이코의 욕지거리가 남아 있었다. 예약한 손님으로 착각하게 해서는 안 된다는 생각에 광장으로 나가 있었다. 맨 끝 쪽에서 손님을 물색하고 있던 남자가 잽싸게 다가와 슈트케이스에 손을 대고 자동차 문을 열었다. 우리는 미끄러져 들어가듯이 올라탔다.

따라간 곳은 가장 변두리의 여관이었다. 낡은 집 현관에서 방으로 안내되는 길에 부엌 안이 보이기도 하고 기름 냄새가 풍기기도 해서 불쾌한 기분이었다. 하지만 3층 제일 끝 방의 널찍한 툇마루에 서자 강가의 모래밭이 한눈에 내려다보여 마음에 들었다. 욕탕은 1층에서 아래로 더 내려가 지면의 경사를 따라 만들어진 계단을 다 내려간 곳에 있었다. 달리 손님이 없는 듯 두 개인 욕탕은 모두 비어 있었다. 우리는 왼쪽 욕탕으로 들어가 욕조에 몸을 담갔다. 내가 타월을 배 위에 올리고 머리를 욕조 가장자리에 기대고 다리를 뻗자 유키에도 같은 자세를 취했다.

"기차 안에서 사촌오빠한테 들킬 뻔했어요."

유키에가 말했다.

"사촌오빠?"

그건 처음 듣는 이야기였다.

"다카사키의 직물회사에 다니고 있어요. 둘째아들인데, 군대에 갔다가 돌아왔고 다리에는 아직 탄환 파편이 남아 있대요."

"흐음."

"사촌오빠와 한집에 있는 게 싫어요."

"그건 왜?"

"결혼을 졸라대는 게……."

"그럼 나하고는?"

나는 다소 신경이 곤두섰다.

"그건 당신 하기 나름이에요."

"나는 마음을 굳게 정했어. 이혼할 거야."

"이혼? 그건 안 돼요. 그만두세요, 부탁이에요."

"그건 또 왜?"

"무슨 일이 있어도 그건 안 돼요. 아이들이 불쌍하잖아요."

나는 불쾌했다. 아이들이 내 앞으로 와서 죽 늘어선 것 같았다.

하지만 유키에가 정색을 하고 이혼에 반대하는 건 좀 우스웠다. 나는 이상하게 여겼지만 깊이 생각할 여유가 없었다.

"그래서 안절부절못했던 거야?"

나는 말머리를 돌렸다.

"그럼요. 어쩐지 누군가 보고 있는 것 같아서요. 사촌오빠의 얼굴이 보였을 때 퍼뜩 책으로 얼굴을 가렸어요. 사촌오빠는 한 역 앞에서 내렸지만, 플랫폼에 내려서 보고 있었어요."

"들키면 거북한 거야?"

"그야 그렇잖아요. 도쿄에 간다고 하고 미나카미에서 내리면요."

유키에는 능숙하게 말을 맞췄다.

바로 왼쪽의 유리창을 열자 푸르고 맑은 계곡이 보였다. 아베크족이 보트를 타고 있는 모습이 그림 같았다. 건너편은 높은 벼랑이고 물은 깊어 보였다. 계곡물이라기보다는 연못이나 호수 같았다. 물 밑바닥이 들여다보이는 것이 어쩐지 무서운 느낌이 들었다.

"우리도 타볼까?"

나와 나란히 아래를 내려다보고 있던 유키에는,

"내일 타요. 어쩐 일인지 피곤해서 어디든 나가고 싶지 않아요."

하고 말했다.

　욕조에서 나와 둘은 맥주를 마셨다. 유키에는 눈가가 빨개졌다. 그 붉은 기가 목덜미의 젊디젊은 피부를 돋보이게 했다. 나는 그 젊음에 빠져들 것 같았다. 문득 게이코가 떠올랐다. 나는 덮쳐누르는 듯한 고뇌를 느꼈다.

　'이 사람과 정사情死라도 할까?'

　문득 이렇게 생각하고 어쩐지 황홀경에 빠진 듯한 기분이었다.

　"무서워요!"

　유키에가 내 눈빛을 보고 소리쳤다.

　나는 자신의 마음에 깜짝 놀랐다.

　"무슨 일이에요?"

　유키에가 의심스럽다는 듯이 물었다.

　"아무것도 아니야."

　나는 평정을 유지하며 대답했다.

　"아무것도 아닌 게 아니에요. 아주 무서운 눈빛이었어요."

　"취한 거야."

　나는 이렇게 둘러댔다.

　다시 게이코의 원망스러운 듯한 얼굴이 보였다. 나는 몸서리를 쳤다.

　'여기 있는 동안 결심을 하는 거다.'

　나는 자신에게 말했다. 세 들어 있는 집으로 들어가면 투쟁이 시작될 거라는 생각이 들었다.

　유키에는 어쩐지 무서운 느낌이 들어 산책하러 나가자는 말을 꺼냈다. 기분 전환이라도 하고 와요, 하고 말했다. 시내는 길쭉하고 울퉁불퉁했다. 계곡 쪽으로 가자 양쪽에 상당한 꾸밈새의 여관이 있고 구름다리를 건너자 선로 끝에 근사한 호텔이 있었다. 하지만 현관 바로 앞이 건널목이고 기차가 지날 때마다 땅이 흔들리고 차바퀴 소리가 시끄러울 것 같았다.

해가 저물고 있었지만 보트를 탔다. 양쪽 여관의 창에서 얼굴을 내밀고 야유하는 손님이 있었지만 무슨 말을 하는지는 들리지 않았다. 서둘러 노를 저어 우리 숙소의 욕탕이 보이는 곳까지 갔다. 욕탕은 위태로운 장소에 세워져 있었다.

"꽤나 깊어 보이네요."

유키에가 물 밑바닥을 들여다보며 말했다. 나는 손을 멈추고 역시 연못 속을 보았다. 저 아래쪽에 바위가 보였다. 그 바위로 쑥 빨려드는 것 같았다. 그곳으로 떨어지는 자신을 상상하자 현기증이 났다. 그렇게 하면 가장 편할 것 같았다. 이 번뇌에서도 벗어날 수 있을 거라고 생각했다. 내가 사라지면 게이코도 유키에도 없는 것이다. 뱃전에 얼굴을 가까이 대고 있었다. 그 밑바닥에서 뭔가가 내게 손짓하고 있는 것 같았다. 유키에가 함께 죽어줄까, 하고 생각했다.

"어머! 싫어, 싫어요."

갑자기 유키에가 소리쳤다.

나는 퍼뜩 고개를 들어,

"왜 그래?"

하고 유키에를 쳐다봤다. 유키에는 새파래져서,

"이상해요, 당신! 그렇게 시퍼런 얼굴로! 나가요"

하고 말했다.

'나는 어떻게 된 거다.'

하고 생각했다. 지친 것이다.

나는 다소 겸연쩍은 듯이 기분 탓이겠지, 하고 유키에에게 말했다.

"거짓말! 기분 탓이 아니에요. 빨리 저어요."

유키에는 진지하게 말했다.

"무서워?"

"네, 무서워요. 얼른, 얼른 저쪽으로 저어가요."

나는 그렇게 소란을 피우는 유키에의 마음속이 들여다보이는 것 같아 쓸쓸했다. 하지만 말하는 대로 보트를 돌려주러 갔다.

숙소로 돌아가자 유키에가 다시 조금 전의 일에 집착했다.

"저기, 아까는 어떻게 된 거예요?"

"아무것도 아니야."

"아무것도 아닌 게 아니었어요. 이상해요, 당신."

유키에는 불쾌한 얼굴을 했지만 저녁을 먹을 때까지는 기분이 좋아졌다.

밤중에 심하게 흔들어 나는 잠에서 깨어났다.

"당신, 정말 어떻게 된 거 아니에요?"

유키에가 불쾌한 듯이 말했다.

나는 눈을 떴다. 자신과 함께 자고 있는 사람이 유키에라는 것을 알고 안도했다. 나는 꿈속에서 누군가에게 쫓겨 다니고 있었다. 그 추격자가 내게 닿을 것 같았으므로 하늘로 날아올랐다. 하지만 평소에는 높이, 높이 날아가는데 지상에 닿을락말락하게만 날고 추격자가 내 발을 붙잡으려고 했다. 그 추격자는 오래전에 죽은 귀향이었다. 그 옆에서 내 생모가 귀향을 부추겨 나를 극악한 사람이라며 욕하고 있었다. 나는 혼신의 힘을 다해 날아가려고 했지만 나뭇가지 같은 것에 걸릴 것 같았다. 그러자 지금까지 귀향이었던 사람이 이번에는 게이코가 되어 있었다. 원망이 담긴 얼굴로 나를 노려보고 있었다. 나는 아악, 악, 하고 소리쳤다.

"이봐요, 왜 그래요? 아픈 거 아니에요? 가위에 눌린 거예요?"

유키에가 다시 물었다.

내 이마에는 땀이 배어 있었다.

날이 새자 유키에는 내가 얻어둔 집으로 빨리 가고 싶다고 말했다. 가구도 사들이지 않으면 안 되고, 타자 학원에도 수속을 밟아두고 싶다고 했다. 나도 그러는 편이 좋을 것 같았다.

얻어둔 집은 역 가까운 곳이었다. 옆에 일품 요릿집이 있고 뒤는 제재소였다. 왼쪽 옆은 잡화점이었다.

"잘 구했네요."

집 안으로 들어가자마자 유키에가 말했다. 지방의 작은 도시라고 해도 집을 구하는 것은 쉬운 일이 아니었다.

"이 집의 주인은 둘이야. 둘 다 자신의 소유라며 소송을 벌이고 있다더군. 그중 한 명인 창호 도매상이 아래층을 창고 대신 쓰고 있어서 그 사람한테 2층을 빌린 거지."

대충의 이야기를 듣고,

"2층만으로 충분해요"

하며 유키에는 기뻐했다.

아래층은 세 칸쯤이었는데 이미 만들어진 창호가 쌓여 있었다.

2층은 다다미 여섯 장 크기의 방과 네 장 반 크기의 방이고 복도가 딸려 있었다. 부엌만은 아래층에 있는 걸 쓰기로 했다.

시가지라고 할 만한 곳은 아니고 높은 지대에 점포가 드문드문 있었다. 초가집이 그 사이에 끼어 있었다. 역 건너편에는 땅딸막하게 솟아오른 구릉이 있고 가류잔臥龍山이라는 이름으로 불리는 상당히 큰 신사가 있었다.

도착한 날에 풍로와 솥을 사러 유키에와 함께 걸었다. 묵직한 보퉁이를 들고 걷는 것을 길가 사람들이 보고 있었다. 호기심이 많은 눈빛이어서 금세 소문이 날 거라고 생각했다. 쑥스러워해서는 안 된다고 반발하면서 장을 보며 걸었다. 드디어 장보기가 끝나 2층으로 돌아왔을 때는 아이고 맙소사 싶었다. 유키에가 보퉁이를 풀고 같은 무늬의 용 그림이 들어간 부부 그릇을 꺼냈다.

스와에서의 추억이 마음을 스쳤다. 뭐든지 비슷한 것 같기도 하고 다른 것 같기도 했다. 그때는 정신이 없었지만 지금은 감흥이 없었다. 신선한 흥분 대신 수치심이 있을 뿐이었다. 사람들 앞에 나가는 것은 싫었지만 둘이서만 즐기고 싶은 그런 그늘의 기쁨이었다. 그리고 끊임없이 뭔가 무서워하는 마음이 외풍처럼 기어들었다.

이튿날에는 둘이서 도쿄로 갔다. 유키에는 타자 학원의 수속을 밟았고 나는 일을 협의하러 출판사 두세 곳을 돌았다. 스키야바시의 영화사에도 가서 시나리오 의뢰를 받아들였다. 저녁 때 이케부쿠로에서 만났다.

"저녁을 먹고 돌아갈까?"

"내가 말했다.

"그 돈으로 반찬을 사서 집에서 먹어요."

유키에가 말했다. 어딘지 모르게 게이코를 닮아서 재미있었다.

차를 마시고 전차를 탔다. 도조선東上線을 사카도坂戸에서 갈아타는 것이다. 하차했을 때는 완전히 밤이 되어 있었다. 전차 역에서 그 집까지는 15분쯤 걸렸다. 가류잔 북쪽 기슭을 빙 돌아 국철의 건널목을 건넜다.

"7월 말에는 면허를 딸 수 있대요. 전 정말 기뻤어요."

유키에는 저녁 준비를 시작하며 말했다. 다소 떠들어대고 있었다. 나는 그것을 보며 희망이 그녀의 얼굴을 빛나게 하고 있다고 생각했다.

나는 이 생활에 안주할 수 있을까, 이번에는 자신에게 물었다.

이튿날부터 유키에는 도쿄로 통학하고 나는 밥상 위에 원고지를 펼쳤다. 유키에가 없어진 2층은 갑자기 살풍경해졌다. 비가 샌 흔적이 줄이 되어 물들어 있는 벽에는 유키에의 평상복이나 부엌 옷이 걸려 있었다. 미닫이문의 종이는 바래고, 다다미는 푹 조린 듯했다. 도코노마도 없고 얇은 맹장지를 바른 벽장이 있을 뿐이었다. 다다미 넉 장 반이 깔린 방은 헛간으로밖에 사용할 수 없고, 그 뒤쪽에 붙어 있는 작은 창으로 밖을 내다보니 제재소의 재목 적치장이 보였다. 집의 바깥 둘레는 바로 이웃집이고, 이 집은 부지에 꽉 차게 지어져 있었다. 낙숫물이 떨어지는 곳 안쪽만이 이 집에 속했다. 양쪽 이웃은 처마가 서로 달라붙어 있고 현관을 열면 도로였다. 무료해서 거리를 걸었지만 금방 싫증나고, 두 번 같은 곳을 걸으면 가게 안에서 가만히 뚫어지게 쳐다보며 이쪽에 대한 품평을 했다. 산 중턱에 있는 정신병원 앞까지 갔지만 문지기가 수상쩍은 듯이 봤기 때문에 발길을 돌려 물러났다.

유키에는 날이 저물어 돌아왔다. 곧바로 교사나 학생 동료들에 대한 이야기를 했다. 건방지거나 불쌍한 아가씨 이야기를 했다.

"제 옆 사람은 아직 방공호 생활을 하고 있다고 했어요. 동정이 가더라고요. 어떻게든 건실한 직장을 얻고 싶으니까 잘 부탁한다는 말을 들었어요."

낯선 세계의 내부가 약간 들여다보이는 것 같아 흥미가 있었다. 대낮의 무료함이 가신 것 같았다.

"백 대나 되는 타자기가 한꺼번에 소리를 내기 시작하니까 장관이더라고요."

유키에는 매우 장관인 듯이 이야기했다. 그 소음이 들려오는 것 같았다.

"제가 제일 잘하는 편이에요. 교사도 여자여서인지 눈이 빠르더라고요. 저보고 경험이 있는 것 같대요. 영어를 말할 수 있거나 읽을 수 있도록 하래요. 그러면 주둔군 쪽에 소개해준다고요."

유키에에게는 활기찬 나날이 계속되었지만 나는 날이 갈수록 수심이 깊어졌다.

아침이 되자 초등학교 아동이 집 앞을 조를 이루어 다녔다. 가류잔 기슭에 있는 학교에 다니는 어린애들을 2층 창으로 내다볼 때마다 그중의 어떤 아이는 요코를, 의젓하고 약간 멍한 아이는 시즈오를 닮은 것 같았다. 아버지가 없어진 것이 아이들에게 어떤 영향을 끼칠지는 확실히 알 수 있었다. 뭔가 이가 빠진 듯한 쓸쓸함이 아이들의 마음을 아프게 할 것이 틀림없었다. 친부의 집에 맡겨질 때까지의 자신이 떠올랐다 — 야, 아비 없는 놈! 야, 겁쟁이. 나는 부모가 다 있는 아이에게 이길 수 없다고 믿고 있었다. 자신의 운명을 자신의 아이에게 덮어씌운 것이 슬펐다. 몇몇 조가 이 집 앞을 지나갔다. 나는 창가에 서서 그것을 보고 있었는데 보는 것이 두려워지기도 했다.

'게이코는 내가 있는 곳을 찾고 있을까.'

여기저기에 편지로 문의하는 그녀가 보이는 것 같았다.

그녀가 불쑥 여기에 나타나면 어떻게 할까 하는 불안에 전율하기도 했다. 하지만 그녀로부터 뭔가 소식이 온다면 좋을 것 같은 마음도 있었다. 나는 그 모순과 싸우지 않으면 안 되었다.

더운 날이었다. 갑자기 여름이 온 것 같았다. 유키에를 배웅하는 김에 전차 역까지 산책을 하고 돌아오니 현관에 봉투가 떨어져 있었다. 나는 역시 덜컥하면서도 봉투를 뜯었다. 글자가 들쭉날쭉하여 제대로 글을 읽을 수 없었다. 하지만 거기에 쓰인 내용은 충분히 알 수 있었다 — 당신 이야기로 동네가 아주 떠들썩해요, 나는 상관없지만 아이들을 불쌍한 눈으로 보고 있어요. 오늘도 요코는 울며 왔어요. 아기가 열이 나서 의사 선생님을 부르거나 나 혼자 이리 뛰고 저리 뛰고 아주 난리예요, 사실은 입원시키는 것이 낫지만 위의 두 아이 때문에 그것도 할 수 없었어요. 매년 칠월칠석을 떠들썩하게 축하해왔는데 어쩐지 올해는 불안해요. 아이들은 색종이를 사와 종이학을 접거나 별을 만들기도 해요—

"나에 대해서는 아무래도 좋다고 생각하겠지만 아이들을 위해 한 번은 돌아와 주세요. 그래야 동네의 말들도 사라질 거예요. 6일에는 아침부터 역에서 기다리고 있겠어요."

나는 편지를 쥔 채 마룻귀틀에 멍하니 서 있었다. 편지 뒤에 숨겨진 다양한 일이 숨 막힐 듯이 덮쳐왔다.

그날 밤 편지에 대해 유키에에게 털어놓았다.

"가보세요. 아이들이 불쌍하잖아요."

유키에는 이렇게 말했다. 어딘가에 신경을 쓰는 구석이 있었다.

이튿날 아침 나는 유키에를 배웅하고 기차에 올랐다. 세 번째 상행 열차로 다카야마역에 도착한 것은 정오 무렵이었다. 개찰구에는 게이코가 서 있었다. 야위고 햇볕에 탄 듯했다. 나는 가슴이 덜컥했다. 연민이 양심의 문을 열었다. 나는 현기증이 났다. 역무원이 수상한 듯이 우리를 보고 있었다. 그 눈에서 벗어나듯이 대합실에서 나왔다. 가게가 있는 거리를 피해 지름길로 들로 나갔다. 게이코가 뒤를 따라왔다.

밭에는 밭벼가 자라고 고구마 덩굴이 무성했다.

"많이 기다렸어?"

나는 뒤를 돌아보며 물었다.

"첫차부터 와 있었어요."

세 시간이나 계속 기다린 그녀에게는 마음속 깊이 신경 쓴 뭔가가 있었다.

"아기는 어때?"

"아직 안 좋아요."

"어디에 있지?"

"요코가 업고 있어요."

나는 울음이 나올 것 같았다.

"내가 있는 곳을 어떻게 알았어?"

잠깐 걷다가 다시 물었다.

"출판사에 문의하면 이상하잖아요. 금방 수상하게 여길 거고, 기사거리가 되니까요."

나는 안도했다.

"그럼 어떻게?"

"모를 거라고 생각하는 건 당신뿐이에요. 보고 와서 일부러 알려준 사람이 있는걸요."

"아, 그런 사람이 있었다니. 누구지?"

"누구든 상관없잖아요."

이야기가 끊겼다.

집으로 가자 요코가 아기를 업고 마중을 나와서,

"다녀오셨어요. 밋짱, 아빠야."

하며 등에 업힌 아기를 내게 내밀듯이 했다. 아기가 열 때문인지 물기가 어린 눈으로 내게 아, 빠, 하고 손을 내밀었다. 나는 아기를 안고 서둘러 방으로 들어갔다. 눈물이 흘러내렸다. 그러자 게이코가 아기와 내게 왈칵 다가와 내 손을 잡았다. 눈꺼풀 아래에서 큼직한 눈물이 흘러 볼에서 입 주위를 적셨다.

아기는 의아하다는 듯이 부모를 번갈아 쳐다봤다. 하지만 뭔가 무서워진 건지 내 가슴을 밀치며 어머니 쪽으로 가서 가슴에 얼굴을 묻었다. 내가 어머니를 괴롭혔다고 생각하는 듯했다.

"이제 됐어. 우는 건 그만둬."

나는 견딜 수 없어져 이렇게 말했다.

"제가 죄송했어요. 안심하고 있었던 게 나빴어요. 무슨 말이든 거침없이 말한 게 잘못이었어요."

게이코가 눈물을 흘리며 말했다.

그 말의 이면을 충분히 이해했다. 나는 게이코가 내 진의를 얕보고 있는 거라고 생각했다.

'내 피에는 악마가 숨어 있는 거야.'

하마터면 이렇게 말하려고 했지만 그만두었다.

이 근방에서는 6일 정오쯤부터 칠월칠석 장식을 하는데 색종이로 꾸민 대나무가 이웃의 뜰에 드문드문 나타나기 시작했다.

요코가 장식에 몰두하고 있었다. 종이학이나 단자쿠[72]의 무게로 대나무의 작은 가지가 휘어 늘어져 있었다.

"울고만 있지 말고 좀 도와줘.

하고 게이코에게 말했다.

"당신이 도와주세요. 저는 만주[73]를 만들 테니까요."

기분이 좋아진 듯 게이코가 일어났다. 나는 그녀가 이것으로 기분이 좋아질 거라고는 생각하지 않았다.

그 밖에도 장식은 여러 가지 만들어 놓았다. 종이로 만든 주머니, 은하

72　短冊. 단카(短歌)나 하이쿠(俳句)를 적는 데 쓰는 두껍고 조붓한 종이(보통 세로 약 36 센티미터, 가로 약 6센티미터).

73　밀가루, 쌀 등의 반죽에 소를 넣고 찌거나 구워서 만든다. 앙금으로는 고구마, 밤 등을 쓴다.

수, 그물 등의 장식물.[74]

"이거 다 엄마가 만들었니?"

"네. 엄마는 밤에도 자지 않아요."

요코가 대답했다.

나는 두려운 기분이 들었다. 잠이 오지 않는 밤들, 게이코의 고뇌가 무서워졌다. 짚으로 만든 인형에 못을 박는다는 이야기가 떠올랐다.

문밖으로 장식을 가져가 세우자 도로가 눈에 띄게 화려해졌다. 이웃들이 줄줄이 다가와 어머나, 하거나 이거 훌륭한데, 하며 감탄했다.

시즈오가 학교에서 돌아왔다. 요코가 아빠 돌아왔어, 라고 작은 소리로 말하는 것이 안에서도 들렸다. 시즈오가 멍한 표정으로 거실로 들어와 나를 봤지만 갓 쪄낸 만주를 접시에서 집어 잔뜩 입에 넣으며 나갔다. 잠자코 있었지만 안심한 기색이 얼굴에 드러났다. 그것이 가슴을 짓눌렀다.

나는 몸에 스며든 유키에가 점차 흐릿해지는 것 같았다. 하지만 날이 저물자 갑자기 유키에의 냄새가 되살아났다. 기차 시간을 신경 쓰고 있는 나를 보고 게이코가 원망스럽다는 듯이 나를 노려봤다. 오늘밤에는 돌려보내지 않겠다고 말했다.

다다미방은 다다미도 벽도 미닫이문도 새로운 향기가 나서 잠자리의 기분이 좋았다. 도코노마에는 폭포 그림이 걸려 있었다. 일부러 낡은 집으로 가서 살고 있는 자신의 어리석음을 돌이켜보았다. 게이코는 아기를 데리고 와서 내 옆에 잠자리를 깔고 잤다. 그녀는 매일 밤 잠들지 못하고 밤을 보낸 이야기를 했다. 도로에 발자국 소리가 날 때마다 퍼뜩 눈을 떴다고 한다. 내가 돌아온 건가 해서 기뻐하기도 하고 누가 침입한 건가 해

74　칠석날 대나무에 다는 여러 종류의 종이 장식물을 가리킨다.

서 무서워하기도 했다고 한다. 나는 자신의 죄가 열거되는 것 같아서 그녀에게 미안했다. 나에 대한 원망이 엷어지면 반대로 나를 그리워하는 마음이 커졌다고 했다. 그리고 부부생활을 죄악시해온 나의 눈치를 보아 남들에 비하면 과부나 비구니 같은 억제된 생활을 해온 것이 분했다고도 했다. 그 말의 이면에 나 자신의 변화가 비쳐 보여 난감했다. 나는 나이를 먹음에 따라 생모의 피가 날뛰기 시작한 것이라고 생각했다.

나는 그녀의 마음속 모습을 처음으로 본 것 같았다. 그 마음의 모습만이 아니라 그녀의 몸에 대해서도 미지의 상태 그대로인 것 같았다. 나는 자신의 금욕적인 모습의 일면을 그녀에게 강요하고, 호색적인 다른 반면을 밖에서 발산하고 있는 거라고 생각했다. 내가 유키에에게서 얻고 있는 것은 음탕함에 가까운 것이라고 생각했다. 관능에 도취되는 자신과 도덕적이고자 하는 자신이 동일인이라는 것이 문제 같았다. 이중인격이라고 생각하니 아연했다. 나는 게이코에 의해 신을 찾았지만 내 육체 안에는 다른 것이 혼재되고 말았다. 밤중에 착각이 일어나 게이코의 몸을 흔들며 유키에, 유키에 하고 불렀다.

"싫어요!"

게이코가 내 손을 찰싹 때렸다. 나는 깜짝 놀라 눈을 떴다. 하지만 그래도 옆에 있는 사람이 유키에 같아서 계속 유키에의 이름을 불렀다.

"아아, 벌써 이렇게 빠진 거예요."

깊은 한숨을 내쉬었다. 나는 자신의 마음이 두려워졌다. 변명할 여유가 없었다.

게이코는 내게 등을 돌리고 아기의 이불로 기어들고 말았다.

이튿날 저녁 내가 조바심을 내자 게이코는 칠석 만주를 무늬목에 싸서 그렇게 가고 싶으면 가세요, 그 대신 언제 돌아올지 확실히 약속해주세요, 하고 말했다.

나는 도망치는 듯한 발걸음으로 집을 나와 역으로 갔다. 기차에 타자 유키에가 내 마음으로 기어들었다. 나는 마음도 몸도 떨리고, 신도 도의도 사라졌다.

유키에는 돌아와 있었다.

"다녀오셨어요?"

그녀는 아무렇지 않게 말했다. 나는 만주 꾸러미를 건넸다. 유키에는 차를 끓이고 만주 하나를 집어 먹었다.

"맛있어요!"

하지만 앗, 하고 입을 막으며 복도까지 달려가 다 토하고 말았다.

"왜 그래?"

나는 깜짝 놀랐다.

"아무것도 아니에요."

유키에는 자리로 돌아왔다.

잠시 후 자신에게 취직자리가 들어왔다는 이야기를 했다. 하나는 신흥 상사인데 장래가 걱정되어 내키지 않고 또 하나는 다카사키에 있으며 옛 날부터 있던 직물회사라서 무너질 걱정은 없다고 했다. "하지만 다카사키 라면 곤란하겠지요?"라고 그녀는 나를 슬쩍 훔쳐보며 물었다. 그 말에는 뭔가 까닭이 있는 것 같았다. 되도록 도쿄로 해주면 좋겠다고 대답하자 그녀는 약간 난감한 듯한 표정을 지었다.

이틀이 지났다. 게이코와 약속한 날이었다. 유키에에게 그 이야기를 하자 전 괜찮아요, 하고 대답했다. 낮 기차로 돌아가니 게이코가 어김없이 마중을 나와 있었다. 기다리다 못해 지친 듯한 얼굴이 뚜렷했다. 나는 약속을 깨고 가지 않을 생각도 했지만, 막상 그녀를 보니 온 것이 다행이라는 생각이 들었다. 이틀 있다가 유키에에게 돌아가자 유키에는 이웃에 말 상대가 생겼다는 이야기나 때늦은 칠석 이야기, 이 근방의 추석 지내는 방식이 진기하다는 등 이틀간 모아둔 이야기를 했다. 내가 살고 있는 동 네와 달리 도시에서는 칠석도 추석도 한 달 늦게 지냈다.[75]

그런 이야기로 뭔가 속이고 있는 것 같다고 나는 생각했다.

하지만 그 말을 꺼낼 수는 없었다.

이틀 간격으로 갔다가 돌아왔다가 하는 것이 이상하기도 하고 피곤하기도 했다.

어느 날 게이코와 집으로 돌아오자 한낮의 태양을 잔뜩 받고 피어 있는 채송화가 눈에 띄었다. 대문에서 현관까지 징검돌 양쪽에 심어 피게 했다. 진홍빛, 오렌지 빛, 보랏빛 등 다채로운 색의 여러 겹인 다소 큼직한 꽃 앞에 쭈그리고 앉아 나는 가만히 주시했다. 나는 이 꽃이 좋았다. 더위에 나른해져 있을 때 육체의 피로가 그 신선한 색이나 굳건한 꽃잎을 보면 잊을 수 있기 때문일 것이다.

"나팔꽃도 피어요. 보라색 안에 얼룩덜룩한 모양이 있고, 이렇게 큰 꽃송이예요."

게이코가 뜰 안쪽, 다다미방 창으로 잘 보이는 곳에 장대를 계단식으로 묶어 덩굴을 휘감게 했다.

올 때마다 뜰은 손질이 되었고 새로운 나무나 화초가 늘어갔다.

이튿날 아침 게이코가 나를 깨웠다. 나팔꽃이 피었으니까 봐달라고 했다. 나는 뜰로 내려가 나팔꽃 앞에 섰다. 보라색 꽃 서너 개가 피어 있었다. 꽃잎이 하얗고 가장자리만 엷은 파란색으로 바림한 듯한 꽃 두 송이

---

75   도쿄, 요코하마, 시즈오카 등 간토(關東)지역에서는 추석도 양력 7월 15일 전후, 칠석도 양력 7월 7일에 지내 다른 지역보다 한 달 빠르다.

가 피어 있었다. 보라색 안에 아롱무늬가 있는 것도, 하얗고 파랗게 바림한 듯한 것도 그 나긋나긋한 꽃잎이 생생하게 힘이 어려 있고 색채에는 깊은 맛이 있어 보고 있는 사이에 마음이 씻기는 듯한 기분이 들었다. 나는 자신의 마음속 더러움을 보고 싶지 않았다.

"어젯밤에는 당신 꿈을 꾸었어요."

유키에가 그날 밤 내게 착 달라붙으며 말했다. 나는 그런 유키에가 신선하게 보였다.

'이 사람은 결코 더럽혀지지 않았다. 더럽혀진 사람은 나 자신이다.'

하고 나는 생각했다.

두 집을 왕래하며 지내는 행위 자체가 더럽혀져 있었다.

이럴 생각이 아니었는데, 하고 나는 자신을 비난했다. 게이코를 그만두고 유키에를 집으로 들이자고 생각한 당초의 생각은 멀리 내쫓기고 말았다.

나는 고민하며 그것을 얼굴에 드러내지 않도록 했다. 유키에를 이렇게 만든 책임은 어떻게 하면 좋을까. 나는 자신의 마음을 어딘가로 정하지 않으면 안 된다고 생각하며 우유부단하게 우물쭈물하며 지냈다.

역참에서 추석 때 조상의 영혼을 맞이하는 의식이 있다는 밤. 게이코가 함께 보러 가자는 말을 꺼냈다. 역참에 옛날부터 살고 있는 토박이의 집이나 가게 앞에만 그 횃불이 켜진다. 새빨갛게 타오르는 횃불 사이를 새 유카타나 나들이옷을 입은 사람들이 쏟아져 나왔다. 학교 운동장에서는 전후 처음으로 봉오도리[76] 행사가 있었다. 그쪽에서 레코드 소리가 흘러나왔다. 게이코는 아기를 업고 나는 시즈오의 손을 잡고 횃불을 보며 학교 쪽으로 갔다. 교정에는 높은 망루가 세워져 있었다. 지치부온도秩父音

---

76 추석 때 남녀들이 모여서 추는 윤무. 원래는 정령을 맞이하여 위로하는 뜻으로 행한 행사다.

頭[77]나 오케사부시[78]나 히노마루온도日の丸音頭에 맞춰 청춘 남녀가 활기차게 춤을 추고 있었다. 해방된 환희를 실어 춤을 추고 있었다. 먼저 와 있던 요코가 친구와 그 춤 대열 안에 있었다.

"요코가 춤을 추고 있어요."

게이코가 정신없이 기뻐했다. 사람의 원이 흘러 요코가 점점 우리 앞쪽으로 왔다. 레코드가 도중에 끊기고 망루 앞에서 활기차게 북을 쳤다. 그 북도 그치고 확성기에서 호출 방송이 나왔다. 나는 요코 쪽을 보고 있었다. 그 호출이 어렴풋이 귀에 들어왔다.

"당신! 부르고 있어요."

게이코가 말했다. 나는 귀를 기울였다.

확성기가 나를 부르고 있었다.

"야마사키 선생님, 야마사키 선생님, 야마사키 선생님, 와 계시면 이쪽으로 와주십시오."

나는 허를 찔려 멍했다.

"여보, 가보세요."

게이코가 내 등을 밀었다. 나는 안으로 들어갔다. 초롱을 들고 있던 청년이 비켜주며 나를 춤을 추는 원 안으로 넣었다.

망루 쪽으로 가자 붉은 머리띠를 두르고 긴 속옷을 한쪽 어깨만 벗은 청년이 마이크를 내 입에 들이대며 자신의 입도 거기에 대고,

"지금 우리 동네에 거주하게 계시는 유일한 문화인 야마사키 선생님이 오늘 이 행사에 대해 감상 및 축사를 해주실 테니 경청을 부탁드립니다"

---

77 사이타마현(埼玉県)의 민요. 사이타마현 서부 지치부군(秩父郡) 미나노(皆野)를 중심으로 불려온 봉오도리 노래.
78 오케사부시(おけさ節)는 일본 민요 중의 하나다.

하고 말했다.

그럼 부탁합니다 — 하는 말을 듣고 나는 당황했다. 당황했지만 어쩔 도리가 없는 처지여서 뭔가 말하지 않으면 안 되었다. 나는 닥치는 대로 뭔가 말을 꺼냈다. 일단 입을 열자 의외로 말이 술술 나왔다. 패전 직후의 일본은 너무 비참했다, 패기가 없는 것 같기도 했다, 하지만 그 악몽에서 점차 깨어나 자의식을 되찾고 있는 것은 정말 기쁜 일이다, 언제 독립할 수 있을지 지금으로서는 확실하지 않지만 자의식만은 되찾지 않겠는가, 오늘 이 행사도 그것의 한 표현이어서 기쁘다. 맹렬한 박수가 일었다. 조금 전의 청년이 야마사키 선생님, 감사합니다, 하고 말했다. 나는 게이코에게 돌아갔다. 게이코가 눈구석을 누르고 있었다. 그것을 보고 아! 하고 생각했다. 게이코가 계획한 일이었던 것이다. 그 계획에 응해준 청년들이 고맙게 느껴졌다. 축사를 한 일이 언제까지고 내 마음에 남을 것 같았다. 그 안에서 동네를 사랑하는 마음이라고 할 만한 것이 싹튼 것을 느꼈다. 우리가 이 동네에 집을 지은 데는 이곳을 제2의 고향으로 하려는 마음이 있었다. 내게 제1의 고향은 없는 것이나 마찬가지였다. 나는 자신이 이 나라 국민이라는 것을 인식했다. 레코드 소리가 울려 퍼지기 시작했다. 춤이 다시 시작되었다.

"돌아갈까!"

나는 옆에 있는 사람들이 얼굴을 보는 것이 부끄러웠다. 아기를 어르며 "다행이구나, 아빠가 돌아와서"라는 소리가 들렸기 때문이다.

게이코는 다소 난감한 모양이었다. 내 기분을 상하게 했다고 이해한 것 같았다. 거리는 사람들로 흥청거리고 있었다. 세 갈래로 놓인 횃불이 아직도 타오르고 있었다.

"지금 가서 이야기하고 올게."

어두운 곳으로 가서 이렇게 말했다.

"정말요?"

게이코는 달려들 듯이 내 손을 잡았다.

"하지만 오늘 밤은 이미 늦었으니 —"

"좋은 일은 서두르라고 했어."

"그래요? — 마지막 열차를 탈 수 있을까요?"

"탈 수 있을 거야."

게이코는 더욱 걱정스러운 듯했지만 믿기로 했다.

유키에는 잠자리에서 책을 읽고 있었다.

"어머, 오셨군요. 오지 않을 거라고 생각했어요."

일어나 차를 끓였다.

구애될 것이 아무것도 없는 그 모습을 보니 내 결심은 꺾였다. 울음이
나올 것 같아 잠자코 있으니,

"왜 그래요?"

하고 유키에가 물었다.

"……"

"걱정거리가 있나 보네요."

"아니, 뭐 —"

나는 그렇지 않다는 듯이 대답했다.

"알고 있어요! 당신의 고민, 이해할 수 있어요."

차를 한 모금 홀짝였다.

"저, 임신했어요."

"뭐!"

"거 봐요, 깜짝 놀라잖아요. 그 얼굴!"

유키에는 몸을 가누지 못할 만큼 몹시 웃었다.

"걱정하지 않아도 돼요. 지우면 되잖아요. 의사한테 가서 의논했더니 이번 달 말경이 좋대요."

나는 당황했다. 그것은 그녀가 임신한 것이고 동시에 중절하는 것과 관련되어 있었다. 중절은 생명의 말살이다. 저주받은 내 기억이 떠올랐다. 나 이전에 생긴 아이를 낙태한 생모에 대해 나는 원한 같은 것이 있었다.

"낳을 생각은 없어?"

"낳아서 어떻게 하게요? 싫어요, 그건……."

유키에는 화난 듯이 나를 돌아보았다.

그녀의 본심을 알 수 있었다. 나는 생각했다. 그리고 그녀를 미워했다.

"저는 당신을 속인 것 같은 생각이 들어요. 이용했다고 하는 게 나을까요."

유키에는 노골적인 어조가 되었다.

"그래서?"

나는 얼마간 진지해졌다.

"당신을 좋아하지만 어차피 잘 안 될 거라고 생각해요. 아시죠?"

"……"

"당신이 독신이었다면 얼마나 좋을까 해서 분해 죽겠어요. 전 첩은 딱 질색이거든요."

"……"

"이제 장황한 이야기는 그만둬요. 월말에 아이를 지우고, 그리고 다카사키로 갈 거예요."

배를 문지르며 말했다. 부드럽게 부풀어 있는 듯했다. 왜 알아차리지 못했을까.

"일문 타이핑은 A급을 땄어요. 영문도 연습하면 B급 이상이에요. 언젠가 사촌오빠에 대해 이야기했지요? 결혼할 거예요. 그렇게 될 운명이에요. 다카사키로 가면 꼭 그렇게 될 거예요."

나는 현기증이 났다. 그 청년이 딱하게 여겨졌다. 나는 귀향을 떠올렸다.

게이코에게 이 말을 하자,

"그래서 아프레라고 한 거예요. 당신한테 정말 애정이 있다면 지우지 않겠지요. 저 같으면 지우지 않을 거예요. 그리고 당신을 붙잡을 거예요."

게이코는 분개했다. 그녀는 기뻐할 수가 없고 나를 대신하여 화가 난 것이었다.

유키에가 의사에게 가는 날 나는 그녀를 따라 그 의원까지 갔다. 그곳은 다카다노바바高田馬場 근처 세이부西部 철도의 S역 가까운 곳에 있었다. 나는 유키에가 의원으로 들어가는 것을 지켜보고 역으로 돌아왔다. 파출소 옆에 벤치가 있어 그곳에서 기다리기로 했다. 석양이 비쳐 땀이 났다. 수술이 끝나도 유키에는 한 시간 이상 쉬어야 할 것이다. 러시아워라서 출근하는 사람들이 전차가 도착할 때마다 와르르 쏟아져 나왔다. 지금 하나의 생명이 사라지고 있는데, 하는 생각을 하고 있었다. 출근하는 사람들은 땀에 더럽혀져 있었다. 다들 생존에 지쳐 있었다. 내 마음에 홀연히 죄의식이 솟아났다.

오십 줄의 사람이 가슴에 간판을 매달고 다가왔다. 빨갛고 파랗고 까만 글자가 섞인 글자들이 빽빽이 쓰여 있었다. 그는 출근하는 사람들에게 그것이 잘 보이도록 하고 서서 연설을 시작했다. 손에는 많은 소책자가 들려 있었다. 표지의 색을 보아 그 소책자가 복음서라는 것을 알 수 있었다. 나는 그가 가슴에 매단 판의 글을 읽었다. 패전 일본이며 도덕의 퇴폐며

성의 문란함, 그리고 폭군 네로며 음란의 도시 폼페이의 최후며 일본을 제2의 폼페이로 만들면 안 된다고 쓰여 있었다. 그 글이 말하려는 것은 잘 알 수 있었고 동감도 되었다. 통행인은 마음을 담아 그의 말에 귀를 기울이려고 하지 않았다. 더위에 나른하고 지쳐 있었기 때문에 타인의 말에 마음을 쏠 여유가 없는 것이다. 복음서조차 진지하게 받아들이려고 하지 않았다. 그는 냉담한 통행인들 뒤에 있던 내 눈에 주의가 미쳤다. 성큼성큼 다가와 복음서 한 권을 주었다. 마태복음이었다. 아아, 그 무렵에는 — 하고 나는 떠올렸다. 세례를 받을 자격을 얻기 위해 루가복음도 요한복음도 계시록도 요소요소를 여러 차례 암송했던 것이다.

"……너, 음란한 행위를 했다면 회개하라, 너는 지옥에 떨어지고 싶은가! 아닐 것이다. 그런데 한번 지옥에 떨어지면 업화業火의 고통에서 구원받을 길은 정말로, 정말로 얻기 힘들다. 네가 러시아워의 전차 안에서 인파에 밀고 밀리며 옆 사람의 뜨거운 체온에서 벗어나려고 한시바삐 하차할 역에 도착하기를 바라는 것과 같은 일이다, 그런데 지옥문은 한번 닫히면 영원히 열리지 않는 것과 같다……."

그는 내 면상을 집게손가락으로 가리키며 말했다. 마치 나의 죄를 지적하는 것 같았다. 다소 실성한 듯한 연설을 했다. 나는 견딜 수 없어져 자리를 벗어났다. 파출소 앞을 지날 때 내게는 순사가 지옥의 문지기처럼 보였다. 건널목에서 서 있으니 전차가 휙 지나갔다. 나는 그것에 뛰어들고 싶었다.

유키에가 맞은편에서 쓸쓸히 걸어왔다. 얼굴이 창백했다. 핏기가 없었다.

건널목을 건너온 그녀를 맞으며,

"몸이 안 좋아?"

하고 물었다.

"아뇨, 몸은 괜찮아요. 조금 현기증이 날 뿐이에요."

"어디서 좀 쉴까?"

"쉬지 않아도 돼요. 뭔가 좀 먹고 싶어요."

그녀는 내 팔을 붙잡았다. 오랫동안 함께 살아온 사람들 같았다.

"그럼 어디 가서……."

길을 남쪽으로 걷자 중화요리점이 보였다. 유키에는 뭐라도 좋으니까 국물이 있는 것을 먹고 싶다고 했다.

고모쿠소바[79]를 시켰다. 상당한 양이었지만 유키에는 왕성하게 먹고 국물도 마셨다. 그리고 단무지를 오도독 씹으며 맛있게 먹었다.

"아아, 맛있었어요. 이렇게 맛있는 것이 왜 그렇게 싫었을까요?"

그런 생리 현상은 희한했다. 게이코는 입덧을 한 적이 없었던 것이다.

"여기서 헤어져요. 집으로 가면 괴로울 거예요. 저도 헤어지는 게 슬프니까요. 뒤처리는 제가 분명히 할게요."

유키에는 단호하게 말했다.

"그럼 도중까지만 함께 가지."

나는 무척 고통스러워하며 말했다.

"됐어요. 저는 이케부쿠로에서 돌아갈게요."

"그래—"

나는 역에서 내가 돌아오기를 기다리는 게이코를 떠올렸다. 드디어 유키에와 맺어진 끈이 끊어졌다. 역으로 갔다. 표를 사서 건네자 유키에는,

"고마워요"

---

79   야채, 고기, 계란, 버섯 등 여러 종류의 건더기를 얹은 메밀국수.

하며 받았다.

"조심해서 가—"

내가 말했다.

"당신도— 당신을 잊지 못할 거예요."

유키에가 말했다.

상행선 전차가 왔다. 유키에가 올라탔다. 전차가 움직이기 시작하자 오른손을 유리창에 대고 안녕을 했다. 하지만 얼굴은 울고 있었다. 눈물이 빛났다. 멀어져갔다.

인간의 이별은 싱겁게 이루어진다고 생각했다. 사별도 이런 것일까 하고 생각했다. 쓸쓸함이 마음에 차올랐다.

다카야마역에 도착하자 역시 게이코가 나와 있었다.

들판의 길은 어두워지고 있었다. 적란운이 산에 뭉게뭉게 우뚝 솟아 빨갰다.

"끝났어요?"

"......"

나는 말하는 것이 싫었다. S역 앞에서 만난 그 노인의 연설이 귓가에 들려왔다. 나는 지옥에 가는 것일까 하고 생각했다. 문득 불교 쪽 말이 떠올랐다. 색시공 욕시공色是空慾是空. 나는 지금 그 말을 알 수 있을 것 같다. 유키에는 그 공空 속으로 사라졌다.

나는 많이 범한 간음죄를 청정하게 하는 방법이 있을까 하고 생각했다. 참회할 수도 없었다.

집으로 돌아가자 아이들이 기쁨을 담아 안녕히 다녀오셨어요, 하고 말했다. 나는 조금 전에 말살한 생명을 생각했다. 그 아이가 거기에 있는 듯한 기분이 들었다.

당장 목욕을 하세요, 하고 게이코가 말했다.

욕실에서 나오자 새로운 유카타가 꺼내져 있었다. 그것으로 갈아입고 다다미방으로 가자 도코노마에는 여름 국화가 꽂혀 있었다. 두 개의 판자를 아래위로 어긋나게 매어 단 장식 선반에는 수제 인형이 눈에 띄었다.

밥상이 다 준비되었고 맥주가 나와 있었다. 어딘가에서 참회하는 것이 좋을 텐데, 하면서 맥주를 마셨다. 굶주렸기 때문에 배가 환희하고 있는 듯했다. 마음은 주름살을 짓고 있는데 위장은 활기차게 움직였다. 육체와 영혼이 따로따로 되어 있다고 생각했다.

팥밥[80]이 나왔다. 나는 어리둥절했다.

"무슨 일 있었어?"

동네에 제례라도 있었나 하고 멍하게 있으니,

"참 뭘 모르는 사람이라니까요"

하고 게이코가 원망스럽다는 듯이 말했다.

나는 마음이 위축되는 것 같았다. 아무 말도 하지 않기로 하고 팥밥에 젓가락을 가져갔다. 게이코는 잠자코 그것을 보고 있었다.

---

80   일본에서는 경사스러운 날 팥밥을 지어 먹는다.